战贫志

Zhanpin Zhi

长篇报告文学

陈亮　周良彪／著

武漢出版社
WUHAN PUBLISHING HOUSE

（鄂）新登字 08 号

图书在版编目（CIP）数据

战贫志 / 陈亮，周良彪著．— 武汉：武汉出版社，2022.3

ISBN 978-7-5582-5159-7

Ⅰ．①战… Ⅱ．①陈… ②周… Ⅲ．①报告文学 - 中国 - 当代 Ⅳ．① I25

中国版本图书馆 CIP 数据核字（2022）第 043688 号

战贫志

著　　者：陈　亮　周良彪
策划编辑：齐大勇
责任编辑：杨　振
封面设计：刘福珊
出　　版：武汉出版社
社　　址：武汉市江岸区兴业路 136 号　　邮　　编：430014
电　　话：（027）85606403　　85600625
http://www.whcbs.com　　E-mail: whcbszbs@163.com
印　　刷：武汉市籍缘印刷厂　　经　　销：新华书店
开　　本：710 mm×1000 mm　　1/16
印　　张：22　　字　　数：330 千字
版　　次：2022 年 3 月第 1 版　　2022 年 3 月第 1 次印刷
印　　数：1—30000 册
定　　价：58.00 元

关注阅读武汉
共享武汉阅读

谨以此书致敬

伟大的时代

伟大的人民

伟大的战役

目　录

引 言

“2020年，全面建成小康社会取得伟大历史性成就，决战脱贫攻坚取得决定性胜利。”习近平总书记在二〇二一年新年贺词里如是宣告。

五千年文明史，将翻开告别绝对贫困的一页，我们也将开启一个新的时间。在这条时间线里，脱贫攻坚在文化层面留下的意蕴与财富，将深远地影响中国。这既是奋斗史，也是精神史。脱贫攻坚工程不仅让中国告别绝对贫困，而且也在文化维度上塑造着当代中国的精神特质。大同之理想、小康之愿景，民胞物与、守望相助的文化精神，愚公移山、铁杵成针的倔强意志，熔铸于脱贫实践，人们看到了民族精神的根深叶茂、文化自信的活水源头。这场在中国960万平方公里土地推进的伟业，呈现了与中国国情相适配的全面、系统、精准，点亮了万家灯火，也涵养出大国气象。

位于湖北省西南部的恩施土家族苗族自治州，因其得天独厚的绿色生态，被誉为“中国三大后花园之一”。然而，因为地域环境边缘闭塞和生产力水平低下、基础设施建设落后等原因，一直是湖北省内典型的“老、少、边、穷”地区，成为偏远、贫困、落后的代名词。不论是在湖北省，还是全国范围内，恩施都是贫困面相对集中、贫困程度相对较深的地区之一。

聚若炬火，散若繁星。时代造就英雄，伟大来自平凡。放在人海中，他们或许平凡而普通，站在脱贫攻坚战场上，他们却绽放时代光芒。在恩施这片绿色浸润的红色土地上，有一支叫“尖刀班”的队伍，他们栉风沐雨、俯身大地，投身战贫、战疫、战洪一线。正是这样一支历经千锤百炼、生死考验的队伍，访民户、问疾苦、找路子，立下安民报国的志向，磨炼出坚韧不拔的品质。他们穿山越岭，将党和人民的血肉联系牢牢拴紧，以汗水、青春乃至生命诠释着“一切为了人民”。一诺千金与锲而不舍，敦本务实与自立自强，时不我待与众志成城，都经由脱贫攻坚的伟大实践，被深埋于一个民族的精神世界。奋发图强的意志，也向广袤大地渗透。

本书以纪实长篇报告文学战贫志的写作方式，着笔武陵山区脱贫攻坚主战场，全面展示精准扶贫战役中，各级党委政府及其职能部门、帮扶干部，在党中央的坚强领导下，坚持精准扶贫精准脱贫基本方略，尽锐出战，下足“绣花功”，拔掉穷根子，在一场场实打实、硬碰硬的鏖战之后，最终实现脱贫摘帽的壮阔画卷，书写了武陵山地区干部群众在精准扶贫工作中所展现的中国扶贫实践的典型性。一种如身使臂、如臂使指的力量，从中央贯彻到基层。中国共产党员与人民群众拧成了一股合力。这期间，有过世界经济周期的震荡，有过新冠肺炎疫情的冲击，但中国共产党的坚强领导，让脱贫攻坚战略始终保持如山定力，一往无前稳步推进，展示了“中国智慧”“中国方案”在全球减贫事业中的国际意义。

千百年来，这方贫瘠的土地曾迷惘于由农耕文明向现代文明的艰难过渡，但脱贫攻坚所带来的观念再造，已经给无数人的上下求索提供了现实路径。这样一场壮举，也在恩施州405万土苗儿女心中刻下了新的精神坐标。

千山虎踞，万水龙飞。武陵巍峨，清江东流。村乡巨变，河山锦绣。新时代的春天早已到来，大地明亮而温暖，春意如潮水般鼓动着每一个满怀期待的生命。从春天出发，带着穿越寒冬获得的力量；从平凡出发，终会铸就新的伟大。

春风习习，民心依依。从脱贫攻坚到乡村振兴，史诗的书写仍在继续。这是最好的季节，这是最好的时代！

第一章 倒计时

悬圃田庐

绵延400余公里，横贯渝鄂湘黔的武陵山脉走到鄂西之地，开始变得峻拔挺秀、群峰蔚然。江流如带，山环水绕，林海苍茫。大自然穷造化之工，在这片土地上信笔游走，山地、峡谷、丘陵、盆地及河谷平川相互交错，勾勒出一幅幅壮美阔大的自然奇景。

白云深处的山山岭岭间，细瘦的山脊和山窝里，零星横卧着一些村庄和农家。山间沟壑，常有溪流经过，带出一片汪汪的水田。再往高处就是青苍的山了，延伸到更远的地方，仿佛一直拉向天边。

恩施州城北郊的深山里，有一处低洼之地。两山夹一峡谷，左山名杉树排，右山称孤老槽。山中溪流汇聚成两条小河，一名茶山河，一名纸厂河。两河交汇处，自成一处宽敞平坝，坝里有茶园，有稻田，还有几间破败的老旧供销社和一所村小。歪歪斜斜的木结构老宅，多年前留下来的带着时代烙印的标语，青石铺成的街道被时光的脚印磨得光滑透亮，这就是有着数百年历史的龙凤镇龙马老街了。

山随河转，沿河往里20余公里的山野最深处有两个村，一名青堡，一名龙马。溪河弯折处，有一块平旷洼地，一道山溪从坡顶流下来，绕屋而过，密不透风的竹林沿溪岸长起来。几院老旧木屋，两处石头垒起的院坝，一眼老槐树下的石井，一排杨树遮掩下的鸡栏猪舍，构成了一幅宁静、清幽的乡村图景。

这一院老屋七八间，边上辟出一块空地，平整成一方小小的坝子。坝子边上常年晾晒出一些土产，夏天里有细瘦的葵花、黄花菜、豆角，秋天有金黄的玉米和黄谷，冬天有枯黄的稻草、干焦的萝卜叶。晒物的器具多是晒席和簸箕，到后来逐渐换成花胶布，昭示着时代的新旧更替。

2008年4月6日，一个阴雨的日子。浓雾深锁的纸厂河一带，萧索冷清。临近中午，祖辈世居于此的龚延祥和王大芝老人似往常一样在家门口对面的荒坡上劳作返家，看到坑洼的机耕路上停了两辆中巴车，院坝里站着一群陌生的客人。

木结构的老房子正漏着雨，家里养的一头母猪又生了病，一身疲惫的龚老汉放下农具，一边找木桶接屋顶漏下的水，一边张罗着把昨天在兽医店里买来的药拌进猪食里。这一行陌生的客人，跟在龚老汉身后，出入于清冷的灶房和堂屋间，一边搭手帮着他做农家琐事，一边随口问了他一些问题，多是关于庄稼、粮食、收成和生计方面的。龚老汉一一作答，手中的活儿片刻也没有停下。

停留约半小时后，客人们和龚老汉握手作别，继续往更幽深处的青堡村行进。

一个星期以后，村支书带着镇上的一位领导给龚老汉送来了一幅装框后的照片。照片上，那天到访的陌生客人正紧握着龚老汉的双手，满脸笑容。从那天起，龚老汉知道了，那位帮他干过活儿、在堂屋里喝过茶的陌生客人，名叫李克强，不久前刚当选为国务院副总理。

下午，龚老汉特意来到龙马老街，找熟人给在浙江一家鞋厂打工的儿子龚福军打了一个电话。电话里，龚老汉抑制不住内心的激动，跟儿子大声地说："李克强副总理到我们家来看过了，他叮嘱我们要努力奋斗，早日脱贫，过上好日子。"

之后的几年里，龚老汉成了这片深山和龙马老街上的名人。每一次出山，都有人问起副总理到访那天的情形。龚老汉不厌其烦地向每一位发问者反复描述。无数次回顾中，龚老汉内心的激动丝毫未减。祖辈生活于大山之中，他的梦里和心里，从来没有把自己的生活和国家领导人联系在一起，这于他，是此生里最幸福、最满足的回味。

远近鸡啼，白昼来临；蛙鸣犬吠，夜静山空。幽篁内零星几点灯火投射于崇山之中，宛如邈远时空里若隐若现的萤火。岁月于此荒寂之所缓慢流走，太阳转动于左右两山之间，俯瞰这山野人家的悲欢离合。春听虫唱，夏有蝉鸣，细雨淋湿吊脚木楼，风声送出杂乱乐章。

贫困的代名词

位于湖北省西南部的恩施土家族苗族自治州，因其得天独厚的绿色生态，被誉为“中国三大后花园之一”。其所在的清江流域，是古代巴人繁衍生息之地。原始社会末期，土家族祖先巴人廪君部落，就发祥于清江沿线，并由此辗转迁徙。从春秋的巴子国始，历代封建王朝在此设郡设县。自元代开始，至清雍正十三年（1735年），土司制度在这片古老土地延绵数百年。这样就有了举世无双的土司文化和土家族文化。世界文化遗产唐崖土司城遗址可为见证。

巴人和土家人铁血善战，家国情怀永大于天。巴国将军巴蔓子割头救国，感天动地；清军将领、土家汉子陈连升父子命殒抗英，威震敌胆。土地革命时期，这里是中国共产党领导创建的湘鄂西、湘鄂川黔两大革命根据地的核心区域，孕育和诞生了中国工农红军二、六军团和红二方面军，造就了贺龙等178位共和国开国将帅以及一批卓越的党和国家领导人。数万土苗汉各族儿女血染这片绿色土地，为中国人民解放事业献出了宝贵的生命。段德昌、贺英、何功伟、刘惠馨、“范家五虎”、“韦氏七雄”、“鼓锣山三十二烈士”、“穿洞七十四烈士”等革命先烈的英魂，永远辉映着这片天空。抗日战争时期，恩施成为国民党湖北省政府和第六战区司令部所在地，为护卫西南大后方、夺取抗战全面胜利作出了巨大牺牲和贡献。

1949年，恩施全境解放。1983年8月19日，国务院批准撤销恩施地区行政公署，成立鄂西土家族苗族自治州。自治州成立那天，近两万名干部群众在恩施市老体育场隆重聚会，载歌载舞。1993年，国务院批准鄂西土家族苗族自治州更名为恩施土家族苗族自治州。这片国土面积2.4万平方公里的土地，是共和国最年轻的自治州，也是湖北省唯一的少数民族自治州。

然而，或是因为地域环境边远闭塞，或是因为生产力水平低下、基础设施建设落后，恩施州一直是湖北省内典型的“老、少、边、穷”地区，成为偏远、贫困、落后的代名词。

三十年扶贫路

恩施州的脱贫之路漫长而又艰辛。不论是在湖北省，还是全国范围内，恩施都是贫困面相对集中、贫困程度相对较深的地区之一。中央、湖北省一直在不断加大对恩施州的扶贫力度，恩施州委、州政府历届领导班子披荆斩棘、筚路蓝缕，带领全州人民在脱贫攻坚的道路上从未停步。

1986年，建州仅三年的恩施州迎来了扶贫开发的第一个重大战略机遇：国家大规模扶贫攻坚计划向西部贫困地区重点倾斜。此后，国务院制定了《国家八七扶贫攻坚计划》，恩施州八县市均被确定为国家扶贫开发工作重点县市，解决恩施州内贫困地区人口的基本生存和温饱问题成为较长一段时期的主攻目标。从这年开始，农业部启动对恩施土家族苗族自治州定点对口帮扶，保温饱、建基地、编规划、扶产业。“恩施州不脱贫，农业部不脱钩。”进入新世纪后，农业部一诺十年、再诺十年，给政策、给支持、给干部。30余年间，农业部先后派出114人次在恩施州扶贫挂职，到恩施州对接工作的干部近千人，共争取中央财政资金40多亿元，投资各类农业项目400余个。

1999年，国家实施西部大开发战略。次年，国务院决定对恩施州参照西部大开发有关政策予以照顾。从此，恩施脱贫攻坚步入快车道。

2007年8月，湖北省启动"616工程"。后来，省委、省政府又在原有"616工程"基础上，部署了"省内部分市对口支援省内10个民族县市"的对口支援新模式。

2010年，《中国农村扶贫开发纲要》确定恩施州为我国当前重点扶持的集中连片特困地区和扶贫攻坚的主要战场之一。与此相呼应，湖北省委、省政府出台了《中共湖北省委、湖北省人民政府关于支持恩施州建设全国先进自治州的决定》。这是一项落实党的民族政策、全方位支持恩施州加快发展的重大决定。

2011年，国务院批准成立武陵山少数民族经济社会发展试验区，包含恩施州的八个县市。同年，国家启动新一轮扶贫攻坚行动，颁布《中国农村扶贫开发纲要（2011—2020年）》。《纲要》明确将武陵山区、秦巴山区、大别山区等14个集中连片特困地区作为全国扶贫攻坚主战场，开发模式由过去的分散零星式扶贫向片区开发转变。

从1983年到2012年的30年间，恩施州采取救济式扶贫、基础开发扶贫、综合开发式扶贫、参与式整村推进扶贫、连片开发整体扶贫、区域扶贫攻坚，"治山水、抓产业、强基础、调结构、兴科技"，累计解决了307万人的温饱问题。全州的脱贫攻坚工作取得了重大进展。

时代动员令

“民亦劳止，汔可小康。惠此中国，以绥四方”。2000多年前，我们的先民就在劳动和生活中渴求美好的小康梦。日出而作，日落而息。积贫积弱，如影随形。

新中国成立60多年、改革开放30多年来，中国走出了一条中国特色的减贫道路，已经使7亿多人口摆脱贫困，人民生活基本实现小康。然而，基本不是全面，要实现共同富裕，中国还要打一场脱贫攻坚的硬仗。

思想的进程从哪里开始，历史也就从哪里开始。

1992年7月，一位年轻的地委书记出版了一部名为《摆脱贫困》的书，这位作者就是时任福建省宁德地委书记习近平。在《摆脱贫困》的跋语里，习近平这样说：与世界发达国家相比，中国在有些方面落伍了。落伍原因历史学家们可以慢慢探究。但对于更多的人来说，励精图治，发愤图强，以中国的繁荣昌盛为己任，尽短时间使整个国家“脱贫”，尽短时间使中国立于发达国家之林，才是更为紧迫、更为切实的思想和行动。在书中，他肯定了“滴水穿石”“弱鸟先飞”的精神、“行动至上”“四下基层”的作风，提出了增强少数民族地区的“造血功能”，必须“扶贫先要扶志”、摆脱“意识和思路的贫困”、必须“真扶贫，扶真贫”等重要论述。从这本书中，既可以找到习近平总书记精准扶贫、精准脱贫思想的源头，也可以找到习近平总书记以人民为中心的治国理政思想之源。

有人说，2012年是中国进入新时代的历史起点。也有人说，这一年是中国进入新时代的元年。11月8日，中国共产党第十八次全国代表大会在北京召开。人们从历史比较和现实观察中深切体会到，民族振兴、国家富强、社会和谐、人民幸福，与中国共产党紧密相连，而中国未来十年实现又好又快发展，又与党的十八大紧密相连。

11月15日，59岁的习近平在中共十八届一中全会上当选为中共中央总书记，成为中国新的领航人。面对500多位中外记者，习近平庄严宣告："人民对美好生活的向往，就是我们的奋斗目标。"

两个星期后，习近平在观看《复兴之路》展览时，首次提出了实现中华民族伟大复兴的"中国梦"，强调"空谈误国，实干兴邦"，为实现"两个一百年"奋斗目标发出了总动员。

9899万人，如果参与世界各国人口排名，可以排进前二十，超过英国、法国、德国的人口。而这，也是2012年中国农村贫困人口的数字。

党的十八大提出全面建成小康社会的目标。全面小康，意味着到2020年，我国现行标准下农村贫困人口要全部实现脱贫，贫困县要全部摘帽，区域性整体贫困将彻底解决。

"小康不小康，关键看老乡。"实现全面小康，全部脱贫是最"硬"的指标。

2013年11月3日，习近平总书记来到湖南省湘西土家族苗族自治州花垣县十八洞村。在这个武陵山腹地的偏僻苗寨里，习近平和乡亲们座谈了一个多小时。也正是在这里，总书记首次提出了"精准扶贫"的构想：扶贫要实事求是，因地制宜。要精准扶贫，切忌喊口号，也不要定好高骛远的目标。随之，中共中央办公厅印发《关于创新机制扎实推进农村扶贫开发工作的意见》，国务院出台了《关于印发〈建立精准扶贫工作机制实施方案〉的通知》，对精准扶贫工作的总体布局、工作机制等都作了详尽规制，推动习近平总书记精准扶贫构想的全面实施。

"让几千万农村贫困人口生活好起来，是我心中的牵挂。"之后几年，习近平总书记多次对精准扶贫、精准脱贫作出重要指示。他特别强调，精准扶贫，就是要对扶贫对象实行精细化管理，对扶贫资源实行精确化配置，对扶贫对象实行精准化扶持，确保扶贫资源真正用在扶贫对象身上、真正用在贫困地区。他强调，扶贫开发推进到今天这样的程度，贵在精准，重在精准，成败之举在于精准。要做到“扶持对象精准、项目安排精准、资金使用精准、措施到户精准、因村派人精准、脱贫成效精准”。

精准扶贫战略的提出，给下一步的扶贫工作厘清了思路，明确了方向。

2015年11月29日，习近平总书记出席中央扶贫工作会议并作重要讲话，中共中央、国务院印发《关于打赢脱贫攻坚战的决定》。自此，一场轰轰烈烈的脱贫攻坚战在全国范围内正式拉开序幕，中华历史乃至世界历史上从无先例的脱贫攻坚总决战，进入倒计时！

龙凤经验

十八大召开一个月后，恩施市龙凤镇龙马村的龚延祥、王大芝两位老人没有想到，这一天，他们又一次见到了“老朋友”李克强。

2012年12月29日，又是一个平平常常的日子。天空飘着鹅毛大雪，龙马村的山巅上，整个山脊一溜雪白。李克强再次来到了龙马村。还是当年那间木屋，李克强紧拉着龚老汉的手，在火塘边坐下，木桌上放着王大芝用大搪瓷杯给他添的茶。问起这几年的变化，龚老汉如数家珍：当初漏雨的木屋顶已经修缮好；家门口的土公路已经浇筑成了水泥路；老两口的养老保险有了；去年老伴得病，新农合还给报销了大部分医药费……

一件一件，龚老汉像倾诉一般地讲给总理听。陪同的领导告诉他，总理是特意到他家回访的。龚延祥和王大芝听了，抑制不住内心的激动，在总理面前掉泪了。那一刻，两位年过古稀的老人激动得像孩子。

龚老汉并不知道，这是李克强十八大之后的第一次离京调研。五年前，他想看看党中央、国务院的惠民政策是否已经落实到基层，落实到这个国家的微小“细胞”，哪怕这个“细胞”远在大山深处；五年后，他带着习近平总书记的殷殷嘱托，要回访看看他们的生活是否有改善。他没有忘记大山深处的“老朋友”龚延祥，到了恩施便直奔龙马村。

从龚老汉家离开后，李克强又去了青堡村李万均家。五年前的合影还挂在堂屋，老人却已于当年10月离世。讲起往事，李万均老人的儿媳妇朱明永眼眶红了。五年前那一天，李副总理问李万均有啥困难，当时公公就说，门前这条小河，没有桥，到了夏天涨水，过河就成难题了。总理走后，当地政府在李万钧家门前修了一座石拱桥，祖祖辈辈过河难的问题彻底解决了。这座桥也被村民们取名为“爱民桥”。

如今，桥修好了，总理又来了，可是这里的山水依然贫瘠，群众生活依旧困难。

从李万均家里出来，雪下得更大了。李克强独自爬到了屋后的半坡上，查看茶山河一带的地理条件，手中还抓了一把冰冷的泥土。

“这地非常薄，爬上去都非常难，还每年冲两场水，农民要补种。补种后也就一亩收百把斤，农民都不愿意种。来来来，怎么解决，我们现场商量一下！”回到公路边，李克强皱着眉对陪同的省、州、市领导说。

围上来的各级领导和村民们纷纷说出自己的想法，李克强认真聆听，不时皱眉深思。一番计议之后，他向随行的恩施州委领导叮嘱：“这片土地就改种经济林吧，你们帮他们搞点技术指导。和移民建镇、扶贫搬迁、生态补偿、危房改造、产业结构调整结合起来，搞个综合试点，以恩施为片，以这里为点。这种情况重庆也有、贵州也有，我们逐步把它改造，你们先行先试。”

龙凤为点，恩施为片。2013年初，286平方公里、7.1万人口的龙凤镇，成为国家综合扶贫改革试点。恩施州委、州政府，恩施市委、市政府将试点建设分别作为全州和全市工作的重中之重、首选之首，合力推进，力图铺陈一幅“产业兴旺、生态宜居、乡风文明、治理有效、生活富裕”的现代农村田园景象。

2013年3月，时任湖北省省长王国生主持会议，研究恩施市龙凤镇综合扶贫改革试点工作。会议成立了由王国生为组长的恩施市龙凤镇综合扶贫改革试点工作领导小组。一次旨在为全国连片特困地区探路子的综合扶贫改革壮举，在武陵山深处的恩施市龙凤镇悄然推进；一场气势恢宏的建设大战，在这片典型的贫困山区拉开帷幕。

2014年1月16日，李克强总理在《湖北省人民政府关于恩施市龙凤镇综合扶贫改革试点工作情况的报告》上作出批示：湖北省要在有关部委的支持下，着力在创新综合扶贫体制方面破题，形成可资推广的经验。

自此以后，恩施在湖北省委、省政府和国家各部委的领导和指导下，制定了《关于聚焦精准扶贫奋力竞进小康的意见》，以龙凤镇为试点，创造性探索出“458扶贫新模式”。聚焦精准脱贫，立足改革创新，定位先行先试，全力推进试点建设与脱贫攻坚，镇村面貌焕然一新，群众生产生活方式发生深刻改变。

扶持谁

大幕开启，征鼓鸣急。

2014年4月2日，国务院扶贫办印发《扶贫开发建档立卡工作方案》，确定了2013年农民人均纯收入2736元的国家农村扶贫识别标准，明确“县为单位、规模控制、分级负责、精准识别、动态管理”的工作原则。随后，湖北省测算下达恩施州贫困人口规模为108.64万人。如何在全州350余万农业人口中准确找出贫困对象并建档立卡，扣好“第一颗纽扣”，成为摆在州委、州政府面前的第一道难题。

20天后，恩施州建档立卡方案在征求多方意见后正式出台，精准扶贫、建档立卡工作迅疾在全州铺开。5月19—24日，州委、州政府组建八个督查组分赴全州八县市对建档立卡工作开展督查并通报进度。5—6月，完成全州所有农户的全面摸底、普查、评议、录入、量分和公示。7月底，完成所有农户和村基本信息的录入，通过“划线定贫”方式，基本锁定全州贫困对象。9月，按照全国统一部署，开展建档立卡纸质表格的信息录入，督查组对建档立卡纸质表格填写、软件系统培训、人员安排、经费保障、数据录入进展等情况进行专项督查。

这一年，全州八县市调集入户调查员5000余人，组建数据录入工作专班122个，数据录入人员786人，比较准确地认定了全州729个贫困村和108万贫困人口，比较完整地建立起了精准扶贫时代恩施州第一套建档立卡数据库。

一大批熟悉农村工作、成绩突出的党政领导干部被起用。其中，曾经在鹤峰县走马镇党委书记任上工作多年，擅长产业发展，素有“拼命三郎”之称的梁公章同志调任州扶贫开发办主任。

为确保对象识别精准，时任扶贫办主任梁公章、副主任周明富结合龙凤镇综合扶贫改革试点做法，在国家建档立卡方案步骤的基础上，指导州扶贫办数据信息组组长陈力带着一班人，着手起草了具有恩施特色的《恩施州农村扶贫开发建档立卡工作方案》，还加入了全面普查、评议量分、综合量分、划线定贫等指标，量化识别认定贫困户（村），对全州所有农户进行全面普查。普查中，他们采集相关贫困因子，采用百分制权重计分办法，从人口情况、居住环境、负担状况、经济基础四个方面共20项具体指标对农户贫困程度进行具体测量。同时结合村级民主评议，采用“客观计分加民主评议”的方式，对农户进行综合量分。最后，对照上级下达的指导规模控制数，采用“划线定贫”的方式，由高到低确定贫困户名单。

为使识别更加精准，州扶贫办会同相关企业用两个月时间，配套开发了“恩施州贫困对象识别认定管理系统”软件，希望通过这套办法创造性地、较为科学地破解当时贫困识别机制缺乏量化标准、主观性强、人为因素影响大的难题。贫困户的数字化识别，客观公正地将真贫的村、真贫的户识别出来，解决了“扶真贫”的问题。

2015年10月，审计署发布公告，广西马山县违规认定3119名扶贫对象，公告一出，舆论哗然。中央电视台《新闻1+1》栏目随即进行了深度报道。国务院扶贫办随即部署开展“回头看”，全国上下围绕2014年建档立卡数据的回头审视和整改工作迅速展开。恩施州委、州政府高度重视，州长刘芳震在2015年最后一天开的是精准识别“回头看”整改会，2016年第一天签发的文件就是“回头看”整改会议纪要。在州扶贫办数据信息科科长陈力带领下，州扶贫办充分结合实际，在全省率先提出了“清理硬伤、纳入真贫，严格程序、稳定规模，确保卡内无硬伤、卡外无真贫”的“回头看”和审计整改工作思路，明确了“五种硬伤类型”“三种纳入类型”，明晰了从“两不愁三保障”、家庭负担状况、脱贫年限等多个维度来衡量贫困的政策界定标准，形成了《关于进一步明确建档立卡数据质量核查有关问题的通知》《关于扶贫开发建档立卡“回头看”工作的会议纪要》等多个精准识别政策指导文件。

2016年，全省开展精准识别专题审计。5月4日，审计结果公布，整改工作随即展开。5月8日，州长刘芳震组织县市主要负责同志召开会议动员部署审计整改；11日，常务副州长周静带队专程就有关审计整改政策把握问题赴省扶贫办和省审计厅请示、沟通、对接，提交了《关于请求进一步明晰精准扶贫有关政策界定问题的请示》和《关于扶贫审计有关问题的请示》；16日，领导小组印发《关于做好扶贫审计主要问题整改的指导意见》，对审计发现问题对象的处理提出明确意见。6月20日，刘芳震专题听取各县市主要负责同志汇报审计整改和对象初步锁定情况；8—9月，结合全省精准识别专题审计整改会要求，再次对精准识别、对象锁定工作进行专题部署；10—11月，组织开展贫困人口“大核查”“回头看”，进一步检验工作质量。

精准识别审计整改中，全州共计剔除不符合条件的“硬伤”对象3万余人，新增贫困对象3万余人，经核实家庭符合贫困对象条件而保留的审计存疑对象4万余人。一系列讲逻辑、接地气、可操作的精准识别制度规定得到了上级的肯定和吸纳，为全省其他地区提供了经验和借鉴。同年，全省运用“扶贫领域政策落实监察系统”开展监督检查工作启动，创新运用大数据工作手段，对建档立卡贫困人口的车辆、住房、身份等信息进行比对核查，对疑点线索反映的问题，逐户逐项调查核实，将查实违反精准识别有关政策的对象予以清退，进一步确保了识别精准。

2017年开始，建档立卡对象基本稳定，精准识别、建档立卡工作基本步入常态化动态管理的阶段，相关机制逐步健全，工作重心逐步由对象精准向信息精准转变。这年8月，副州长夏锡璠同志亲自起草印发《贫困户精准识别纠偏工作步骤》，组织驻村工作队对前期工作中清理不彻底、识别不精准的对象再次进行了摸排纠偏，最后一次针对精准识别开展较大规模的纠偏，用绣花的功夫基本实现了“卡内无硬伤、卡外无真贫”的精准识别工作要求。

精准识别、建档立卡从不太精准到比较精准，走过了数个年头，也形成了可资推广的“恩施经验”。2015年广西马山出现精准识别问题后，广西壮族自治区在随后开展的全自治区精准识别整改过程中，采用了恩施州“量化贫困、划线定贫”的工作思路和方式，通过对恩施州设计的相关指标和步骤进一步完善，广西壮族自治区对538万贫困人口进行了重新识别认定。

怎么扶

在解决“扶持谁”的同时，“怎么扶”同步被提上议事日程。

2014—2017年间，围绕“怎么扶”的问题，恩施州制定出台了若干针对性操作性极强的文件，比如：2014年2月印发的《恩施州瞄准特殊困难对象实施精准扶贫实施方案》，针对全州特殊困难对象，率先开展精准扶贫工作的政策创新试点；7月印发的《关于深化综合扶贫改革的实施意见》，围绕贯彻落实中央和省文件指明的改革方向，找准综合扶贫改革创新的突破口。2015年7月印发的《关于深化扶贫小额信贷政策改革的指导意见》，与农商行签订《创新发展产业扶贫金融业务合作协议》，全州自此正式启动扶贫小额信贷工作；9月印发的《关于全力推进精准扶贫精准脱贫的决定》，根据中央、省决定相关精神，明确恩施州精准扶贫的指导思想、目标任务、重点工作、体制机制以及保障措施；10月印发的《关于建立精准脱贫标准、程序及激励机制的实施方案》，结合恩施州实际，进一步细化明确了精准脱贫的标准、程序及激励机制，部分标准及机制沿用至今。2016年印发的《关于做好扶贫审计主要问题整改的指导意见》，就审计发现的问题如何整改、部分政策模糊点如何界定作出安排；《脱贫验收、年终考评及第三方评估工作方案》，对年度脱贫验收、考评及评估作出安排部署。2017年印发的《关于修订〈恩施州贫困户精准脱贫评估验收表〉〈恩施州贫困村精准脱贫评估验收表〉的通知》，更加突出“两不愁三保障”的核心标准；《恩施州决战深度贫困实施方案》，进一步明确了攻克深度贫困堡垒的政策措施等。

所有文件中最有恩施特色的，一份是2015年5月印发的《恩施州县市党政领导班子和领导干部精准扶贫目标责任考评办法》，就全州精准扶贫目标责任考评工作作出部署，用考核指挥棒引导全州各级各部门领导班子和领导干部把工作重点放在扶贫上。一份是2015年7月印发的《关于印发恩施州精准扶贫时间表、作战图和军令状的通知》，首次将“瞄准器”瞄准精准扶贫、精准脱贫。全州91个乡镇、729个村，分别列出了“出列”和“脱贫”计划时间点。作战图上，各县市、乡镇、重点贫困村，绝对贫困人口的分布，脱贫、小康时间进度，用红、紫、蓝、绿、褐五种颜色标注得清清楚楚。军令状上，八个县市委和人民政府分别向州委、州政府郑重承诺：在全州精准扶贫、精准脱贫的决战中，认真落实“精准扶贫、不落一人”的要求，按以下时间点扎实推进竞进扶贫、竞进小康，如期实现“县摘帽、乡出列、村脱贫、户销号”目标。

“每天走进办公室，一看到这张图，就感觉一刻也不敢松懈。”回忆起这张作战图，时任恩施州委常委、利川市委书记沙玉山说。

时任州扶贫办主任梁公章也留下了豪言壮语：“攻下一个贫困村，插上一面红旗，五年之后，红旗将漫卷土苗山乡。”

恩施州“挂图作战”的做法，得到了时任湖北省委书记李鸿忠的充分肯定，他在一份批示文件上写道：“恩施的挂图作战扶贫工作行动快，可供全省借鉴。”在李鸿忠书记指示下，湖北省精准扶贫工作领导小组以“1号文件”将恩施经验向全省转发。

“怎么扶”，恩施人民在探索，全党、全国、全社会都在努力。2015年8月，中央部署新一轮中直单位定点扶贫工作，明确六家中直单位定点扶贫恩施州八县市。2016年3月4日，湖北省委统战部、省工商联、省扶贫办、省光彩会联合发起“千企帮千村”精准扶贫行动，引导和动员全省民营企业采取“多企帮一村”“一企帮一村”“一企帮多村”“商（协）会帮若干村”等方式与贫困村开展结对帮扶。恩施州共有1047家民营企业结对帮扶943个贫困村，实施帮扶项目2367个。2016年10月底，中央将恩施州纳入东西部扶贫协作范畴，并明确由杭州市结对帮扶。两年多时间，协作工作深入开展，双方省和市州领导多次互访，杭州市八个区与恩施州八个县市开展结对帮扶，携手组织56对乡镇（街道）、65对贫困村（社区）结对帮扶。

到2017年底，恩施全州已实现414个贫困村出列、68万贫困人口稳定脱贫。这年11月，就在湖北全省脱贫攻坚战进入关键时期的重要时刻，柯俊同志调任恩施州委书记。到任之前，柯俊便向省委立下了“不摘穷帽就摘官帽”的铮铮誓言。

2018年，注定是恩施州脱贫攻坚史册上最不平凡的年份。一场更大更艰巨的脱贫战役在恩施大地激战愈酣。

到2020年，恩施州必须全部实现贫困县摘帽、贫困村出列、贫困人口脱贫，这是中国人民与贫困进行的最后斗争，恩施人民与贫困进行的最后斗争。这场罕世大决战，已然进入倒计时！

第二章　走马会议

万里茶道茶源地

自鹤峰县城向东，行经燕子乡、五里乡，便进入走马镇。这片方圆467平方公里的小镇位于武陵山区腹地，东连荆楚，西眺重庆，南距三湘，北至三峡，是省定25个重点口子镇之一，素有“鄂西南窗”之称。走马镇现存的历史人文遗迹颇多，所坪、将军岩、皇茶溪、千金坪、古城街等地名记录了属于这片富庶大地曾经的辉煌。但是，令走马镇5万余群众没有料到的是，在2018年这个举国战贫的特殊年份，这个镇及在这个镇上发生的故事，会以浓墨重彩之笔，载入恩施州脱贫攻坚战役史册。

走马镇名称的来历，众说纷纭。盛传最多的，是禹之子启灭水怪护佑百姓的故事。据传，大禹治水有功，舜便传位于禹。其时天下水患仍然严重，禹便令儿子启代自己巡天，安抚四方黎民。一日，启乘天狮巡游至一处深山中，入眼即见一片汪洋，群众皆居于山顶避水，衣衫褴褛，贫病交加。启向山神土地询问，得知湖中有一怪物，形似山马，常年盘踞于此兴风作浪。盛怒之下，启叫出镇守此地的巴将军，令其将水怪除之。巴将军得令，来到湖畔，念咒挥鞭。水怪左冲右突欲向南逃，慌乱之下撞破湖岸，冲出两条大河，一名江坪河，一名大典河。湖水消退，田地出现。启便令周遭黎民下山建村，聚众而居，渐成富庶气象。为纪念巴将军驱走山马水怪，人们便将此地命名为走马。而今，走马镇西南方向的阳河村后山有处景观狮子坪，据传便是当日启座驾停留之地。巴将军驱赶山马的神鞭也被倒插进大山之巅，世代护佑此地平安，这便是如今可见的将军岩。另一种说法是，南宋时金国大元帅金兀术曾在此设置兵营，操军跑马，故名走马坪。

传说已然久远，但此地自元明清以来，一直是容美土司和麻寮土司的征战之地却是不争的事实。到雍正时改土归流后，清政府将原土司千户、百户所改名为千总、把总，颁赐诏书，令子孙世袭，继续实施土人自治政策。

据传有一年，驻扎于此的士兵们见周遭山深林密，便结伴进山打猎、采摘野菜。他们发现茂密的山林中那些枯死的栗树上长有好多黑木耳，采摘回营做成菜肴，爽口至极。此事传到民间，土民们也结伴进山采摘野木耳。久而久之，人们便把这座山称为木耳山。进山人群越来越多，他们发现这山里土壤肥沃、潮湿，多有肥绿茶树生长其间，人们遂采之润喉，只觉口舌生香，回味无穷。土司后人便多采此间野茶加工制作。后来，茶产业进一步发展，成了土司的经济支柱。朝廷也将其列为贡茶。谁知机缘巧合，此茶被做客清廷的葡萄牙公主尝到，赞叹不已。几番推崇之下，走马茶更是声名远播，皇茶溪亦因此得名。

镇因茶兴，茶因人传。在附加了种种传奇故事之后，走马镇的茶愈加走俏，竟和此地特产葛仙米一道成为世间奇珍。清末至民国时期，此间所产之茶自汉口转运，一路向北，经张家口、恰克图等地，直抵莫斯科、圣彼得堡，畅销俄国，走马镇也由此成为著名的万里茶道茶源地之一。

木耳山案例

走马镇曾因物产丰饶而闻名川湘鄂三省。新中国成立后，因中苏交恶，茶叶出口受阻，茶产业渐成没落之态。在公社的倡导之下，农民们改种烤烟，曾经赖以成名的茶山变成一片荒芜。“大跃进”时，大办钢铁之风兴起，人们将目光瞄向了莽莽苍苍的木耳山。开挖林道，兴办炼钢厂，一番刀砍斧劈之下，木耳山的原始森林几乎被砍伐殆尽，只剩下一片满山丛生的荆棘。经历了产业调整的阵痛之后，整个走马镇的经济明显下滑，早已难寻昔日辉煌光景。百姓生活困苦，发展路在何方？

时光的年轮进入20世纪80年代，国家大规模扶贫计划开始在恩施全境实施。曾经的宜红茶主产地，植茶之风再度盛行。鹤峰县委、县政府也开始在全县推广种茶，以期重现昔日之辉煌。曾经的贡茶之地走马镇，更是一马当先。以皇茶溪为中心，茶园培植向四面辐射，逐步建起连片的茶叶基地。历经患难的人们舒缓过来这口气，激情四溢，村村种茶，户户采茶，几年间，走马茶产业再度强势崛起，闻名全县全州。大小国营、集体茶厂也应运而生，仅走马镇就成立了三个较大的茶厂，一名鹤峰县国营走马茶厂，一名走马红碎茶厂，一名白果红碎茶厂。三个茶厂规模逐年扩大，渐成气象。人们将茶叶制成茶砖，再度沿万里茶道运输出国。此时茶产业的发展乱而无序，茶厂庞大的体量和落后的管理模式产生的各类问题逐步显露。虽然发展势头正盛，但经营状况举步维艰，各家茶厂均处于亏损状态。

茶产业的出路究竟在何方？

1980年，刚刚高中毕业的毛头小伙周吉然被父亲送到走马红碎茶厂做了一名学徒工。一路摸爬滚打，从学徒到技术员，再到车间主任，善于动脑且爱茶如命的周吉然自此立下终身事茶的宏愿。

1988年，因为擅长管理且制茶技艺出众，身为宜红茶第四代传人的周吉然被任命为白果红碎茶厂厂长。此时，成立于1985年的白果红碎茶厂连年出现亏损，严重影响到当地茶产业的发展。受命于危难之时，这位土家汉子怀揣着致力于茶产业、一心为茶农谋福利的初心，脑子里一直思考着一件事：党和政府赋予了我这份权力和责任，我就要利用这个舞台发展茶产业，带动农民致富。

一段时期内，周吉然沿万里茶道多次去往邻近的茶叶大县取经学习，拜师学艺，逐步形成了一套属于自己的管理方式和发展思路。回厂之后，他重金聘请湖北五峰、福建、湖南石门等地的制茶大师，改良制茶工艺；同时去省茶麻公司联系业务，拓宽产销渠道。白果红碎茶厂于绝境中慢慢起死回生。

由于白果镇是当时鹤峰的工业重镇，有磷肥、黄磷、水泥、化工等诸多工业污染企业。而茶叶出口检测指标异常严苛，如果茶厂不搬迁，企业终将没有出路。找准原因的周吉然做了一个大胆的决定，他带着问题向镇党委、镇政府请求重新选址建厂。几番争取之下，周吉然得到了走马镇领导的大力支持。1991年，全厂职工齐上阵，修建厂房，搬运设备，肩挑背扛，手脚并用，几个月时间里，竟硬生生将白果红碎茶厂迁到了距原厂数公里之外的花桥村，并更名为鹤峰县白果民族茶厂。

新厂建起来了，规模扩大了，如何保障加工厂满负荷生产？如何彻底解决农残？如何让白果民族茶厂成为引领全县茶产业、带动农民致富龙头？他向几位德高望重的领导倾吐了自己的想法，希望建一块属于自己的茶叶基地，这样既能保证鲜叶质量，又能保证产值。建议得到了走马镇领导的大力支持。但基地建到何处？在经过一番周密细致的考察之后，在茶产业行业中磨砺多年逐渐成熟起来的周吉然，将目光盯向了荆棘丛生的木耳山。

这片方圆15.5平方公里，海拔900米的村集体荒山自20世纪50年代被疯狂砍伐后，一直处于无人管理状态。熟知茶叶生长习性的周吉然没有贸然作出决定，他亲自登山取土样，送到州内省内科研院校检测。检测结果显示：木耳山土壤属微酸性黄（红）色沙质土壤，正是高品质茶树生长的温床。

欣喜之余的周吉然没有草率行动，深思熟虑的他稳妥地迈出了基地建设的第一步——荒山租赁。在走马镇和白果镇领导的大力促成下，茶厂与木耳山所属升子村签订了永久性租赁协议。这一决定直接影响到后来茶厂的建设规模，从更深层面上，也重新定位了村集体与茶企的合作关系。

回忆起那段激情燃烧的岁月，57岁的周吉然依然心潮澎湃。

当时厂子里有一百多号工人，按厂部安排，各车间均只留下一人，其余全部在他的带领下开赴木耳山开挖荒山。但人手依然不够，进展十分缓慢。心急如焚的周吉然想出了一个大胆的法子，他把开挖荒山的消息放出去，附近村寨所有人都可以参与拓荒，工钱以称重树蔸与丈量面积相结合的方式支付。

消息传出去后，劳动力迅速聚拢来。一夜之间，川湘鄂三省邻近九县市的闲散劳力全部聚集过来，人数最多时，每天在山上垦荒的劳动力达到300人之众。荒山一天天被打理平整，厂坝里的树蔸堆积如山，茶厂账上的钱也迅速消耗一空。当年年关清账，全厂职工每人仅领到100元、管理人员领到50元工资过年。茶厂放假那天，周吉然自己掏钱买了一头猪宰杀了犒劳辛苦大半年的茶厂职工。面对跟着自己一起搬厂垦荒的职工，看着他们因艰苦劳作而一身风尘，感怀的周吉然忍不住几度潸然泪下。

创业艰难，却万众一心，世间还有比这更让人感到幸福的事吗?

周吉然垦荒种茶的事，得到当地政府的高度重视和肯定。省扶贫开发办主任到恩施调研时，专程到走马参观了垦荒基地，被周吉然的壮举深深触动。他叮嘱州、县领导，一定要全力支持，有政策一定要向木耳山倾斜。鹤峰县县长刘祥华立即安排拨付财政资金十万元，州民委也拨付资金四十万元。各级政府相继召开协调会，向白果民族茶厂提供贷款支持。多方协力之下，周吉然和他的团队终于安然渡过难关。

熬过创业艰难的1991—1992年，1993年的春天终于到来，第一批数十万株茶苗栽种下去，曾经荆棘丛生的大荒山绿满山原，再次焕发出了勃勃生机。

1995年，在肥沃的土壤滋养下，木耳山的茶园渐成封园之态。登高远望，山野遍绿，一片壮美奇景。茶园建起来了，茶厂职工有限，谁来采摘谁来管，成为摆在周吉然面前的新难题。思考了各种方法，最终，他以创造性的思维提出了一个方案——移民护园。

现在回头来看，这绝对是一个大胆且富于远见卓识的决定。在鄂西南的大山深处，在毫无样本可寻的情况下，他们生生探索出一条最早的易地搬迁扶贫之路。

1995年4月，走马镇党委、镇政府发布了一则移民告示，鼓励居住在大山深处的村民搬迁到木耳山下定居。搬迁条件很诱惑：房子由白果民族茶厂统一修建，水电路全通，村民不用出一分钱；已成型的茶园按人头分到家家户户，在服从茶厂统一管理的前提下，住户可以自己管理、自己采摘售卖，茶厂保价兜底全收；农事散淡的季节，住户都可到茶厂做工，茶厂承诺提供就业岗位。

生活困苦无望，故园原本荒寂。条件看似如此优厚，但要离开世代居住的土地另谋出路，谁都不敢走出这破天荒的第一步。

告示贴出，响应者无几。怎么办?

那段时间，周吉然经常独自徒步穿行于大山深处，挨家挨户做移民搬迁工作。有一次，又累又饿的他晕倒在路旁，幸好被附近村民救起。

“所幸，到后来，村民们还是慢慢接受了，逐渐有农户迁出。要是人都不来，真不知道该怎么办……”多年以后回想起那段经历，周吉然万千感慨。

第一户搬迁至此的村民叫宋大勇，是一户“超生游击队”。搬迁之前，他生活在溇水河边湘鄂交界处的大山里，全家常年住在一艘小渔船上，以渔猎为生。

那一天，周吉然在河边找到他们时，宋大勇不在，5个孩子都蜷缩在船头，身上盖着一床破烂的棉被。

“当时的场景，真是触目惊心啊！你想啊，都20世纪90年代了，5个孩子都还没有裤子穿。这片大山穷啊，穷得让你不敢相信它就是自己的家乡。”回忆起那天的情形，周吉然至今记忆犹新，眼角仍有泪痕隐现。

在周吉然三番五次的劝说之下，宋大勇终于同意先搬出来试试看。1996年2月16日，位于木耳山山脚下的升子村，刚刚修建完工的集中安置房里终于住进了第一户人家。不久之后，一直居住在所坪悬崖下，依附岩洞搭棚居住的贫困户毛传荣也搬了进来。之后，陆续有深山贫瘠处的贫困群众答应搬迁，当年，木耳山茶农安置区首批安置入住30户。

白果民族茶厂迅速兑现承诺，给所有搬迁户平均每家分配了十多亩茶园。这片茶园，虽然所有权仍属茶厂，但管理和采摘权在农户，茶叶售卖的收益也尽归搬迁户个人。

第二年，各家各户在茶园里共采摘了上万斤茶叶，家庭收益日丰，成功打破贫穷魔咒。

榜样效应无穷无尽。自1995年至2001年间，木耳山集中搬迁点分三批共迁来住户68户338人。他们离开祖辈居住的大山，成为木耳山的新移民。搬迁户除了可以自主管理采摘茶厂分配的茶园外，还可以在木耳山一带主动垦荒种茶。在周吉然的推动下，数年之间，木耳山茶园规模渐次扩大，面积竟达到万亩之多，并逐步带动周围乡民广泛种茶，走马镇自此成为鹤峰茶叶重镇，茶园面积占到全县的三分之一以上。

在走马镇和升子村以及白果民族茶厂的综合协调下，这批新移民采取专业合作社管理形式，分成了三个小组，实行村级移民自治形式进行管理。14名党员还成立了木耳山支部，把支部建在产业链上，实行党员亮牌管理，成为全省乃至全国易地搬迁扶贫示范基地和邻近省市学习取经的活标本、活教材。

进入21世纪后的白果民族茶厂在性质上仍属集体企业，但管理模式明显已经跟不上时代的需求。2011年，在走马镇党委政府的促成之下，白果民族茶厂完成改制，成为县域内最后一家完成集体向私营改制的企业。老厂长周吉然众望所归，成为新组建的湖北省鹤峰鑫农茶业有限公司（集团）董事长。企业改制过程中，一班股东四处筹集资金，确保老厂所有工人全部购买养老保险，木耳山安置区所有移民按原方案保障收入。许是德高望重，许是措施得当，安置工作顺利有序，全厂一百多人无一闹事上访，成为一方美谈。

改制后的湖北省鹤峰鑫农茶业有限公司依然按照之前的政策管理移民基地，并谋划公司新的发展方向。在多年的实践中，周吉然发现，虽然公司分配给贫困户的茶园面积颇多，茶叶长势也好，但农户仅能糊口，离致富还有一段距离。究竟为何？在经过一番细致的走访了解后，大家找到了答案：茶叶的采摘期基本集中在半个月之内，如果错过采摘期，当年的收益就会大打折扣。季节到来，因为人力有限，村民们必须花钱请人采摘，除去工资和生活花费，最后落到自己手里的所剩无几。

找到症结之后的周吉然带着公司股东去了湖南、浙江等地考察，并带回了走马镇第一台采茶机。机器轰鸣，效率提高，人力成本大为缩减。鑫农公司又出台政策，每台3000元左右的机器由农户自主购买，公司给每户补贴1200元。在这样强力推动下，当地村民几乎家家购进了采摘机。走马镇茶产业逐渐摆脱了原始手工采摘状态，进入了机器采茶、制茶时代。

机器革命成就了茶产业发展的腾飞之势。这段时间，在政府主导、鑫农公司助力下，各村住户家家都在扩充茶园面积，户户都在植茶制茶，走马镇开始成为闻名全县、全州甚至全省的茶叶大镇。

在木耳山移民区有一户人家，户主名叫周云清，自偏僻的杜家村搬迁过来。老婆是广西人，两人在打工时认识，自从随周云清来了杜家村后，因为家庭一直贫困，便一直没有跟老家有过任何联系。2010年7月，央视农业频道走进木耳山拍摄，周云清一家刚好入镜。节目播出后，被远在广西的丈母娘一家看到。屏幕前，与女儿十余年没联系的老人简直不敢相信眼前的画面。几经辗转，老人手书的信寄到了鹤峰走马镇政府，再被周吉然转到了周云清一家手中。十五年没有联系的亲人终于以这样的方式再次联系上。后来，丈母娘千里探亲来到木耳山下，终于与女儿女婿完成团聚。

这段关于产业和亲情的故事，在木耳山移民区一直广为传颂。

秉承“兴业一隅、富民一方”的经营宗旨，致力于茶产业和生态旅游业融合发展，经过四十年的奋斗，湖北省鹤峰鑫农茶叶有限公司（集团）现已成为湖北省最大的茶叶生产企业。集团旗下有茶业有限公司、凯荣实业发展有限公司、昱鑫旅游发展有限公司、盛源电子商务有限公司、天祎旅行社有限公司，及“161+”产业扶贫模式帮扶带动的40家茶叶粗制加工厂、8家专业合作社，建有符合出口茶叶种植基地备案标准的茶叶基地15万亩，其中有机茶基地5万亩。拥有湖北省著名商标——“白果”牌，其中“白果”牌恩施硒茶·鹤峰茶、“走马翠毫”名优绿茶、“容美红”红茶分别获得“中茶杯”金奖、银奖，“走马翠毫”还在第二届中国国际茶叶博览会和第二十一届中国绿色食品博览会上获得金奖，更可贵的是，在“2020全国茶叶品质评价”中有两款产品排在第十一名和第十二名。不仅真正成为老百姓喜欢的好茶，而且出口产品——“Floria”和“Eraki”在国际市场上持续畅销，备受客户青睐，并获准使用国家地理标志保护产品专用标志。公司现有员工770人，2020年实现销售收入2.1亿元，其中自营出口创汇2000万美元。集团先后获评“农业产业化国家重点龙头企业”“全国‘万企帮万村’精准扶贫行动‘先进民营企业’”“全国科普惠农兴村先进单位”等荣誉称号。

2016年，因为在移民搬迁扶贫和茶叶产业发展方面的突出贡献，集团董事长周吉然被评为“中国好人”。中宣部、文明办在给他的颁奖词中这样写道：周吉然，带领企业精诚经营，推动茶产业发展，走出国门，创下湖北茶产业发展新模式；带领农民开荒种茶，让利于民，村企共建，建成了湖北产业扶贫新样板。

而今的走马木耳山茶叶基地有生态有机茶园10700亩，2015年入选“中国三十座最美茶园”，被中国工程院院士、著名茶学专家陈宗懋赞誉为“中国乃至全世界最美茶园”，被国家旅游局评为“全国农业生态旅游示范点”。

回头来看，走马镇在20世纪90年代中期便创造性地探索出一条易地搬迁扶贫的新路，解决了数千人祖辈困守大山难谋出路的问题。当年，这样的典型经验还被国家部委作为重点案例报送至国务院，成为国家层面的精准扶贫易地搬迁工作重要参考之一。

职责所系，使命所在。走马镇、木耳山，一系列坎坷中奋进的历史，注定会将它写入恩施州脱贫攻坚史，成为浓墨重彩的一笔。

“1号令”

2017年11月，柯俊受命于脱贫攻坚工作的重难之时，调任恩施州州委书记。到任之后，柯俊遍访全州贫困村，足迹所至，既为脱贫攻坚任务之艰巨而忧虑，也为全州人民凝聚起的攻坚决心而感动。在《恩施日报》2017年12月4日发布的一则新闻中，记录了柯书记走访走马镇的情形。

12月1日至3日，州委书记柯俊到鹤峰县调研。柯俊先后调研了鹤峰经济开发区八峰药化、走马镇木耳山及鑫农茶业公司、五里乡鑫益佳农业开发有限公司和五里坪革命旧址、太平镇青翠源茶叶公司等地，了解生物医药、茶叶、箬叶、旅游等特色产业发展情况。

调研中，柯俊了解到，一批创业能手主动参与精准扶贫：在国外演艺圈发展颇有成就的女艺人许群群返乡创办天牧牧业，为周边群众提供就业岗位20余个；“中国好人”周吉然创办鑫农茶业公司，探索出“公司+加工厂+农户”“公司+合作社+农户”“公司+基地+农户”“公司+大户+农户”“公司+电商+农户”“公司+就业+农户”的“161+”产业扶贫模式，提供就业岗位700多个，带动贫困户1458户5607人脱贫……

因为这段特殊的缘分，柯俊对走马镇的集镇建设、木耳山茶产业发展留下了深刻印象。群众要脱贫，百姓要致富，离不开产业，怎么用产业带动贫困户脱贫，正是柯俊一直在深思的问题。这一趟调研，在他心中，一个思路已经在悄然形成。

2017年12月13日至17日，恩施州副州长夏锡璠率领州政府办、州直农口部门主要负责人以及八个县市分管精准扶贫和农业农村工作的负责人一行25人，赴贵州省遵义市赤水市、黔南州长顺县学习考察脱贫攻坚工作。

这真是一次决策及时且意义重大、影响深远的考察活动。

地处黔北边陲的赤水市，2014年有建档立卡贫困户9369户28000人，贫困发生率为14.6%，被列为乌蒙山集中连片特殊困难地区。通过三年的脱贫攻坚艰苦奋战，赤水市脱贫成效结出累累硕果。至2016年底，全市6个贫困乡镇全部“减贫摘帽”，32个贫困村出列，累计减少贫困人口21391人，贫困发生率下降至2.72%；经济发展综合实力显著提升，产业基础显著夯实，群众收入显著增加，干部作风显著转变，群众对精准扶贫的满意度显著提升。2016年，赤水市农村居民人均可支配收入达到10140元，是2013年的1.36倍。赤水市全面小康实现程度达97%，顺利通过全省同步小康达标验收。赤水市是全国首批、贵州首个脱贫出列县。

这次考察，夏锡璠总结出了几条心得：一是必须坚持加强党的领导，坚持“保障”为重，精心组织，汇聚政府、社会、群众多方力量共同参与，必须从政策方面加大人力、物力、财力投入，完善扶贫配套政策，坚持一张“绿图”绘到底，保持战略定力，大力改善农村基础设施；二是必须坚持产业扶贫，“造血”为要，基础设施滞后、产业支撑乏力是贫困地区脱贫致富的短板，只有聚焦推动产业振兴，大力培育特色产业，让贫困户参与到产业发展中来共享“红利”，提升贫困户“造血”功能，才能实现稳定脱贫；三是必须坚持转变群众思想观念，“扶志”为本，思想贫困是最大的贫困，必须大力推进移风易俗，培育文明乡风，破除“人穷志短”和“等靠要”的思想，发动贫困群众积极投身于脱贫攻坚，让“扶志”扶到贫困的根子上。

那几天，每一位参与考察的人心灵受到了前所未有的震撼。那是一种什么样的力度啊！

赤水考察回来那天，顾不上休息，州扶贫办党组书记、主任梁公章便把州脱贫攻坚指挥部办公室的陶昌银叫到他办公室。

“小陶，帮忙整个调研考察材料。”

“我没有随同考察，什么情况都不知道，如何写得出考察组的调研报告呢？”陶昌银有点蒙，心里暗想。

“开始以为就是去走一走、看一看，参观一下，走得又急，就没带笔记本，只好将就一下，就地取材。”梁公章不慌不忙拉开公文包的拉链，拿出一沓杂乱的香烟纸片和宾馆信笺递给他，有点难为情地说。

看着手头一张张香烟锡纸片、一个个香烟纸盒子背面密密麻麻的文字，不同宾馆、大小不一的信笺上满是圈圈洞洞、画画改改的文字，陶昌银十分不解。

“这些可是我带回来的宝贝，你帮忙整理整理，明天夏州长还要召开考察组座谈会，你也参加一下。以后的扶贫工作，可能就要进入一个新的模式里了。”梁公章严肃地说道。

当天晚上，看着一沓杂乱的特殊资料，陶昌银一边猜、一边蒙、一边想、一边上网查，总算把一堆香烟纸片和宾馆信笺读了个大概，厘清了头绪，整理出初稿。

第二天，陶昌银参加了夏锡璠主持的考察组座谈会，听取了各县市分管副县市长和相关州直部门负责人的交流发言。根据白天的会议内容，当天晚上，他又连夜起草了《恩施州脱贫攻坚党政考察组赴贵州省赤水市、黔南州的学习考察报告》，在赤水市总结的“识贫不漏一人、帮扶不漏一方、政策不漏一项、产业不漏一家、基础不漏一处、住房不漏一宅、兜底不漏一个、扶志不漏一员、退出不错一户”这“九条经验”基础上，结合恩施实际和平时明察暗访掌握的相关情况，逐渐明晰全州脱贫攻坚总体思路和重点。

这个考察报告，便是后来“八个到村到户”最初的雏形。随后，夏锡璠又安排陶昌银牵头，起草了《恩施州2018年脱贫攻坚作战方案》（后简称《作战方案》）初稿。期间，州委书记柯俊和州长刘芳震多次听取起草情况汇报，研究完善方案。

根据州委、州政府主要领导意见，州脱贫攻坚指挥部办公室对《作战方案》初稿进行了反复修改。2018年1月7日，州“两会”期间，刘芳震主持召开八县市党政主要负责人和州脱贫攻坚指挥部成员单位主要负责人参加的座谈会，对《作战方案》进行了专题讨论。1月10日，夏锡璠主持召开专题会议，对征得的意见和建议进行了逐条梳理，认真讨论，反复修改，终于形成《作战方案》（讨论稿），于1月11日提请州委常委会审议。根据州委常委会审议意见，1月12日，夏锡璠再次召开专题会议，对作战方案进一步修改完善，最后以州脱贫攻坚指挥部“1号令”行文下发。

《恩施州2018年脱贫攻坚作战方案》是恩施州脱贫攻坚史上最重要的一份文件，是做好2018年全州脱贫攻坚工作的“作战令”“路线图”，也是做好2019年和2020年全州脱贫攻坚工作的纲领性文件，现在被广泛称为“1号令”。

这份文件中，恩施州创造性地提出了“八个到村到户”，“指挥体系”“尖刀班”“督战队”的提法也是在这份文件中正式产生的。

2018年1月16日，重逾千钧的“1号令”分别送到了州委书记柯俊和州长刘芳震的案头。一个政委，一个指挥长，两位领导深知这份文件的签署和下发意味着什么。自此以后，脱贫攻坚不再仅是扶贫行动，这将是一场覆盖面达全州四百余万人的战役，而这场战役最终的结果将会影响到湖北全省脱贫攻坚的成果，也将会给全州人民的生产、生活带来深远的影响。

如此重要的文件，究竟选择在哪里开动员会，以一种什么样的形式下发？政委柯俊和指挥长刘芳震的心里一直在盘算着。

走马会议

2018年1月17日，农历腊月初一。

岁末年初的全州各县市，好一派热闹之景。大街小巷处处充满了浓烈的年味儿。车流滚滚，人流如织，山货杂陈，置备年货的人们采买于街肆，归家的游子疾步于街头，载欣载奔迎接新年的到来。

位于恩施市东风大道593号的州委办公大楼一间办公室里，一份重要通知已经印制完成，即将传遍恩施各县市。恩施州委、州政府决定，在鹤峰县走马镇召开全州2018年脱贫攻坚现场会。

1月18日，小雨，州“四大家”领导柯俊、刘芳震、柯东海、陈江龙、张建文、唐泓、陈学明、张勇强、夏锡璠、高敬佩、向宏贵悉数到达走马。八个县（市）的县（市）委书记、分管扶贫工作的副县（市）长、扶贫办主任和州脱贫攻坚指挥部成员单位主要负责同志全部按时到达走马镇。

1月19日上午，与会人员在鑫农苑宾馆门前统一乘车前往木耳山茶叶基地考察茶叶产业发展情况。深冬的雨天，海拔900多米的木耳山上已是寒意侵人，蒙蒙微雨中，木耳山万亩茶园绿意浸染，四望无边。

“这才是产业发展该有的样子啊！如果州域内多有几方这样成规模的茶园，脱贫攻坚战就好打了，老百姓的日子也就富起来了。”来凤县委书记邢祖训禁不住当场感慨。

从木耳山下来，与会人员又参观了鑫农茶叶公司位于花桥村的茶厂，重点查看公司“161+”产业扶贫模式开展情况。

10：40，与会人员又前往走马镇九岭村考察驻村干部结对帮扶情况。11：20，再前往汪家堡村三节桥易地搬迁集中安置点考察产业配套情况。12：10，考察组一行返回鑫农苑宾馆。

半天的考察行程安排得满满当当，与会人员在参观考察过程中，各自都有不同的感悟和收获。午餐时间，所有人都在热议，关键词都聚集在产业发展和易迁安置上，每个人都在思虑，如何在本县市将走马的成功经验推广得更深更远。

下午的脱贫攻坚大会前，在州委书记柯俊的带领下，全体人员又考察了鑫农集团“党建带团建促脱贫”工作开展情况。

“这么多州县领导齐聚鑫农集团，一方面是在肯定我们的工作，另一方面也给我们带来了沉重的压力，我们唯有奋力前行，方不负州委、州政府和柯书记的厚望！”鑫农集团党支部书记符家胜对当天的情形记忆犹新，感动莫名。

15：50，恩施州2018年脱贫攻坚大会正式召开。

恩施州委副书记柯东海解读了《恩施州2018年脱贫攻坚作战方案》。《作战方案》共分五个部分，核心内容是“八个到村到户”，即干部力量下沉到村到户、精准识别佐证到村到户、基础设施提升到村到户、特色产业发展到村到户、人居环境整治到村到户、项目资金安排到村到户、惠民政策落实到村到户、群众工作深入到村到户。

随后，州委书记柯俊以饱含深情、慷慨激昂的语气作了题为《坚定信心尽锐出战，超常举措拿下阵地，以脱贫攻坚实效提升人民群众的“幸福感”》的讲话。他说：全州脱贫攻坚已进入爬坡过坎、攻坚拔寨关键期，必须多措并举，精准发力，用非常之策、下非常之功、使非常之力、求非常之效。

这次会议对全州脱贫攻坚所作的全面部署，可以从多个角度进行解读，但无论怎么解读，推进落实村级脱贫攻坚"尖刀班"模式，始终都是这次会议的一大亮点和创新。后来的实践充分证明，走马会议开创了全州驻村帮扶工作崭新局面，展示出恩施州领导层与贫困决一死战的决然态势。

为期两天，行程满满、干货满满的会议结束后，全州各级干部反响强烈，将走马会议称为里程碑式的会议，更有人大胆地将其称为恩施州脱贫攻坚史上的"遵义会议"。

"那天是一个拐点，压力陡增，全州脱贫攻坚工作力度空前加大，所有人都捏了一把汗。"咸丰县委书记郑东来如是说。

走马会议之后，走马镇和木耳山俨然成为网红地。恩施市、巴东县、咸丰县、利川市、来凤县领导相继带队前来，再次详细考察走马经验。夏锡璠亲自到木耳山拍抖音，将其命名为"世界硒都，中国茶谷"。

"柯书记选择在走马开这个会，主要是看上了这里集镇建设、产业发展和易地搬迁的三个亮点。当全州各县市还在探索的时候，这三项工作在走马便已经卓有成效。但是聚光灯下的工作也不好做，鞭策着我们要不断迅速推进。"三年之后，回忆起走马会议，走马镇党委书记黄凤协仍抑制不住内心的自豪。

盛名之下，所有工作、所有细节都会被监管和放大。黄凤协书记的担心是对的。走马会议后仅一个星期，恩施州委常委、纪委书记、州监察委员会主任陈江龙便派遣一支暗访队，对九岭村进行了一次全方位立体式检查，全村所有贫困户无一遗漏，重点察看驻村干部结对帮扶和村级产业发展情况。

暗访结果出来后，陈江龙书记在通报上批示：鹤峰县走马镇和九岭村的结对帮扶工作做得扎实认真，是全州各县市可资借鉴的榜样。

《恩施州2018年脱贫攻坚作战方案》将驻村帮扶工作作为"八个到村到户"之首进行安排部署，从州领导、州直单位一把手、县市党政一把手、县市党委政府分管领导、县市其他领导班子成员、县市直单位一把手、乡镇党政一把手、乡镇其他领导班子成员、村“尖刀班”等九个层面，全面压实工作责任，在2015—2016年第一轮驻村安排的基础上，经过两轮调整安排，实现了对全州2438个村的驻村帮扶全覆盖。按照走马会议部署，全州各级各层面聚焦脱贫，一锤接着一锤敲，一件接着一件抓落实，以“不摘穷帽就摘官帽”的气魄、“脱几层皮”的决心、“钉钉子回脚”的作风，举全州之力狠抓脱贫攻坚。

走马会议，特别是纲领性文件“1号令”，旗帜鲜明地明确了脱贫攻坚“第一政治任务”“第一民生”的政治定位，迅速扭转了之前茫然被动的局面，恩施州从此和全国其他脱贫攻坚主战场一道，告别大水漫灌时代，打开了脱贫攻坚新局面。

“尖刀班”

2018年3月12日，夏锡璠和梁公章到武汉参加全省脱贫攻坚座谈会。会上，省委领导对恩施州的脱贫攻坚工作进展情况进行了专门询问。省委办公厅、省政府办公厅在脱贫攻坚工作考核反馈意见中，列举出恩施州2017年度党政领导班子5类9项问题、贫困县党政领导班子6类10项问题。这11类19项加起来，铺开到各个县市和贫困村，又是多少个要集中整改和补短板的问题！如果规定时限内没有整改到位，恩施州怎么能和全国人民一道实现如期脱贫？

领导的期望和嘱托，化成了沉甸甸的责任和压力。会议结束后，夏锡璠立即向州委书记柯俊和州长刘芳震作了电话报告。柯俊和刘芳震指示，由夏锡璠牵头组织开展“回头看”工作。

当天晚上，洪山宾馆的房间里，夏锡璠便召集恩施参会人员，对如何科学调度全州脱贫攻坚、如何对已脱贫出列村开展“回头看”进行安排。

州扶贫办材料组组长陶昌银一边用笔记本电脑记录，一边跟宣传组万锐对接。当夜，两份文件便传回到了恩施州扶贫办。

3月13日，州脱贫攻坚指挥部《关于进一步加强脱贫攻坚指挥部调度的命令》（“2号令”）和《关于对已脱贫出列村进行“回头看”的命令》（“3号令”）正式文件制作下发。

按照文件要求，州委书记、州长带头落实脱贫攻坚责任，带头赴最边远、最贫困、最艰苦的村。一时间，全州各级党政领导和党员干部实行战时总动员，进入“一级战备”状态。36名州领导联县包村；县领导坐镇乡镇前线指挥部；驻宣恩、来凤、鹤峰县的32个州直单位一把手担任“尖刀班”班长，脱产扶贫；87名州直单位和国有企业一把手亲自担任驻村工作队长，落实“1+4”（每周在单位工作1天、在村里工作4天）驻村工作要求；选调干部21454人，组建2438个“尖刀班”进村入户。九个层面的干部均被压实责任，各级党员干部与农村贫困群众被紧紧捆绑到一起。接着，以《中共恩施州委 恩施州人民政府关于全力推进精准扶贫精准脱贫的决定》为统揽，围绕“两不愁三保障”的补短板工作，一系列政策措施随之密集推出。

四级书记全数出马，开展遍访贫困村行动，实行贫困村走访全覆盖。3月6日至7日，柯俊先后走访了珠山镇芭蕉坨村、甘溪村，长潭河乡田坪村、兴隆村，椿木营乡长槽村等地；4月11日，走访板桥镇大木村、穿洞村，太阳河乡白果树村；4月22日，走访州委办公室扶贫联系点恩施市白杨坪镇洞下槽村；4月23日至24日，走访利川市凉雾乡纳水村、沙溪乡繁荣村、南坪乡黄田村。

州委、州政府主要领导频繁密集下乡，不事先声张，进村暗访，指导调研直达基层。如此行事作风，使全州干部群众神经一时间骤然绷紧。

然而，经过一年的实践，“八个到村到户”仍然存在落得不实、落得不细的情况。

2019年，州委进一步细化“八个到村到户”，制定了安全饮水问题、危房改造任务、涉贫信访问题、补短板项目建设、集体经济空壳村、各类问题整改“六个清零”和产业就业、惠民政策、走访贫困、人居环境整治、乡风文明引领、基层党建提升“六个全覆盖”的精准工作目标。2019年下半年，为检验“六个清零”“六个全覆盖”落实效果，州委、州政府开展了以“十看村、十看户”为主要内容的脱贫攻坚“回头看”工作。在此基础上，汇总形成村、户补短板清单，把工作任务明确到人，把完成时限明确到天，要求逐一整改销号。

如期完成脱贫目标之后，又面临如何巩固脱贫成果的新形势。2020年初，全州开始实施产业就业、基础设施、公共服务、人居环境、社会治理、基层党建“六大提升工程”，巩固脱贫成果，推进脱贫攻坚与乡村振兴有效衔接。

这段波急浪高的历程，后来被柯俊精彩地形容为“滚石上山”。

三个“命令”下发后的三年多时间里，恩施全州在“尖刀班”工作推进中，逐渐形成了一套高效有力的推进机制。州及县市脱贫攻坚指挥部每月召开全州脱贫攻坚调度会，组织“尖刀班”代表进行交流发言，相互借鉴经验做法，查找差距不足；每月有针对性地下发《“尖刀班”月份重点工作任务》，确保各级驻村工作有重点有方向；各级指挥部适时组织专班分赴各村，对各级“尖刀班”人员到岗情况、驻村帮扶落实情况等进行调研、督查、暗访；发挥考核“指挥棒”作用，州县（市）两级指挥部，按照年度精准扶贫目标责任考评方案、考评指标及量分细则，从严从实对所有驻村单位年度驻村工作进行考评。

脱贫攻坚“尖刀班”是最基层也是最核心的作战单位，始终牵动着州委、州政府和全州各族人民的心。各级党委、政府和派驻单位时时刻刻关爱着他们，尽全力保障他们的工作条件和生活条件。驻村工作队员驻村期间，除原有人事关系、各项待遇不变外，驻村补助、生活补助、交通费用、意外伤害伤残死亡保险、意外伤害医疗保险等一应保障，全数得到落实落地，疫情期间还为他们提供新冠肺炎防疫保险，彻底解除了驻村工作队员的后顾之忧。组织人事部门也拿出硬措施，在职称评定、职级晋升、提拔任用等方面，在同等条件下对“尖刀班”成员优先考虑。

恩施州在脱贫攻坚工作中创造性地组建“尖刀班”，三年多的实践，连续书写了战贫、战“疫”、战洪的光辉篇章。

2018年8月7日，政委柯俊、指挥长刘芳震以饱含深情的笔触给恩施州全体“尖刀班”干部写了一封信，通过恩施电视台、恩施日报微信公众号发布，各县市媒体立即转发。信中写道：

脱贫攻坚是党中央交给我们的重大政治任务，是伟大的新时代赋予我们的伟大历史使命，是一场必须打赢的硬仗。在这场硬仗中，全体“尖刀班”干部积极响应组织号召，坚决服从组织安排，吃住在村、岗位在村、工作在村，用辛勤的汗水塑造了党和政府的优良形象，成为人民群众最需要的人。在此，我们代表州委、州人民政府向奋战在脱贫攻坚一线的全体“尖刀班”干部致以亲切的问候和崇高的敬意！

春时一粒入地，秋来万颗归仓。今年以来，州委、州政府大力实施“八个到村到户”，21454名干部组成2438个“尖刀班”奔赴一线，以村为战场、户为堡垒，进村入户决战贫困。共走访农户70多万户、召开群众会7万余场次、推进基础设施建设项目41.6万个、组织开展技能培训83.2万人次、新发展特色产业69万亩。民生项目纷纷上马、惠农政策落实落地、产业基地建成见效，行路难、饮水难、用电难、上学难、就医难、住房难、增收难等脱贫攻坚难题逐一破解，数以万计的贫困群众喝上了干净水、点起了明亮灯、走上了畅通路、用上了4G网、住进了幸福家。你们的骄人业绩，得到了各级党委、政府的充分肯定；你们的辛勤付出，赢得了广大群众的高度认同；你们用心血和汗水，夯实了全州精准脱贫、全面小康的底盘和根基。是你们“舍小家、为大家”的无私奉献，是你们“不求回报、忘我工作”的默默耕耘，是你们“克难攻坚、不胜不休”的不懈努力，构建了全州脱贫攻坚工作的崭新格局。为了打赢这场硬仗，你们中有的轻伤不下火线，有的主动推迟婚期，有的刚为人父母就与孩子别离，有的正值小孩中考高考也不能陪伴，有的家人生病住院无法照料，有的父母离世时都未能送上最后一程……你们用实际行动书写了扶贫路上的壮丽篇章。

越是急难险重，越能检验担当。当前，脱贫攻坚已进入攻城拔寨、决战决胜的冲刺期，目前全州仍有40.9万贫困人口，贫困发生率分别高于全国、全省8.5和6.5个百分点。要实现今年3个县脱贫摘帽、165个村脱贫出列、20万贫困人口脱贫销号，明年全州整体脱贫摘帽，时间紧、任务重、压力大。希望广大“尖刀班”的同志们，紧盯“两不愁三保障”的脱贫标准和“人民群众满意”的根本要求，常怀“但愿苍生俱饱暖”的真情，秉持“钉钉子回脚”的作风，拿出“破釜沉舟”的勇气，抓紧抓紧再抓紧，落实落实再落实，切实当好脱贫攻坚的“主攻手”、群众致富的“引路人”、全面小康的“生力军”，坚持扶志、扶智、扶能相结合，激发广大贫困群众脱贫致富奔小康的内生动力，以优异的成绩向党和人民交上一份满意的答卷！

这封饱含深情又期望满满的信迅速传递到所有扶贫干部手机上，在恩施州广大“尖刀班”成员中引起强烈反响。各地“尖刀班”纷纷在当日晚间夜学夜会上宣读，听得大家心潮澎湃、百感交集、豪情顿生。“尖刀班”战士和扶贫干部们以诗歌、以回忆的方式配以各类感慨转发朋友圈。

第三章 漫水练兵

“大礼包”

2018年2月21日，农历正月初六。天空灰蒙蒙的，还飘着零星小雪。下午5点左右，在来凤县城的一栋普通居民楼里，漫水乡党委书记向峰正在家里收拾洒扫，整理行李，准备第二天一大早启程去漫水乡上班。

电话铃声响起，是州扶贫办主任梁公章。因为同为鹤峰县走马镇人，两人相熟已久，近年来因为扶贫工作压力重逾千钧，向峰书记经常都会向这位领导老乡请教工作方法，互动和沟通相较平日多了许多。

除了春节问候和祝福外，梁主任还跟她开起了玩笑。

“你看，最近脱贫攻坚工作责任重、压力大，你这个正当妙龄的女书记恐怕是春节都没有过好喔，我这个老乡也没什么送你的，给你预备了一个春节大礼包，请一定笑纳。”

“哈哈，感谢领导的惦念，我这个小女子怕是受宠若惊，承受不起喔！”

作为一名最基层的乡党委书记，关于“1号令”下发之后的精准扶贫工作，向峰是再熟悉不过了。

走马会议之后，全州脱贫攻坚“1号令”下发到全州每一个村组，脱贫攻坚工作节奏骤然加快。全州驻村工作队全部升格为“尖刀班”，人员重新配备，力量再次充实。2万多名“尖刀班”战士打起背包，整装开拔，顶风冒雪向着大山进发，奔向那生养他们的土苗山乡的贫瘠深处。

2月2日，州脱贫攻坚指挥部又下达了新年的第一道作战命令：所有“尖刀班”队员走访全村所有农户，了解家庭情况，听取群众意见；召开户主会、小组会、屋场会，讨论大家共同关心的问题；在扎实做好以上两项工作的基础上，与村、乡镇共同研究确定本村农户和公共事务补短板的任务清单，并以群众会方式反馈到群众中去。

在向峰的理解中，梁主任说的“大礼包”可能就是州脱贫攻坚指挥部新近要下发的文件或者工作方案之类。从基层一步步走上领导岗位，已经让这位38岁的女书记练就了过硬的心理素质，对梁主任说的这个“大礼包”，她也没有太多在意。两人在轻松的氛围中愉快地结束了对话。

令向峰书记没有料想到的是，梁公章主任这次的“大礼包”真的是为漫水乡量身定制，专门预备下的。这个“礼包”的送出，将对全州的脱贫攻坚战产生深远的影响。来凤县漫水乡，这个毗邻湖南龙山、仅有13个行政村的小乡镇，也将因为这一个特殊的“礼包”而载入全州脱贫攻坚工作史册。

漫水乡，位于来凤县城南部，酉水河西岸，面积133平方公里。地势狭长，呈南北走势，东南与湖南龙山毗邻，西北与百福司镇、绿水乡接壤。因老街地势低平，酉水涨水时常被洪水漫溢而得名。人口仅两万余人，辖1个社区、13个行政村，乡政府驻新拱桥，距县城37公里。境内盛产誉满中外的金丝桐油，曾创造过“万担桐油下荆楚”的盛况。有美味爽口的金薯粉丝，有国家一级保护植物——南方红豆杉，有几度引来国外专家探幽寻宝的磨刀溪大溶洞……

在此工作五年有余的向峰书记，对这片土地已经有了深深的感情，可是令她感到不解的是：全州组织的第一支脱贫攻坚督战队怎么就会选择了漫水，而且是以“解剖麻雀”的方式全方位、立体式进行。

就在梁公章主任给向峰书记电话的那天早上，一支20人的州精准脱贫督战队在队长周明富、陈力的带领下，从州城出发，已经直抵来凤县城。

与此同时，全州各路督战队伍也正迅速集结赶往来凤，整体进驻，以督代训。督战队指导思想很明确：督战的“仗”怎么打，“兵”就怎么练；督查任务是什么，队伍就怎么建；督查目的是什么，就研究形成什么样的方法。

来凤督战支队的队员来自州、县直各行业部门，层级不同、岗位不同、经历不同，大部分队员没有从事过扶贫工作。打铁还需自身硬，将一支临时、业余型队伍打造成深入脱贫攻坚第一线的正规军、督战队，是摆在支队面前的重要任务。

进驻来凤以后，支队全体队员进行了紧张的学习。整整一天的时间，队员们通过座谈、集中讨论、闭卷考试等方式基本掌握了脱贫攻坚的各项政策和督战工作的要点，明白了自己要干什么、怎么干。

正月初七早上，就在向峰书记组织召开漫水乡新年第一次班子碰头会的同时，州督战队的队员已经分组抵达漫水乡13个村，不事声张，悄无声息。

“正月初七上午，所有‘尖刀班’队员刚刚到位，下午，州督战队的同志们就分批进入了漫水乡。桶子村因为离乡政府最近，督战队员到得最早，我们都有些猝不及防。”回忆起漫水督战那几天的情形，时任漫水乡桶子村党支部书记的胡学府和“尖刀班”班长袁诚记忆犹新。

“尖刀班”班长袁诚是来凤县民族小学的一名教师，自2017年10月8日接到驻村任务到现在，他已经完成了从驻村工作队队长到“尖刀班”班长的角色转变。

“那时漫水大桥还没有修好，村民和‘尖刀班’都是通过酉水河上的一座铁索桥进出村。当时，督战队的同志们把车停在河对岸，步行进村。进村之后也不到村委会，直接就到了农户家，我们都不知情，也无人陪同检查。”胡学府是漫水乡派驻的驻村书记，那天的场景他记得非常深刻。

整整三天的时间里，分派到桶子村的3名督战队队员，全程徒步，对全村131户贫困户进行了遍访尽访。

十二组田庆跃家庭有5口人，大女儿因贫辍学在外务工，二女、小儿在校读书，教育负担大，住房存在安全隐患。

十一组田庆波，因伤暂无劳动能力，家庭7口人，负担大，住房存在安全隐患。

十三组张祖春，家有两个患病老人，其妻照料两个婴幼儿，仅1个劳力。

十二组刘菊花，家有5人，长期慢性病3人，劳动力1人，高中学生1人，住房存在安全隐患，不应脱贫。

十二组村民田庆祝，田土冲垮未得到补偿，发展产业无资金，田庆祝翻修房屋没得到危房改造资金。

十二组村民胡光辉，田土冲垮未得到补偿。

…………

每天晚上，督战队队员都要到村委会集中，将白天发现的问题不断向“尖刀班”反馈。

“那几天，‘尖刀班’成员都是懵的。说实话，之前的扶贫工作，我们没有做到这么细致。有好多问题，我们知道但没引起重视，也从没有上级来进行过这样严厉的工作督导。但是现在，我们知道，问题到了不得不解决的时候。每个队员手心里都攥着汗，也在暗暗下决心，以后的工作一定要做得更细更实。”回忆起那几天的场景，仍旧忐忑难安的“尖刀班”班长袁诚如是说。

在赵家坡村，村纪检委员徐中银因为要带路，陪着督战队员参加了半天走访。

“我当时也不知道督战队是个什么意思，只知道是州里派出的检查组，检查的内容也不知道。就看他们拿了几张表，每进一户贫困户，就一项一项地看，一项一项地问，密密麻麻记录了很多问题。看到这么多问题，我心里骤然就紧张起来了。”想起那天的情形，徐中银仍有些心有余悸。

“在一组龚福光的家里，督战队员去的时候，只有一个小姑娘在家。那天天气很冷，他们问了小孩子一些问题，小孩子说得并不太准确。可能当时他们也并没有全面了解情况，就把我严厉批评了一顿。说实话，我当时也挺委屈的。不过后来，他们又重新回去了解了一下这家的情况，回来后修正了一些问题。其实那个时候，督战队也是刚刚成立，他们的工作方法也是在摸索中慢慢找到的。”

徐中银的理解是对的。组建之初的督战队，队员们也并不特别熟悉扶贫工作的具体要求，检查工作走一些弯路也是常有的事，不过这正是此次漫水练兵的目的。

“督战任务条条缕缕制订得精准、具体，针对性极强，聚焦督战重点，紧盯‘八个到村到户’。这个月，督战发现的问题70%集中在干部作风方面。但说实话，当时的督战队也是刚刚组建，怎么跟村民打交道，怎么把问题找准、摸准、查清，队员们也在摸索之中。很多‘尖刀班’成员，因为农村工作熟悉，也给我们提供了一些思路和方法。这也是一个相互配合的过程。”回忆起二月督战的过程，州扶贫办数据信息组组长陈力说。

以督代训，正是此次漫水督战的方向和目的。

2018年3月1日，恩施州脱贫攻坚指挥部第2期战报面向全州各县市脱贫攻坚指挥部、州直各单位下发。战报写道：

2月22日至25日，州精准脱贫督战队前往来凤县漫水乡，对全乡13个村，142个村民小组，734户（其中贫困户504户，非贫困户230户）进行了全方位、“解剖麻雀”式的督战，发现诸多问题。现命令你们高度重视，认真对照，举一反三，彻底整改，确保全州脱贫攻坚工作有效推进。特别是来凤县要督促漫水乡及各乡镇、各部门，迅速核查相关情况，逐项限期解决，确保整县脱贫摘帽目标。漫水乡距来凤县城35公里，辖13个村，农业人口21610人。全乡建档立卡贫困户1866户7120人，已于2016年整乡脱贫。经督战队现场解剖、综合分析研判，认为漫水乡综合贫困发生率远远高于2%，群众认可度仅为70%左右，完全达不到整体脱贫标准。

…………

后面列举了督战中发现的贫困户识别、“一户一策”、惠民政策落实、项目建设管理等各类问题总计141个。

漫水出名了

“拿到整改问题台账的时候，我整个人都懵了。一个小乡，13个行政村，这么多问题，而且绝大多数问题都是限期在三月底之前完成，时间只剩下不到一个月。你想想，我当时的压力有多大，来凤县委、县政府的压力有多大，邢祖训书记身上的压力有多大。”

直到此刻，向峰书记和宋宇乡长才回想起来，正月初六那天下午，梁公章口中的“春节礼包”竟然是如此沉重的一份“大礼”。

其实选择来凤县漫水乡来开展督战练兵，时任恩施州委常委、纪委书记，州监察委员会主任陈江龙也是颇费了一番思量。来凤县是全州2018年计划摘帽的三个县之一，工作基础在三个县中又相对较差，有效的工作时间显得尤为珍贵。要想在短时间内使脱贫攻坚工作取得质的提升，必须进一步压紧压实各级各部门领导的政治责任，让他们在脱贫攻坚战场上勇于担当作为，带头冲锋陷阵。其次，漫水乡体量相对较小，只有13个行政村，练兵难度相对小一点儿，有利于大家在完成工作之后，更好地开展交流。这对督战队员来说，也是进步最快的一种方式。

收到州督战战报和问题台账之后的向峰和宋宇并没用过多时间来犹豫和“抱怨”，向峰甚至未想到向老乡梁公章回一个“签收信息”，便即刻投入到整改战斗之中。

来凤县人大常委会副主任赵尚清挂帅出任漫水乡前线指挥长，进驻漫水乡，全力督促问题整改。

3月7日，漫水乡前线指挥部收到州督战队战报，立即召集乡党政班子成员对战报通报的问题进行仔细研究，讨论整改方案。

3月8日，制订《来凤县漫水乡2月督战战报通报问题的整改方案》并下发到各村“尖刀班”，要求各村“尖刀班”根据方案据实整改。

3月9日至3月13日，漫水乡指挥部各指挥长，对各“尖刀班”整改情况进行督办。

帮扶干部紧张，“尖刀班”紧张，乡指挥部紧张。

漫水紧张，来凤紧张，全州紧张。

督战队怎么“防”？扶贫工作怎么做？整改工作怎么搞？

一大堆问题摆在面前。那段时间，向峰和宋宇每天都接到来自全州各县市领导、乡镇书记，甚至是“尖刀班”队员打来的咨询电话。

督战队是什么？他们来干什么？他们要看什么？是不是每户必到？出现的问题怎么整改？会不会处分人？

各种问题，林林总总，千奇百怪。

“漫水出名了，在全州都出名了，但是我们并不想以这样的方式出名啊！其实他们问的那些问题，我们也不知道。这新年里的第一棒，差不多直接把我们打晕了。”那段时间，一向以干练、果敢著称的向峰脸上连笑意都略显苦涩。

县委主导，乡镇负责，村级整改。指挥长赵尚清进驻漫水乡之后，立即召开指挥部会议，宣布了几条铁律：

“1号令”要求的“尖刀班”吃住在村，我们指挥部全体成员也要吃住在乡、在村；“1号令”要求的五天四夜驻村工作机制，在问题整改阶段，我们调整到七天七夜工作在岗，问题不解决，概不放假；指挥部成员分片负责，进村找问题、改问题，每天晚上开碰头会，情况一天一汇总，工作一天一调度；三月底前，除易迁、危改等不可能短期完成的任务适当推后外，其他所有问题一一整改销号到位。

整个漫水乡全体干部职工进入前所未有的高强度工作状态之中。从乡党委班子成员到村“尖刀班”再到每一个帮扶干部，真正感受到了打仗的气氛。50多岁的赵尚清连续一个多月没回家；向峰20多天没回家，虽然当时她刚生完二胎不久，但根本没有时间回家照管孩子；“尖刀班”成员也是七天七夜一直吃住在村。

在整改交账的那一个多月时间里，漫水乡前线指挥部想尽了各种办法。最开始实行的是指挥成员连片包村制，每人负责一个行政村，白天进村解决问题，晚上回乡政府开碰头会议。小的问题在村里现场解决，大的问题拿回指挥部，全体成员协商解决。

“最开始是指挥部成员开会，到后来，我们直接把各村‘尖刀班’班长也喊来了。白天进村在贫困户家里，晚上就在乡指挥部。班长一个一个讲问题，其他人提出解决办法，搞完一个村再接着搞下一个村，感觉就像是开民主生活会一个样。这样的会一开就是大半夜。那个时候，大家没有觉得苦和累，只要问题能解决，工作能交账，天塌下来都不重要。”那段时间的工作节奏，向峰一直记得很清楚。

“这样的会越来越多，大家慢慢发现了一些问题。好多情况，只在会上是说不清楚的，只能到贫困户家里去看。会上讲的，并不一定是真的，到底有没有整改到位，那还是需要现场检验。”经过了一个多星期的碰头会整改后，赵尚清决定改变工作方法。

碰头会不再在乡里开，会议地点放到各村村委会。解决问题一户一户来，村级方案一个一个做。自此以后，在赵尚清和向峰的带领下，指挥部成员全体进村开夜会，13个村轮流。半个多月过去，州督战队交办的141个问题，除了易迁安置等无法短期内整改到位的事项外，其余问题全部被一一攻克。

2018年8月，中共中央、国务院发布了《关于打赢脱贫攻坚战三年行动的指导意见》，明文要求实施五级书记遍访贫困对象行动。省（自治区、直辖市）党委书记遍访贫困县，市（地、州、盟）党委书记遍访脱贫攻坚任务重的乡镇，县（市、区、旗）党委书记遍访贫困村，乡镇党委书记和村党支部书记遍访贫困户。

其实早在2月份，漫水乡便已经实现了乡镇党委书记和村党支部书记对辖区内所有贫困户的遍访。

拉　练

经过20多天的艰苦作战，到2018年3月底，州督战队交办给漫水乡的问题全部销号。属实的问题全部整改，不属实的问题提供佐证材料，短期内不能整改到位的问题明确责任人和时间进度表，整改落实情况逐级报送至来凤县脱贫攻坚指挥部、恩施州脱贫攻坚指挥部。

报告上交了，方案落实了，乡指挥部的工作并没有因此松懈。他们深知，州督战队对漫水乡的解剖只是一次练兵，真正的督战工作才正式开始，对交办问题整改落实情况“回头看”才是督战工作的重点所在。

怎么才能把问题真正解决？怎么才能把对贫困户的各项惠民政策落到实处？那几天，夜夜难眠的向峰琢磨出了一个新的大胆的点子。

4月2日，漫水乡脱贫攻坚前线指挥部又发出一道新的命令：清明节之后，组织开展全乡13个行政村交叉检查拉练活动，每个村、每个贫困户必到必访。

如果说之前的整改是对州督战队交办的问题进行整改落实，那么这一次的命令则是刀刃向内，自己主动找出自己的问题。

4月的漫水，已是一片春意盎然的景象。田边地角，各种野花次第开放。桶子村连片的藕田开始悄悄绽放出绿叶，一派迷人春色。

全乡拉练整整持续了一个月时间，指挥部近10人加上各村“尖刀班”班长共20多人的队伍，实现了对全乡贫困户的第二次遍访，各种扶贫领域的暗角都被悉数翻出，共找出大小问题1142条，是州督战队交办问题的10倍。

“拉练队伍20多人，每天吃在村里。哪个村都没有那么大的场地，我们就发明了村级自助餐，从指挥长到书记乡长到‘尖刀班’，人人自备餐具，在村食堂自己交生活费，排队打饭，吃完饭立刻投入工作。我敢说，在全州，甚至是全国，村级食堂搞自助餐，我们都是首创。”提起那段时间的生活、工作情况，向峰脸上是历尽艰险后的快意之色。

“我们的干部，在关键时刻都是顶得上的。鱼塘村的尖刀班班长周习兵，自己50多岁了，父亲那段时间生病进了重症监护室，他硬是没有离开过岗位一天。还有一个村的‘尖刀班’班长向代群，老婆得了癌症，我主动让他请假回家照顾，他也没有离开过。有时候看他接完电话在偷偷抹泪，我们就自觉地不说话。谁家没有难处，可是在这场硬仗面前，我们都知道，没有退路，唯有奋勇向前……”提起跟自己一起打这场仗的战士们，向峰这个果敢却心善的女书记，也禁不住几度潸然泪下。

漫水乡龟塘村是州政府办公室驻村，先后牵头的有州国税局、州气象局、州粮食局和县交运局4个单位。在这场全乡的拉练工作中，他们严格服从漫水乡前线指挥部的统一安排，保证了与县乡工作步调、节奏完全同步。

州长刘芳震先后十次调研指导龟塘村精准扶贫工作；原常务副州长周静、副州长张勇强借“两学一做”活动时机，调研指导龟塘村精准扶贫工作，并亲自协调解决扶贫工作中的难点问题；州政府原秘书长黄敏吃住在村，实地调研帮助解决扶贫中的难题，查看并督促危房改造进展；州政府秘书长周辉军上任后就立即到村调研检查脱贫巩固情况，要求规范村、户资料整理和管理，对脱贫巩固项目和人居环境改善进行深入研究；来凤县原县长杨局成先后三次带领县直各部门在龟塘村召开现场会，县长李伟前往指导“回头看”。各级领导的高度重视和扶贫工作队的扎实工作，确保了该村精准扶贫各个项目的有力推进。

这群可爱的人，他们朴实且平凡，坚毅且果断，他们似小草扎根大地，似高山立于群众心头。村村寨寨，山山岭岭间，太多太多的故事在悄悄传颂。

酉水情深，这是一方多么多情且迷人的山水啊！

2018年11月26日，是一个令漫水乡人民永远牢记的日子。耗资700余万元，位于乡政府所在地下游约二公里处的桶子村大桥建成通车。酉水南岸的四个行政村终于告别了走铁索桥、从渡口坐船过河的日子。公路贯通，各类建材顺利运抵。仅仅两年时间，桶子村64处老旧木屋全部改造完工，四个村的村民共计新修乡村小别墅320余幢，穷困落后的面貌被彻底改变。

督战队

漫水督战完成大练兵之后，州脱贫攻坚指挥部印发了《关于组建督战队持续开展扶贫领域常态化督办检查的通知》，从州直相关单位抽调110人组建了州精准脱贫督战总队，由州脱贫攻坚指挥部副指挥长夏锡璠任总队长，以县市为单位，下设8个督战支队，州脱贫攻坚指挥部督战队正式组建。

在运行机制上，州县脱贫攻坚指挥部办公室督查科同州、县纪委扶贫领域腐败和不正之风专项整治办公室合二为一，由州、县纪委书记牵头协调。督战队实行准军事化管理；支队长、副支队长、分队长，AB角色互补，相互监督、相互制约；坚持独立开展工作，不打招呼、不陪同、不接待；不断改进工作方式方法，换位思考，尊重基层干部，和颜悦色、轻言细语开展督战；严格遵守党风廉政建设有关规定，严明督战工作政治纪律、组织纪律、工作纪律、生活纪律。

2018年2月23日，8个督战支队分别进驻各县市进行督战，围绕人民群众满意的目标，紧盯国家验收核心指标和各级领导干部履行脱贫攻坚政治责任要求，行使州委、州政府扶贫领域督查督战职权。

督战队牢牢盯着“八个到村到户”，一月一个重点，开展密集督战。4月，开展产业发展到村到户专项督战。5月，督战项目建设和以“厕所革命”为主的农村环境综合整治。暗访和督查，迅速找出了多项问题。鹤峰督战支队在抽查的548个建设项目中，发现开工率69%，而完工率仅为26%。州脱贫攻坚指挥部召开会议专题研究，认为所有问题的核心，说到底是作风建设问题。接报的柯俊立即指示，一定要彻底转变庸懒散软作风，一扫颓风！

全州督战队闻令而行，开展作风问题专项督查。早查、夜查、杀回马枪、蹲点守候；查看工作生活痕迹，看“尖刀班”干部是否岗位在村、工作在村、吃住在村；教育引导“尖刀班”干部：人在心不在不是真正的力量下沉，学习不够、能力不足、工作态度不积极不是真正的力量下沉，实在不能履职到位的坚决更换，必须保证“尖刀班”成员身入心入。督战中发现的违纪问题及线索，报告各级纪委调查处理。于是乎，各级指挥长、副指挥长坐镇88个乡镇前线指挥部，实行指挥前移。200万元以下的扶贫项目，不需要招投标的一律不招投标，采取遴选、竞争性谈判等方式确定施工建设单位，或交由村集体经营公司开展建设施工，扶贫项目开工建设速度大大加快。西南片区拟在2019年脱贫的宣恩、来凤、鹤峰三县，相继发出倡议，周末休息日缩减到一天，结对帮扶干部每月至少入户一至二次。

很快，这股实干、苦干之风迅速吹遍全州。利川、巴东、建始、咸丰、恩施等县市纷纷倡议干部职工缩减休息时间，全力奋战脱贫攻坚第一线。

2018年3月10日，副州长夏锡璠在宣恩县脱贫攻坚督战工作会上作了一次被广为流传的讲话。参会各县市领导和各村书记、“尖刀班”班长等被频繁点名回答相关脱贫攻坚知识。会议整整开了四个多小时，参会扶贫干部深受触动。

“关于‘尖刀班’到位的问题，农发行宣恩支行的行长，请你起来回答一下。你们为什么就派一个办公室文员当队长，是什么原因？”

答：“有特殊原因，请示了领导的。”

“请示的哪个领导？是州脱贫攻坚指挥部的领导还是书记、县长？州直单位都是一把手在这里当队长，县直单位有什么特殊？我们州直单位驻宣恩、来凤、鹤峰的全部都是单位一把手担任队长，你们能找到一个特殊的出来吗？州委组织部的事情多不多？他们的部长亲自在这里当队长；州纪委的事情多不多？他们的书记亲自在来凤当队长！如果你觉得工作多，有困难，就请拿这些单位和个人来对比一下！”

“贫困县摘帽的标准是什么？一是贫困发生率要低于2%，二是漏评率、错退率要在2%以下，三是群众认可度要在90%以上，这是数字化的标准。还有两个，一是农民人均纯收入的增长幅度高于全国平均水平，二是基本公共服务主要领域指标接近全国平均水平。这两句话是以县为单位进行核算，所以在验收贫困户是否脱贫的时候不要去看他的收入超过全国平均水平没有，那是错误的，不是验收贫困户的‘两不愁三保障’就完了。”

“万寨乡乡长张艳丽，请问漏评率不能超过多少？”夏锡璠继续提问。

答：“小于2%。”

“怎样计算漏评率？”

答：“抽样中的漏评数除以抽样中的非建档立卡人口数乘100%。”

“好，请坐。第一个得满分的人。”

“‘1号令’对从州里到结对‘尖刀班’、结对帮扶干部，各级应该负什么样的责任都已经明确。如果说大家对主要责任、主要领导责任、重要领导责任、直接责任还不清楚的话，那你们就去问下纪委书记，看这些是什么意思。州委书记柯俊在常委会上是这么说的，全州所有的干部头顶上有两顶帽子，一顶贫帽子一顶官帽子，二者必须摘掉一顶。出现失职渎职的直接追究法律责任。”

“你生在这个时代，这个时代的大历史背景是什么，是精准扶贫、精准脱贫，这是中国共产党执政历史上的大事件，这相当于新中国成立，相当于改革开放。我们身在这个大事件的背景当中，能够在这个大事件里面体现自己的价值，这种机会可遇而不可求。所以同志们，莫当负担当机遇、莫被动要主动、莫消极要积极，人生的价值通过这个体现。”

…………

“那是我自工作以来，开会讲话时间最长的一次。因为我们的时间太紧迫了，而我们的工作状态离要求差距太大了。虽然当时宣恩县的工作还算走在前列，但对照贫困县脱贫摘帽考核验收的标准，差距还是非常明显。只有作风扎实，工作才能落实，脱贫才真实，迎接检查才踏实。我觉得我们就应该拿出土家儿女踏实奋进的精神来干事，拿出我们绣花的功夫来干事！”那次会议夏锡璠印象极为深刻。

半天的会议开完，全体参会人员人人心头凛然。政策掌握了没有？村出列、县摘帽的脱贫标准搞清楚了没有？下一步的工作又该如何去做？县市领导、督战队、“尖刀班”、结对帮扶干部各自要履行什么职责？

…………

一时之间，全州干部职工迅速掀起了一股学扶贫政策、学扶贫知识的热潮。各县市纷纷开展扶贫政策夜学活动，部分单位还把相关知识印成卡片下发。更有甚者，把联系户信息和帮扶政策放进手机壳里随时学习背诵。

颓风扭转，共识达成，恩施全州战贫工作进入快节奏、高强度时期。各县市脱贫攻坚指挥部、扶贫办经常是灯火通明，通宵达旦。有工作人员戏称：这几年里，全州除了印刷厂，扶贫办的打印机是最忙碌的。人还可能略有休息时间，但机器从来没停过。

没办法啊，各类学习资料、政策文件、表格方案时时更新。要下发和报送的资料太多了，为减轻基层负担，保证扶贫干部的精力不为烦琐杂务所占用，这些资料性的东西几乎都由州、县扶贫办统一印制下发。周一到周五，甚至周末，各级领导几乎都是奔波在下乡的途中。这不是哪一个人或哪一个县市的情况，而是整个扶贫领域所有工作人员的常态。

4月间的一天，有着“拼命三郎”之称的梁公章晕倒在办公室，被同事紧急送往医院。消息传来，刘芳震和夏锡璠迅速赶去医院探望。医生说：“这个人完全是累垮的，必须马上住院治疗，否则有生命危险 。”

住进医院的梁公章哪里闲得下来，每天都有那么多事务要安排，那么多决定要做。一边是一刻也不能放松的脱贫攻坚工作，一边是不能再拖延治疗的身体。怎么办？为梁公章身体着想，州委、州政府决定前线换将，将时任恩施州人大常委会委员、州人大教科文卫委员会副主任向金洲紧急调任州扶贫办。闻此消息，梁公章怅然良久。回想起来，自接任州扶贫办主任以来，他办公室的墙面上便挂上了一张脱贫攻坚作战图。每消除一个贫困村，他就会给这个村标注上一面红旗。他曾跟同志们豪迈地许诺：四年内，要将红旗插遍全州所有的村！如今脱贫攻坚战激战正酣，胜利在望，他却因身体原因再不能冲锋陷阵。他满怀遗憾，心有不甘！

与梁公章一样，向金洲也有在鹤峰县走马镇担任党委书记的经历，对产业发展、村镇建设有着极为丰富的经验。组织与他谈话后，他临危受命，顶替战友冲上一线。2018年5月6日，新任恩施州扶贫办主任向金洲在医院与梁公章完成了工作交接，迅速进入战贫一线。

“肩上的责任重大啊，千头万绪，感觉就像泡进了海水里，浪头一个接一个地来。压力太大了，所以我只能天天学，夜夜学。我自己不学深弄透，怎么去安排怎么去督导？又怎么去给领导提出恰当的意见和建议？”

2018年6月初，刘芳震在国家行政学院专题研讨班介绍恩施州茶产业、旅游产业扶贫的做法与经验，参加央视《产业扶贫在行动》节目录制，现场推介恩施硒土豆。恩施州产业扶贫在全国火了一把。回到恩施，他向柯俊作了汇报。一个政委一个指挥长，两人就全州的精准扶贫工作又进行了深入长谈。提起最近各县市督战队反馈回来的3900多项各类问题，他们深感忧虑。第二天，一份秘密指示传到恩施州纪委，指挥部决定开展一次聚焦扶贫领域的电视问政，把问题亮出来，把责任扛起来，把工作作风之火烧起来。

6月29日，恩施州“聚焦扶贫领域作风突出问题”首场电视问政暨半年工作调度会举行，时任州“四大家”领导悉数到场。

8部短片，分别聚焦扶贫手册弄虚作假，易地扶贫搬迁安置房质量，水电路网等基础设施建设短板，扶贫政策执行不到位、不担当不作为、侵害群众利益问题等。短片以暗访形式拍摄，许多问题是第一次呈现在现场观众面前。

来凤县漫水乡24条通村公路设计图纸经过两次修改，还是无法施工；恩施市红土乡石窑“女儿会”风情小镇集中安置小区，5个村117户易迁户拿到钥匙高兴入住，但安置房多处阳台、墙体、天花板、地面存在安全隐患；2015年至2017年，利川市农村商业银行凉雾支行为100多户贫困户发放小额贷款时搭售保险，代收保险费4万多元；咸丰县清坪镇清水塘村和黄金洞乡大沙坝村的扶贫干部，对“1+5”医疗保障政策一问三不知，让群众一头雾水……

主持人和评议团成员频频发问，现场气氛凝重，火药味儿十足，人人手心都捏着一把汗。各县市党委书记或县市长，相关部门及乡镇主要负责人一一作答，提出整改方案，明确整改时限。州人大代表、州政协委员、媒体记者等组成的评议团对各县市接受问政情况现场表决评分。

问政结束后，州委书记、脱贫攻坚指挥部政委柯俊对全州脱贫攻坚工作进行调度，对曝光问题涉及的单位进行了严肃批评。他说："举办脱贫攻坚电视问政暨半年工作调度会，就是要促进作风再转变、问题再聚焦、责任再压实，各地各部门及'尖刀班'、督战队要高度重视问政反映的问题，真认账、真反思、真整改，努力向全州人民群众交一份满意答卷。要多管齐下推进各项整改措施落实落地，深入学习，坚决保证政策落实不走样；压实责任，坚决保证目标任务不落空；聚焦重点，坚决保证问题整改不打折；改进作风，坚决保证扶贫成效不反弹；理顺机制，坚决保证工作任务不空转。要坚决从严追责问责，重点聚焦动群众奶酪，执行政策有偏差，搞形式主义、官僚主义，不担当、不作为、不落实等突出问题。"

整改工作迅速启动。7月3日，恩施州政府机关党组负责人对电视问政曝光问题涉及的部分州直责任单位进行约谈，恩施农村商业银行、太保寿险恩施中心支公司、中国电信恩施分公司、中国移动恩施分公司、中国铁塔恩施州分公司主要负责人首批接受约谈。《恩施日报》随之推出"扶贫问政整改追踪"专栏，跟踪报道各被问政部门整改工作进展情况。

三个月后，《恩施日报》派出记者进驻巴东，进行了一个多星期的明察暗访，针对之前的问题，逐一跟访报道。问政现场曝光巴东存在的问题有：绿葱坡镇肖家坪村，因为水源地低于蓄水池和蓄水池没有完工，导致该村两个集中安置点的饮水问题未解决；茶店子镇200万元以下通村水泥公路建设项目还在走招投标程序，10个村40多公里的交通扶贫补短板项目进度缓慢；野三关镇招风台村，因当初在报产业扶贫项目时未科学研判，导致2016年拨付的30万元扶贫资金，截至2018年6月26日还躺在账面上，未能发挥效益。

记者跟踪调查发现，巴东的问题整改进度很快，力度很大，效果很好。绿葱坡镇肖家坪村已经重新选取水源，从最高处将水引入蓄水池，安置点80户农户的安全饮水问题得到解决。茶店子镇交通扶贫补短板项目44.4公里通村水泥公路已经全部完工并验收。野三关镇招风台村，贝母、银杏树苗已经栽种到田地里，该村的产业扶贫项目已经落实到村到户，所有产业扶贫项目均已完工并验收。

巴东之外，电视问政曝光全州八县市在扶贫领域存在的21个突出问题，也逐一得到彻底整改。

在不到一年的时间内，恩施州委、州政府针对精准扶贫等领域存在的作风突出问题，先后举办了三场大型电视问政活动。各县市也纷纷效仿，将扶贫领域的作风问题摆上台面。“即时表扬”“末位发言”“问题交办”“线索移交”等工作制度陆续建立。各级指挥部施行“日通报、周调度”指挥调度机制，一些作风庸懒散软的扶贫干部被痛批，有的甚至被当场免职。

一般时间，全州干部职工自上而下，竟有谈扶贫如临深渊、如履薄冰之感。经常到基层走访的州委、州政府领导深知一线扶贫干部的辛苦，为凝聚力量，缓解压力，重树信心。不久，州委调整督战方式，制定出台《关于进一步加强精准脱贫督战工作方案》。由州纪委书记陈江龙任总队长，州督战队员缩减为75人，县市选派督战队队员171人，组成了246人的督战队伍，实行州县整编联动、以县为主、一体督战。当月，全州举行了新一轮脱贫攻坚督战能力提升培训，由州委副书记柯东海和副州长夏锡璠到各县市举行培训，全体督战队员参训。10月，宣恩、来凤、鹤峰三县的州县督战队队员在州委党校进行了为期3天的专题培训。培训期间，各支队密集开展模拟训练，组织队员开展夜学、座谈、集中讨论、闭卷考试等，让他们掌握脱贫攻坚各项政策和督战工作要点，明白自己要干什么、怎么干，确保下到村组后不问外行话，不打乱仗，确保每名督战队员都能够独立开展工作，独当一面。

紧接着，来凤督战支队集中全体人员对大河镇张家坡村进行了为期一周的地毯式走访，因部分村组不通公路，队员们每天徒步5小时，行程20余公里。10月，来凤督战支队按照州领导安排，临时连夜召集督战支队、县纪委、县委组织部46名同志，起早贪黑对来凤县百福司镇23个行政村进行了全覆盖专题督战。督战形成的《来凤县"四大家"领导联系村精准脱贫工作情况督战报告》，受到柯俊、刘芳震、柯东海、陈江龙、夏锡璠等领导的批示肯定。按照要求，10月4日，来凤县委书记邢祖训会同督战队对报告中涉及的17名县领导进行了集体约谈，并书面交办整改事项，进一步压实县"四大家"领导的政治责任，推动解决了不少重点难点问题。此后，乡镇、村支"两委"和"尖刀班"干部落实脱贫攻坚政治责任情况被纳入常态化监督范畴，形成了覆盖县委和县政府、县直部门、乡镇、村的四级政治责任落实监督体系。2018年，来凤督战支队共进村督战近千次，村均督战5次以上，对188个村和社区实现了多轮次全覆盖，共形成督战常规报告及各类专题报告27份，书面交办各类问题1106个。

2019年2月，湖北省聘请第三方对来凤县进行摘帽评估，来凤县取得了综合贫困发生率0.58%、群众认可度98.57%的好成绩。

漫水练兵、来凤督战的同时，一场全州范围的大规模督战也拉开了大幕，且持续时间达三年多。他们聚焦督战重点，紧盯"八个到村到户"，对全州所有乡镇、行政村全面排查、摸清底数，建档立卡、精准画像。对扶贫重点领域、重点部位、重点环节——"三类村"、风险户、油滑干部、村级组织建设、易地搬迁、安全饮水、基础设施建设等开展重点督战、点穴督战、专项督战、专业督战、跟踪督战。

各级督战队以柯俊暗访为标尺，对标、聚焦、赶趟，在一线发现问题、研究问题、解决问题、教导方法；按照州委设置的督战内容，突出靶向督战、成效检验；对州委领导专题研究安排的水电路网等基础设施建设进展，开展跟踪督战；针对宣恩、来凤、鹤峰三县，对照国家脱贫验收标准开展专项督战；对贫困村与非贫困村、贫困户与非贫困户政策落实不平衡、差异较大、群众满意度较低的问题开展专题督战；对“脱贫攻坚期内，县市委书记走完所有贫困村、乡镇党委书记走完所有贫困户”情况开展持续督战。

2018年，全州精准脱贫督战队共下发督战令20期，战报23期，发现并交办问题3979个。州督战队每月对上月交办问题的整改情况开展专项督战，继续“亮剑”不担当、不作为、不落实等问题。州、县纪委监委进一步强化监督执纪问责力度，对整改不力的实行提级审查、顶格处理，全州查处扶贫领域问题线索1454件，追责问责1947人，其中处分492人。

宣恩督战支队的刘计伟，是从恩施州中心医院纪检监察室抽调过来的一名队员。刚入队之时，正赶上女儿出生遇险，医院连续三天下达病危通知书。此时正是正月初七，是全体督战队队员赴来凤县漫水乡开展一周“以督带训”的时间。看着保温箱里插着胃管、氧气管、输液管以及进行心电监测的女儿，刘计伟心情异常沉重，心里犹豫不决，面对无法履行的家庭责任，他多次和家人沟通，得到了他们的充分谅解和大力支持。最终他按时完成了任务，女儿也顺利渡过了难关。

在他的督战日志里，有这样一段话：

随着3000多个问题被发现并被列入《整改令》，干部作风得到了大幅转变。看着一条条崭新的道路、一口口清澈的饮水池，承载着党的温暖，来到了老百姓的院落中和田间地头，听着老百姓传出的欢笑声和称赞声，我倍感欣慰，但我不会就此满足，因为老百姓的满意和幸福才是我们最终的目标。我的战友，所有的督战队队员都很优秀，都付出了艰辛的努力。五分队队长史美渊身患带状疱疹，顶着夏天的烈日走村入户，仍坚持一线督战；一分队队员朱浪在查看项目建设时从高处跌落导致脚踝脱臼，仍坚持督战；五队队员杨昌龙现已57岁，身患糖尿病，仍坚持全勤督战。“轻伤不下火线”已成为督战队队员的共识，他们为我做了很好的榜样。领导曾告诫我们：“我们在督战中每多发现一个问题，就多扫除一个地雷，通过国家验收时就多一份信心。”在以后的工作中，我会更加努力，以“功成不必在我”的坚持和“功成必定有我”的决心，做好督战工作，完成组织交给我的任务。

恩施州委书记柯俊在听取了关于督战工作的专题汇报后，寄语督战队：“你们围绕人民群众满意的目标，紧盯国家验收核心指标和各级领导干部履行脱贫攻坚政治责任要求，集中行使州委、州政府扶贫领域督查督战职权。几年来，州、县督战队深入一线，遍访全州所有行政村，全面压实各级脱贫攻坚政治责任，促进扶贫工作作风转变，推动各项扶贫工作落实落地，为脱贫攻坚指挥部参谋决策、推动工作发挥了重要作用，为打赢我州脱贫攻坚战作出了突出贡献。”

第四章 洞下槽易名

初到洞下槽

2018年1月24日，丁酉年腊月初八。临近年关，州城恩施的大街小巷里，年味儿已渐浓起来。熙熙攘攘的人群，已有些摩肩接踵的感觉，各类路边小摊也多起来，货品杂陈，街边的店铺有的已经贴出了红红的福字，挂起了大红的灯笼。路边各种小摊上，红包、对联等年节物品已经摆出来，一派喜庆氛围。

早上8点20分，州委办公室副主任谭剑和正县级干部单雷约在州委大院门口碰了面。在带着寒意的空气里，两人一边搓着手闲聊，一边等着另三名队员。昨天，他们已经跟恩施市白杨坪镇的两名驻村干部约好，10点一起到该镇所辖的洞下槽村，在村委会开一个碰头会，宣布一项重要决定。

车开出州委大院，右转便是舞阳坝天桥，年节返乡车辆多，红绿灯路口有点儿堵。谭剑一边小心开着车，一边跟州委办的同事们聊天。

“走马会议过后，这扶贫工作的力度是越来越大了，空气也明显紧张起来，上面喊的口号是要脱几层皮，我看呐，这工作也是得再加个码儿，不然我们州这么大的一个区域，一百多万贫困人口要在2020年前全部脱贫，那还真没那么容易。”

“是啊，州委办那得先把头带起来，我们要做好长期驻村工作的思想准备。要说洞下槽村，那还算是方便的，虽然村里条件不好，但毕竟只有几十公里路，有些州直单位，还要联系下面县市的贫困村，远的还有两三百公里，这一去一来就得一整天。”驻村队员李和平在旁搭腔。

“你说这洞下槽吧，村子地理位置也还好，听说原来也还很富庶，偏偏就有个这么个奇怪的名字，也不知道是从哪儿来的。”说话的是驻村队员周鹏。

“这你就不知道了吧，据说那村子上方有个猴子洞，里面有股水流出来，现在村子里那条小河就是发源于那里，两山夹一槽嘛，就取了这么个名字。以后我们要天天吃住在村，等到闲暇的时候，就去探探这猴子洞。”单雷在一旁接话。

“你说这前几年吧，扶贫工作也在搞，事儿也办了不少，但总感觉决心不够，依我看呐，还是大家的认识不到位。你看这段时间，柯书记和刘州长几乎是天天下乡，副州长夏锡璠更是一天当成了两天用，这空气明显就紧张起来了。我们这次去，代表的可是州委办，我们还是得要有个心理准备，家里的事要提前安顿好，真正以村为家，实实在在干点儿事。我们也不求做成个典范和样本，但是总得真心实意为村子找点儿出路，特别是贫困户，更要因户施策，让他们早点脱贫。”虽然也是个小伙子，但谭剑的话有些少年老成的味道。

“总之一句话，为老百姓多办事就是了，帮他们过上好日子，就是我们此行的目的。”单雷也在一旁说道。

大家都没有再说话，各自琢磨着心事。各家都有各自的难处，工作要做，这家事也得安排好。这一趟进村，每个人心里都在暗自鼓着一股子劲，一定要干点儿看得见的实事出来，方不负领导的重托和群众的期望。

天空灰蒙蒙的，像要下雪的样子，这个腊八节，看来是要在村里过了。车过龙凤镇后开始爬山，过了熊家岩，拐进小路，再行一段，便进入洞下槽村的地界了。

这个村子位于恩施市白杨坪镇西南部，距离恩施州城约22公里，毗邻318国道，国土面积27平方公里，平均海拔900米，下辖7个村民小组，共927户3257人，有建档立卡贫困户279户850人，面积宽，贫困人口多，是白杨坪镇名副其实的扶贫工作大村。

村子处在一个狭长的凹槽之中，左右两边各有一条山脉，植被覆盖非常好，根据方位，当地人分别称之为东坡、西坡。村中流过一条小溪，是从更远更高处的三岔乡楠木沟发源而来的。山脉狭长，远观酷似两条于山中蛰伏的巨龙，便有人称村中小溪为“龙赶溪”，下游平旷之地为“晒龙坝”。

根据地势高低，村中人把溪水流经之地分成了上槽、中槽和下槽三段。每段各有一处水洞，最上为“猴子洞”，位于绝壁悬崖下，地势险要且水源丰富，与《西游记》中描写的花果山水帘洞颇有几分神似，常有猴群出没。自此洞往下，地形逐渐趋于平旷，洞下槽之名也由此而来。中槽段有一洞名“落水洞”，洞口为两米见方的正圆形，十分壮美奇特，洞内平旷宽敞。新中国成立前，曾于洞中建榨油作坊，由村中谭、李两大旺族轮流经营，盛极一时。可惜在1948年8月间，一场大水自楠木沟席卷而下，沿途稻草、污泥俱冲进洞中，作坊也全部被水冲毁。下段大宝坪老村有一处水洞，洞中有钟乳石，酷似龙形，里面有一股清泉流出，常年不间歇，附近村民常于此洞中取水饮用，于是名唤为“出水洞”。据传，20世纪40年代，有一年天大旱，取水的人们只得不断往里探寻水源，进到洞子最深处，忽见一对金燕子自头顶掠过，飞出洞口落于高远山巅处。惊愕不已的人们忐忑难安，认为此处风水坏了，自此再也不敢贸然进洞。口口相传之下，此洞便被唤为“燕子去”；另一处金燕子落脚处，便叫“燕子栖”，因山中溪流颇多，后改称为“燕子溪”。

有山有水，屋舍俨然，有良田美池桑竹之属。农耕时代，这片藏于山中的沃土一直是世外桃源般的所在。据传此地还出过油脂含量丰富的大米，府衙曾以之上贡朝廷，取名为“龙赶溪贡米”。

1973年7月间，村中发了一次大水，溪流漫过堤岸，淹没了两岸农田，受灾非常严重。村里决定重新开挖河道，将原从农田中间穿过的河道改道西坡之下，两边用石头砌成堤坝，以此彻底断绝水患。农耕经济的繁荣发展，加之劳动力充足，使得洞下槽村的农业种植非常发达。晒龙坝水稻连片，东坡山上玉米、麦子迎风翻滚，油菜花点缀于山野，整个一“鱼米小乡”。

富庶之地，吃穿不愁。女儿不外嫁，男儿不愁娶。据传，洞下槽的单身男子们只要站在院坝里喊上一嗓子，周遭四邻村庄的待嫁女儿都会闻风而来。这份自足，只能是洞下槽村民们所独有。

进入20世纪90年代后，农耕经济逐渐衰落，打工潮盛行，成百上千的村庄少壮选择了外出务工，曾经富庶的洞下槽渐呈没落之态。良田无人打理，杂草丛生，挣到钱的人举家外迁，村子越来越荒寂。村民们曾经的优越感再也没有了，有人问起，甚至羞于提及自己是洞下槽村人。

自2009年开始，村子开始进行产业调整。白杨坪镇党委、镇政府通过走访调研，决心在洞下槽大力发展茶产业，但在良田沃土改种过程中，遭遇到了不少阻力。茶园发展了几千亩，茶农们根本没放在心上，再加上严重缺乏种植技术，茶叶销路也没打开，预期效果并没有实现。

2012年，在白杨坪镇政府的大力支持下，州级非物质文化遗产项目恩施玉露传统制作茶艺代表性传承人蒋子祥，在这里成立了恩施亲硒源硒茶产业发展有限公司。基地选址于大宝坪，建起绿色食品认证茶园1000亩、有机食品认证茶园665亩。

茶产业的引入，让洞下槽村重新看到了脱贫致富的希望，部分外出务工的人们开始陆续返乡。但由于交通条件限制，村子的发展依旧缓慢。

谭剑第一次来到洞下槽村，还是在2017年的夏天。站在东坡的高地上四顾，他看见巍峨的群山似罗圈椅将整个村子环绕，龙赶溪在西坡下蜿蜒而流。东坡这边，院落坐于山腰，茶园点缀于田野里。再往远处，高远山巅上，翠色一片，如同山中圣境。

“真是天赐的一片膏腴之地啊！”谭剑从绝美的自然环境中感受到了造物主对这个小村的偏爱。可是，就是这样一处原本富庶的地方，是什么时候开始和贫穷联系到一起了呢？

一路上，谭剑一直在回想当初来村时的情形，也在思虑着将来的驻村工作该从何处入手。

上午10点，碰头会准时开始。到会的有州委办公室派驻干部5人，白杨坪镇干部2人，村委会干部和后备干部9人，还有10名群众代表。

单雷首先宣布了《关于成立洞下槽村脱贫攻坚“尖刀班”的决定》，决定明确：“尖刀班”共由10名成员组成，州委办督查室副主任谭剑任“尖刀班”班长，单雷为第一书记。

自此，恩施州第一个脱贫攻坚“尖刀班”正式成立，驻村队员们将以一种全新的姿态、高标准的要求投入新一轮的脱贫攻坚工作之中。这一天，距离鹤峰走马会议召开，仅仅过去一个星期。

老先生的一席话

连续几天的入户走访，“尖刀班”已经摸清了村子的基本情况。贫困的现状是摆在那里的，辉煌的历史未曾延续到现在的主要原因是村子的基础设施太差，交通条件不好。村子里只有一条2008年修建的主干道铺了水泥，多年失修，已经变得坑洼不平。其他组级路虽也开挖了几条，但都是机耕路，又弯又陡又窄。种粮食变不成钱，茶叶虽然也有发展，但未连片且不成规模，收入自然不高。多数村民选择了外出打工，人口外流严重，留守在家的多是老幼，劳动力明显不足。

谭剑想起入驻洞下槽村前夕州委办领导跟他交代的任务。脱贫只是第一步，到2019年，这个村子还将肩负起州、市乡村振兴的试点任务，最终的目标是打造成恩施市甚至恩施州脱贫攻坚与乡村振兴有效衔接、走向共同富裕的典范村。

责任在肩，重逾千钧。那些日子，“尖刀班”成员一边分组入户了解情况，一边因户施策制订帮扶措施。小组会一个一个开，办法一个一个想，一整套基础设施建设和产业振兴方案相继制订出台。

经过对洞下槽村村情民意进行细致的研究，“尖刀班”认为，选好一个致富带头人，对村子的脱贫攻坚具有关键作用。而洞下槽村恰恰拥有这样的带头人。恩施州颇有声望的大耀置业公司董事长阳家寿在这里出生，是洞下槽村外出创业第一人，所创办的公司承建了硒都茶城等恩施众多标志性建筑，企业实力雄厚。

一番商量之后，镇党委书记决定亲自出马请阳家寿回乡发展。在详细了解了白杨坪镇与家乡洞下槽村的发展愿景后，带着一片回报家乡的深情，阳家寿决定返乡投资，集中精力打造洞下槽村乡村旅游。一个多月后，阳家寿牵头的洞下槽村茶香农文观专业合作社成立，主攻田园综合体和乡村旅游项目开发，工作目标是着力打造集休闲观光、农事体验、文化传承、高端养老于一体的城郊乡村振兴示范点。

自此以后，致富能人阳家寿成了村里脱贫致富乡村振兴的主心骨。2018年，阳家寿光荣入党，同年被任命为村党支部副书记。

与此同时启动的是村子里的基础设施建设。一系列招投标工作之后，各项基础设施工程陆续启动。一年间，“尖刀班”多方争取资金5300余万元，用于村内基础、公共服务设施改造。投资2200万元的熊家岩至洞下槽的产业循环公路建设全线动工，水厂管网延伸、“厕所革命”及人居环境综合整治等项目也陆续上马。

村子里到处一派热火朝天的景象。那段时间，谭剑一边往返于各个工地督导工程进度，一边开着车在村子里转悠。他要把整个村子的地形山势都摸透，哪里有水，哪里有景，哪里的道路要改造，哪家的房屋需整修……所有的东西都要装进脑子里，以后一步一步来推进实施。一个村子的脱贫致富，就是在下一盘棋啊，你得有个整体的打算，先走哪一步重要，后续几步也要一一看清，这样做起事来才有头绪，这仗打得才不会乱。

有一天，在村子东坡的山顶茶园里，谭剑遇到了一位七十多岁的老人。其实这段时间，谭剑多次遇到他，有时候是在工地，有时是在村委会前的那片水田边。谭剑注意到，这个老人对村里的建设很上心，经常是背着手慢慢走慢慢看。谭剑一度以为这是一个闲得没事的人，也没有太在意。那天，当两人同时在这山顶俯瞰村庄时，谭剑觉得，应该要跟老人聊一点儿什么了。

原来这个叫宋银章的老人1975年便在村子里任村委委员，兼任团支部书记。那时候，这里还叫羊角公社，下设桂花、光明和红星三个大队。1981年至1989年，村里建起了小学，宋银章去了村小当代课老师。1990年又再次回村任职，一直到2015年，1995年至2004年还担任村里的党支部书记，一直是村中德高望重的前辈。

“小谭啊，你们是在为村里干大事啊，自我记事起，这个村子从来没这么红火过。乡亲父老们都要感谢你们啊。”

“您别这么说，我们也是摸着石头过河，村子里要怎么发展，我们也还在思考，还要您这样的老前辈多多帮助、出谋划策才好啊。”

“其实这两年，我是没有在村委会干了，但我一直在思考。你说我们这个村，之前也有傲人的历史，水稻、油菜、茶叶也都曾经发展得像模像样，但始终没有坚持下来。多数村民都太着急了，耐不住性子，哪里挣钱快就往哪里跑，结果是外面挣的浮财守不住，家里的田地也荒了，所以再怎么折腾，始终跟富裕沾不上边。”老书记显然是很久没有人跟他聊这些了，话匣子一打开，就有些收不住。

“就说我们站的这个地方吧，以前就是一个求雨台。那时候，这里的人就是靠天收，太久不下雨，猴子洞也就不出水了。杀鸡宰羊祭天求雨的事，我还亲自干过。后来人们开始改种茶叶，不再靠老天爷了，求雨台就拆了，又在这里建了几间茶室，供过往的茶贩品茶、验茶、收茶用。后来是省里哪所大学的两个教授过来，品了这里的茶，就取了个名字叫“展羽阁”，估计一是纪念茶圣陆羽，一是纪念那个写《僮约》（书中有全世界最早的关于茶叶买卖的记载）的王褒，他不是被后世称为展公嘛。还有吧，大约也就是希望这个村子能振翅展羽。一份美好祝福吧。”

“展羽阁？这么美的名字。”进村四五个月了，谭剑还是第一次听到这个故事。

“是啊，其实村子里的茶产业发展还是比较早的，只是这片茶山，栽了又挖，挖了又栽，始终没成气候。说起来，还不是因为村民们的思想不统一，穷怕了，不敢再相信村集体。这工作还得从人心做起啊。”

“哦！”听到这里，谭剑品出味儿来了，眼前这位鹤发童颜的老人，倒真像是一位充满智慧、看透世情的隐世高人。

“首先，得要让更多人参与到村子的建设中来。‘尖刀班’和村委会唱独角戏的话，这工作是做不好的。”

“那是那是，我们下一步就准备把全村的党员同志们团结起来，发挥帮带作用。”这一步棋，“尖刀班”已经在思虑了，谭剑也有些胸有成竹。

“你们这就做对了。你想啊，我们村有近一百名党员啊，一个带十个，贫困户就已经全覆盖了。亮身份也是一种荣耀啊。上级政策传达了，征求群众意见，包括做他们的思想工作，都可以让党员来做，毕竟是本地人，知根知底，要制订个什么帮扶措施，那也容易得多。”

“您老真是为村子的发展殚精竭虑啊，我代表‘尖刀班’在这里谢谢您了！”对眼前的这位老人，谭剑不觉肃然起敬。

“要说谢，那还得我们谢你们才是。你们是在为我们村办事，受益的还是我们。依我看呐，我们这个村子真要打个漂亮的翻身仗，只要打好三张牌就行了。”老人神秘地一笑，欲言又止。

“您老就别卖关子了，把您的想法告诉我们，我们‘尖刀班’一定会认真对待的。”

“你看我们这个村，距州城仅22公里，离沪渝高速东出口更近，只有5.5公里，天然的地理优势。村子建好了，搞个乡村旅游观光项目，不愁没人来啊。依我看，村委会前晒龙坝那一片开阔地，完全可以来几个大项目。”

“这个，其实我们已经在思考了，我们把阳家寿阳总请回来了，他成立了合作社，就是想搞成一个田园综合体项目，到时候带动乡村旅游。”

“这个人你们是找对了。我是从小看着他长大的。这娃儿有志气，出门打工的时候就改了名字，立下志向，不混出一番名堂绝不用原名。现在他回来在村里投资，那也是众望所归。只是你们还不知道吧，这阳总的母亲……”

“他母亲怎么了？”这话说得谭剑有点儿疑惑了。

“他母亲就是孟永香啊。”

“啊！原来如此。”

孟永香，谭剑刚参加工作便知道这个名字了。在州城文化界，这可是个大名鼎鼎的人物。7岁开始跟恩施州灯戏创始人唐世东学艺，有着六十年灯戏表演生涯。十余年前，便已是国家级非物质文化遗产代表性传承人。

“这就是我要说的第二张牌，灯戏表演。这灯戏自清朝乾隆、嘉庆年间由重庆梁平一带传入，已有二百多年历史。我们这一带，自唐世东、余德才、谭朝绪、廖南山，再到孟永香，这是第九代了。剧目已经发展到112个，演员学徒100多人。游客来了，有吃有住还要有看。你想啊，这灯戏底子是现成的，稍加打造，那就可以天天上台表演，你说这人气上不上来？”

“对啊，您老真是思虑周详啊。水乡灯戏洞下槽，一堂歌舞一堂戏，灯有戏文戏有灯，锣鼓一敲，游客就来，这名片不就出去了嘛。”老人一番话，说得谭剑两眼放光。

“那第三张牌呢？”

“第三张嘛，就在这脚下。”老人再次神秘一笑。

“您说的是这茶山？”

“对啊，你看我们站的地方，往上可以看到楠木沟、燕子溪，往下可以看到熊家岩，整个村庄尽收眼底啊。要是力度再大一点儿，把这东坡全部改造成茶山，村民吃上茶叶饭，重建展羽阁，建个观景楼，茶园里修游步道，和山下的田园综合体一配合……”说到这里，老人又停顿了一下。

“那真的就是神仙灵气展羽阁，窥天鉴地展豪情啊！”谭剑不觉胸中豪情顿生，情不自禁接了一句。

自进村工作以来，这个年轻的“尖刀班”班长一直都在思考这个村子的出路。州委的思路是明确的，不仅要脱贫，还要将这里打造成乡村振兴的样板。脱贫工作，其实谭剑这段时间心里已经有了底。基础设施建设跟上去，增收致富渠道一打开，房子该改造的改造，该搬迁的搬迁，手中有了蒋子祥的茶产业、阳家寿的茶香农文观合作社两张牌，贫困户的保底收入是没有问题了，“两不愁三保障”自然可以实现。最近这段时间，“尖刀班”已经进行了明确分工，各个项目基本已经得到落实，到今年年底，脱贫验收达标肯定是没有问题的。只是这乡村振兴的路要怎么走，既没个先例，又没个参照，他心里着实没有底。

在“尖刀班”的会议上，大家也多次畅谈自己的想法，但都没有勾勒出一个全景样式来。如今想来，大家的思想还是保守了。乡村嘛，就得走乡村的发展路线。守着这么好的山水茶园资源，却一味去按照城镇化的模式思考，肯定会偏离方向。今天听了宋银章老先生一席话，谭剑倒有些茅塞顿开了。就围绕着“农旅、茶旅、灯戏”这六个字做文章。村子建设得漂亮了，村民们可以在家门口挣钱，自己人留得住，外面人引得来，可不就是美丽乡村的样板吗，这宏伟蓝图不也就实现了吗？

龙赶湖

思路一清晰，顿觉天地开阔。那段时间，“尖刀班”队员们分工明确。班长谭剑统筹指挥协调全村脱贫攻坚工作；村支“两委”履行主体责任；驻村第一书记、工作队长，负责指导、监督、帮助全村党建和扶贫等工作。全体队员精气神十足，跑项目的、搞基建的、抓产业的、搞文化的，职责清晰，目标坚定，各项工作推进很顺利。

2018年4月22日这天，州委书记柯俊到洞下槽村把脉问诊，对当年的整村脱贫出列任务进行了精细化布置。恩施市扶贫办、白杨坪镇政府又相继到村开了几次协调会。身负领导重托，“尖刀班”自然不敢丝毫懈怠，各项精准帮扶措施进一步加快推进。

到8月份，水电路网等基础设施建设短板基本补齐；易地搬迁、垃圾处理、污水治理工程陆续启动；改厕、改厨、改圈，绿化、美化、亮化工程全面上马。为调动村里党员参与到脱贫攻坚工作中，按照一名党员联系十个贫困户的工作思路，“尖刀班”陆续为93名党员完成了挂牌亮户，迅速形成“人人有任务，事事有人做”的工作格局。党员的示范带头起了作用，许多村民深受感染，也积极参与到村容村貌整理、乡风文明建设等工作之中。

“尖刀班”自己呢，除了常规包组包户外，还实行了清单责任制。每周一制订当周工作任务清单，到周五逐一点验完成情况。全村279户贫困户每家建立档案，分别落实帮扶政策，责任到人。贫困户付先华的儿子出生不久，妻子就因车祸去世，自此生活变得消极。“尖刀班”成员周辉军对其结对帮扶，走访了解到他有制茶手艺，引导和鼓励他开办茶叶加工厂，并为其争取小额贷款。如今，付先华一家年收入已超过20万元，建了新房子、买了新车子，正在谋划开办民宿和农家乐。谭建权、付先贵、朱仕文、龚伦建等曾经的贫困户纷纷找到了发展门路，有的购买机器加工制茶，有的做起了生意。像他们这样鼓足信心脱贫致富的村民，洞下槽村越来越多。

阳家寿这边的合作社也开始运营了，采取“公司+农户+基地”的发展模式，田园综合体项目流转村民土地850亩，覆盖老百姓1000余人，还特聘专业机构公开账目，保证盈亏“看得见、摸得着”。合作社用工全部为贫困户，贫困户收入也有了保障。67岁的谭世尧，之前一直靠着喂猪、种田维持基本生活，家里的8亩田入股后，被安排了一份月入3000元的稳定工作。闲时务工，开园后承担卫生、检票等工作，不但迅速实现脱贫，而且工作轻松了，心情就愉悦了。

村民们种茶的积极性也大大提高了。蒋子祥的亲硒源公司，与贫困户签订了帮扶协议。为让群众放心，还印制了“帮扶户鲜叶收购证”，承诺只要是贫困户种植茶叶，公司全部照市场价兜底收购，且年底还按收购价5%标准进行年终返利。如此利好政策，自然得到贫困户大力拥护，仅仅半年多时间里，村子里的荒山坡地一多半被改造成了茶园。茶苗、肥料，公司免费供；技术指导随叫随到；基地管理、茶叶拣选、加工环节等需要劳动力的岗位，优先考虑贫困户。

仅仅一年多时间，洞下槽村硬化通村通组入户公路61.5公里，铺设自来水管网68公里，全村电网、弱电实现改造升级，光纤通达每个小组，实现了4G网络全覆盖，水电路网问题全部解决。出门水泥路，门前绿树荫，吃上自来水，兴建沼气池，住进新瓦房……看到村里的变化，村民的积极性更加高涨，开设了农家乐和民宿20多家，户均年收入10万元以上。

一系列成绩的背后，是州委办及镇村组“尖刀班”成员的辛苦付出。黄勇是州委办的驻村队员，自进村以来，一头扎进贫困户走访，与村民建立了深厚的感情；白杨坪副镇长高克军患有心脏病，做过手术，心脏还搭着支架，一直坚守在村；彭永熬，2018年部队退役，安置到州委办，家在一百余公里外的利川市，与家人长期两地分居，大儿子有自闭倾向，妻子又怀着二胎，给妻子做孕检都是抽周末时间匆匆来去；朱秀书，村妇联主席，不会开车骑车，进村入户全程徒步，走访日记记了几大本几万字；谭剑，几乎连周末都是泡在村里的，和亲人见面只能靠视频通话……

2018年底，洞下槽村接受了州市两级的脱贫出列考核，贫困发生率由2014年的26.1%下降到0.29%，群众满意度100%，贫困群众“两不愁三保障”目标全面实现。洞下槽村如期实现了整体脱贫出列！

当年的年终总结会上，“尖刀班”邀请了州委办领导和白杨坪镇领导参加，阳家寿和蒋子祥两位老总及部分村民代表列席。大家围坐畅叙，各抒己见，确定了后面几年的工作目标：乘势而进，全力打造水乡、灯戏、茶乡三张名片，建设美丽乡村样板。

会议结束后，谭剑请老支书宋银章单独留下来。这位慈祥善良智慧的老人，已然成为“尖刀班”的高参。美好愿景就在眼前，未来的路要怎么走，还需一步一步思谋得更加稳妥长远。

通过政府项目投入，撬动社会资本参与的模式果然效果显著。在“尖刀班”和白杨坪镇政府的帮助下，蒋子祥的恩施蓝焙茶业股份有限公司经过一系列革新，发展势头迅猛，在洞下槽村逐渐建成了三个基地：以650亩有机茶园和现代化生产线为基础的茶叶种植及加工基地；以国家非物质文化遗产传承项目恩施玉露制作技艺为代表的茶文化体验基地；集住宿、餐饮、文旅于一体的休闲养生基地。公司已成长为国家高新技术企业、湖北省农业产业化重点龙头企业、湖北省扶贫龙头企业，产值已由2014年的不足1500万元增长到2019年的5000万元。

阳家寿这边呢，合作社先后投资9000多万元，陆续打造了田园综合体、亲水户外体验园等项目。第一期已建成儿童乐园、烧烤园、灯戏楼、服务接待中心、茶园游步道、自行车道等，茶旅融合的乡村游粗具雏形。村委会前的晒龙坝土地流转后，开挖成了一方占地约300亩的人工湖，四围栏杆，两条木质平桥连通中间假山。清风徐来，水波荡漾，俨然江南水乡。与湖连接的，还有精心打造的两个集亲子游乐、水上项目于一体的人工岛。玻璃吊桥、水上游船、拓展活动体验区也相继建成。人工湖边，还建起了一座灯戏楼。一楼是大型表演舞台，按照能同时满足50余人上台表演的标准设计；二楼设茶室四个；三楼为灯戏博物馆。为打造“灯戏茶香”文旅品牌，洞下槽村还先后投入500余万元为民居搭建统一制式的廊柱，翻盖屋檐，修建廊亭，引导村民种树栽花。

村子重新焕发生机，国家级非物质文化遗产传承人孟永香封存许久的灯戏情结也再度释放。灯戏的特点是“小情节、小人物、小戏班”，演绎的是乡里乡亲的农村生活，因此对道具、服装都没有严格的要求。孟永香曾活跃在田间地头，如今她的徒弟也是“一手拿镐锄，一手学文化”。除去《雪山放羊》《洞宾点单》《神狗打柴》这样的经典剧目，孟永香也在不断创新，挖掘灯戏在新时代背景下的生命力，发展与传承相结合。这些年来孟永香已培养出多位州、市级传承人，创作了十几出具有时代特色的新剧目。家门口的小舞台成了十里八乡的文化中心，灯戏文化深深根植在村民心里。

“灯戏茶香”文旅品牌还延伸到要要、连响等艺术门类，村里组织成立了文艺小分队，开展村头文化、田头文化、庭院文化活动。文化之魂活村、强村，洞下槽有了新精神内核。

灯戏楼旁边，阳家寿还精心打造了一栋商务服务接待中心，仿土家民居建造，红瓦白墙，颇有土苗特色。餐饮、会议、客房全部按星级酒店标准建造，可同时容纳四百余人开会住宿。

村委会和古街改造工程也完工了。村委会是在原村小学旧址上改造的，现在已是建成集党员群众服务、老年活动、群团活动、文体活动于一体的综合服务中心。在村委会旁边，曾经有一条老街道，约修建于20世纪六七十年代，也是农耕经济时代的遗留物迹。自2017年底开始，“尖刀班”牵头分三期对古街进行了改造，先后投资720余万元改造古街的民居、商铺、农家乐等，一律按照红瓦白墙、青石古巷的标准，打造成集文化、休闲、商业于一体的古韵老街。老街保留了土家吊脚楼的特色，小青瓦、花格窗，四檐悬空、走马转角。青石木楼之中，诗情画意之间，乡情浓浓，趣味无穷。

有一天，谭剑和阳家寿走在人工湖边上，忽然想起眼前这个湖还没有名字。取个什么好呢？叫洞下槽湖吗？似乎缺少了灵气。两人试拟了几个，都不称心。转念一想，不仅人工湖，还有湖中人工岛、服务接待中心，以及山上刚刚修建的观景楼都还没有名字。

“要不，我们找几个文化名人来给我们出出主意，增加一点儿文化底蕴？”阳家寿说。

“我也正有此意，不仅取名，还可以搞几副对联，找书法家写出来刻到廊柱上，肯定别有一番韵味。”

这突然冒出的想法，让两人立即兴奋起来。两人分工行动，阳家寿负责做方案，安排会场，谭剑负责联系邀请文化名人。

三天后，徐晓华、谈焱焱、杨军等州内著名作家、词曲作家被请到了村委会。听了讲解，再一路参观下来，大家对洞下槽村的建设非常赞赏，胸中文思泉涌，大有吟诗作对的冲动。

“山上已有展羽阁，这个名字是之前流传下来的，且很有文采一定要保留。我们后面给人造景点的命名也得有文采。”座谈会上，徐晓华率先发言。

“我提议由晓华先生写一篇《洞下槽赋》，刻写在文化广场上。”词作家谈焱焱说了自己的想法。

“其实这一路走下来，我们已经对洞下槽的文化有了一个大略的认知。我建议啊，围绕‘十个一’来打造文化旅游产品。”杨军说。

“哪十个一？”

“一支舞蹈、一台灯戏、一首村歌、一组壁画、一篇歌赋、一批诗词楹联、一本民间故事汇、一桌茶叶主题美食、一套文创产品、一个灯戏文化节……最终的目的是让洞下槽村的文化服务于商业，创造源源不断的经济价值。”杨军侃侃而谈。

“妙啊，真是妙啊！”大家都被描绘出的美好蓝图吸引了，会场氛围十分欢快。

一番计议下来，大家其实心中已各有想法。对联要做，村歌要写，村赋要填，村画要作。到最后，焦点放在了对人工湖的命名上，大家各抒己见，试拟了好些个，但都似乎并不满意。

轮到宋银章老先生发言了。

“这东坡西坡的地形恰似两条蛰伏巨龙，大宝坪水洞也有龙形钟乳石，坝叫晒龙坝。我看呐，我们这个村注定与华夏图腾中国龙有缘，不如就叫了个龙赶湖。赶龙前行，喻示我泱泱中华必将举国同心，完成这场伟大的脱贫攻坚战，实现全民脱贫致富奔小康的宏伟目标，大家意下如何？”

老先生一席话，举座皆惊。龙赶湖，龙赶溪，实在是含义隽永，真乃神来之笔。

接龙桥、聚龙岛、飞龙岛、凌云楼、振兴楼等名字逐一敲定。

三个月后，由徐晓华先生创作的《洞下槽赋》刻写在了村民文化广场上，巨幅楹联“秀水明山且听大师吟古韵，莺歌燕舞还看灯戏醉神州”也镌刻于灯戏楼前，各处宇、阁、岛上的名字及对联也由本土书法家书写刻印。这一番文化元素的注入，大大提升了村子的文化品位。

“川泛秀水，龙赶湖聚。柳絮飞，荷花池；梅花弄，野鱼戏。环道游行，陶然成趣；临水垂钓，心宁神怡。”赋中句子，正是洞下槽村如今美景。深山里的土家山寨，如今已是世外田园。游客们来此，可以在龙赶湖边赏群山拱翠，听鸟鸣山涧；在水上乐园放松心情，体验玻璃吊桥的惊险刺激；还可以安心住下，享受晨鸡暮犬的民俗生活，一起和龙赶湖的村民们体验土家民族生活的无限原味魅力。

自此以后，龙赶湖之名逐渐替代了洞下槽，成为白杨坪镇，甚至全市、全州最亮丽的一张乡村建设名片。

“要得富先修路，每家公路进到屋。客人参观到此处，都说洞下多幸福……”由孟永香新创作的剧目《最美乡村招凤凰》，代表了村民心中最真实的声音。

自此以后，洞下槽村名声大噪，相继获得“全国生态文化村”“湖北省绿色示范乡村”“湖北省美丽宜居乡村示范村”“湖北省第二届百佳村民委员会”“全州基层先进党组织”“恩施州魅力乡村”“恩施市十佳美丽乡村”“湖北省美好环境与幸福生活共同缔造活动示范村”等荣誉，还入围“全国乡村旅游重点村”……

时任省委副书记、省长王晓东，省委组织部部长于绍良、宣传部部长王艳玲、省委秘书长梁伟年等10余位省部级领导先后到村调研指导，省直相关部门负责人和州领导60余人次到村，省内外各级党组织60余批次到村考察学习……

2020年1月，洞下槽村作为“亮点村”接受了国家精准扶贫工作成效第三方评估验收。评估组一行高度称赞洞下槽村的建设成效，称其为恩施州乡村振兴试点典范，可为湖北、为恩施州提供可资推广的“洞下槽经验”。

“天上有个鹊桥会，土家有个女儿会。”2020年8月29日至30日，“恩施土家女儿会”在洞下槽村浪漫开幕。蓝天白云下，翘角飞檐的灯戏博物馆前，恩施耍耍、恩施灯戏、恩施扬琴等一个个非物质文化遗产节目轮番上演；赶场相亲会、土家婚典、水上嘉年华等活动精彩纷呈；还有洞下槽村村民带来的自编节目，为现场观众呈现了一场文化盛宴。

两天的活动圆满结束后，一身疲惫的“尖刀班”成员却似有意犹未尽之感，合议约上阳家寿、蒋子祥、宋银章等一起登上展羽阁合影留念。其时已是黄昏时分，初秋的红日沉下西坡，砸向遥远的山峦，溅起半天的红光，普照着山冈和村庄，一片庄严肃穆之景。山脚下，炊烟浮动，静谧安详，龙赶湖碧波荡漾。楼阁旁，万亩茶园似绿色画卷般一直铺向山边。虫声叽叽，伴着清风微拂下的阵阵松声。

到来之前，“谭剑们”不知道这座村庄过去的样子，更不知道会建设成如今的样子。“尖刀班战士”这个举国战贫时期的特有称号，在他们理解中似乎就是一座桥，架在了村庄曾经的贫困与而今的富庶之间。桥之所以为桥，是因为它的心思不在于对河流的凝视，而在于两岸之间的承载和担当。问谁知桥语，有谁懂桥心？每一座桥，都有一个故事。故事与故事之间，是个人的生命之舟在时代的长河中前行。其间的风景，你注定要经历，而这些经历，不过是在完成着一场古老的期待，期待着美丽、期待着幸福。

第五章 白水河

老陆的申请

陆祥忠和他的“尖刀班”队员们到白水河村报到那天，正是八月间最酷热的时候。

沿西水河一路上行，经过川洞绝壁下方，正是黄昏时分，西下的太阳普照着山冈和村庄。金光万点，高崖下杂生的灌木，像一排排列队的士兵，正在接受时光的检阅。

好一处静谧悠远的山中之景。

一路上，老陆没有欣赏美景的心情，脑子里一直还回旋着前两天刚刚召开的“宣恩县脱贫摘帽决战500天誓师大会”的场景。

2017年8月18日，宣恩县委、县政府召开专题会议，对脱贫攻坚工作进行再动员、再部署、再加压，旨在以更加明确的目标、更加有力的举措、更加实在的行动，打赢精准脱贫攻坚战。副州长夏锡璠、州政府副秘书长谭鉴锡、州扶贫开发办主任梁公章出席会议。宣恩县委副书记王波解读《宣恩县脱贫摘帽决战500天实施方案》，宣恩县委常委、纪委书记曾志敏宣读《关于6起扶贫领域违纪违规典型案例的通报》，扶贫工作开展不力的个人在大会上作检讨，各乡镇主要负责人及驻村工作队代表分别就脱贫摘帽决战表态发言。

随后，宣恩县各级各部门5000余名干部在主、分会场握拳宣誓，庄严承诺：“我宣誓：坚决服从精准扶贫工作大局，勇于担当，迎难而上，切实履行精准扶贫工作职责，苦干实干，甘于奉献，全力以赴打赢脱贫攻坚战，为全县如期实现脱贫摘帽贡献力量！”

作为宣恩县政府办公室副主任，当天，陆祥忠在主会场和所有现场的同事们一起举起了拳头，把几句誓言读得壮怀激烈。

当过数十年乡镇党委书记，农业局、发改局局长的老陆深知这几句誓言的意义。脱贫攻坚工作到了最紧要的关头，按照州委、州政府的既定目标，西南片区的来凤、鹤峰和宣恩三县已被列入全州第一批预摘帽名单。州扶贫办下了硬任务，三县一定要在2018年底前全面实现所有建档立卡贫困户达到“两不愁三保障”的脱贫要求，实现贫困发生率下降到2%以下、群众满意度90%以上、贫困户精准识别率和退出准确率达到99%以上的目标。据此要求，宣恩县委、县政府决定组建161个工作队（“尖刀班”），抽调347名干部下派到基层一线，实现全县279个贫困村全覆盖。

对于驻村工作，老陆早有心理准备。调入政府办时，他就主动申请过进村，但当时组织上考虑到老陆年纪比较大，没有批准他的申请。这一次，知道全县将开展决战500天活动时，老陆又一次向政府办主任陈勇提出了申请。那几天，因为在忙着会务筹备，陈勇并没有明确表态。

对于领导的心思，老陆是知道的。县政府办的联系村是白水河村，离宣恩县城99公里，路途遥远不说，还偏僻难行。领导出于人性化考虑，女同志和老同志都尽量没有安排进村。在单位，老陆的年岁算比较大的。进村工作毕竟辛苦，单位多少也有些照顾的意思。可是老陆自己不这么想，他有几十年的乡镇、农村工作经验，还担任过农业局和发改局局长，对农村工作再熟悉不过，由他带队驻村，应该是最合适的人选。

当天晚上，老陆再次找到了陈勇，重诉了自己的请求。这一次，大约是受了白天誓师大会的感染，陈勇也很激动，不仅当场同意了他的请求，还主动开口给老陆吃下了一粒“定心丸”。

“你就放手去做吧，单位一定会全力支持白水河村的扶贫工作。项目我们一起去争取协调，政策用透用足，基础建设方面的资金，我们首先去争取一部分，尽快拨付到村。”

对于这份“随手礼”，老陆并没有太多兴奋。在多年的农村工作经历中，老陆已经很熟悉白水河村村情了。白水河村位于酉水源头，隐于大山深处，基础设施和产业几乎是一片空白，要想彻底改变村子的落后面貌，光靠一腔热情，几乎是没有任何可能的。

其实在老陆心中，还有一项任务也一直沉甸甸地压在心头。此行，他们共有四名队员，但是县扶贫办分配给他们的却是白水河和高荒坪两个村，也就是一支工作队必须要完成两个村的扶贫工作任务。虽然高荒坪村的人口并不多，但是在更加荒僻的高山上，路远难行，扶贫难度显然更大。

“这工作到底要从哪里入手呢？产业怎么抓？基础设施怎么搞？”一路上，老陆一边开车一边想着心事，完全忘记了欣赏酉水源头山野间的绝美风景。直到车行到川洞下方，被这高崖夕照的壮美摄了心魄，他才从沉思中回过神来。

自从喝了农家酒

发源于宣恩县境内椿木营的酉水河，自北向西南一路汇聚沿途小溪，经白水河村与青龙山白水孔处流出的一股溶洞水融汇，几弯几折进入大鱼泉附近，变成了一条宽二十余米的河道。

两岸高山耸峙，形成一道V形峡谷，沿岸有数峰直插云霄，皆因山形而得名，左名马家尖，又称笔尖山；右山陡峭多湾，名斜坡湾。村中鱼泉溪畔生长一棵麻柳树，需两人方能合抱，据传为宣恩县境内最大的麻柳。树干两米处，生出一巨大枝丫，旁逸斜出，直跨过路面接到另一边的坡坎上，状如树桥。

再往下，白水河村与药卜村交界处，深山峡谷之中有两座高峰耸峙，一左一右，状如山门。据传为一对青年夫妇所化，每日半夜子时合拢，寅时分开，由此得名“鸳鸯峡”。当年贺龙元帅在烧粑岩创建苏维埃政府时，路过鸳鸯峡，曾题诗：“白水巨浪滚连滚，雄狮立坐门卫兵。四壁青山挂虎榜，一河流水漾龙鳞。”

传说已久远，遥想夜深时分，鸳鸯峡合拢，这白水河村便似隐于深山之间的一处世外桃源。

一山有四季，十里不同天。这一处隐于大山深处的荒僻村子，共有林地34380亩，耕地却只有2654亩。山大人稀，加之交通不便，一直是全县最贫困落后的地区之一。村支书孙茂林至今还记得，20世纪六七十年代，人们为了在这片贫瘠的大山里刨食，连两岸人难站立的陡峭荒坡都开辟出来种了庄稼。即便是这样，全村三百余户一千余人仍然难求温饱。世居于此看不到希望的深山峡谷老林间，彪悍民风自然形成。即使只是为一点点田边地角的土地边界，都有可能引发一场剧烈的争吵甚至是斗殴，当地村民也都见惯不怪。

20世纪90年代以后，打工潮渐渐兴起，少壮多选择外出打工，留在村中的多是老幼妇孺，耕种一点儿薄土，再无更多经济来源。到农闲时，村中常态便是喝酒。本地自酿的苞谷烈酒，一喝几大碗，一醉醉一天。偶有县乡领导到访，多被村民围堵，诉求也并不多，就是修路、饮水等基础设施建设。眼看着山外的其他村庄日子一天好过一天，这里的村民仍只能守着荒僻的大山看不到一点儿出路，大家心里都急啊。

陆祥忠至今还记得，2017年9月，县政府驻村工作队进驻一个多星期后，县长习覃到村走访了解情况，所乘的县政府公车就被村民拦在了路边，后来习县长和沙道沟镇党委书记朱朝春还是靠步行才到了村委会。

当年的村委会也是破破烂烂的一栋土木结构的房子，立在酉水河边，夕阳下一片破败景象。为方便工作，老支书高松清搬了两床棉被，直接睡在二楼的一间阁楼里。办公室除了几个文件柜，两张旧桌子，别的什么都没有。

村里交通条件也很差，除了一条穿村而过的主干道以外，再无一寸水泥路，14个村民小组，虽然县政府前任驻村队员已经在2016年修通了7公里机耕路，但仍有6个小组连组级机耕路都没有。

一到夜间，河岸两边一片死寂，唯余哗哗流动的水声，似在诉说着这个贫困村子的荒寂故事。

带着三名年轻队员进村后，面对这样的现状，大家都犯了难。村情民意要怎么摸清？村民的诉求要怎么解决？产业要怎么发展？村子的出路又在何方？

老陆毕竟有过多年的乡村工作经验，他知道这第一道关口总得从村民的心结处打开。希望，首先一定要让大家看到希望。只有大家有信心跟着工作队一起干，才有可能打一个翻身仗。

在一户村民家里找到安顿之地后，老陆便带着黄海星、周恩、杨晶晶几名队员开始了对贫困户的全面走访。在老陆心里，已经有了一套自己的思路，以狠斗狠的蛮干也好，情感投入的沟通也好，首先你得走进村民家中，坐到他的桌前，问题才会一个一个出来，对策也才会逐渐清晰。

有一天晚上，在二组开院子会，借着喝了一点酒，村民汪四喜大闹会场，老支书的讲话根本讲不下去。村民们坐到一起就是扯各家之间的旧账，新旧矛盾一起来，会场变成了吵架场，原本是宣讲政策和征求意见的院子会只得草草收场。

还有一次，在五组开会，村民陈刚直接把一双赤脚跷到桌子上，满口酒气，村干部一开口就被他顶回去。

此地民风彪悍，几名队员虽然早有所知，但几场院坝会开下来，亲眼看到后，队员们还是有一些气馁。

“难道是我们的方法错了？这群众工作到底应该从哪里入手？”

那些天，看着一脸沮丧的年轻队员们，老陆也是忧心忡忡。有一天晚上，就在村委会那栋木楼上，老陆召集了几名队员打气。

“村子的情况你们也看到了，跟他们讲道理有时候讲不通，你得拿出一点狠劲和霸气来。从明天开始，我们先暂停开小组会，一户一户走，问题一个一个收集，我就不信这个邪了。”老陆发了狠。

“你跟他们讲道理、讲政策，他们根本不信、不听。尤其是我们，在他们眼中就是几个文弱书生，说话当放屁，根本没把我们放在眼里。”黄海星在村子里碰了几次壁，心内鼓得满满的劲早就泄得差不多了。

“你说得有道理。他们要看得见的收益，光靠我们是不行的，那得靠自己。这思想工作肯定要先做通，要想让他们信我们，那我们就得拿出一点儿真本事来。”

“话是这么说，要怎么才能把他们拿下呢？”杨晶晶被分配到更偏远的高荒坪任第一书记，这样类似的壁他也碰了不少。

“政策是一定要宣讲到位的，村民会也是一定要开的。只是我们要开始各个击破，不能再任由他们在会场上扯旧账了。明天，我们主动上门，他们不是喜欢喝酒嘛，我们可以在酒里做做文章。”老陆缓缓说道。

“酒里做文章？”大家有点儿困惑了。

“是啊，你们也看到了，大山里几乎家家喝酒。我们工作队员不上门吃饭，即使吃饭也滴酒不沾，他们内心根本不亲近你，也信不过你。特殊情况特殊处理，后面我们入户都定到晚上，只要有农户留我们，该喝酒喝酒，该留宿留宿，生活费我们自己交。”老陆继续豪言壮语。

“这办法好是好，就怕太伤身啊！”队员周恩几乎没怎么沾过酒，有点儿担忧。

“这办法也不会用多久，村子里的事嘛，传得快。你拿下了几户，那情形自就不同了。”

老陆的这一招果然奏效。这一番走下来，工作队不再似之前那样只是生硬地入户宣讲政策了，只要有村民挽留，他们就坐下来拉家常，家常便饭只要上桌，酒一上，这话匣子就打开了。

深山寂寞，村民们积压多年的苦闷无处诉，遇上几位耐心倾听的干部，这话题就拉得长，所有家长里短、辛劳苦水一股脑儿倒给了工作队。有时候一桌酒甚至要到夜深才散。工作队每次留下一人保持清醒开车，其余人都上，就着山中烈酒，每户状况都被他们摸了个一清二楚。工作队员周恩负责记录，两月下来，关于全村交通、产业、村民矛盾等问题竟然收集了一千余条。

在老陆他们大醉了几场，把村里最能喝的“酒仙”都拿下之后，村里暗暗传开了话：“这些干部没架子，喝酒吃菜不见外，话说得也实在，把我们当兄弟一般。”

当老支书把这话转达给工作队时，老陆不禁哈哈大笑。工作终于有了起色，村民和工作队之间的关系也在悄悄改善。逢到赶集日，走在白水河的老街上，不断有村民主动上前打招呼：“陆队，听说你酒量可以啊，啥时候转到我家了也喝一个。”

老陆爽朗一笑：“那行，粗茶便饭，随喊随到。”

就在工作队频繁进村入户走访的同时，村民们慢慢发现，村里的一些基础设施建设也在启动了。以前除了挖路和平整易迁房的地基时有过挖掘机进村，现在老村委会旁边的河道边也来了几辆，“咚咚咚”挖掘的声音震荡山谷。村民们多年没有听到过机器的声音了，觉得挺新鲜，附近居民便在晚饭后闲步踱到河边，一打听，原来县政府拨付了一笔专项资金，要在这里修建一座跨河风雨桥。

“修桥倒是好，可是我们饭都吃不饱，水都喝不上，路也没有修，搞这些花架子有什么用。”慢慢，村子里有了一些议论之声。工作队员们也都听到了，但他们默不作声，该入户入户，该走访走访，遇到有村民直接开口询问，队员们也是一脸微笑：“急什么，事情一样一样来，你们就等着吧，日子肯定会一天天变好。”

桥体开始动工后，村里的施工人员开始多起来。有的在修桥，有的又不像，好事的村民们一打听，工人们也说不出个所以然。就有人走进村委会，找到工作队。

“最近村里这么多施工队，都是来干啥的呢？”

“你们之前不是都反映了嘛，有困难的都尽量解决，差的不差的，都修上，村子才像个样儿嘛。”老陆也不多说，继续卖关子。

村民们没能搞清楚具体情况，只能每天到河边看热闹。半个多月后，工程情况慢慢清楚了。工作队要在汗山修建水池和水窖，从山下的黑龙潭抽水上山，解决大山顶上多年来饮水不足的问题。从白水电站至汗山的道路也开始了全面整修和硬化，八至十一组大干溪5公里道路硬化工程也开始动工。河岸边，还有一些大大小小的花坛也开始修了，有方形的有圆形的，煞是好看。顺着河堤，一路安装了几十盏路灯，到了夜间，灯光一亮，在村里公路边再也不用手电了。在村口附近，还有一座钢丝桥的架子也搭起来了。

村民们觉得很新鲜，这些东西怎么好像是一夜之间从白水河村就长出来了。到了年底，村里的易迁项目也差不多完工了，涂料刮上去，远看就成了一道迷人的风景。建筑垃圾被清理之后，安置小区的本来样貌也露出来了，除了有易迁房，还有一个党员群众活动中心和公厕。沿河岸边，还有一处大大的空坝，虽然还没有硬化，但谁都看出来了，这里是一个文化广场，以后村民开会或者别的活动，就是在这里了。

缓过神来的村民们又开始在背后议论开了：“好像我们白水河村开始变样了呢，四面山上的路一通，到老街感觉近多了，工作队办的还真都是一些实事儿呢。”

听到这样的议论，老陆他们暗里一笑：“这才哪儿跟哪儿啊，八字还没一撇呢。”

进入腊月以后，天气是一天冷过一天了。山里已经下过几场小雪，太阳出来，河岸边的积雪很快融化了，雪水融汇后的白水河开始变得透蓝。

年关将近，从山外回乡的打工者也渐渐多起来，逢十赶集，老街上竟有些水泄不通的感觉，就是在平时，村道上往来的人也比平常多出许多。那些自远方归来的年轻人们，看到村子里正在建设的那些工程，都有些不相信自己的眼睛，我们的村子真的在变了吗?

不久，细心的村民在老街和村委会发现了一些新贴出的告示。内容很简单，就是号召全村不符合易迁条件的村民，利用年关时节自行组织对所居房屋进行改造，主要内容包括厕所、厨房、屋瓦、电线四大项，每一项都附了一个验收标准。后面有一句醒目的句子：“只要按照以上标准完成改造，可向驻村工作队申请验收，验收合格，每户补贴最高可达1.1万元。”

一石激起千层浪。

“我们不是贫困户，自己改造了房屋，也可以得到补偿吗？还有这等好事？”

“是的，没错，白纸黑字印着呢！”工作队答。

“如果改造完了，不能兑现承诺怎么办？”

“村委会在这里呢，搬不走。县政府在那里呢，我们的队员都是从政府办来的，你们又不是不知道。”

“验收标准你们说了算，如果没达到标准，那怎么办？”

“这不用说，达不到验收标准，全部自己买单。”这一条，驻村队员寸步不让。

几天时间过去了，老陆在村子里走了一圈，好像没有人行动。

原本他们选择这个时间段贴出告示，就是希望从远方归家的年轻人可以带动一下村里的老人，对自家住房进行升级改造，一改过去的面貌，却没想到事情进展并不顺利。

问题出了，迅速理清思路解决。兵分两路，一路选择几户重点做工作，只要一家带动了，别家就会跟着来；另一路筹备召开小组会，把政策反复讲清讲透。

“你们的房子达不到易迁标准，但自己要住着舒适，完全可以花一点儿钱改造一下，内容就那几项，自己动工，验收合格就到村委会签字领钱。我们核算过了，只要工程量不太大，补贴的这点儿钱差不了多少，但改造完成后，享受还不都是你们？”

“道理是这样，我们是不清楚你们的验收标准是什么，就怕拿不到补贴，自家的钱就白花了。”

“标准达不到就继续搞啊，一旦达标，钱就保证到位。”老陆拍着胸脯说了硬话。

一个星期后，村子里有两户改造工程启动了。

腊月二十七，白水河村第一个家庭完成了改造，工作队验收后，当天下午钱就兑现到位。一传十，十传百。到2018年2月底，整个白水河村共有33户人家完成了住房升级改造，除了两户未达到验收标准经过了二次整修外，其余家庭全部从工作队的帮扶资金里领到了改造补贴。

桃源梦

在村集体产业发展上，工作队颇费了一些心思。

2017年上半年，县长习覃到访白水河村时，就提出了打造酉水源头第一村的思路。10月，副州长夏锡璠到村检查工作时，对村子里原生态的自然山水风光给予了很高评价，赞誉这里为“世外桃源”。

说者无心，听者有意。酉水之源，世外桃源，工作队何不借机打造酉水桃源呢？如果真能把乡村旅游变成产业，那就不愁村民不增收，农民不富裕了。

何为世外桃源？这可不能是一句空话。有一天，在河岸边漫步的老陆不断琢磨着这个事情，脑子里忽然涌出《桃花源记》里的句子：缘溪行，忘路之远近。忽逢桃花林，夹岸数百步，中无杂树，芳草鲜美，落英缤纷……

“如果，我们把沿河两岸的土地全都栽上桃树、李树，等到春暖花开时节，岂不就是这样的桃源胜境？”老陆一边走一边自言自语。

回到村委会，满心喜悦的陆祥忠迅速找到老支书说了自己的想法。

“想法倒是好，但是村子里本来耕地就少，河岸边的尤其金贵。如果桃林只是为了观赏，没有实际收益，怕是老百姓不得搞。”老支书有点儿担忧。

“这个事，我想过了，桃树、李树的品种我们得要精心选择，不仅是观赏，还得有果实可以卖。农民兜里收入的钱多得多，比种地划算。”

“这想法可行。我忧心的是，村民们从来没有栽培过桃树、李树，我怕这技术问题不好克服啊！”

老支书的担忧是对的。村子里原本耕地就少，如果全部拿出来种了桃树、李树，又不能保障群众收益的话，老百姓的日子就会更加不好过，工作队刚刚建立起来的威信就要再次失去。

当天夜里，听着白水河的水声，老陆几乎一夜未眠。

“要发展，必须是大面积的，至少河道两岸要先种上，再向两边山上延伸。全村共有2600多亩耕地，我计划先发展到一半以上，到后来，实现整村全覆盖。”

第二天上午，在工作队的碰头会上，老陆把自己一夜的思考向队员们作了陈述。

“这想法好，酉水桃源嘛，要实至名归。至于方式嘛，最好是采用种植合作社的形式，由村民自己种植自己管理，合作社引入市场主体负责销售，免去老百姓的后顾之忧。”黄海星也发表了自己的看法。

“我是觉得，在选种和技术上，恐怕我们要先搞个培训，村民们心里才有底。关键要他们愿意改田种树，这工作怕有些难做。”队员周恩说出了自己的顾虑。

“这个嘛，我已经想好了，我们可以分三步走。第一步先组织几个德高望重的农民组成一支考察队，到一些发展果树成功的地方取经，让他们学到经验找到信心。第二步嘛，我们再请一些专家和供苗商进村手把手培训，把技术问题解决。第三步，我想了一下，我们可以申请退耕还林补贴，在果园没挂果之前，让老百姓的收益得到最大限度的保障。”陆祥忠毕竟是农业局局长出身，考虑问题滴水不漏。

一场诸葛亮会开下来，在白水河村发展桃树、李树产业的思路基本成形。

一个星期后，一支由村支书高松清带队的五人考察小组启程远行。县林业局有两个专家也被老陆请了过来。他们此行的目的是选好品种，保证桃林可以在白水河村长势良好。村民代表有两人，他们要做的是学习取经后回村把新思想传达给村民。考察目的地工作队也作了详细了解，到四川映秀镇考察青脆李种植，再到成都浦江县考察晚白桃种植，最后到四川眉山市考察村民合作社经营模式。

一切似乎都在朝着既定方向发展，但老百姓的思想不转变，所有想法都等于零。

送走考察队之后，工作队开始了他们的下一步计划。小组会一个一个开，硬骨头一块一块啃，重点户一家一家泡。一切进行得似乎比预想的要顺利，到二组的时候，工作队遇到了难题。那天的小组会上，有人抛出了新的问题。

“你们想发展产业，是为了我们好，我们都愿意。但是按你们说的，所有的田地都要重新开挖平整，那我们之前的田土界限是不是都要重新打破？还不如让你们直接把土地流转了。”

对于这一点儿，工作队早有预料。

“如果要流转土地，势必需要引入市场主体，但是我们的桃李产业还没起步，交通条件又不好，不见得有合适的市场主体愿意进来。”黄海星的话说得很诚恳。

“那如果我们自己开挖平整，家里没有劳力，时间要很久。既然主意是村集体出的，那能不能由村集体统一找挖机来平整？”

话一出口，立即引来一片附和之声。

“对啊，村集体出面引种，再把土地平整了，管理由我们自己来，这样才符合你们的要求嘛。”

“产业要有个产业的样子，单家独户来做，肯定不如你们统一搞的好看。”

对于这样的提议，工作队其实也早有思考，办法不是没想过，只是苦于村集体账上并没有什么钱，如果贸然答应了，这笔费用谁来垫付呢?

“这样吧，你们的建议我们也跟村委会商量一下。千条万条只有一条，你们答应开挖，那问题我们就都能一一解决了。”老陆的话掷地有声。

回程的路上，工作队员们都有些沉默。村民们提的建议入情入理，无可反驳，村集体出面平整土地肯定比单家独户要强得多，但是钱从哪里来？当初进村时争取过来的三百万项目资金已经全部投到了基础设施建设上，现在的村集体可谓河干水枯了。

“村民的建议不是没有道理，特别是河道两边，如果集体开挖，再统一栽培，观赏效果肯定好得多，只是钱的问题的确不好解决。”这个问题，老陆也是思考了好久。

“我看这样，我们跟村委会商量一下，如果这个方法可行，钱的问题，我来想办法。”黄海星是第一书记，把这个担子主动担了下来。

回到村委会，老陆跟还在外考察的老支书高松清通了个电话，把村民的建议和工作队的思考都说了，让他们也在外面商量一下。一会儿工夫，高书记的电话回过来，全体考察组成员一致同意这个方案。

拟协议，由小组长挨家挨户签字；找施工队，谈好工价和工期。说动就动，等考察组一行回村时，施工队已经进村了。

又一个星期以后，白水河村富民种植专业合作社正式成立。德高望重的退休老师汤生智任社长，各村民小组组长和村民代表十余人任成员。施工队进驻正式开挖平整土地。

一个月后，临近年关，河道两边的平整工作基本结束，成片的稻田被打成了垄，沟渠也挖出来了，就等来年春暖花开，果苗便可种下。

有一天，走在田垄上，老陆忽然想起来了工人工资的事，便问黄海星有什么打算。

“这个您不用操心了，我已经暗地里跟修风雨桥的老板讲好了，他很理解和支持。我以个人名义给他写了一张借条，借过来二十万，先把施工队的工资付了，以后村集体账上有了钱，再慢慢来还。”黄海星说得轻描淡写。

听了这句话，老陆有些愣住了。以前，在老陆的印象中，跟他过来的几个队员都只是几个年轻的政府公文写手，可是四个多月过去，他们身上已经没有一点儿的书生气了。可以在村民家里大碗喝酒，虽然回来就哇哇大吐；可以有理有节地谈自己对农村工作的思考，虽然偶尔也有考虑不周的时候。最让他没想到的是，这一次，看似文文静静的黄海星竟然有了这样的胆识和魄力，一个人扛下了这样的大事。

那天下着小雪，河岸上还有冰凌，河风吹过来有些冷，可是老陆的内心涌起一阵一阵暖流。这一代年轻人，他们曾经柔弱得要靠父母捧在掌心，可是在经历了脱贫攻坚战斗的淬炼后，已经可以稳稳地把这么多责任和压力扛在自己肩膀上了。

到第二年春上，从利川南坪拉回来的桃李种苗全部顺利种下去了。这一次，已经改名为“尖刀班”的原工作队没有花费太多精力，他们只是发了几天苗子，再每天沿着河岸巡查栽种情况。虽然仅仅才半年时间，村里的面貌已经悄然发生了变化，原来那种敌对关系已经没有了，看在眼里敬在心里的村民们已经完全接纳了他们。

4月里，陆祥忠又联系了县农业局，对接临近的水果之乡李家河，让高书记带了44个村民过去学习了差不多半个月。这一趟回来，村民们基本已经掌握了桃李果树培植的要领。自此以后，他们再也不用担心培植技术不过关的问题了。按照老陆的三年规划思路，到2021年，整个白水河村将进入丰产年，那时候，这里就是真正的西水桃源了。

桃源景

2018年的夏天很快就到来了，西水河里的水量明显比以往多了起来。因为村委会没有地方可供住宿，工作队一直都是租住在村民周仕德家里。

这个院子背河，前面就是马家尖，麻柳树边上有一眼冒水孔，长年不断，名为“鱼泉”。老陆每天习惯性地沿着村道走上去看看。

山里的空气新鲜，于50多岁的老陆倒是一处休养身体的好地方。虽然村里的工作很辛苦，但一天一天，发展思路越来越清晰，村民和“尖刀班”的关系也在渐渐改善。现在偶尔还是会有村民上门邀请他们去家里吃饭。入户解决问题的时候，也仍然有人端出酒坛子，上桌满满一大碗酒，但到此时，酒已经不再似之前那样是较量的工具，现在的每一滴酒里，都有了浓浓的情谊。

老陆有胃病，村民们在听说他每次豪饮后回去都疼得整晚睡不好，现在基本已经不再劝他喝酒了。有时候老陆会自己倒上一点儿小酌。几十年的工作历程中，老陆见惯了各种场合，村中的清苦生活他已经不怎么在意，让他担心的除了村里还未见到成效的产业外，倒是另外几个年轻人的个人生活问题。

队员周恩到岗之前就立了“军令状”：白水河村不脱贫，他就不结婚。虽然看起来有几分戏言的味道，但是这个年轻人是真的做到了。闲聊时，大家提起这个话题，周恩也一直都是这句话。可是脱贫的时间不是几个队员自己定的，自有一套严格的评审标准。村民的吃穿住行、生活保障，村子的基建，这些都有一个硬标准在那里。村子能不能如期出列，他老陆说了不算。

最让老陆担心的是杨晶晶，这个年轻人，来的时候家里的孩子才两岁，说是五天四夜的驻村，其实每周的休息日基本都没兑现过。各种工作那么多，何况杨晶晶还兼任着高荒坪村的第一书记。那个村子，从河边爬上去，还得走两个多小时，虽然住户不多，但工作一样不少。有时候听他们几个年轻人私底下开玩笑，说是杨晶晶老婆隔一段时间都会找他吵闹一次。如果真为了扶贫工作把小家拆散了，那杨晶晶心里肯定会无比憋屈。

黄海星呢，家住在州城恩施，和老婆也是两地分居，小伙子都35了，至今也没要个孩子，两边父母都急啊。

三个小伙子都很乐观，进村入户时，心里即使装着这些生活琐事，但他们绝对不会表现出来，该做事做事，该加班加班，从来没有跟老陆抱怨过一次。

周恩还注册了一个“酉水筑梦”微信公众号，经常拍一些图片，写一点儿稿子定期发出来，貌似过得还有滋有味儿的。可是在老陆这里呢，从年龄上说，他是长辈，这些生活上的事，太多过问也不好，然而这些事情都装在心里，沉甸甸的。

自“尖刀班”成立以后，县里的督战队也来过几次，工作压力一天大过一天。可是目前村子的情况呢，村容村貌当然有了改观，集中安置点已经竣工，后期的安置和拆旧工作很快就要启动。产业路、水池、电网等改造工程也基本达到了脱贫标准，看起来一片大好的局面。老陆心里，总还是有一些忐忑。根源他也说不上来，照理说自己做了几十年的领导，这份耐心早就有了，但是不知道为何，他总是有点儿心急。

村里搞基建和栽植桃树、李树的那段时间，他基本就是奔行在村民家和田地间。方方面面的事情，他都要一一过问，哪一个细节他都要亲自掌握。只有这样，他心里才够踏实。

有一天，老陆走在已粗具雏形的酉水桃源广场上，忽然想到，要是在这里把文化生活搞丰富起来，让村民们也跟城里人一样，跳个广场舞，那大家的心里也就没那么大的压力了吧。

老陆找到村里喜欢唱跳的高琼梅，跟她把想法一说，高琼梅笑了："你们'尖刀班'啊，真是管得宽喔，还真以为这是城里啊，还跳广场舞，庄稼人哪有那个闲心喔。"

受了挫的陆祥忠并没有气馁，他心里有自己的想法。找到几个年轻人一合计，大家也都很赞成。

几天以后，几名县文体局的舞蹈队员就进了村，还带来了两只拉杆音箱，广场上的音乐响起来了。住在广场附近的村民们开始还扭扭捏捏的，但经不住音乐声的诱惑，陆陆续续来了一些人。一看，几个文体局的舞蹈演员在前面，"尖刀班"和村妇联的几个在后面，跳得有模有样呢。

老陆自己不跳，但一见有人来，就往队伍里拉。村民哪里经得住这样的"死皮赖脸"，两天下来，高琼梅、杨秀平、田翠菊、潘淑芝、冯久英这些平时喜欢唱跳的都加入进来了。到后来，一到下午，等着广场上的音箱声音响起，似乎反倒成了他们期盼的事。这队伍越来越大，后来竟到了30多人。

人一多，黄海星他们的新想法又来了。集中安置点不是有个篮球场嘛，干脆组织几个村民一起打打篮球，手法笨拙点儿有什么关系，只要开心就好。

那个夏天，村子里变得热闹了。到后来，到广场跳舞打球，竟然成了一道独特的风景线。老陆他们因势利导，又鼓捣着几个妇女队长买了一些服装和乐器，打起了莲湘（一种传统舞蹈）。

之前还在一边风言风语的男人们也坐不住了：既然妇女同志们都搞得那么热闹，我们也得干点儿什么。有个叫王海榜的村民曾经弄过舞龙，他把这套放了多年的东西一弄出来，立刻吸引了很多人的目光。几天下来，男男女女都不跳广场舞了，都来跟他学舞龙。从外面回来的一个年轻人也坐不住了，竟然悄悄从网上买了一支萨克斯，在家学吹起来。

这样大好的形势，连“尖刀班”都没有想到。后来一想，既然大家搞得这么热闹了，为何不干脆组织个乐队呢？一方面娱乐了自己，一方面也可以在村里村外的红白事上挣点儿钱。

老陆找到领头的高琼梅一商量，一拍即合。不到半个月，村里成立了两支表演队，一支主要表演军鼓乐，一支就是舞龙。村民们之前从来没想过唱唱跳跳也能挣钱，觉得很新鲜。那个夏天和秋天，村子里变得热闹起来，大家平时在广场排演，还有人专门到处找生意。到年底一清算，这一年，两支20多人的队伍，人均差不多挣到了5000元。

这个收获倒是很有些让人意外。有时候“尖刀班”队员们像之前那样到村民家里小酌，发现他们竟然都不嗜酒了，晚饭只草草吃几口，都想到广场上去跳一曲。一个小小的想法，竟然可以给村民们带来新的生活和收获。自那时起，老陆他们觉得肩上的担子更重了。

村子里还有另一种产业，算起来一直是村里的传统产业，也是村民的主要收入来源。这里山高峡深，村子的阴山面生长着一种野生箬叶。这种叶子自带一股清香，大小宽窄特别适合包粽子，近年来的粽子需求量逐年增大了。在老陆他们进村之前，已卖到2.6元一斤，但这个数字，老陆并不满意。那时候村里没有自己的加工厂，大家都是自己上山采摘后便直接卖掉，因为鲜叶不便保存，所以收购商便一再压价，村民自然没办法。了解到这个情况之后，工作队开始想办法建村集体自己的加工厂。

其实之前有些村民也有心做个小作坊加工，但因为村里的年轻人多数都出门打工了，留在家里的老人一来思想保守，二来没胆量没技术，当然也就没底气做这事。

经过几天走访，“尖刀班”基本锁定了几户在外打工的人家。现在，“尖刀班”要做的是，做通这几人的工作，让他们返乡创业，在家门口挣钱。有着多年的乡村工作经验，老陆对这些在外创业的打工者的心思摸得是比较透的。背井离乡本非他们的意愿，不过就是为了多挣一点儿钱，有一个相对稳定的收入。但是在外的日子并不好过，从事的多数是低端的制造业或者承包一点儿小工程，养家糊口是没问题的，但也并没有传说中那么有钱。有些人，其实在外的境况也难，但并不好意思就这样狼狈地回乡。谁都有个脸面，在农村，多数人其实一直都是活在面子里。

厘清了思路，工作队有了自己的办法。他们先在全村人都加入的微信群里发布了消息，号召在外的打工者，尤其是成功人士返乡创业。这样的号召当然是没有什么效果的，大家都是点开看看就作罢，也无人回复。这个状况老陆他们早就料到了。背地里，他们已经跟自己锁定的那几个人私下打了电话。过了几天，工作队又在微信群里发布了一份正式的村委会文件：谁要是愿意返乡创业，村委会负责做好前期各种保障。而且最重要的是，他们为村子的发展作了牺牲，他们是返乡能人，是难得的人才，这种精神应该是要大力表扬的。

渐渐地，群里有了动静，有人在发言，有人在提问，有人在支持，当然也有人在质疑和反对。没关系，这些都在意料之中，最主要是要有第一个敢吃螃蟹的人站出来。

很快，有个叫安德顺的村民同意返乡了，当然，背后的工作是老陆他们早就做通了的。安德顺在群里发了一段长长的回乡感言，大抵是说白水河村不再是以前那个穷村子了，交通条件好了，基础设施好了，民风也好了，自己决定回村，是觉得村子有了希望，愿意跟着县政府的驻村队员们一起干。

信息发出来，长时间的沉默，有人在观望，有人在看热闹。当然，这里的一举一动，“尖刀班”一直都在高度关注。很快，村委会有人点赞了，打工者有人响应了，老陆乘势表扬了一番安德顺，肯定了他的牺牲精神和为村情怀，同时主动担责，向大家说明安德顺之所以愿意回村，是自己和村委会请他回来的，如果其他人也有愿意返乡发展的，村里也一样把他当人才对待。

就这样，回乡之后的安德顺开始了石蛙养殖。工作队每天把养殖场的工程进度发到群里，以此鼓励更多人返乡。

几个月以后，肖万佳、周仕权等人也被他们劝了回来，在村里当起了青年致富先锋，整个村子返乡创业的年轻人有了十几个。有人办起了箬叶加工小作坊，有人开了养蜂合作社，有人开始养殖冷水鱼。村子的热闹程度一天胜过一天。

到了2019年，借力东西部协作项目，村子里又建了500平方米的箬叶加工基地，村民自建的箬叶加工厂增加到了5家。加工之后的箬叶一斤可以卖到4块钱以上。仅这一项，全村的总收入就超过了500万元，成为名副其实的“宣恩箬叶第一村”。

当年冬天，在搞冬农开发的时候，已经驻村一年多的几个队员又有了新的产业思路。在经过精心考察后，他们确立了“一长两短”的产业发展方向：在果园里套种辣椒，在河岸边繁殖冷水鱼，鼓励村民养蜂养石蛙。当年，全村共发展了176亩辣椒和437亩黄豆。日子过好了，文化生活丰富了，一天一天，这个村子是真的在变了。

借着这个势，“尖刀班”又推出了“洁净家园，妇女来行动”“干事创业，青年当先锋”“乡风文明，党员做示范”“精准扶贫，全民齐参与”四大行动。做这些的时候，“尖刀班”成员们并不都自己亲自上了，而是按照不同的工作内容，把这些工作交给了妇联、共青团等组织来牵头。很快，村里又成立了红白理事会、老年协会、消防协会等村级组织。似乎村里的每个人都能找到属于自己的岗位，都能有一个舞台去展示自己的能力。

2018年腊月二十六这天，“尖刀班”在集中安置点旁边的村文化广场搞了一个活动，叫“出彩白水河村·最美西水桃源”联欢会。说是联欢，其实项目也简单，主要就是展示村子文艺宣传队的成果，还有表彰乡风文明、勤奋好学、创业致富等方面的优秀村民。

在考虑方案的时候，原本只安排了两个小时左右的内容，但老陆一想，反正这规模搞得挺大的，索性增加一项，搞个千人宴，让大家再热闹热闹。其实村委会当时并不支持，他们对村民的了解还一直在过去经常扯皮拉筋的阴影里没有完全走出来，不相信这个宴会搞得起来。后来还是“尖刀班”胆子大，通知直接就发出去了，办法很简单，每户村民自己准备一个菜，放到一起，酒和饭由村集体准备。

没想到，群众反响非常热烈。农村都有个攀比意识，这样的大场面，谁也没脸把菜做差。结果到那天，修风雨桥的陈老板用钢架子搭了个几十米长的长桌，大家的菜带过来，摆了一长排，场面非常壮观。之后一清算，这场活动，除了本村的居民全部到场，临近的几个村子也有人参加，总人数达到了1300多人，竟是村子有史以来最热闹的一次活动。

麻柳青青

这几年里，州领导刘芳震和夏锡璠先后来了村里三次，村子的变化是看得见的。现在，村民有很多事要忙。扯皮拉筋的事越来越少，喝酒打牌的人也越来越少。有时候走在村道里，看着村民们忙忙碌碌又精神焕发的样子，老陆竟然恍惚觉得自己是个来这里度假休闲的游客了。

除了这些，这几年间，村子里还发生了几件大事。

第一件当然是白水河村整村出列，全村110户336人全部达到脱贫标准。按照队员周恩当初进村时定下的誓言，村子出列，可以结婚。那些天，队员们天天开玩笑催他结婚，但周恩处理这事却并没有搞帮扶工作那么积极，直到2019年才把大家的这个心愿了了。

第二件就是村子的基础设施建设。2018年，先是在山上修建了2公里长的箬叶管护道，方便村民们上山采叶；后又开挖生态河堤，先后新建119米河堤，维修125米破损河堤，还对2公里9个村段河堤开展了整治美化工作，新建了游步道、观光亭，并新修了三座钢丝桥。高荒坪的村级公路也修上去了，虽然路面依旧很陡峭也很窄，但毕竟结束了没有路的历史。

易迁安置点交付使用那段时间，“尖刀班”还干了一件有趣的事。因为易迁点的设计是一层为商铺，上面才是住宅，未来可以打造成酉水桃源一条街。这些商铺要产生经济价值就需要有农户前来经营。大山深处原本少有人流，怎么让村民有意愿参与商铺的租用，他们很是费了一番心思。到后来竟想出一个出租竞拍的方式，底价为每平方米每月一元。这样算下来，如果按底价成交，最大的铺面年租金是600到800元，是老百姓完全可以承受的范围。

“当时我们想的是怎样炒作一下，让他们愿意来经营商铺。没想到竞拍场面十分火爆，除了本村的人，外村也有人前来参加，最高的竞拍价达到了3元。50多个铺面共4000多平方米，一个上午哄抢一空。”回忆起当时的场景，留在老陆他们记忆里的仍然是一片热闹之景。

第三件发生在2019年9月24日。县里要在国庆期间组织各乡镇对精准扶贫工作开展交换检查。这段时间，几乎每天都要加班。按村里的安排，9月25日要开一个党员大会，方方面面的资料都在准备。晚上8点多，工作做得差不多了，大家也都分头回去休息了。56岁的老支书高松清留在了最后。老书记的家其实离村委会并不远，步行也就十几分钟，就是鱼泉沟村中最大的那株麻柳树边上，几间瓦房构成的一个小小院落。精准扶贫工作开展以来，因为加班多，老支书一直都是住在老村委会的旧房子里，两处也就几百米的距离，用他自己的话说是方便、亲切又亲近。

那天晚上，月明星稀。那一弯月就悬在马家尖的山顶上，静静地照着这片河流和山川。

第二天早上7点多，村委委员孙茂林去上班时，在集中安置点的路边发现了老支书已经僵硬的身体。事后一推测，老支书应该是12点以后在回宿舍途中冠心病发作倒在了地上。老支书的最后一个电话是11点多打给沙道沟派出所的，联系的也是第二天综治维稳的事情。

老支书故去以后，家人把他安葬在了老屋旁边那棵麻柳树边上。那是他生活了一辈子的地方，应该是他最喜欢的归宿。

坟边上，是新老两任支书主动为村里捐出的地。后来，“尖刀班”拿来修建了两个简易停车场。这个当兵出身的老支书，在村里工作了几十年，一直有着极好的口碑。那些年，村子很穷很穷，现在的村子一天一天正在变化着，可是他刚看到就走了。这几年里，全村的贫困户要么易地搬迁，要么危房改造，独独他自己的房子，依旧那么破破烂烂。到了2020年，新任村支书孙茂林上门跟他老妻做了几次工作，才把老支书的旧房子完成了改造。

“终于完成了这个心愿，也是对老支书的一个交代。现在，老支书终于可以好好歇息了。”说起那个有星月的夜晚，孙茂林依然是黯然神伤。

在“尖刀班”这边，却有另一个喜讯传来。暑假期间，在队员们集体的“哄骗”之下，杨晶晶把他在县里教书的老婆带到了高荒坪村住了二十多天。从最初的新鲜到后来的歉疚，她彻底地理解了丈夫。

四年多来，几乎每年，她都要因为杨晶晶不能照顾到家里跟他大闹几场，“乐不思蜀”的误解让“离婚”这个词在每一次吵闹里频繁被提及。这二十多天后，从贫瘠荒凉的山巅回到县城的她，恍若完成了一次两个世界的穿越。第二天，她便主动提出要给丈夫买辆车，既是方便丈夫进村入户，也是以此减赎这些年给他造成太多心理负担的愧疚。

现在，“尖刀班”成员们晚饭后还是习惯性地在新修的河堤岸边走走，有时候也会顺着箬叶采摘道爬上半山俯瞰这个村庄。

西水往上，是巍峨高大的青龙山，一直绵延到了椿木营；往下可以隐约看到鸳鸯峡的高崖夕照。

暮色之下的白水河村，一片苍凉静美。

之前，他们未曾料到自己的人生会和这个陌生的村子以及这个村子里陌生的人们扯上关系，甚至这些风景，都从未出现在他们的梦境里。可是现在，说起白水河，他们每个人心里竟然有了深深的眷恋。

第六章 故乡的召唤

村子再也“背”不动了

如果不是侄儿马发云亲自上门来说，鹤峰县唐家铺村的马学斋、赵菊香老两口做梦也不会想到，一手养大又亲手送出深山的儿子马发权，会以这样一种方式重新回到身边。

在唐家铺这片土地上，马学斋生活了大半辈子。自他出生以来，马家的祖辈们就安静地待在这个叫凉水井的地方，一代一代地延续着古老村庄自给自足的生活，在原始的欲望里固守着最简单的愿望，遵守最朴实自然的村庄生存法则。

村子里有一条古道，祖辈都叫它茶马古道。从鹤峰县城过来，穿唐家铺而过，翻过几道山，就是腰牌和石龙洞，再往前是溪坪和顶山坳，便算是出了村。那边是燕子坪、三斗坪，再一直往前便到了宜昌五峰县地界。

村子不大，两山夹着一槽。左边的大山叫杨家大山，右边的叫放马山。名字的来历已经说不清楚，但山的高大巍峨却是真的。再往后更高的就是屏山了，后来成了鹤峰著名的景区，不过之前，也仅是一片秀丽峻拔的山水。村子里还有一条自高远山巅处发源的小溪，枯水的季节是很难见到有水的，河沟里的鹅卵石硌得脚生疼。但一到夏季水丰时节，又经常漫出河沿，水田被淹，村子里成一片泽国也是常有之事。

至于村子为什么叫唐家铺，马学斋记得并不是很清楚。听祖辈们说，以前这里聚居的，多数姓谭，一直是被叫作谭家铺的，不知道从什么时候开始叫了唐家铺。许是叫久了，听的人口误，许是别的什么原因，他已经说不清楚。他只知道，自己自小便是在这村里，他熟悉村子里的每一道坡坡坎坎和山梁，知道哪片山林里有箬叶，哪片河谷里有洋鱼，哪家穷哪家富，跟明镜一样印在心里。

村子里有一些田土，主要集中在凉水井一带。别的地方，因为常年干旱缺水，只能种植烤烟和苞谷、洋芋，产量低，收入少。那时村子里很穷，除了出卖劳力当力夫，几乎没有别的挣钱门路。在十七八岁的时候，马学斋还和村子里的壮年劳力一起，沿着那条古老的茶马古道去过宜都背货。出发的时候，背的是鹤峰茶和本地的一些山货。回来的时候换成沉甸甸的盐，重一百余斤。一去一来，要走上15天的路。路全部都是石板路。路上背力的同伴也多，朝行夜宿，有乐趣，但更多的却是佝偻负重难以言说的苦楚。

这条路，马学斋差不多走了整整三年。直到后来，从鹤峰到五峰再到宜都的公路修通，再也没有人背盐了，古老的茶马古道便渐渐荒芜了，人迹罕至，到处是萋萋荒草。

不能当力夫的时候，村子里的人便上山砍柴卖。这里的山实在太大了，出门爬上坡，到处都是各种杂生的灌木，今年砍掉，明年春来又会重新长出来，似乎永远都不会砍光。

比起背盐，砍柴似乎更加辛苦一些。山里的湿气很重，树木生长茂密，荆棘丛生。在屋后的那片山上，马学斋来来往往走了多少次，他已经完全说不上来。靠山吃山，生活的希望还能在哪里？砍回来的柴，放在院坝里晒干，劈成块，再锯成大小差不多一样后才能挑到鹤峰市场上卖。价格不高，有时候还会被主顾反复挑拣，半干不要，太长不要。有时候一担柴火一整天也卖不完。吃了多少苦，受了多少罪，他不想再去回想。那个年月，能把日子过出来就已经是最大的满足。

除了卖柴，村子里的人还要背水。那时候，除了凉水井这一片有两个小小的水井外，村子里的其他地方，几乎都找不到可以饮用的水。不知道从什么时候开始，老一辈人在一个叫水洞的地方找到了一眼水。那是一处离地面有五六米深的天坑，底部有一处水源，有汩汩清泉冒出。缺水的人们在那里砌了一个井口，又在边上用山里韧性好的木柴做了一架木梯子。进去的时候，要带着手电筒，一步步退着下去。装满了水壶，再一步一步爬上来。从此，那里有了一个新的名字，叫“背水洞”。

背盐、背柴、背水，构成了马学斋前半辈子所有的生活记忆。

守着这片大山，他不知道何时是个尽头，也从未想过出路在哪里。

听祖辈说，这里曾经还有过茶山，村子里某个地方，还有碗口粗的茶树，可是后来都被挖掉做了旱田。卖茶卖柴种庄稼，什么样的路都在尝试着走，可是哪一条都不通。这片土地的荒凉和贫瘠，一度让马学斋和乡亲们感到了一种深深的绝望。

儿子马发权出生那一年，正是1978年。马学斋记得很清楚，那一年，村子里的人在那一条溪涧上拆去走了几十年的独木桥，修了一座窄窄的石桥。村里也修了一条土公路进来，虽坑坑洼洼，崎岖不平，但毕竟是有了路。如果还有什么愿望，那就是希望自己的孩子能从这条新修的路上走出去，走出这片贫瘠的大山，不再似祖辈那样继续过这种靠山吃山、没水背水的日子。

故乡在召唤

1996年，初中毕业后的马发权在马学斋的安排下报名参军。从小在山里摸爬滚打，马发权的身子长得很壮实，这让他很顺利地通过了各种体能测试，成了一名军人。

当兵的地方在西藏，于18岁的马发权来说，那是一片陌生的土地。他在那里待了整整三年，直到1999年转业安置回乡。

在异乡的日子里，马发权经常在静夜里遥望家的方向。远隔千山万水的鹤峰唐家铺那片土地，虽然一直都那么贫瘠，却是他魂牵梦绕的家乡。那里有他的亲人，有他的乡亲，还有他自童年里就种下的，要让这片土地焕发生机的朴素愿望。

1998年9月，马发权所在的连队接到一个紧急任务：部队用的光纤出了问题，需要立刻抢修。但抢修光纤面临着一个最大的问题是冻土。受地势、气候等多种影响，马发权部队所在的地方地面冻土深达一米，要想抢修光纤，只能挖开冻土。

马发权当时任班长。接到任务后，他带领战士迅速投入抢修，靠着一人一把铁镐生生刨开冻土，让光纤得到维修，重新投入使用。冻土大概有桌子腿那么深，不敢用机器挖，他和战友们就拿着铁镐慢慢刨。那里天气太冷，一边挖一边冻，他们的手都失去了知觉。

正是这次抢修任务的圆满完成，让马发权所在的班获得集体三等功，他本人获得个人三等功。这是当时他所在连队获得的第一个个人三等功。拿到部队立功证书的那一天，面向家的方向，马发权在高原的风里激动得落下泪来。那是他自出生以来，第一次为荣誉、为自己的努力而落泪。

马发权深知这份荣誉的分量，自此以后，他的内心越来越强大，越来越坚定。他已经不再是深山中那个青涩的小伙，现在，他是一名军人，一名担负着责任和使命的军人。他并不知道自己此后一生会在哪里生活，可是无论在哪里，他马发权已经成长为一条顶天立地的男子汉。

1999年，因为一年前那次立功表现，马发权顺利完成了转业安置，回到鹤峰县，从一名广播站工作人员做起，再到后来的新闻中心、电视台和融媒体中心记者。

十余年的时间里，他曾数次往返唐家铺村的那条山道上。也因为工作关系，时常穿行在鹤峰县上百个大大小小的村庄。行看山色，在马发权心里，依然只有家乡唐家铺的那片山山岭岭最美最好最亲切。

他一直忘不了第一次带女朋友回到老家时，她那一脸诧异的神情。是啊，这个刚刚交往不到几个月的女孩子，怎么也没有料到，就在离鹤峰县城不足十公里的地方，还有这么贫瘠的村子，这么穷困的人家。山野间，荒村横陈，村居人家散布在大山脚下的地角田边。木结构的房子，低矮的屋檐，坑洼的院坝。新世纪的曙光早已照耀着祖国的村村寨寨，突然来到这一片原始古朴的土地，似乎是经历了一场不期而遇的古老穿越。

面对女朋友的讶异，马发权的心里没有自卑，有的只是羞愧。这就是他的家，生养他的老家。多少次，他在心里期望着这片土地变得富庶，可是那始终只能是潜藏在心底一个美好的梦，一个似乎是遥遥无期的幻梦。

所幸这个善良的姑娘没有因为村子的贫困而放弃他。生养之地谁也不能选择，她相信自己遇到的这个人，是一个历经磨难早已变得坚定坚强的男子汉。

之后的数年间，马发权和妻子一直很努力。如果自己一个人的能力做不到改变村子的面貌，那就把这个小家过得好一些，再好一些。

结婚以后，他们在鹤峰县城买了房子，家境逐年向好。虽然他心里一直牵挂着这片土地，偶尔周末也会带着妻小回乡转转，但是在城市的生活，已经让他心底那个潜藏的梦逐渐变得遥远，直到那一天的突然到来。

2015年6月，已从鹤峰新闻中心挂职容美镇负责宣传工作的马发权接到了单位领导的电话。领导用一种商量的口吻问他："今年，我们单位的驻村扶贫点是你的老家唐家铺村，如果让你回去当驻村队员，你看可以不？"

接到电话的那天，马发权正在一个单位做采访。宽敞的办公室，明晃晃的阳光，窗子外面是正在建设中的鹤峰县城，车水马龙，日新月异，一片繁忙景象。

要不要答应？要不要回去？

其实在那时，马发权心中对驻村的概念并不是很清楚。虽然自2013年起，从国家到州县，陆陆续续地在说一个词"精准扶贫"，可是到底怎么干，要达到一个什么效果，大家都并不是很清楚。

那天晚上，马发权又一次失眠了。以前在西藏，多少个暗夜里失眠，是因为对鹤峰大山深处这个家的深深牵念。可是这一次，当他要下定决心，从此把自己的工作放到村里，重新回老家去跟熟悉的父老乡亲打交道时，他的内心竟有着别样的复杂情愫。

他又想起了大山深处的那个家，想起了参军之前父亲到村口送他坐上开往州城的那辆班车。那些时日，他们一家，包括马发权自己，是多么想早一点儿挣脱这贫瘠荒凉的大山啊！

小区下边的溇水河，静水深流。暗夜里，潺潺水声清晰可闻。内心五味杂陈的马发权，大睁双眼，回味旧事，一夜辗转未能成眠。

军人的抉择

回村报到那天，从县城到唐家铺村的十公里车程，马发权差不多用了一个小时。这条路，马发权实在太熟悉了，可是这一次和以前不一样，他是要回村工作，担起改变这个村子的责任。虽然他曾经在梦中思考了多少回村子的建设和发展，但当这副担子真的落到他肩上时，他突然感觉是那么沉重。

那天上午，他没有直接去村里，而是先去了堂兄马发云的家里。这个堂兄，长他16岁，虽是同辈，但似乎更像父辈一些。多年来，马发云一直在村里任村委委员，这个村子的村情民意，他比马发权熟悉多了。

在马发云家里，马发权把自己的工作变动情况原原本本地告诉了堂兄。惊讶是意料之中的，欢喜却是意料之外的。这片土地，这方山水，马发云也一直有着深深的牵念。虽然这些年的打拼，他已经积攒下一些财富，在州城里修了一栋自己的楼房，但当村里需要时，他还是毅然决定回来当一名村委委员。几年的村务工作，他熟悉村情就像熟悉从小看着长大的兄弟马发权。他们都没有想到，此后的多少年间，他们会一起在村委会工作，一起背负那么多委屈，一起为这个村子的建设苦熬那么多个白天黑夜。

因为兄弟马发权回村驻村，马发云的心情特别好。但马发权并没有堂兄那么放松，他首先要面对的是自己的父母和亲人，他们能理解吗？如果以后在村子的建设上，触碰到自己亲人利益的时候，他们能不能带给他期望中的支持？还有村子里根深蒂固的那些旧思想，那些他熟悉的可以做他父辈的人，他马发权有能力去做通工作，化解掉那些多年淤积的矛盾吗？

所有的所有，他一无所知。

下午，走进村委会办公室的时候，马发权终于调整好了心态。既然已经决定挑起这副担子，那所有的问题都是他必须要面对的，无论是好的坏的，苦的累的。

村委会就在独木桥的旁边。破破烂烂的木头房子，灰扑扑的院坝。木楼上，几间办公室的门都敞开着，里面的陈设简陋得很，只有几个文件柜象征性地摆在那里，里面空空的，表面落满了灰尘。没有电脑也没有其他办公设备，一切都是记忆中熟悉的样子。不同的是，作为驻村工作队队长，这所有的一切都要由他马发权亲手去改变。

迷茫像潮水一般一浪一浪地席卷过来。

晚间，已经想通之后的马学斋、赵菊香老两口在家里做了一桌子菜，专门喊了马发云过来。一同请过来的，还有村里的几个马家亲戚。从最初的惊讶到现在的理解，马发云的思想工作做得很到位。现在老两口也理解了，既然儿子已经回村工作，他们两老也该为儿子做一点儿什么。

村子的情况就摆在那里，一眼即明。出了名的全县深度贫困村，村级公路干道太窄，组级路基本没有，出行不便；守着大山，土里刨不出食，挣钱门路不多，产业发展几乎为零；被贫困常年压抑的村民思想顽固，对村委会工作没有参与意识，思想工作难做；人情村寨，盘根错节的各种关系，想要图个改变，不知从何下手……问题越说越多，难度越来越大，大家除了叹气，似乎没有更好的法子。

临走时，几位亲戚围着马发权，语重心长地说："权娃啊，千斤的担子落到了你肩上，你可要多加小心啊！"

虽然说起来这么大堆问题，可是到此刻，马发权的心中，已经没有了那么多顾虑。来之前，单位的领导已经给他交了底，单位会无条件全力支持，要人给人，要钱拨钱；岳父岳母和妻子也给他打了气，家里的大小事情，有他们担着；今天，连他最担心的父母都已经接受，还主动做菜请客，帮他想办法……那么，还有什么困难是他克服不了的呢？更何况，他曾经还是个兵，一个曾经为国立功的优秀战士，如今，建好生养自己的小村的任务落到身上，他有什么理由要退缩和放弃？

月亮升起来了，屋后是放马山巍峨的剪影。夜色下的唐家铺子，似乎并没有那么多的急流暗涌。这是一片多么美好、多么古朴的土地啊！

冰雪在慢慢融化

从8月开始，马发权便把家从县城搬回了村里。妻子那里已经明确表示了支持态度，岳父岳母那边也答应帮着照应家里，他再也没有后顾之忧。那以后的两个多月时间里，马发权开始了对村庄人家的全面走访，全村267户，他几乎遍访了一次。从小在村里长大，这么多长辈他都亲近且熟悉，拉起话来比较方便。大家信任他，也愿意把话讲给他听。越走访，马发权的心里越沉重。村民们常年累积的对村委会的意见，化作了向马发权倾倒的杯杯苦水。

“村里已经多少年没有发展过党员了，所有事都是村委会的那几个人办，谁能信村里的话？”

“修路？谁来修？钱谁来出？修了路又干什么？”

“除了大山和石头，我们这个村能有个啥？山窝窝里还能刨出什么食？”

…………

问题一个接着一个，困难一堆接着一堆。

走在那些山道上的时候，马发权曾经也有过气馁。他曾不止一次地想，就这样吧，能拖一天是一天，干吗想要做出一番事业来。那么多的困难，碰上哪一个都是一堆矛盾，自己真的能做好这份工作吗？

可是反复思量后，他又一次次给自己打气，生养自己的土地，如果自己都不爱，都不能下定决心去改变这片山水，这些乡亲还能有什么希望？

村中山路崎岖，那段时间，马发权把摩托车骑了过来，每天不停地奔行在乡间的小路上，一户一户，一人一人。

改变是缓慢的，但是生活的美好正在于，你还在迷茫中的时候，希望却开始悄然萌芽。

2015年9月的一天，马发权第一次走进了村里一位老党员赵润生的家中。

一间黑漆漆的木板小屋里，只有一个窄小的窗子，里面又脏又臭。时年81岁的赵润生因为常年痛风，已经卧床三年有余。儿子是个五保户，自己的生活都成问题，自然无力照料老人。老人吃喝拉撒全都在这间屋里。

第一次进去，马发权流泪了。他没有想到，就在生养自己的村子里，还有这样可怜的老人。

有一名老党员叫杨银姐，时年82岁，儿子也是五保户，家里的情况跟赵润生老人差不多，也是多年未出过屋、下过床。

在乡间，有些苦难似乎总是跟一群人如影随形，让你感觉莫名心痛的同时，也叫人有一种深深的无助感。

这两户走访回来，马发权的心中越加沉重。村里人不信任组织和集体，并不是因为他们自己的问题，而是因为集体从来没有给过他们需要的温暖。

回到村委会的马发权立刻和堂兄马发云商议，通过他在恩施的朋友，联系到了湖北民大医院的一名教授。了解情况之后，民大医院的石磊医生立即带着两名医生来了唐家铺村，给两位老人进行身体检查。

医生进村那天，村里人像看热闹一样齐聚在两位老人家里，大家七手八脚把老人抬出来，收拾屋子，擦洗身子。三年了，两位年逾耄耋的老人终于再次见到了秋日里暖暖的阳光。

重疾难治。当年11月，赵润生老人安详离世。在他人生最后的两个月里，马发权多次带医生上门，给他按时打针吃药，像儿子一样照顾他的饮食起居，让老人感受到了人世间最后的温暖。

“我最难过的是，没有能在老人去世前帮他把破旧的老屋修好，这是我永久的遗憾。”面对老人的儿子赵现州，马发权又一次落泪。

这些一件一件的小事，群众都看在了眼里。老人入土那天，在驻村工作队的感召下，数十位乡邻自发过来，一起送了老人最后一程。

“真的，从那一天起，我又一次看到了希望，找到了信心。我们唐家铺的村民是有爱的，我再也没有放弃的理由。”面对热心的乡邻，马发权又一次流下了五味杂陈的泪水。

2015年9月22日，马发权迎来了他在唐家铺村最得力的帮手——湖北交投驻村工作队。9月23日，湖北交投总经理沈典栋带领工作队员陈禹成、曹春生等到鹤峰县扶贫办报到，24日进村开展帮扶工作。自此以后，走访的路上，马发权的身边多了几位信得过的真朋友。

六组村民向峰，面黄肌瘦，脱了人形，刚而立之年，却被称为“全村最悲惨的年轻人”。因为尿毒症，葬送了一身好力气，妻子也抛下不满3岁的女儿离家出走。原本幸福的三口之家，被疾病折腾得支离破碎。摇摇欲坠的瓦屋，看不到希望的困境。工作队员三次来到向峰家访贫问苦，送去慰问金和生活必需品，并与民政、慈善总会等单位联系，找寻大病救助的途径。

2015年腊月，大雪封山。工作队在零下5摄氏度的严寒天气里，踏着积雪，深入村民家里，虽然仅是为数不多的一点慰问金，可组织的温暖毕竟已经抵达了人心。

几个月的走访之后，工作队确定了38户重点帮扶对象。通过对留守儿童、空巢老人、留守妇女等特殊困难群体和道路难行、缺少技术、低保五保等一系列问题进行摸底排查，将致贫原因分为交通落后、缺少资金、缺乏技能、重病残疾等七大类，完成了对村中所有贫困户的摸排和精准识别。

转变从思想开始，在工作队员的集体努力之下，村里的风气已在悄悄扭转，村民们开始被工作队的作风感动，横亘在干部和群众之间那座冰山开始慢慢融化。

真的在一心为民

2016年春节过后，唐家铺一带下了几场冷雨，气温一直很低。春天虽然来得很迟，但鹤峰大山里毕竟有了盎然春意。

3月10日至11日，湖北交投纪委书记、工会主席张庆率公司有关部门负责人深入唐家铺村调研精准扶贫工作，提出“靠山吃山，靠城吃城”的帮扶思路。

唐家铺有它的地理优势，就是离县城比较近，还临近屏山风景区。近年来，恩施全州一直在推行全域旅游方略。如果把村里的道路修好，再开始美丽乡村建设，能不能用原生态的自然资源吸引更多人前来寻访乡愁呢？那几天，马发权和工作队员们在一起讨论了很久，一套完整的争取资金、规划村级干道扩建的思路开始慢慢成形。

按照县里的政策，重点贫困村可以有300万元资金用于村级基础设施建设。但财政资金由县里统筹，必须按照一事一议的程序申报再审批。唐家铺村的这条村级主干道，修建于2002年，早已破败不堪，且只有3.5米宽。如果要打造美丽乡村，首要的是把路道加宽，至于加到多宽，工作队测算的理想数字是6.2米。可是没有先例，按照之前的政策，村级公路主干道没有超过4米的。

之后的一个多月里，马发权和沈典栋开始了漫长的资金争取之路。在县财政局，他们申请按全域旅游线路的规划改造村级道路，他们描述了在此建成鹤峰县城后花园、建设屏山旅游风景区游客集散地的美好愿景。在县交通运输局，他们立下军令状，只要上级答应扩宽道路，村里的征地拆迁、占地占山补偿，所有事情由村级自主解决，绝对不会出现一户上访。

两个多月后，在驻村工作队的多方奔走、多部门联合协调之下，唐家铺村的乡村道路改造工程终于顺利立项。

回村之后的马发权并没有欣喜，因为他知道，更难的征地工作还在等着他。在乡村，有些工作远远不是你表面看到的那样平静。在你不知道的地方，还潜藏着多少激流暗礁，稍有不慎，就会陷入满盘皆输的境地。这一点，已经驻村快一年的马发权深有体会。就在2016年初，他和工作队一起拟定了在村里发展茶叶、重塑老茶村辉煌的产业发展思路。大家当时也很赞成，根本没有预想到这样的想法还会遇到什么阻力。可是，当他千辛万苦找到林业部门要了几千株茶苗，又自己找车从容美镇把茶苗拉进村分发的时候，那些原本答应得好好的村民竟然突然变了卦。理由似乎也说得过去，就是茶树生长周期慢，要三年才见成效，家里要吃饭要花钱，等不起。

一车免费茶苗，摆在村委会院坝里，整整三天，没有人领走一株。

那天晚上，在独木桥边的夜色下，马发权一个人来来回回走了好几趟。茶苗领回来了，却发不下去，对上级无法交代，对村民也说不清楚。是自己的思路错了吗？是工作方法不对？还是……

现实的困境像一团巨大的迷雾，让他那颗激昂的心变得黯然。

“这个村子里啊，潜藏的东西太多。村民们信不过村委会，如果不从根源上找到症结所在，这些工作是不会那么顺利的。娃啊，不是你工作做得不好，是有人不想你把工作做好。”村里一位老前辈点醒他。

之后的事情果如所料。那一车茶苗只有五组的赵锦国和六组的何光智领走了一部分，并在当年全部种植到了旱田里。这两户，正是村里天不怕地不怕的主儿。

无计可施的马发权后来只好主动找到林业部门，一番道歉之后，林业局重新把茶苗协调到了别的村。经此一事，马发权心里的那根弦绷得更紧了。行走在村里，他竟然无数次生出深深的孤独感。

还有一次是为村里光纤入户的事情。

与县城相隔仅十公里路，唐家铺竟然还是一个网络盲点村。作为一名县融媒体中心的职工，又在广播站工作多年，为村里拉光纤安装有线电视应该算是他的老本行工作。进村之后，马发权便开始谋划这件事。这原本是一件有利无弊的大好事，第一次开群众会，也是全体表决同意。但是当马发权回到单位协调好所有工作，施工人员准备开工之时，大部分村民却变卦了，理由让人啼笑皆非：我们农村人不会用网络，看电视用“天锅”还不用花钱。

看似无懈可击的朴实话语背后，其实暗藏玄机。在群众大会上，马发权早已经跟他们说明：前期施工的所有费用由融媒体中心全部负责，光纤入户之后，村民有自主选择的权利。也就是说，线给你拉到家门口，你不用交一分钱。至于用不用，你自己做主。而且在征得单位领导同意后，马发权还向村民承诺了第一年的有线收视费全部按半价收取。

说得好好的事情为何会突然变卦？事情背后的原因耐人寻味。

在这件事上，倔劲上来的马发权没有放弃。不是多数村民都放弃了吗？没关系，反正单位已承诺了送线入村，那我就给拉到家门口附近，什么时候想通了，什么时候给你接。就是凭着这股子蛮劲，当年，唐家铺村的光纤入户率达了80%以上。

如果说之前的这些困难都是不好嚼的筋的话，那这一次的征地扩建公路肯定会是一块难啃的硬骨头。对此，马发权已经做好了拼尽全力的准备。

从村口进来的村道经过凉水井，加宽之后的路基首先要占去的便是自己家的山林和田地。还有另外几户人家，马远明、马远清都是至亲，马发权领着父亲马学斋一一上门做工作。自家人的话总是好说，很快协议达成了，无偿让地，全力支持村里的工作。

真正的硬骨头出现在六组田恩清家。多年前，当村干道还是一片坑洼时，老田就自己出钱修通了入户公路。这次组级路的修建中，如果另外两户的入户公路要修通，需要从他的路基接头处往里修。老田在浙江打工，马发权多次打电话过去，他都是一个话："路我同意你们接，但是前期修路的钱，那几户得给我平摊出来，或者村委会出钱也行，我的劳力和成本不能白花。"

要求合情合理，让人无法反驳。

可是原本修路的钱都不足，如果补偿太多，村里肯定承受不起。而且，这样的口子一开，家家都会上门闹补偿，工程根本进行不下去。那段时间，马发权几乎夜夜难眠，一直在思考用什么办法可以做通老田的工作。

就在那年夏天，田恩清的母亲去世，老田从浙江千里回家奔丧。得知消息的马发权赶紧抓住了这个机会，一边上门帮忙料理丧事，一边跟他的朋友不断地做思想工作。通过侧面打听，马发权了解到了他有一个很好的朋友，又拉上他一起做工作。他们往返数次，无论老田说什么，都绝不放弃。整整十天时间下来，用老田的话说："你这个年轻人，实在缠得没脸没皮了。”终于，架不住马发权的软磨硬泡，老田的思想慢慢转变了，同意无偿支持组级公路入户工程。半年以后，四户人家的入户公路得以顺利接通。

后来，和马发权已经成了朋友的老田，跟他说了一句交心的话：“我也并不是在乎那几个钱，我就是对村委会的一些做法看不惯。可是到后来，在你身上我看到了你是真的在一心为民，所以……”

就这几句话，耿直的马发权邀上老田到容美镇的一间小饭馆里，就着几碟小菜，沉沉醉了一回。

两年多时间里，马发权和工作队积极主动与湖北交投，州、县交通运输局，镇党委、镇政府对接，先后争取到资金1000多万元，为唐家铺村新建了2公里入户砂石路，解决了37户121人的出行困难，全村入户公路率达到99%。硬化入组入户公路12.6千米，硬化率达到95%，解决了群众“晴天一身灰，雨天一身泥”的问题。将原宽度仅3.5米的3.8公里入村主干道拓宽为6.25米，成为通往县城和周边村镇、旅游景点的连接线。

“群众的思想工作做通了，愿意参与村里的工作了。二组的杜平阶在公路扩建过程中主动挖掉了半边院坝，之前装好的铝合金栏杆全部拆除。榜样的力量真是无穷无尽。在整个道路修建过程中，全村没有产生太大的矛盾，更没有一户上访。我也顺利收回了当初争取修路时立下的‘军令状’。”回忆起这段过程，马发权的心里有着太多太多的感慨。

唐家铺变了。洁净的村道，移步换景。路旁、山野、农家小院，奇石、苗木、野花，构成一幅幅绝美的风景画。幸福的笑脸、蝶变的村庄，唐家铺村从一个荒僻的村子变成了高颜值网红村。

悄然在变的，还有群众的心。70多岁的老党员田正谷，组织群众长期坚持义务清扫和养护村级公路；村民吴春菊从浙江赶回来整修房屋、美化庭院；村民赵七林把在县城工作的儿女拉回家，打扫了两天卫生；为了给生态环境让路，何清勇和田恩彪两户生猪养殖大户主动转产，寻求发展新路子。

2018年12月28日，在鹤峰县“最美乡村”评选活动现场，唐家铺村以总分第二名的成绩上榜。在持续近两个月的“最美乡村”评选网络投票期间，20多位村民自发走村串户组织群众参与，4名在校大学生在学校发动投票，甚至在村民的婚礼现场也把“最美乡村”评选作为重要环节进行推介，发动亲朋好友为家乡摇旗呐喊。民心齐了，投票数一直遥遥领先，最终以25万票名列全县第一。

2019年，借着宣鹤高速修建的机会，在省交投的大力支持下，唐家铺村的村级干道全线黑化，变成了一色沥青路。那个脏乱差的村子成为过去，一个充满活力的新村正在成长。

我们也能行

立春过后，天气一天暖过一天。枝头嫩叶吐芽，田野野花开放，2018年的春天已经悄然来临。

不知不觉间，马发权的驻村工作进入了第三个年头。这期间，他从一名普通的工作队队员，变成了驻村工作队队长，又变成了第一书记。“尖刀班”成立后，还担任过一段时间的“尖刀班”班长。无论哪一个身份，对马发权来说，只有一件事，就是做好村里的工作，把唐家铺变成一片美丽的、富庶的土地。

这几年间，唐家铺的变化都是他亲自参与并见证的。2016年，利用县财政12万元专项资金，规划建设完成了村便民服务大厅、文化广场；2017年5月，省交投出资5万元整修了村委会食堂、农技培训中心；2018年4月，利用省国资委划拨交投的20万元党费建设了村级党员群众活动中心；

2018年9月，利用省交投帮扶资金19万元对村委会进行改造装修；2019年7月，利用专项资金5.6万元建设公厕一座。从此，全村公共服务设施得到极大改善。

可这一切还远远不够。产业发展是精准扶贫工作的头等大事，如何搞好产业成为马发权的一块心病。村内有新寨公司发展的苗圃基地，效益可观。如果能让更多的村民种上苗木，那唐家铺就会成为真正的美丽乡村，当初定下的“鹤峰后花园”的美丽梦想也就能实现了。

“既然别人能搞，我们为什么不行？我们村的老百姓是不是自己也能成立合作社发展呢？”一有想法，他就开始谋划。经过慎重考察，马发权联系在外发展的年轻人吴远鹏，沟通之后，两人一拍即合，决定由吴远鹏作为致富带头人，带领唐家铺村的老百姓发展苗圃产业致富。

销路该如何扩大呢？恰好同在唐家铺村开展精准扶贫帮扶工作的省交投承担宣鹤高速公路的建设，需要大量苗木。马发权带着吴远鹏找到交投领导，表明自己想法，双方顺利签下苗木回收协议。回到村后，他们又一家一户宣传，解除了老百姓的后顾之忧，大家纷纷表示要参与发展。

唐家铺村自然风光优美，区位优势独特，有很好的发展前景，只是苦于没有人手和资金，有些想法迟迟未能落地。“尖刀班”成立后，驻村人员越发充实。马发权干劲更足，马上和帮扶单位省交投、县融媒体中心交流想法。两家单位主要领导被他的构想打动，一起来到村中实地查看。考察后，两家单位决定齐力协助老百姓打造农家乐、民宿试点，带动村经济发展。

首先要解决的，仍然是土地问题。

村委会已经重建，原来的老炭厂改为了村民活动中心，虽然前面还有一片院坝，但要发展民宿肯定不够。既是集体资产、地理条件又合适的场地能选在哪里呢？带着这样的思索，马发权盯上了村里废弃多年的旧学校。因为多年疏于管理，老校园周边的土地多数被老百姓占用，但背靠放马山的老学校的确是一片风水宝地，是修建民宿的不二选择。

如果要把民宿建在这里，老校区还是显小了，周边的土地倒是有，但是不可避免地又要涉及征地补偿。更何况，土生土长的马发权最清楚不过，那片要占用的山坡上还有五座马家先辈的坟茔，其中有一座正是村委委员马发云的爷爷。

又是挨家挨户地做工作，又是一番又一番苦口婆心的劝说。毕竟自己也是村里干部，最终马发云答应带头无偿迁坟。

在马远镇家里，马发权往来五次，老马的态度非常坚决。

“当初修路，看你发权的面子，我们让了，不要补偿。现在你又要搬你老祖宗的坟，你还算是马家子孙吗？你是想升官还是想发财？”

劈头盖脸的怒骂中，马发权红着脸低着头，始终一言不发。

那些天里，马发权的内心非常沉重，一边是生养自己的祖辈，一边是唐家铺村的美好明天。为何这样难的选择要让他马发权来做？

可是三年多来，在村里的一天又一天，他早已坚定了一个信念：何谓忠？一心为民即是忠。何为孝？惠及子孙也是孝。

束手无策的马发权不得不再次请老爷子马学斋出山。经过多次劝说，马远镇终于松口答应迁坟，可是他提出了一个新的要求，所迁出的坟要由村委会购买新棺材，还要修新碑。这样算下来，经费会远远超支。原本预算中的投资费用就严重不足，每分每厘都需精打细算。马发权不得不再次厚着脸皮上门，请求马远镇降低要求。

一个多月下来，人心逐渐被软化。最终，马远镇只要村里买了副最简单的套棺，便答应把祖坟迁出。

征地工作是顺利完成了，那段时间，每次从那片已经开工的土地上路过，他的心里总是有着复杂难安的感觉。还经常有人有意无意地拿“尖刀班”开玩笑：“没见过像你们这样搞扶贫的，扶贫扶得迁了自家的祖坟。”

唯有苦笑罢了。多少苦涩辛酸，只能自己吞咽。

利用“美丽乡村”评选上榜的资金110万元，加上东西部协作扶持村集体经济的208万元作为启动资金，2018年，唐家铺村民宿正式动工修建。工程包给了省交投旗下的一位承建商李兵。可是到后期，修建的民宿比预想中的更大更精致，预算的资金明显不够。一番劝说下，李兵答应先垫资修建，缺口资金慢慢再补偿。

就是这样一步一步，位于马家大坪的“唐家铺子”精品民宿四栋八套于2019年全部修建完成并顺利投入使用。整个民宿占地面积2200平方米，内设客房48间，统一经营的餐厅2间。精品民宿的建成顺应了发展旅游业的大趋势，成为唐家铺村的核心主导产业。根据市场与实际，通过招商引资，每年为村集体经济增收25万元。

2018年9月，湖北交投实业公司投资20万元修建了“唐家铺子”惠民超市。超市功能完善，集满足群众日常购买需求和农产品实体，电商平台以及农资、肥料中转站为一体。自2018年10月17日营业以来，为村集体增加收入3万余元。2020年，村委会结合市场需要，通过招租的方式出租，每年为村集体增效不低于5000元。

2018年7月，唐家铺村换届选举，村支“两委”迎来了一次大换血。驻村两年多的马发权全票当选为村委委员、村党支部书记。20多岁的返乡创业青年赵乾君当选村委会主任。“两委”班子成员平均年龄36岁，5人都是大专以上学历。班子成员实现了年轻化、知识化、专业化。

接任村支书的第一天，马发权向村支“两委”严肃地下了第一道命令：从此以后，村党支部和村委会的公章收上来，统一管理。一定要彻底改掉之前公章一直都是村支书随身保管的陋习。自此以后，唐家铺村的公章被放进了保险箱，任何人使用公章都必须写申请交村支书签字，并严格登记。

一枚公章的背后，或有着太多太多干群关系从对立到融洽的耐人寻味的故事。所幸，无论多少艰难，马发权挺过来了，唐家铺的村民们跟着他一道挺过来了。

唐家铺变了。现在，她不再是那个“灯下黑”的深度贫困村，而是鹤峰县美丽乡村建设的一张亮丽名片。

唐家铺的村民变了。现在，他们是那群充满希望、激情和自豪的和睦且良善的乡亲。

2018年10月，州委书记柯俊到唐家铺调研，高度评价了村级干部队伍建设和惠民超市工作，对“尖刀班”的工作成效给予了高度赞扬和肯定。

2019年7月，省委组织部部长王瑞连来到唐家铺，听说了马发权立志扎根老家、五年不改初衷的故事之后，紧紧握住了他的双手。

秋去冬来，春归夏至。从2015年到2020年，马发权已经在唐家铺村工作了五个年头。

五年的时间里，对于一个家庭，该有多少事情发生啊！

儿子马可，如今读到初二，马发权错过了他的童年，错过了他的小考，错过了多少次早送晚接；女儿马睿妍，马发权甚至错过了她出生的那一天。

摩托车在村里骑坏了，改换小轿车；自己的车子开坏了，借用岳父的车。所有的所有，在马发权那里变得理直气壮，理所当然。

行看山色，这一方深情又迷人的土地，他的爱，已经在山野里撒满！

说到亏欠，亏欠最多的还是那个从不多言、在背后默默支持着他的妻子。可是那些感性的感谢话，他马发权多少次到了嘴边，却总是说不出一个字。

其实，在马发权心里，不能言说的，还有这五年一千多个日日夜夜里，潜藏心底无法对人提及的委屈和心酸。

可是，那又何妨！

第七章 天宝洞

历史性难题

自湖北利川齐岳山麓龙洞沟发源的清江，在城东北方向的腾龙洞处转为伏流，经鲇鱼洞、响水洞、观彩峡，至黑洞复出。自此一路奔腾，自西向东切割鄂西群山。此一路段，两岸高山夹峙，河水湍急，单面绝壁千仞、飞鸟难越。无数的小峰峦，从缓坡拔地而起，高低错落。绝壁北端，猛然东拐，形成朝向东方的龙头，得名“朝东岩”。悬崖峭壁，气势雄伟，临清江与对岸马者后山组成了一道峡谷。相传有白虎途经此地，观山势与其王者之气匹配，不愿离去，后化为巨石，立志守护山脉，因名“老虎地”。

奇峰绝壁之上，自成一天然洞穴，因生于高逾240米的绝壁正中，猿猱难攀，相传为远古土王藏宝之地，得名“天宝洞”。洞的正对面为恩施马者村，村后有古寨名“司马寨”，一洞一寨一脉相随。据传清代中期，寨上为白莲教驻扎之地。后清军攻寨，一番土炮轰击之下，司马寨被打垮，这边天宝洞上方挑出的巨石也轰然垮塌。自此流传下“打下司马寨，震垮天宝洞”之语。

明洪武至清乾隆年间，相继有谭氏、郑氏、夏氏、余氏、杨氏由省内的麻城以及江西、湖南、河南等省迁居至此，依山而居，挽草为界，落业筑室，渐成气象。洞前有一峰拔地而起，形如笔架，得名“笔架山”。左右各生一凹槽，绵延数里。自清江河谷一带仰头上望，朝东岩绝壁似一横，笔架山峰似一点，左右两槽似一撇一捺，正好构成一“文”字，山下村庄因此得名“文字村”。清代，此地属施南府恩施县都亭里，至民国为恩施县第三区。1940年撤区建乡，属屯堡镇，改名“苍坪村”。至2002年村组合并，原苍坪、田凤坪、猫儿山村合并，定名为“田凤坪村”，辖梧桐坝、水井头、瓦窑坝、十字路、田凤坪、大坪、朝东岩、苍坪、青树脚9个村民小组，常住人口818户3078人。

背倚朝东岩，前临清江，交通不便，隐于大山脚下的田凤坪村自古便是一片贫瘠之地。平旷处开出水田种植水稻，坡地上种植土豆、玉米。但收成均不好，几乎家家吃不饱饭。

20世纪50年代，当地发现了硫黄矿，祖祖辈辈穷怕了的村民疯涌入山，大肆开矿。疏于监管的年代，村里竟然开挖出大小矿场十余处。工业不发达的时代，所有矿场全靠人力开挖，苦累不说，还经常发生各类事故。

村中老人至今记得那些悲惨的往事。有一年，村里李德高开的硫黄厂矿洞发生垮塌，家住猫儿山的23岁青年张华当场被压死在洞里。几个月后，村中另一处李德双家的矿厂又有一人窒息而亡，死者名叫李永兴，也只有23岁。仅仅才过半年，同村李德珍家的硫黄厂又发生了塌方事故，一个叫谭家强的人不幸遇难，年仅30岁。连续发生的悲惨事故并没能阻止住村民们疯狂开矿的步伐。大家继续往里挖，直到整座大山再也开采不出一点硫黄。

“那个时候，能有什么办法呢？日子穷啊。死个人算什么，人穷命贱。死了就死了，根本没有赔偿一说。有良心一点儿的老板还弄副棺材，有的就是家人过来看一眼后，便就地掩埋了。李永兴的坟当时就埋在洞门口，大家也没觉得怕，该挖还得往里挖。”回忆起那时的经历，当年参与开矿场的老人至今记忆犹新。

硫黄挖空后，当地人又发现了绝壁之下的岩层可烧制出石灰，于是又疯狂地开山烧石灰。后来又发现有的地方有煤，于是又开始开煤窑。有什么挖什么，挖什么卖什么。这样的开采非但没让村子变得富裕起来，反倒让村里人背上一个绰号，只要一说起田凤坪、苍坪、猫儿山，远近的人都知道，那里是出了名的“黄白黑”，指的就是村里的硫黄、石灰和煤炭三种矿产颜色。

那个时候，姑娘大多选择外嫁，村子里单身汉特别多。贫瘠的村子穷得就像那光秃秃的朝东岩绝壁，看不到一点春色。

随着硫黄厂、石灰窑和煤窑的大量出现，慢慢地，人们发现另外一件离奇的事正在发生：村子里的水井逐渐干枯，再无水冒出，深山里的那些小沟渠也全部都变得干巴巴的了。

直到此时，惊慌的人们才开始意识到问题严重了。有的说是惊动了山神，有的说是挖断了龙脉，还有的说是开山挖洞激怒了白虎。一时莫衷一是，众说纷纭。人们买了烧纸和鞭炮去白虎地焚化，带了猪头、线香去龙神庙祭拜，还有的跑到很远的清江河龙神塘打锣鼓、扔石头。各种办法用尽，可是那些水井和溪沟还是一天一天干涸下去，直到再也挤不出一滴水来。

一个两三千人的大村子，只剩下大湾凉水井、苍坪神龙口和猫儿山杉木洞三处还有水，连饮用水都供不上。

农田灌溉怎么办？人畜饮水怎么办？人们开始漫山遍野四处找水。终于有一天，人们发现在天宝洞正下方的绝壁下，只要下雨半天以上，就会有一股水源源不断地冒出，可是一旦天晴雨住，又很快干枯。

“这里一定有一股地下水，只要能开挖出来，就能解决村子里缺水的问题了。”村子里德高望重的老人们作出了判断。

自20世纪60年代初开始，村子里先后组织了20多人住到了山脚下，顺着那股出水之地向里挖。他们坚信，只要开挖得足够深，一定能把水源找出来。那时候没有机械工具，全部靠劳力，可是他们没日没夜地干一年，依然是一滴水也没找到。但是，一到连绵阴雨天，那水又会不断汩汩渗出，诱惑着人们不断向前开挖。

想放放不下，想挖挖不出。就这样，他们在这里整整干了三年，直挖到绝壁下，碰到坚硬的石壁，再也无法向前时才无可奈何地放弃。至今，天宝洞下的绝壁前，当初人工开挖的痕迹和石砌堡坎依然清晰可见。

工程虽然停工，但绝望的人们依然坚信，这里一定有一股他们想要找的水源，只是他们始终没有寻找到那个出水口罢了。

失望而归的人们，只能转而寻找别的出路。挖堰塘蓄水是一条路。他们三五家联合在一起，在低洼处开挖一口堰塘，等到下雨的时候，把周边的山水都引进去。为了防止外人来堰塘挑水，村民晚上故意将水搅浑，白天还要派出家里的孩子守在塘边。因为水发生的争吵闹剧几乎每天都在村里上演，大家也渐渐习以为常。

实在没有水吃了，村里就请屯堡乡政府用洒水车送水。一天送几车到有水池的农户家里，让附近的村民过来挑水吃。但是乡里的洒水车只有一台，还承担着保洁任务，忙不过来的时候，村民们便又没有水吃了。每到此时，有些村民只好用三轮车载着50斤装的大水壶，跑到离村6公里的清江里运水吃。

大水壶、蓄水池成了家家户户的标配，村民们祖祖辈辈过着这种靠天吃水的日子。露天蓄水的水质得不到保证，村民经常发现水里有虫子、泥沙，然而有这种水吃都是一件很奢侈的事。村民之间，“借水”已成为家常便饭。每一滴水都十分珍贵，借来的水循环利用，淘米洗菜后再洗手洗脚，最后还要把水蓄起来浇灌给田里的农作物。

2002年，朝东岩隧道建成通车。交通便利了，乡村旅游也逐渐兴起，朝东岩绝壁的险峻风景吸引了许多游客前来观赏。村里国道沿线的村民办起了农家乐，但由于缺水，许多农家乐不得不在枯水季停止营业。朝东岩桂花山庄2011年开始营业，中途因为缺水被迫歇业。为了解决缺水的问题，山庄老板李琼敏在附近山里找到一个小水源，付给该村村民水源费用，并自费6万多元铺设管道将水引进山庄，农家乐才得以重新营业。附近缺水村民纷纷到山庄免费取水，山庄的水源再一次遭遇枯竭。

“记得是2013年9月间，我家孩子结婚办酒席，周围乡邻都过来帮忙。整整请了18个人到大湾凉水井挑水才勉强供上了。”回忆起缺水的经历，李琼敏至今还能想起那种种艰难。

2014年，在恩施屯堡乡和利川团堡镇两地的共同努力下，当地人在绝壁顶端的石板岭村一个山洞里找到了水源，解决了田凤坪村苍坪组150多户600多人的饮水问题。

自2015年起，中国农业科学院油料作物研究所（后简称“中油所”）工作人员到田凤坪村开展“三万”（万名干部进万村入万户）活动，开始对口帮扶田凤坪村，每年派扶贫工作队进驻。当年，工作队就在村里找到一处水源，解决了田凤坪村水井头组100多户300多人的饮水问题。

田凤坪村就这两个组不愁水吃，还有7个组水资源紧缺。什么时候，村里才能找到水源，解决这一历史性难题啊！

“每年我们都在寻找水源，也找到过几处，建过蓄水池，但由于水量太小、地质塌陷等原因，最终没能启用。”这些年，一直奔行在找水路上的村支部书记李纯乾始终都有个解不开的心结。

2017年10月，中油所第三批驻村工作队来到田凤坪村，队员包括任小平、何平、陈海文三人。习惯了武汉大都市生活的他们，面对的第一大难题便是缺水。

“缺水！竟然连村委会都没有水！”队长任小平有点崩溃。吃的水居然要走很远挑回来，一周才能洗上一次澡，刷牙、洗脸用的水要精打细算，上了厕所没有水冲干净……

几年来，中油所扶贫工作队结合该所优势和田凤坪村的实际情况，帮助村民种植油菜、油茶等作物，开发油菜的花用、菜用、油用价值，打造出武陵山区油菜花海，拉动了当地乡村旅游业。每年还会对口帮扶田凤坪村30万元，帮忙引进农业订单，还在单位内部发起对口捐款捐物。

在工作队的努力下，田凤坪村每亩油菜增收300多元，村民收入平均提高10%。尽管扶贫成绩不俗，但前两批工作队却有一桩未了的心愿。任小平带着第三批工作队进驻田凤坪村后，找水成为他们的重点工作之一。

2018年2月，按照恩施州脱贫攻坚“1号令”的要求，田凤坪村组建了“尖刀班”，成员共有18人，其中，中油所、恩施市财政局屯堡乡财政所及屯堡乡中心学校、供电所、卫计办驻村工作人员9人，村支“两委”和村民代表9人。

“这么大一片山，这么大的一个‘尖刀班’，竟然找不来一股水。一管清水进农家的目标要怎么实现？”说到田凤坪村的水，每个“尖刀班”队员都是一脸愁容。

2018年7月，国家要求在精准扶贫工作中进一步加强基础设施建设，田凤坪村规划建设了四个蓄水窖。

“找水的事已经没有退路了。如果引不来水，蓄水窖就会成为摆设，那田凤坪村的‘两不愁三保障’工作就是一句空话。”心急如焚的任小平再次召集队员们商量。

怎么办？到底该怎么办？

找到水源，解决村民吃水的难题，成为摆在“尖刀班”全体成员面前最紧迫的问题。几乎每天的饭桌上，大家谈的都是这个。每次的碰头会上，提的也是这个问题。

天宝洞里那股水

转机往往出现在让人意料之外的地方。

2018年8月的一次“尖刀班”碰头会上，大家又一次谈到找水的问题。

“要说水嘛，田凤坪村肯定是有的，就看弄不弄得出来。”轮到村综治专干余致仕发言时，他慢悠悠地说。

“老田，有什么好点子快说，别跟我们卖关子，没看到我们一天都眼睛鼻子焦成一堆了。”村支书李纯乾是个急性子。

“我真没开玩笑，天宝洞里那股水，如果弄出来了，莫说是这几个组，就是全村都吃不完。”

“你这不是开玩笑是什么。那个洞在崖壁正中，上下各120米，自盘古开天地以来就没人进去过。别被几个山大王藏宝的鬼故事给忽悠了，等你变只猴子再进去找水吧。”村委委员李琼香跟老余熟得很，说话也直截了当。

“你们还可别不相信我，我是没那本事进去，可有人有本事啊。这段时间我都打听了，崖上棠秋湾村采药材的罗德贵，他就进去过。”

“还真有人进去过？”这一来，大家的胃口都被吊起来了。

“你们别当我在放屁，我去过棠秋湾了，老罗亲口跟我说的。今年正月里，他们几弟兄就进了天宝洞了。”

“那他们找着宝了没？”几乎是异口同声。

“你们到底是关心水还是关心宝？以为叫个天宝洞，里面就真有宝了？你们跟罗家那几兄弟一个样儿，傻。”会场的气氛放松了很多，老余也顺口开起了玩笑。

“宝是没找着，不过他们还真是带着寻宝的心去的，所以嘛，几兄弟偷偷摸摸，也就没有多少人知道。不过呢，守得再严的消息还是被我晓得了。”老余有点儿得意。

“你个狗鼻子，世上就没有你不晓得的事。”村委委员杨流祥也开起了玩笑。

“老余你倒是说说，他们找到水了没？天宝洞里到底有没有水？如果真有，那再危险，我们都得要去闯一闯。”第一书记任小平一脸认真地说道。

会场气氛重新变得严肃起来。

"他们下去的时候，也不知道洞到底有多深，准备也不充分，就走了几十米，里面没有光了就不敢再走了。不过，听他们说里面听到水哗哗地流，洞口的土也相当潮湿，水源是肯定有的。"话题说到此，老余也变得一本正经起来。

"我的意见啊，我们'尖刀班'派队员进洞去找一下，管它有没有，都要去试一试。如果找到了，那就是功德无量；如果找不到，就当是当了回蜘蛛人，玩了回攀岩。"任小平发表了自己的意见。

"我不赞成！你们说得太轻松了，进那个洞谈何容易，绝壁上下240米啊，找水是找水，工作是工作，我们不能拿命开玩笑。"村支书老李忧心忡忡地说。

"当然，我们要做好充足的准备，一定要保证万无一失。那几个有进洞经验的人，我们也可以找来跟我们一起去嘛。"

一时七嘴八舌，有赞成的有反对的，会议开完，没有商量出个结果。说到要进洞，大家心里都非常沉重，谁都有父母亲人，这可是玩命的事啊。真出了什么事，怎么得了。

那天散会以后，一直坐在角落没有发言的屯堡供电所驻村队员杨文清却上了心。当天下午，他便开车上山找到了那几个进过洞的村民。

"听说你们正月里进天宝洞了？"

"没有啊，你听谁瞎说呢。"罗德贵矢口否认。

"我不是来找你们麻烦的，是来找你们取经的。我们'尖刀班'想下去找水源。你们也知道，田凤坪村好几千人，这么多年都没水吃。我们想帮他们把水源的问题解决了……"说到这个话题，老杨不禁有些神色凝重。

"额……"

"你们去过，有经验。我是来找你们问问怎么去，有什么办法可行，毕竟我们啥都不清楚。"老杨继续做工作。

“额……这个事……”罗德贵有点松口了。

“进洞采草药又不是什么不光荣的事，要是真在那里找到了水，你们就是田凤坪村所有人心中的英雄。造福子孙，功德无量。”

“是，我们正月里找草药是去过一次，也是在拿命玩儿。天宝洞里有水，但是洞很深，我们当时没敢多走。”老罗改口了。

“那就好了，如果我们要下去找水，你敢不敢跟我一起再走一趟？”

“有什么不敢，这片大山，哪个崖头我没翻过。一辈子采草药嘛，命它就不是个命。”老罗满口应承。

整整半小时没人说一句话

自打“尖刀班”开始商议进天宝洞找水的事后，老杨就没有再睡过一个好觉。每晚躺在床上，他都在暗地里琢磨这个事的可行性。

1963年出生的杨文清当了大半辈子电工，栽杆放线、爬山上塔，这些危险事他没少干过，于高空作业方面积累了不少经验。虽说要下这么高的绝壁，他心里也是完全没底，但一想到如果成功了，完全可以解决田凤坪村祖祖辈辈吃水难的问题，他的内心就莫名兴奋。

那段时间，每天黄昏，他就一个人悄悄到那面壁立90度的绝壁下，盯着那个洞口看。洞子就生在绝壁正中间，刀斩斧削，连一株草都不生。绝壁下方，20世纪60年代在此挖洞找水的痕迹清晰可见。那一排石砌围墙如今还在那里，仿佛在述说着一个个辛酸的寻水故事。

在屯堡工作这么多年，这些故事他曾断断续续听过一些，只是他从来没有想到过，有一天自己会和这面明崖以及崖下的人们有了这么密切的关系。

对于驻村工作，农村出生的杨文清并没有觉得有多苦，工作一件一件做，问题一个一个解决。之前中油所工作队在这里发展油茶和油菜，后来又发展藤茶，他都是和村民们一起下地。特别是栽藤茶的时候，先要把土地深耕翻整，再用机器拢成行，然后铺上薄膜保持土壤湿度。后来种苗运来，还要亲自下地扦插。虽然是手上活儿，但已经55岁的杨文清干起来也不轻松。多年穿行乡间，落下了腰疼病。为了减轻屈膝弯腰的痛苦，他每天都是跪在田间植苗，有时一天要跪近十个小时。虽然身上穿着国网供电公司的红马甲，但他早已转变了身份，变成了实实在在的“泥腿子”。同事们给他送了一个绰号，叫“舍得拼的清娃”。

2018年初，驻村工作队变成了“尖刀班”。名称变了，职责没变，只是肩上责任更重，担子更沉。从那时起，杨文清心里就一直在坚定着一个信念：既然被叫成了“杨尖刀”，只要村里用得着，他杨文清干什么都可以。

时间进入九月，秋意一天浓过一天，朝东岩下的山里，有些树叶开始泛红，一片明媚美好的秋景。

眼看又到了枯水季，“尖刀班”成员的心里，压力一天比一天大。碰头会上，他们又一次讨论了进洞探水的问题。其实，这段时间每个成员都在暗地里思考这件事的可行性，所以当再次谈到这个问题的时候，大家的发言都有了更多的理性思考。

“我觉得是可行的，那面崖240米，我们从上面棠秋湾村往下放两根绳子，一根垂到底，队员可以用手拉着绳子，保证不出意外；另一根绑在腰间，脚蹬着绝壁一点一点下降。”老余率先说出他的思考。

“龙头石那里有几棵大松树，绳子绑到上面，是能吃住力的。上面有人拉着，下面有人看着。”一向老成持重的李纯乾也说了他的想法。

“把工具准备齐，强光手电筒、皮尺、油漆、雨衣、软梯。万一洞太深、分岔又多的话，做好标记，出来的时候才不会迷路。”村委委员杨流祥是本地人，熟知本地的溶洞结构。

“太好了，你们都想得这么细，那我们为什么不干呢？”第一书记任小平掩饰不住喜悦之情。

可是，谁来当第一个要下绝壁进洞的人呢？

安静的会场，人们都在沉默着。毕竟说说容易，真要把自己悬到绝壁之上，不是仅靠一腔热血就能行。

“让我去吧，我有高空作业经验，爬过电杆，上过铁塔。我去问过棠秋湾村的罗德贵了，他给我讲了一些经验。”坐在角落里，少言寡语的杨文清突然站了起来。

大家都有些意外。会场里谁也没有作声。

“我也去，我不恐高，倒退着往下走，只要不往下看，想来没那么可怕。”乡财政所驻村队员罗方宇也主动请缨。

“最好还能有一个熟悉水管施工的人一起进去，如果真找到了水，也好顺便看一看里面管网怎么铺，计划一下需要多少材料。”书记李纯乾腿脚不好，自知不能第一个进洞，提出了自己的想法。

“那就找曾明桂，他在干包工头，这些都熟悉，也有高空吊篮作业经验。把那个罗德贵也找上，付给他工资，他有经验，才能保证万无一失。”第一书记任小平拍板定案。

会场的气氛放松下来。不知怎么的，那时，谁都没有害怕、担忧，大家都在为田凤坪村有史以来最重大的探水活动而隐隐激动。

“你们几个回家还是要同家人商量一下才好，这是玩儿命的事，家里人要支持才行，只要有一个家人反对都不能去。探水时间我看定在国庆节假期之后吧，一是跟家人多商量一下，另一个也要做足充分的准备，选择好天气。”散会前，李纯乾再次补充了一句。

那天的会议是个拐点，自此以后，再也没有人为到底要不要进洞而纠结。现在，18位“尖刀班”队员想的都只有一件事，那就是怎样安全进洞。当然，这一切都是在秘密进行，没有人向上级报告。谁都清楚，这件事一旦报上去，任何一个领导都不会赞同，那唯一的找水希望又将破灭。

说是商量，其实没有一个队员跟家里商量。

“朝东岩那个天宝洞里听说有水呢。要是能把那股水弄出来，田凤坪肯定就再不缺水了。‘尖刀班’的人打算去洞里看看呢。”有一天在饭桌上，杨文清有意无意地跟父母和妻子提了一句。

“你们这些‘尖刀班’队员都疯了吧，一个个不要命了？那么陡的明崖，你可不准去哈，我先跟你说。你也是五十几的人了。”76岁的老母亲一听就急眼了，给老杨下了死命令。

“我不会去，一把年纪的人了，玩那个命干啥。”到了嘴边的话，老杨又给生生憋了回去。

2018年10月12日，在做足了充分准备工作之后，一支由“尖刀班”成员杨文清、罗方宇，村民罗德贵、曾明桂四人组成的探水队悄悄来到了朝东岩绝壁的龙头石边。

“尖刀班”成员分成两组，一组在绝壁下方观察情况，一组在上方负责拉绳和照应。探水队准备了两根长绳，绑在崖边松林里最大的那棵松树上。其中一根直垂崖底，队员下降过程中可以双手抓着它，控制下降速度；另一根一头直垂到崖底，一头绑到身上，中间用个滑轮组连接。绳子每提起来一点儿，队员就能下降一点，以此保证绝对安全。

十月的朝东岩，秋高气爽，风景奇绝。龙头石畔，凉风习习。但现场所有人，精神都高度紧张。绳子用锁扣绑在腰间，队员们还没开始下降，旁人额头上都已经渗出了细密的汗珠。

“当我把绳子绑在身上，朝悬崖下探身的时候，整个人完全是蒙的。你说不怕，怎么可能？”回忆起那天的场景，杨文清至今记忆犹新。

“绳子一点一点儿下降，之前还能在龙头石边上看到老杨的身影，下到30米左右后就什么都看不到了，你说那个紧张啊。”余致仕是负责搞信息联络的，那天一直蹲在龙头石边，盯着绝壁，一动未动。

真正的危险在80到100米处。之前，老杨还能双手抓着绳索，两只脚蹬在绝壁上一步一步往下挪。到了80米处，绝壁向里凹进去了一大片，脚就蹬不到石壁了，整个身子完全悬空。虽然是阳光朗照的好天气，可是在绝壁上，那风一阵一阵袭来，绳子开始扭动。老杨吊在空中的身子也随着打转，一圈、两圈、三圈……到后来，老杨已经记不清转了多少圈了，整个人被转得一阵眩晕。让老杨最担心的是，绳子这么转下去，肯定会被扭断，这一摔下去，当真就是尸骨无存了。

一阵真切的惊惧袭上心头，冷汗把老杨的衣服全都湿透了。

“其实在出发之前，我就写了一张生死状，还写了一些话给家人，都放在村委会二楼我睡的那个房间的抽屉里。当时我是想，万一出了意外，一切事情自己负责。”在回忆那天的场景时，杨文清不经意透露了这么一句。

十多分钟后，绳子终于停止了转动，缓过神来的杨文清继续一点一点下降。一段120米的垂直距离，下降了30多分钟。双脚触到洞口的那一刻，老杨的整个身子都瘫软了。

第一名队员到达后，洞口处有了照应，后面三个人的下降速度明显快了很多。两个小时后，四名队员全部进洞了。下降过程中，罗方宇撞到崖壁上，额头和手都擦破了，幸好他们当时准备了纱布和创可贴。

短暂的休整过后，四名队员开始往里走。进到七八十米时，里面再没有光了，手机信号也完全没有了。岔洞越来越多，为了防止回来时迷路，队员们带了油漆在洞壁标注了记号。

越往前走，洞内的地形越复杂，最宽的地方仅有两三米，最窄的地方，人只能侧着身子通过。身上背着的软梯和一些工具，只能一件一件地传递过去。

往里走，地上的乱石越来越潮湿，有的地方已经出现了水迹。里面肯定有水。队员们完全忘记了害怕，只有一股找水的激情催着他们不断前行。

往前走了大约一个小时，终于听到了轰轰的水声。在寂静空旷的洞中，那声音竟然格外动听悦耳。几个人大喜过望，手电光照过去，脚底下，岩洞地缝暗河里，隐约可见一股清泉在流。

“那一刻，我们整个人都兴奋起来了，每根汗毛都有立起来的感觉，只觉得身上的血一下子都沸腾了一般。想要的水源终于找到了！”罗方宇回忆说。

水到底有多大？地缝到底有多深？溶洞中的水到底能不能喝？他们需要一一搞清楚，才能判断能不能把水取出来。搭好软梯，他们开始一步一步下降。20多米后，第一个下到底部的杨文清，双手终于触到了天宝洞中这股汩汩流动的清泉。

“你不知道那一刻的激动啊，当时我的眼泪一下子就出来了。活了55岁，从没有这么激动过。”回忆起那天的场景，杨文清依然压抑不住内心的激动。

返回时，队员们开始用带来的皮尺测量距离，好计算水管长度。但是新的问题很快出现了，里面岔洞太多，手电光只能照到很近的地方，虽然进来时做了油漆标记，队员仍然找不到来时的路了。

怎么办？能不能出去？黑漆漆的洞中，除了隐隐水声回响，一点儿光亮一点儿杂音也没有，似进入了另一个世界一般。那一刻，每个队员的身上都泛起了深深的寒意。

“这洞里有一些上面掉落的硝粉，脚踩在上面有印迹，我们就蹲下来找脚印，这样一点一点儿，终于找到了出口。”还是老杨有经验，在里面瞎转了半小时后，才终于从洞里出来了。

这次探水，整整持续了五个多小时，当队员们自洞口下降到绝壁下方，双脚落地的时候，已是下午两点多钟。

虽然想要的水源找到了，但是那大半天绷得紧紧的神经似乎还没有缓和过来。回到村委会的院坝里，18名“尖刀班”队员或站或蹲，整整半小时没有人说一句话。

水来了，水来了

10月24日，水样送检结果出来，天宝洞里的这股清泉完全符合检验标准，水质非常好，适合饮用。

接下来，“尖刀班”面临的任务就是怎样把这股清泉引出洞了。

工程决定包给村民李纯木来做。按照“尖刀班”的设想，洞中的水源在洞口底部约20多米处，而洞口距地面120米，只要水泵放进去，这个高低落差肯定可以把水直接倒拔出来。这样一计算，只需要1000多米长的水管，然后再弄一个水泵和发电机进洞，只要第一管水拔出来了，后面就会源源不断地出来。所需经费最多只要5万元左右，村集体是完全可以承担的。

“尖刀班”联系了一支当地的吊车施工队，准备运送施工材料进洞。10月28日，施工队开始施工。吊车的吊篮内装载着工人向洞口接近，但因100米的钢缆不够长，第一天的工作就此搁浅。

直到此时，所有的工作都仍然是在秘密进行的。可是谁也没有料到，就在开工当天，一支户外探险队也恰好来到了朝东岩绝壁，无人机刚好拍到了这惊人的一幕：绝壁之上，一只吊篮晃晃悠悠，正在下降。里面一名头戴国网供电公司帽子的人，正是“尖刀班”“不要命的清娃”。

“朝东岩惊现绝壁蜘蛛人！”扣人心弦的标题配上惊险刺激的图片，这则由当地自媒体发出的消息顿时刷爆朋友圈。不到半天工夫，各级领导和媒体都知晓了，这个“尖刀班”努力守了近半月的秘密再也包不住了。

老杨远在四川成都大学任教的女儿也看到了这则消息，电话立刻打了过来，还没开口就哭了：“爸，你这是拿命在拼啊！”

一会儿工夫，妻子和母亲的电话相继打过来。76岁的老母亲在电话里先骂后哭：“我就说这段时间一天心神不宁，老是做梦，早跟你说了不能去冒险不能去冒险，你们这些天晃晃，就是不听。你们一下子掉下去就算球了，留着我们后面的人哪个过那个日子哟……”

听着老母亲在电话里哭泣的声音，老杨的心也疼如刀绞。他只能在电话里安慰她们，现在是用吊车和吊篮在施工，很安全。至于半月前那次身缚绳索进洞探水的过程，老杨至今未敢跟家人提起。

当天下午，乡、市、州各级相关部门的电话都打到了“尖刀班”。州委书记柯俊、州长刘芳震和副州长夏锡璠迅速批示，一方面高度肯定他们的冒险精神，一方面又为队员们的安危表示担忧。

当天晚上，屯堡乡政府、各驻村单位领导到村召开紧急会议，决定在保证安全的前提下，同意工作队进洞施工，并对现场情况和第二天的施工情况进行全方位的了解和布置。

10月29日，“尖刀班”又花费5000多元购置了150米的钢缆，11名施工人员得以顺利进入天宝洞，随后，施工材料也源源不断运进洞中。

因为照明条件不好，加之崎岖不平，洞内施工的难度其实比想象的要大得多。20多米高的落差，要把水引到洞口，需要大功率的水泵，但两个人能抬的小功率单相发电机根本带不动。如果用大功率的5 kW的三相发电机，需要四个人才能抬得动。

水源地距洞口980米，六七个人轮流抬，一天也只能前进四五百米。此外，水管安装也很困难，里面到处怪石嶙峋，为了防止水管在岩壁擦破，只能顺着山势一点一点往里安装。施工就这样小心翼翼地进行着。进行到第四天，工人们终于将洞口和暗河之间1000多米的引水管道铺设好。

11月5日下午5时15分许，随着水泵启动，一股清水流出洞口。

“来水了！来水了！”现场村民发出阵阵欢呼。

那一刻，蹲在地上的杨文清忍不住内心的阵阵激动，不禁抱头号啕大哭。

11月5日，新华社、新华每日电讯、新华社客户端融媒体纷纷报道，以图文形式播发《朝东岩绝壁引水：“给子孙后代造了福”》。其中，新华社客户端融媒体报道浏览量达103万次。11月9日，新华社海外社交媒体、新华社英文客户端视频播发稿件《Searching for water on the precipices of central China》。11月10日，央视《新闻直播间》播发《湖北恩施：绝壁取水，解贫困村之“渴”》报道，时长近两分钟，并被大量媒体转载。

谁也没有料到的是，事情至此还远远没有结束。

仅仅过了一个星期，队员们历经千辛万苦从天宝洞中引出的那股水，断了。

“尖刀班”连夜召开会议，请到了屯堡乡自来水公司的员工到场找原因。原来，“尖刀班”队员们一开始就把问题想简单了。问题出在水泵和水管上，毕竟是发电机带动的水泵，时间久了，水管里积压了大量空气，水自然就拔不出来了。而且里面的水管是随洞内的地形高低变化安装的，时高时低也影响了水的流动。

发电机一直留在洞里也不现实，如果每隔一个星期都要进洞发动一次发电机，不仅劳神费事，而且安全风险极高。要解决这个问题，唯一的办法就是把电线接进天宝洞，让洞内有稳定电压的电源。

可是不要说小小的屯堡乡，就是全州全省，都没有在绝壁洞中架设电线的先例。而且问题还不仅仅只是这一个。

“一般的电线，输送800米左右就需要变压器增压，从水源地到洞口是980米，洞口到地上的垂直高度是120米，唯一的办法就是在洞口安装变压器。”讲到专业知识，当了大半辈子电工的杨文清自然是再熟悉不过了。

怎么办？这已经不是“尖刀班”和村委会自己能解决的问题了。

第二天，“尖刀班”向国网恩施供电公司提交了请求支援的报告。市、州供电公司高度重视，立即派出工作队进驻田凤坪村，协助解决取水供电问题。

工作队进村之后，立即进行现场勘察，制订出一套立足长远的工程施工方案：在山脚立电杆18根，新建10千伏线路1千米；在洞口设50千伏安变压器和200千伏安配电柜各1台；在洞内安装电缆分支箱12台，架设两根1.2千米的低压电缆线路，一根专门给水泵和增压设备供电，一根预留给以后洞内水利工程施工和检修。累计预算资金50万元。

拿到报告，国网恩施供电公司领导班子连夜召开专题会议，决定特事特办，及时为供电工程安排专项资金和物资。

2018年11月27日，在各级各部门的综合协调和帮助之下，朝东岩绝壁取水供电工程正式开工建设。杨文清总体负责洞内电力施工和管网铺设。

施工队进入天宝洞铺设管道和布线之后，杨文清又在思考另一个问题：如果能把水源地再往前探一点儿，不从阴河里取水，高低落差没有那么大，供水或许就能更顺畅一些。

产生这个想法后的杨文清再也坐不住，他又组织了两名队员从原来的980米处开始继续往前探。可是要再往里走，谈何容易。洞内地形越来越复杂，越来越窄，而且脚底下就是深不可测的阴河，稍有不慎掉下去，就会人迹俱无。

“当时真的没有考虑那么多，脑子里就只有一个念头，就是把取水点提高一点儿，再提高一点儿。”杨文清回忆说。

队员们身上绑上安全绳，一米一米往前挪。遇到水潭或地缝就架木桥，遇到高的地方就搭木梯，就这样在漆黑的洞中一直往前。

“最难走的一处，是一处像花果山水帘洞一样的地方。那水从高处冲下来，人要顺着那个瀑布爬上去。有点儿像电视里的冲浪游戏。我们把木梯架起来，顶着水流一步一步往上爬，全身没有一处地方是干的，就这样一直爬到最高处。”

两天以后，杨文清带着两名队员又往前探了240余米。再也走不动了，眼前的水从洞顶直落下来。他们已经走到了天宝洞水源的尽头。一测算，到此时，水源地比原来的取水处整整高出了近20米，和洞口的落差没有那么大了，完全可以保证水流顺利出洞。

历时30天，投入人力800多人次，绝壁下的电杆电线、洞内的水管电缆全部安装完成。电闸合上，水泵启动，一股清泉自管中流出。田凤坪村祖祖辈辈渴盼的取水问题终于得到了根本性的解决。

那时的朝东岩一带，早已经进入了冬天。崖壁上方白雪皑皑，浓雾弥漫。在这样寒冷的天气里，施工队员们平均乘坐吊篮升降100多次。施工过程中，州、市领导多次批示，市、乡领导到现场指挥。时任恩施市委书记向前进数次到绝壁之下，与施工队员们视频通话，给他们加油鼓劲。

得知绝壁取水工作圆满完成的讯息之后，副州长夏锡璠批示：此举创造了人间奇迹！请指挥部予以通报表扬。

2019年1月16日，恩施州脱贫攻坚指挥部以《国网恩施供电公司：绝壁供电，圆村民甘泉梦》为题发出2019年第一期战报。战报中说：2018年12月27日17时零8分，架设在朝东岩绝壁中部天宝洞的供电专线合闸送电，标志着我州施工难度最大、环境最恶劣、安全风险最高的引水供电工程圆满竣工，该工程为屯堡乡田凤坪村实现“一管清水进农家”目标提供了稳定可靠的电能保障。

如今两年过去，田凤坪村绝壁饮水工程运转正常。每个月底，杨文清都会在绝壁下的配电房处启动一次电闸，将洞内水泵里积压的空气清空，以保证这股费尽千辛万苦方引出的清泉顺利流出。

“当时真的没有想那么多，只想着把水取出来。现在回想起来，我还是觉得对不住我的家人。当初不应该瞒着他们，当时该讲清楚的，可是你越说，他们肯定越担心。现在我还是觉得对不住他们，有愧。但是对老百姓来讲，我们还是做了一点儿实事。对‘尖刀班’来讲，我们把这项工作顺利完成了，为老百姓把这件事办好了。现在回想起来，还是觉得做得好，有价值，老百姓祖祖辈辈的心愿终于实现了。”

少言寡语的杨文清并不愿意过多提及那段取水的过程。个中苦乐，滋味千般，唯有自知。

从田凤坪村委会宽敞的院坝望出去，山依旧青苍，山脚下的清江滚滚东流。朝东岩顶端的龙头石雄立绝壁，在云雾朔风中昂首向东。这是一方多么雄奇壮阔的山水呵！

第八章 松 坪

早会上商定了一件大事

2017年2月3日，农历正月初七，宣恩县沙道沟镇党委召开了新年里第一次班子会。

天气很冷，因为是新年第一天上班，老旧的楼道还没来得及彻底地打扫清理。这栋修建于1979年的办公楼，各处设施都很老旧了。连天雨雪，黑漆漆的扶手栏杆摸上去冷冰冰的。走廊和楼梯间的透风口是用砖头砌的空格，无法安装玻璃，完全挡不住冬日凛冽的寒风，冷气夹杂着雾气直贯进来，走廊里弥漫着一股阴冷潮湿的气息。

会议室里的空调已经打开了，但温度一点儿没升起来。朱朝春书记走进来，把手中的笔记本放到桌子上，绕着会议桌走了一圈，看到窗户边上的那几张桌子上还积着从窗户缝飘进来的凌沫，禁不住皱了皱眉。

“朱书记，今儿个可是立春呢，这节后第一天，正好应了时令，也暗合了你的名儿，看来我们沙道沟镇的2017年有个好兆头喔！”镇长秦正才已经先到了，看到朱书记走进来，便开起了玩笑。

“这个春立得好啊！立春一年端，种地早盘算。这一年里工作怎么搞，我们今天刚好就来盘算盘算。事情一大堆，样样没头绪，处处都需要你这个正直的政治之才啊。”因为其他班子成员还没到，朱书记也开起了老秦的玩笑。

虽然他们都明白，这2017年有好几场硬仗等着要打，很多硬骨头等着要啃，但大战开始之前，总得有些许宁静和放松的时刻。

九点钟，班子会正式开始。除了镇党委班子成员，非党副镇长和人大主席、综治办主任也列席了，算是一个扩大的班子会议。

会议的议程有几项，除了常规的节后工作安排，讨论的重点放在了集中安置点的易迁项目工作上。

“我手中的这个文件，你们也都看过了，叫《宣恩县关于加快推进易地扶贫搬迁工作实施方案》，是县委、县政府去年下发的。按这个文件，我们沙道沟今年还有一块硬骨头要啃。秦镇长，你把基本情况介绍一下。”

“其实数据和情况大家也都清楚，我们沙道沟总共要易迁的是2300户8664人，这个数据各村去年就已经摸排了，这些事你们都亲自参与了的。今年我们要做的主要工作就是把这些易迁点的工程全部落实落地。已经动工的督办工程进度，确保按期交房搬迁；还未规划的，今年也要全部纳入规划。目标只有一个，到明年下半年，保证易迁户100%入住。”对这些情况，秦镇长谙熟于心。

“光是有立军令状的激情还不行，重点要落到行动上，刘副书记，你说一下我们现在在易迁这块的基本情况。”

代理副书记刘友军正在专心记着笔记，闻言抬起头说：“我们全镇总共是11个集中安置点，白水河、官渡、木笼寨、箬叶、龙潭、班大源、罗坪，这几个规模相对小一点，去年8月都已经动工了，到今年年底肯定是要全部完工交付使用。还剩下两个最大的，我们去年也开了几次会议定这个事，方方面面难度都大，一直没有启动。这个工程占比是易迁总人数的大半，近7000人要搬迁，搞起来也复杂。我看这个事宜早不宜迟，要早点儿定下来，我们的时间并不充裕了。”

“老刘说得对，今天我们的重点就是要讨论一下安置点的设计思路，把这个事情定到七八成，我再去向县里汇报和争取。不管怎么样，上半年一定要启动建设。至于怎么搞，大家都谈一下想法，越细越好。老宋你先说说。”朱书记心里一直记挂的是这件事，说起话来禁不住语速加快。

宋陇权是人大主席，这几年一直在牵头负责精准扶贫工作，闻听书记点名，抬起头来，缓缓地说：“要说这个项目吧，我们之前也确实是讨论过几次了。我们镇这么大，49个行政村，522个村民小组，总人口6万多人，易迁户那么多，之前是规划的29个安置点，后来改成了11个。迁建原则就是按照习近平总书记关于易迁工作的‘五个靠近’指示，尽量靠近城区、社区、校区、园区或景区，这样便于实施下一步的易迁后扶。我的建议是越靠近我们集镇越好。只是这样大的体量，人数又这么多，肯定涉及征地等方方面面的矛盾。到底选在哪里合适，的确是个问题。”

“我的想法是，不要搞得太远，离集镇尽量近一点，方便以后监管和后一步的公共服务配备设施建设。选址嘛，尽量是选荒坡，征地补偿肯定会少一点儿。”副镇长梁立勇去年10月才进班子，工作还在摸索中，说话比较谨慎。

“老秦，说说你的想法。”见镇长秦正才一直在沉思，朱朝春书记又开始点将。

“我是这么想的，上洞坪集中安置点在西水河西岸，那另一个尽量就搞在东岸，一东一西，也有利于集镇骨架的拉开，一下入住七八千人，对集镇的发展那也很有好处的。至于地点嘛，我赞成立勇同志的意见，就搞在街背后，那里是大荒坡，征地工作相对轻松一些。虽说易迁项目是国家、省级安排项目资金，但体量这么大，占到了全镇易迁资金的一半以上，还是要能省一点儿是一点儿，你们说呢？”这个问题，秦镇长已经思虑很久了，说起话来有理有据。

“你们的想法我大致搞清楚了，都赞成搞一个大的易迁点。上洞坪那里规划了500户2000人的规模。这里嘛，剩下的1500户5000人都要能入住。这样算下来，我怕我们沙道沟这个项目会是全州最大的集中安置点项目了。”宋陇权补充道。

“那我怕不仅是全州喔，我看很有可能在全省都要进前几名。这么大的工程，这么多的住户。”梁立勇近几年一直在做精准扶贫工作，对这些情况了如指掌，禁不住又补充了一句。

“你们说得都有道理，看来也是经过深思熟虑了的。其实你们也知道，我们宣恩县2016年在湖北省易迁年度目标考核中获得了优秀等次，县里一方面很高兴，一方面压力也很大。今年是易迁项目集中攻坚年，所有项目都是要上马的，也没时间再等了。我们这个镇，还在2014年7月就被住房和城乡建设部等七部委确定为全国重点镇，集镇建设本应该发展得更快，但这些年变化并不大，原因是什么呢？”

说到这里，朱朝春书记故意停顿了一下。看看大家都在低头沉思，又自问自答地说道：“我看原因就是集镇骨架没有拉开，西边是老街道修不开，东边又是荒山居多，你让村民们自己去建房，那成本太大。现在摆在我们面前的就有这个机会，完全可以搞一个大的集中安置点，政府协调，把搬迁工程和集镇建设结合起来搞。搬迁户也是集镇住民，安置点成为一个大的小区，我看一些配套设施也可以搞进去，把镇上的人往那里引。”说到这里，朱书记又停顿了一下。

“把镇上的人往安置点引？怎么引？”这个新鲜提法，大家以前都没想到过，都有点儿兴奋起来。

“这好办啊，镇小学不是一直化解不了大班额问题吗，我们在搞集中安置的时候，完全可以同时配套建一所小学，跟镇小学一样的待遇，到时候搞划片招生，既解决了搬迁户家孩子的入学问题，也缓解了集镇小学的招生压力。学生一过去，人口就往那边流动。我们再开几班公共汽车，到最后安置点就成了集镇的一部分。”这个想法朱朝春书记其实已经思考了很久，里里外外想得很周全。

“对啊，这想法好啊，安置点建起来后，我们可以引几个企业入驻，还可以在酉水河上再修一座桥，打通两处安置点。东西连通起来，我们这个镇就是真的要有大变化了。我看哪，以后还可以建一所中学。”秦正才镇长大约是受了朱书记的影响，说话的语调明显兴奋了起来。

“我们一会儿散会后就去走一圈，把点大致定一下，这么大的一个工程，每个环节都要做到万无一失才好啊！你们也莫怕，我最近看新闻，东北那边有些镇子，是把全镇分散的住民全部搬迁到集镇上，再把所有土地流转，人家那样的大动作都敢搞，我们这个有什么可怕的。我们一会儿去看了，有个大体的思路，再请示一下夏锡璠副州长和刘智勇书记、习覃县长。有各级领导撑腰，再加上我们自己的周密思考，我看这个事能成。”朱书记的这句话算是作了个总结，大家也都不再作声了。

这么大的一个事，一个早会就基本定下来了，大家都有些兴奋，会议室里的气氛轻松了很多。出会议室的时候，宋陇权叫住了朱书记。

“这个易迁安置点就快要动工了，书记什么时候考虑一下我们镇政府的办公楼也易迁一下吧。1979年的办公楼，差不多跟梁镇长岁数一样大，我怕是全州、全省都少见了喔。几天不来上班，屋子里大股霉味，寒碜得很啊。”

这个玩笑开得恰到好处，又刚好点到了大家的心结上，与会者不禁都笑出了声。

“老宋，这个你就别想了，亏你还是人大主席。你没看我们的恩施州委大院，那也是20世纪80年代的老建筑了，办公条件比我们这个好不了多少，领导们还不照样为人民服务。照我说啊，只要这几年把脱贫攻坚战打赢，贫困户们都搬进了新房子，群众日子过好了，少一点儿上访，你们这群人不用经常焦头烂额，比我们自己住个好办公楼那要安逸得多。杜甫那句诗怎么说来着，‘安得广厦千万间，大庇天下寒士俱欢颜’，这才是我们的目标喔。”

朱朝春书记回过头来，爽朗一笑，大步走出了会议室。

副镇长不禁泪如雨下

惊蛰过后，天气一天暖过一天。沙道沟集镇对面的黄泥塘大坡山尖的积雪开始融化，山色渐渐泛出绿意来。酉水河两岸，麻柳开始抽芽，几场春雨一下，河里的水量明显比往日多了。在家窝了一个冬天的人们也开始频繁出门，集镇上的人流量比往常大了许多。

这个镇子位于酉水河源头，距宣恩县城65公里，与湖南省龙山县、湖北省恩施州鹤峰县接壤，209国道与鸦当省道贯穿全境，是宣恩县南部重镇，人口6万余，也是湘鄂黔边区重要的商品集散地。早年，土家族、苗族、侗族人民在沟边坡地刀耕火种，俗名砍畲，取名畲刀沟。后来，酉水由一条小沟汇流成大河，沙砾满沟，随之这里也成为通往鹤峰、湖南龙山县的大道，畲刀沟亦更名为沙道沟。沙道沟镇有众多“头衔”——千年古镇、边贸“口子镇”、文化古镇、革命老区镇、交通枢纽镇，也是恩施州13个“全国重点镇”、四大古名镇之一，曾被誉为恩施州的“小上海”。

经过镇领导的初步踏勘和州县、领导的现场拍板，沙道沟镇最后一个也是最大的一个集中安置点工程终于确定了它最后的位置，便是位于集镇东岸背后的松坪村。

从对面山上看，沙道沟东岸背后的高山形似牛身，便叫作“牛形山”，松坪所在的地方正是牛头下方。牛形山下面还有一座圆圆的小山包，形似观音坐莲，便叫“观音山”。最让人感到奇特的是，就在松坪这里，还有一座山包高高隆起，恰似一支桐油灯芯燃在观音山前面，当地人便根据地理形状，佐以想象，把它叫作“灯芯地”。

这片占地面积三百余亩的土地分属松坪村五个村民小组，小地名也很多，有的叫“后山垭”，有的叫“张家湾”，有的叫“后坪”，还有的叫“圆堡”。定址于此的时候，这里整个还是一片烂岩坝，杂生了一些低矮的灌木，附近村民种了一些板栗和白柚。

根据州、县领导现场察看后的要求，高大的山包要整体留存，以便以后建成安置点的游步道。平旷处全部开挖平整，依山形地势建房，既要集中连片，又要有层次感。总体来说，这么大的体量和规模，设计上要体现精巧合理，最终目标是要建成一处集镇小区似的安置点。

2017年4月6日，沙道沟镇人民政府向宣恩县发展和改革局报送了《沙道沟镇人民政府关于松坪易地扶贫搬迁安置点项目立项的函》。4月17日，宣恩县发改局向沙道沟镇人民政府下达了《县发改局关于沙道沟镇松坪村易地扶贫搬迁安置点建设项目立项的批复》，批复中明确：该项目总占地面积310亩，总建筑面积16万余平方米，新建安置房1497户1722套，安置4682人；配套运行道路、给排水管网、网络等基础设施建设；项目总投资约2.46亿元，资金来源为易地扶贫搬迁项目专项资金。

县委副书记王波亲自分管，负责督导工程建设等各项工作，县人大主任唐斌任该工程指挥长，县扶贫办相关领导具体分管。到沙道沟镇这一级，又成立了一套领导班子，朱朝春书记、秦正才镇长总体负责，宋陇权、梁立勇、刘友军分别负责工程招标、征地拆迁、工程监督和移民安置等工作。

自此，各项工作准备就绪，恩施州内体量最大、计划搬迁住户最多的易迁集中安置点项目工程正式启动。

招投标工作完成，上海都市建筑设计有限公司和湖北怡嘉工程设计有限公司成为项目工程的设计单位；湖北中南勘察基础工程有限公司成为一期工程的施工方，总体负责道路修建和山体开挖等项目；恩施立城住宅、湖北华晟天源、宣恩县珠山建筑、湖北权辉四家公司分别承建四个标段的住宅建设和场地平整工程。

自2017年5月开始，由梁立勇同志牵头的工作队正式进驻松坪村，全面开展土地测量和征地拆迁工作。

进入初夏的沙道沟逐渐绽露出了迷人之姿，西水河两岸的山岭全部披上了绿衣，杂花于野，间或点缀着连片红白桃李，一片欣欣向荣景象。

这一片当地百姓口中的烂岩坡距镇政府所在地其实只有两公里，荒置已久，周边也基本没有住户，免去了房屋拆迁和补偿的麻烦。这也是当初县里和镇里定址于此的一个重要原因。几百亩土地，除去一部分村集体的荒山外，分摊到各家各户也没有多少了。

占地补偿，州、县早有标准，执行起来也容易。那段时间，负责易迁工作的梁立勇几乎从早到晚都泡在松坪村里，每天都有那么多事情，土地测量、协调协商、数据审查，涉及老百姓的事，每一件都不可大意。对上要向上级报告进度，对下要解决好老百姓的诉求，他的电话几乎是不间断地从早打到晚。

虽然中间陆陆续续出现了一些小矛盾和小问题，但总体来说，征地工作进展还算顺利。真正的矛盾出现在二组的韩世群家，也不知道原因，这户人家的三分土地就是不同意征用。但偏偏这块土地又刚好位于老司街南段与松坪安置点结合部。也就是说，这儿刚好就是进出安置点的通道口。如果她不同意出让土地，那通道就将被阻断。可能正是因为了解了自己这片地的重要性，这家人死活不同意征地。

梁立勇自己都记不清楚到底去她家做了多少次工作，无论哪次去，主人家都是一副冷冰冰的态度：不同意。为这户人家，镇里也专门开了几次协调会议，书记、镇长也亲自出面了，但得到的答案都是一样。

眼看着招投标工作就快要结束了，预定的开工时间很快要到了，每个人心里都急啊。协调几次无果后，县里和镇里也下了决心，绝不能因一户的问题阻碍了整个工期，其他工程照常推进。此户人家的思想工作责成梁立勇继续做，一定要保证工程顺利开工。

得到军令的梁立勇深感压力巨大。那段时间，他几乎想尽了能想的办法。其实问题的根源就在于这户人家紧咬着自己地块的重要性不放，目的还是希望多争取到一些拆迁费。虽然解决办法看似很简单，只要多给一点补偿就可以了，但多年从事农村工作的梁立勇深知，这个口子不能开。天下没有不透风的墙，其他村民一旦知道补偿标准不一样，立刻就会闹翻天，前期所有工作都白做了。

到底该怎么办呢？怎么样才能啃下这块硬骨头？这个从恩施农校毕业后一直在农村摸爬滚打的干部是真正犯了难。

如果韩家这户还有一些理由的话，那另外一户叫胡胜云的扯皮理由就有些莫名其妙了。她自己在这一带本没有土地，但是看到其他人家多多少少得到了补偿，心里不平衡，总说山包上那片村集体土地有一块是自己的。无凭无据，这样的口子当然更不能开。

那段时间，一有空，老梁就往韩家跑，他不相信这世上真有做不通的思想工作，化解不了的无理要求。胡胜云那一家呢，根本不用他上门，这个70多岁的老婆子没事就自己跑到他办公室坐着，有时候他下乡，她也直接钻进车子里跟着走，差不多跟了他一年时间。

虽然有一些问题没有完全解决，但工程还是要全力推进，毕竟时限是摆在那里的，从开工到贫困户入住只有一年时间了。

2017年8月1日，这处恩施州最大、湖北省第二大的易迁工程——宣恩县沙道沟镇松坪安置点工程正式开工。三家房建工程队同日进驻，400余名工人开始了长达一年多时间的日夜奋战。

为确保工程建设质量和项目如期完工，广东天衡工程建设咨询监理有限公司和湖北同胜检测技术有限公司分别担负监理和质检工作。沙道沟镇党委、镇政府也提出了“抢晴天、战雨天、斗阴天”的施工口号，建立了每周一次现场会的工作研判机制，施工方、监理方全部参加，报进度、看质量、保安全。施工中有问题提出来，现场拍板解决，全力保障工程进度。镇易迁办专门为松坪安置点排出每星期的工程进度表，由几位主要领导每周检查督办。

那段时间，从上到下，每个人的神经都是绷得紧紧的。州委书记柯俊、州长刘芳震、副州长夏锡璠多次到施工现场查看工程进度，督办各项工作。县委书记刘智勇、县长刁覃先后五次查看进度，工程指挥长唐斌更是直接进驻工地，与施工队同吃同住督导。镇党委、镇政府一班人深夜到工地监工的次数数不胜数。有一个多月时间，朱朝春和梁立勇每晚只能睡两个小时，全部身心倾注到这片工地上。

协调、督办，督办、协调。电话从早打到晚，从早接到晚，梁立勇每月的电话费都在600元以上。所有的工作，施工方看在眼里，群众看在眼里，那几户钉子户也看在眼里。

时间很快进入了2018年。年初，州里的脱贫攻坚“1号令”下达，各村“尖刀班”迅速组建，州督战队进驻各县市，县级督战队也成立起来了。作为全州预备首批摘帽的贫困县，宣恩县的督战力度明显加大。自2月以后，全县开始实行“5+1”工作模式，全体职工工作日变成了六天。县里的调度会一周一开，火药味儿也愈来愈浓。工作不力、责任不落实的干部当免则免，一点儿情面不留。

州委书记柯俊到沙道沟来了几次，把坛子洞村、松坪安置点的工作作为重点攻坚点，大会小会都在过问。州长刘芳震也多次过问松坪安置点的工程进度。

在此巨大的压力下，沙道沟镇党委、镇政府一班人心中那根弦绷得越来越紧。每个人都是一副形迹匆忙的样子，有时候在楼道遇到，都是点头示意便各自忙碌了。镇里的调度会原来是一周一开，现在变成了一周两次，有时候还要直接进村或进工地开。研判的问题也越来越多，时间越来越长，有时候会议一开就开到大半夜。

按“1号令”的要求，责任逐级压实。按照县委的要求，各乡镇领导分管领域的工作如果不能如期完成，大有“提头来见”的意思。负责易迁工作的梁立勇已经有两个多月没有睡过一个好觉了，周末的大多数时间都是泡在上洞坪和松坪两个安置点。体量这么大，涉及的方方面面矛盾又这么多，还要绝对保证工程质量。朱朝春和秦正才心里也急，有一次开安置点的工作调度会，从晚上七点一直开到凌晨四点，散会后还要立即编印快报，第二天一早下发执行。

工期最紧张那段时间，镇党委还组织了一个专班，朱朝春亲自带队到工地上清点施工人员人数，以此保证工程进度。那段时间，梁立勇经常会接到一些让人哭笑不得的电话，多是施工方打来的。有一次，本县的李老板打来电话跟他诉苦：“梁镇长，你们这样天天督工期，我们的工人都不愿意干了，他们也压力大啊，经常这样加班加点，你给再多钱，他们不干了啊。这几天，我这里辞工了七八个人啊。”

梁立勇只能苦笑：“我们也是没办法啊，今年贫困户要全部住进去。主体工程完不成，后续的水电网又怎么办？从上到下，哪根弦不是绷得紧紧的？”

老板们压力大，施工队压力大，工人们压力也大。为了保证工期，也防止工人们因过度疲劳发生事故，梁立勇经常化身为“包工头”，到现场给工人们开会打气，加油鼓劲。

连续这样高强度的工作，家，他已经顾不上了，反正这几年家人也都习惯了，屋里大事小事也基本不会打扰他。督工、迎检、接访、开会，里里外外，镇党委一班人个个忙得像陀螺似的。调度会上的事情几乎全是关于脱贫攻坚工作的，其他的工作一律快速决策。有时候要讨论一些事情，只能是在就餐时间，几个班子成员在食堂端着饭碗就把碰头会开了。

最让梁立勇觉得苦恼的是处理一些同学朋友关系。之前那些年，他也忙，但总能抽开身跟他们聚个会、吃个饭。但这两年，只要这些电话一来，他甚至连解释都没耐心了，最多就是“对不起，太忙了，实在没时间”。几句话说完就匆匆挂断电话。朋友群里渐渐传开了：“人家是副镇长了，级别高，看不起我们这些小民了，哪还能有宝贵时间跟你一起吃饭。”

闻听这些言论，梁立勇唯有苦笑。自1997年农校毕业，从镇经管站、财经所、综治办等单位一路走过来，再到后来进镇党委班子，他这个干部是一步步苦干加实干提拔起来的，如今让他分管这样重要的工作，看起来是领导重视，其实其间苦乐自知。

时间是真没有，有时候忙起来，一天只能吃上一顿简餐，哪有心思和时间慢慢跟老朋友们聊天喝酒。但这些话他说不出口，也不知道能跟谁说。忙的人又不是他梁立勇一个，书记、镇长一样东奔西跑，苦累的同时还要经常受各方气。大家都忍吧，扛吧。毕竟，能够经历脱贫攻坚这场大仗，而且还亲身参与其中，也是时代给予他们的一种幸运。

一年多时间里，梁立勇自己也记不得到底去了韩世群家几次。有时候，他去督工，路上想起，顺道就拐进去了。赔笑脸、吃闭门羹已经是常事。有时候，他想起来是真憋屈，明明是对方的问题，但是一班干部还得处处迁就着她。但有时候转念一想，群众的事无小事，一个硬钉子都拔不掉，一点儿委屈都不能忍，怎么能叫久经考验的党的干部？

事情的转机往往在让人意想不到的地方。有一次午饭后，梁立勇独自开车赶往松坪的路上，看到韩世群正从旧司街上背个竹背篓往回走，他下意识地停车，请她上车顺带捎一段。一路上，他也没再有意识地跟她做工作。电话接了车载，免提声音很大，一直都在处理各种工作，他甚至没跟她多说上几句话。

下车的时候，这个跟梁立勇硬杠了一年的农村妇女说：“梁镇长，我知道你们也不容易，都是为了工作，我其实也就是想多要一点儿钱。你们下午把协议拿来我签了吧，什么都不说了。”

事情就这样解决了吗？车门关上，梁立勇有些不敢相信自己的耳朵。伏在方向盘上，这个无论经历多少事腰板都挺得直直的副镇长不禁泪如雨下。

胡胜云那一家呢，断断续续地，依然不时上门尾随申诉。无中生有的事情，梁立勇实在是无法满足她。直到2019年5月31日那天，易迁工程已基本完工，所有贫困户已全部入住，在胡胜云说的那块山包上再次查看现场的梁立勇，手扶一块风化多年的松软岩石，因为石头垮塌，不慎失足从三米多高的坡坎上摔下，送到医院后被鉴定为粉碎性骨折，卧床两个多月。

在医院里，目睹了梁镇长一直带病办公的场景后，胡胜云才终于放弃了长达两年多的无理要求。

经历了一系列矛盾纠缠、惊风骤雨般的考验后，2017年8月，从旧司街到安置点的那条大道也全线贯，66栋居民楼、中心文化广场、生活超市、卫生室等全部完工。自此，耗资近2.6亿元，可同时容纳近5000人入住的恩施州最大的安置点工程宣告主体建设竣工。

酷暑8月，工程验收结束那天，沙道沟下了一场好大的阵雨。雨后初晴，远山含黛，一弯彩虹高悬于天际。下午时分，镇党委一班人和承建方、监理方代表走出小区大门，望着那道彩虹，谁都没有作声。辛劳奔波的日日夜夜，这一年多时间，心里的弦绷得太紧太紧，他们实在是太累太累了。

书记一刻也坐不住了

工程主体竣工只是第一步，接下来还有几场硬仗要打。附属设施怎么建？4000余易迁户楼层怎么分配？住进来之后，管理怎么搞？就业怎么保证？一系列新的问题摆在了镇党委、镇政府一班人面前。

时间紧急，刻不容缓，又是新一轮的会商、讨论、决策。那几天，所有与项目有关的人都在思考这些问题。镇党委、政府再次召开了一次专题工作会，同时邀请了项目承建方参加，决策拍板了几件大事。

要迁进的1235户4594人，分散在全镇44个村，前期准备和搬家以及后期的拆旧工程交给了各村“尖刀班”。为保证贫困户及早入住，安置点的小区道路、排水、管网等附属工程来不及再次招标，根据恩施州脱贫攻坚指挥部“1号令”，决定启动快速决策机制，沙道沟镇党委、政府把这些工作继续交由各标段的房屋承建方负责，确保在当年10月底前全部完工。组建酉水情社区，时任该镇寒池村第一书记、镇党政办主任杨连山紧急调任社区书记，主持全面工作，开展入住前的前期准备工作。

又是几个忙碌的昼夜，静静的酉水河见证了这场紧张激烈的易迁筹备战。

8月26日那天，1235户搬迁户被通知到镇易迁办，按照每户2、3、4、5人四个安置户型，分成小组开始抽签。抽签结束，住户可以自主协商调换，一切人性化管理。过程很顺利，矛盾全化解，到下午4点多，抽签工作全部完成，1700多套房屋全部登记到户。

同时进行的，是三个标段的房屋承建方进驻小区，开始进行各自承建楼栋的管网、布线、排水、供水设施施工。

社区这边，也启动工作人员招聘程序，保安、网格员面向全镇就近招录。一切工作进行得有条不紊。

安排妥当这些工作之后，朱朝春和秦正才开始思考另一项重要的工作，就是如何让贫困户“稳得住”的问题。

按照之前的设计，安置点里会设置几家超市和服装店，可以解决100多人的就业问题。但是这远远不够的，必须引入更大的市场主体，才能真正解决贫困户易迁后扶等后续问题。

到底引进什么项目呢？这个企业既要考虑到体量和规模，才能有更多的就业岗位，还要考虑到大多数贫困户能胜任。经过一番周密的思虑，镇党委、镇政府最终锁定在了沙道沟镇龙潭村在外创业的成功人士李文猛身上。

出生于1985年的李文猛，小时候因家庭贫困，中学没毕业就辍学外出找工作。由于年纪小，李文猛到广东中山服装厂做过学徒工，学缝纫裁剪技术。他勤奋好学，在当学徒的4年时间里，熟练掌握了全套缝纫裁剪技术，平车、锁边等各种缝纫技术是样样精通。这也让他顺利从学徒做到了车间组长、主管、厂长，成为公司的高管。

经过多年努力，李文猛累积了成熟的缝纫裁剪技能和管理经验，开始自己创业。2015年，李文猛在福建开办自己的服装厂，他以精细的加工、良好的信誉，赢得了社会各界的称赞，服装厂规模也越来越大，和杭州准者体育公司结成了深度合作伙伴，与董事长林晨耀更是成为至交好友。

掌握到这个信息的朱朝春书记一刻也坐不住了。成功人士返乡回报桑梓，服装产业又特别适合贫困户就业，这样得天独厚的条件一定要抓住。在与李文猛取得联系后，朱朝春决定亲往福建和宁波，一定要把这家企业拉回沙道沟。

见面之后，朱朝春向李文猛表示了十足的诚意。土地由政府出面流转，工业园及厂房由镇政府负责修建，办证、招工及其他配套服务政府全力支持。企业只需付厂房租金便可直接入驻，如果经营效果不好，也可以随时撤离。

自从接到朱书记电话之后，这个80后的年轻老板也一直在思考要不要返乡创业的问题。十余年的摸爬滚打，从最初的打工者到后来的老板，手中的每一分钱都是他辛苦打拼攒下的。无论是从营商环境还是从市场角度看，厂子在外面肯定会比在家乡要好一些。如果要把产业拉回来做，风险未知，利润未知，事业有些从头开始的感觉。从内心说，这个险，他并不愿意冒。但家乡党委、政府的热情和真诚又让他没有拒绝的理由，更何况，李文猛的心中也一直存着一个回报家乡的心愿。

在与合作伙伴杭州准者体育进行周详的商谈之后，李文猛最终答应了朱书记的邀请，决定返乡创业，在松坪安置点附近开办服装厂，继续与准者体育合作，从事篮球品类服装生产。

合作协议敲定之后，朱朝春立即赶回沙道沟，迅速启动工业园征地、修建和厂房设计等工作。

"按安置工作进度，所有贫困户必须于2018年11月完成入住，那我们的工业园也必须在12月底以前完成厂房修建工作。现在是8月中旬，从征地到建厂，我们只有四个月工期。只有我们诚意十足，企业才能信心十足。"镇党委班子会上，朱朝春再次派了硬任务。

又一番紧张地协调，仅仅一个星期之后，选址工作完成，征地工作启动。为了方便贫困户就业，镇党委把工业园区定在了安置点51号楼附近，那里也属于松坪村范围，原来也是一片烂岩坡。招标、场地平整、厂房修建，所有工作按最简最快的程序走。不到20天时间，施工队进驻，初期工程全面展开。

"这工作一个接一个，真是打仗一样。这边安置点的工作还没结束，那边的工业园又启动。方方面面的事情，恨不得把一天的时间分成两天来用。"那段时间，刘友军和梁立勇两位副镇长再次把马力开到十足。

完成招商工作之后的朱朝春和秦正才并没有感到轻松。对一家企业来说，厂房修建必须使用方便，对方才会满意，镇党委、镇政府这个“店小二”服务才算真正做到了家。就在工程动工之后，朱书记又迅速启动了厂房设计工作。远程沟通总是会有各种不清楚的地方，为了保证对方满意，朱朝春又亲自带队去了厦门和宁波两次，厂房设计方全程随行，洽谈好之后就直接现场修改设计图纸。

经过一个多月的反复磋商，工业园图纸最终定案，投资方非常满意。而此刻，整个场地平整工作也刚刚结束。仅仅四个月时间，所有厂房全部竣工完成验收。

2019年正月十六，宣恩县众仁服饰公司成立，工厂正式开机运行。首期用工人数达到108人，大多数为松坪安置点贫困户。

此时，经过一整月的奋战，安置点的供水、排水、管线铺设等工作已经全部完成，除了部分建筑垃圾未来得及清运外，所有入住准备工作已就绪。

2018年10月3日，酉水情社区正式组建完成。镇党委安排公务员4人、公益性岗位1人、聘请人员7人，组成了一支社区管理队伍。还未正式入住的贫困户被提前划分成了6个片区，6名网格员分别负责筹备前期事宜。按照“1+6”社区管理服务理念，酉水情社区建立了一个便民服务中心，配备一个文化广场、一个生活超市、一个标准化卫生室，配套建设创业就业空间，还为每户老百姓分发了一块菜地。

镇党委、镇政府临时组建的社区“尖刀班”迅速到位，建立了水电入户、心理疏导、宣传发动、就近就业、政策申报等五个党员志愿服务突击队，全力解决群众搬入新居遇到的各类突出问题。接下来是一系列烦琐的事务，按照之前的抽签结果，按片区分别向贫困户分发钥匙。因为住户众多，这项工作整整花了一个星期时间。

10月8日，红树村二组的陆志席一家搬进新房，成为松坪安置点第一位住户。

当年11月24日，安置点所有贫困户完成入住。在近一个月时间里，社区“尖刀班”共协调安装隔断22户，组织对老年人入住培训1500人次，召开家庭会议900次。各片区入户摸排及水电表登记工作也全部完成。

历时一年零两个月，恩施州第一大、湖北省第二大集中安置点——松坪安置小区所有安置工作至此全面完成。而此时，离湖北省对当年拟摘帽贫困县市的专项评估检查还有不到三个月的时间。

样板工程

2018年11月至12月，州委书记、州人大常委会主任柯俊两次到宣恩县调研精准扶贫、村（社区）组织换届及工业经济发展等工作，看到松坪安置点在广大干部群众共同努力下，水电路网房等基础设施发生了巨大变化，特色产业发展、易地扶贫搬迁取得显著成效，高度评价宣恩县班子有活力、干部有激情、发展有实招、扶贫有成效，实体经济发展有基础、有动能，城市建设小巧、精致、干净，各项工作成效明显。

为进一步解决好安置点内群众的就业问题，沙道沟镇党委、镇政府积极和李文猛沟通，扩大工业园建设规模，解决更多贫困户就业问题。2019年9月，准者体育创始人、CBA退役球员林晨耀与宣恩县政府签订新的投资协议，敲定准者体育品牌正式落户沙道沟镇的有关事宜，为镇域经济发展带来新机遇。

居民安置下来了，企业引进来了。镇党委一班人继续深入思考，进一步完善配套设施，以期实现把安置点彻底纳入集镇建设的目标。

2019年8月24日，占地40余亩，总投资5600多万元的松坪实验小学正式开学，24个教学班全部实行小班化教学。学校环境优美，设施完备，成为当前宣恩县设施最全、条件最好的标准化公办小学。在学校管理上，实行“属地管理，划片招生，就近入学”的招生原则。原松坪小学、上洞小学学生全部到宣恩县松坪实验小学就读；沙道沟镇中心小学已就读的学生，以酉水河为界，河东部适龄儿童少年原则上到宣恩县松坪实验小学就读；分流沙道沟镇中心小学二至六年级500名左右学生到宣恩县松坪实验小学就读，彻底消除其超级大校和超级大班现象。

2019年12月24日，宣恩县松坪安置点迎来了一位客人，他就是中共中央政治局委员、国务院副总理、国务院扶贫开发领导小组组长胡春华。

时令已然是深冬，这一天，沙道沟一带却是暖阳高挂，一片明媚之景。胡春华查看了贫困户安置情况，走访了解了搬迁户的生活，一边看一边点头称赞。离开沙道沟时，他谆谆告诫在场同志：打赢脱贫攻坚战是全面建成小康社会的重中之重和标志性工程，明年必须确保如期全面完成。要坚持目标标准，集中力量全面完成剩余脱贫任务，抓紧排查整改影响脱贫的突出问题，对工作难度大的县和村进行挂牌督战，对特殊贫困群体落实落细兜底保障，确保稳定实现“两不愁三保障”。要加强易地扶贫搬迁后续扶持，强化产业和就业扶贫，及时做好返贫和新发生贫困人口帮扶，确保脱贫质量。要严把贫困退出关，较真碰硬开展考核评估和督查巡查，扎实做好普查，确保脱真贫、真脱贫。

胡春华的调研，给沙道沟镇党委、镇政府再次注入了一剂强心针。一系列解决安置群众生活问题的保障措施陆续启动。

2020年9月11日，安置点内乡镇公办幼儿园正式开学，项目占地5800平方米，能容纳12班360人，彻底解决了松坪安置点、上洞坪安置点、准者体育服饰、松坪村等住户学生上学难问题。

鲜嫩的莴苣、四季豆，青翠的香葱、韭菜，透出浓郁的田园气息。在松坪安置点，每栋还建楼前后，都用水泥砌围了一长溜菜地，居民户户有份。

大人外出打工或就近上班了，孩子们放学谁管？社区在党群服务中心一楼专门创设了“四点半学堂”。

“来这里的孩子大多是留守儿童，正常情况下每天有二三十人过来，我主要辅导一下他们的作业，教他们唱歌、画画。”义工李文玉老师说。

30岁的杨立龙原住沙道沟镇金盆村，现住西水情社区57栋。“过去住在山里，看病、买东西非常不便，现在出门就有超市、菜场，社区还有卫生室。”杨立龙说，过去他曾到上海打过工，如今在家门口打工，月收入有4000多元，还能照顾家人，感觉“爽多了”。

来自玛瑙村35岁的妇女景应翠，2018年在福建打工时，因一场事故左腿被截肢，丈夫只好带着她和两个孩子返回老家。家门口的扶贫工厂让她重燃脱贫希望。“每个月工资有3000元左右，加上老公当乡村客车司机，家庭收入总算有了保障，再也不用外出打工了。”景应翠说。

2020年疫后重振期间，在政府的支持下，准者体育迅速恢复生产，用工人数达到300余人，其中易迁群众达150余人。2020年完成产能250万件，产值4000万，应税金额破亿元，实现税收500万元以上。

2020年9月22日，浙江省委书记袁家军率浙江省代表团赴杭州市对口扶贫协作地区——恩施州学习考察并开展扶贫协作工作。在杭恩职业技能培训中心、宣恩县沙道沟镇西水情社区“准者体育服饰”扶贫车间，袁家军详细了解月嫂、电商等职业技能培训和农民就近就业增收情况，对杭州参与帮扶的这两个项目给予高度肯定。在杭州的帮扶下，宣恩县松坪实验小学智慧校园已投入使用。袁家军走进教学楼、学生课外活动中心，与孩子们互动，详细了解易地扶贫搬迁点适龄儿童就近就学情况，勉励当地用一流设施办一流教育，要求杭州加强教育对口帮扶，不断提高教育质量，让更多孩子就近接受高质量教育。在土家族贫困户罗友望家里，看到他们一家住进了新房，几个孙辈都在附近学校就读，袁家军与他拉起家常并送上慰问金，希望他铭记党中央、习近平总书记的关怀，相信有党和政府的好政策，靠着勤劳的双手，生活一定会越来越好。

陪同考察的湖北省委书记应勇非常高兴和激动，代表湖北省委、省政府和湖北人民，感谢浙江省和杭州市的“倾情之扶”“大爱之援”“暖心之捐”。他满怀深情地说，浙鄂东西部扶贫协作开展以来，浙江省委、省政府，杭州市委、市政府坚决扛起政治责任，围绕资金、项目、就业、人才等方面加强对口支援，助力恩施州脱贫攻坚取得显著成效。在我们抗击疫情的关键时刻，浙江省拿出最好的医疗设备、派出最强的医疗队伍，给予湖北疫情防控最有力的支持，生动诠释了伟大抗疫精神。在我们战“疫”、战汛、战贫的特殊之年，杭州市又援赠特殊帮扶资金，体现了“搭把手、拉一把”的仁心义举。

宣恩县沙道沟镇的易地搬迁扶贫只是一个缩影。整个恩施州在易地扶贫搬迁工作中取得的成绩，也令人叹为观止。统计显示，“十三五”期间，全州易地扶贫搬迁规模达到7.29万户24.28万人，圆满地完成了易地扶贫搬迁任务。在易迁后扶方面，恩施州还创造性地探索出“以产量迁”“以业定搬”，进行积极探索，总结出“搬迁+外出务工”“搬迁+景区”“搬迁+园区”“搬迁+农业特色产业”“公司+专业合作社+基地+搬迁农户+市场”“搬迁+光伏扶贫”“搬迁+电商扶贫”“搬迁+效益分红”“搬迁+微工厂”“搬迁+公益岗位”“搬迁+保障兜底”等11种易地搬迁扶贫模式，将易地搬迁与后续发展同步谋划、同步实施，确保搬迁一户、脱贫一户。全州有劳动力的搬迁家庭有6.13万户、劳动力14.36万人，全部实现了有劳动力的搬迁家庭至少有一人稳定就业的目标。

按照统一规划、分步实施的原则，恩施州在各易迁安置点完善了学校、卫生室、文体广场、集贸市场、社区公共服务中心等公共设施，全面提升安置点基础设施保障能力和公共服务水平。全州安置点配套新建或扩建学校56所、医院（卫生室）72个、文化广场526个、垃圾污水处理设施1645个、道路1028公里、公共服务用房897个。1245个安置点配套了菜地，322个安置点配套了猪圈。指导和督促安置点定好一套管理公约、配上一名中心户长、组建一个自治组织、带出一批致富能手。1000人以上安置点新成立10个社区，200人以上安置点新设立134个居（村）民小组，并同步建立了安置点社区治理长效机制。各安置区迁新居、感党恩、换思想、奔小康的新格局，新环境、新风气、新气象的新风尚，已然深入人心。恩施州的易地搬迁工作获得广泛赞誉，成为湖北省样板工程。

第九章 那是我们家

这辈子一定要让她过上好日子

凌晨4点30分，手机上设置的闹钟准时响了。

王永浩懒懒地睁开眼，身上有点疼，脚还有点软，他不太愿动。昨天下午，他一个人在水井湾那块黄连地里搭棚子一直干到了6点多，直到地里暗得看不见才收工，手上脚上的力气都差不多用尽了。睡下那会儿，他就知道今天早上起床会有点儿困难。伸手拉亮了床边的灯，卧室里突然的亮光晃得他又把眼闭上了。老伴李术英那边也有了动静，轻轻推了他一下，嘴里嘟囔着说："浩哥，听到闹钟了没？响了几次了。"

王永浩答应了一声，却还是没动。55了，身子骨早已不似年轻时那般健壮，干起活儿来不但速度慢，身子酸痛的时候，恢复起来也慢了好多。

"水井湾这片黄连地坡有点儿陡，棚子不好搭，我估计还得干一个星期呢，隔两天我怕又有雨了。"他眯着眼小声地说，像是在自言自语。

"是啊，你看我这身子，帮不上忙，还拖累你。你天天这样辛苦，我心里真是不好过啊。"李术英其实早就醒了，只是她无法下床，甚至连动一下都有点儿困难。

"你看你，又来了。你那时一个人在家修房子的时候，我不也在北京吃香的喝辣的吗？一把年纪了尽说这些没边际的话，现在轮到浩哥来照顾你，不也挺好的嘛。"

"是啊是啊，我浩哥好，我浩哥心疼我。快起床吧，饭菜多装点儿，活儿重，要多吃点儿。"李术英一边笑一边又推了他一下。

王永浩没有再说话，慢慢坐起身，朝窗外看了一眼，黑咕隆咚的，深不见底的夜，一点儿不像清晨快要到来的样子。

建南镇地处利川市西北边陲，东南与谋道镇、汪营镇接壤，西北与重庆市万州、石柱相连。古名剑南，以镇旁河形如剑，水蔚蓝色，寓意为剑南。《利川县志·营缮》载，在市城西北一百八十里归源寺西三十里为白龙滩，其上为中部营，归源寺、中部营为剑南长官司司治。《利川县志·列传》载，建南土司始于明宣德三年（1428年），其后改剑南为建南，土司由牟姓改为覃姓。偃武修文后的建南之地，学风蔚起，人才辈出。夏氏高祖夏世清在睦家寨建院筑墙，“以防患难而修寨堡”“以储人才而建私塾”，创办明德书院，培养了一代又一代栋梁之材。

王永浩一家便居住在建南镇红板云这个平均海拔1400多米的村子里。妻子李术英是汪营镇插旗村人。父亲李洪奎在汪营国营煤厂工作，母亲贺金兰曾在当地大户人家做过丫鬟。家中姊妹四人，李术英最小，自然是父母的掌上明珠。生活条件普遍艰苦的年月，家里有父亲的固定工分收入，比之乡邻，生活条件自然略好。贺金兰自己在家耕种田地，每年养上一头猪，有时还可以把自家种出的玉米背到煤厂，换回来一些米和面，改善一下家中生活。这在那个年代，已经算是很好的家境了。

李术英记得，母亲的家风传承非常好，仅有的一些米和肉，都会留给奶奶吃。家里的火塘边常年有一个瓦罐，里面装的都是专属奶奶的食物，比一大家人吃的要好得多，偶尔孩子们嘴馋想偷吃，也被母亲好言劝慰。遇上饥荒年月，贺金兰还会把家里的米面送给周围住户，自然赢得了很好的口碑。年幼的李术英虽多有不解，但渐渐长大之后，却对母亲的做法越加敬佩。2013年，这个一生行善的老人却在家门口遭遇了一场车祸，被路过的摩托车撞伤，不久病逝。时隔多年，每次回乡，李术英还能听到当地老人谈及母亲的言行，多是褒奖之词。

比较起来，王永浩家就要穷得多了。虽然父母一生勤劳，但因为居处位于荒寂山巅，产出有限，日子怎么都好不起来。他父亲体弱多病，45岁时患上肺结核，在床上躺了十几年，直到61岁生日那天去世。这样的境遇自然让这个家庭雪上加霜，所以王永浩和李术英的结合看起来怎么都像是王永浩攀上了一棵高枝。

1984年，经人介绍，王永浩和李术英第一次见面。

李术英至今记得，那一天的场景颇有几分戏剧性。在媒人家里，腼腆扭捏的王永浩一直红着脸，没敢跟她说一句话。两人尴尬地对坐着，听一旁的媒人慢慢唠叨各自的家庭情况。王永浩的家境，她其实在见面之前便向媒人打听过，土墙茅草屋，家里负担重，父亲体弱多病，全家仅靠王母一人支撑。这些情况，李术英都不在意，她希望的是，自己这个相亲对象品行好，勤劳肯干，其他一切，她相信会水到渠成。

见面结束后，王永浩走过来递给她五元钱。这在农家的礼数里，就算是见面礼了。李术英也没有说话，默默地接过钱，便算是应下了这门亲事。这一次见面，虽然没有太多的印象，但老实腼腆、一直带着微笑的王永浩，给了她一种似曾相识的感觉。她在心里认定，这个人就是自己一生的伴侣了。

回到家，果然遭到了父母亲人的反对。他们并不嫌贫爱富，但骨子里都希望李术英能找一户门当户对的家庭嫁过去，这样生活肯定会轻松一些。那些天，李术英跟家人赌上了气。王永浩是她第一个相亲对象，在此之前，她并没有预想过自己未来的生活会是什么样子，但是她相信只要勤劳肯干，无论什么样的家境，她都有信心扭转颓局。

王永浩这边呢，从小身处贫困家庭，让他早已没了自信。虽然那时候的他有朝气、有干劲儿，对未来的生活充满希望，但当他看到面容姣好、穿着得体的李术英时，内心还是有了一种深深的自卑感。虽然李术英接下了五元钱，但他对这门亲事依然没抱太大的希望。

以后的日子里，王永浩带了一些农家礼去过李术英家两次。每次去，他都小心翼翼的，也没有多坐，他深知两家的条件差异。因贫困衍生出来的自卑也是一粒种子啊，种在了心里就会生根发芽，你很难把它彻底地铲尽拔掉。二老对他倒是客客气气，但这种客气中却有着明显的疏离。每次好菜好酒地招待，其实给他的都是一种新的压力。条件差距摆在那儿的，他们想要的是王永浩知难而退。李术英对他却是真的好，虽然两人也没有多说话，但传递给他的，是坚定和信任。这个善良的姑娘，打从见到王永浩的第一眼起，便认定了这个憨厚的汉子。

一年多的兜转波折后，1985年正月，王永浩和李术英还是顺利成了婚。这门亲事当时并不被乡邻看好，各种说法都有，有的说王永浩捡到宝，有的说李术英昏了头，村庄里的闲言碎语如风一般拂遍每个角落，敲打着这对新人的心。新婚那夜，握着李术英的手，王永浩立下了坚定的承诺，这辈子一定要让她过上好日子。只是那个时候，他并不知道，他们这一生的命运会如此坎坷波折，挣脱贫困的誓言实现起来会这么艰难。

成婚之后半个月，小两口便分家另过。房子只分得了一间盖着茅草的土墙屋，粮食只有几篮子土豆和不足百斤的玉米，填不饱肚子不说，还另外分到了一百元债务。巨大的困境摆在这对新婚夫妇面前，压得他们心头沉甸甸的。李家父母那边，因为一直反对这门亲事，心里憋着一口气，自然也不会施以援手，甚至后面三年内，二老都没有踏足这个贫家一次。

身陷泥淖，总得自救。

入春以后，两人在分到的几亩贫瘠土地里开始了春耕。种子种下去，希望也随之升起来。因为海拔较高，这里只能出产土豆和玉米。他们相信，只要付出比别人多一倍的辛劳，就一定能换回来他们想要的幸福生活。

除了种地，王永浩还有另一门手艺——砌墙。农事暂歇的时候，他便跟随村人外出揽活儿，日工资虽仅有二元三元，但总是慢慢有些进项。

进入5月以后，家里仅存的那点儿粮食彻底吃光了。为了填饱肚子，他们只能每天到荒地里挖野菜，捡别家遗落在地里的土豆或玉米。那些年里，多亏了邻家的帮衬，邻居们偶尔会给他们背来时蔬，菜成为他们的主食。生活便是这样一日一日苦度。

有一年，因为众人都看得见的艰难，王永浩夫妇还以青壮之身被评上了村里的救济户，凭救济票可以到乡里的粮库领到一百二十斤玉米。

后来，王永浩在外做工，每月可以挣到近三十元的工资。他们几乎没有花过什么钱，每一点收入都会记到家庭的账簿上，作为购买家庭物品的开支。生了病，也是不会买药的，即使是再重的病，他们都是苦撑。

一顿免费的午餐可以换到走村串户的算命先生编织的命运谎言，可以治疗常年劳作后疲倦的心；一些不知名的树叶和葛藤，随意熬成黑乎乎的汤药，竟也可以治愈胃病、嗝食、发烧等常见的身体病痛。最艰难的大半年扛过去，到了秋天，地里的玉米收获了，虽然吃的仍旧是糙粮，但毕竟不再似之前那般喝着清汤度日。自此以后，王永浩外出砌墙挣钱，李术英在家养鸡喂猪。除了种庄稼，他们还辟出几亩荒山种上了黄连。在村子里，虽然他家依旧很穷，但毕竟在一天一天变得更好。

岳父家的门还是难进，但孝心不能丢。每次去，王永浩都会借口路过，带上土鸡和鸡蛋放到岳父家门口，以此一点一点消释掉两家人之间的隔阂。

1985年冬天，山中贫家的第一个孩子出生。许是孕期营养不好，许是母体太过劳累，这个孩子只活了九天，便夭折了。两人心中多有悲苦，却也无计可施，只得寻一处幽僻之地，草草掩埋了那羸弱嫩骨。

隔年以后，又一新儿出生，夫妇一商量，取名王轩，寄望此子能气宇轩昂，茁壮成长。寒门孩子自小在泥地里摸爬，体格自是健壮，偏这王轩许是遗传了外婆家的书香之气，自小就颇有几分灵气。能走能跑后，常常跟随母亲下地，虽帮不上忙，却也是一种陪伴。每次王永浩离家做活儿，小儿也是恋恋不舍，温润软语扫尽之前的各种阴霾。这个家是越来越像一个家了。

因长子夭折，夫妻二人得政策允许，于1989年6月生下第三胎。计划生育管得严，李术英再产后便同时做了绝育手术。半年后，哪知灾难再次降临，不足半岁的小儿又患上肠梗阻。夫妻二人用尽了村野偏方，症状未能稍减，无计可施，只得求助于在汪营镇小学教书的舅哥。其时两家隔阂已然冰释，大舅也担心外甥病情。几经波折，终于住进了汪营卫生院。许是偏方延误太久，许是幼儿体格太弱，住院一星期后，还是未能救过来。半岁孩儿，相伴日久，也早已有了感情，夫妻二人呼天抢地，大哭几场，终不得不接受这残酷命运，两人再次在山中寻一僻地，埋儿于林泉之下。自此以后，夫妻二人守着王轩，更视其为延续这磨难之家的唯一血脉，金宝贝般疼爱着。

他做了打工浪潮的排头兵

20世纪90年代，一股外出打工的风潮开始在这荒僻山间兴起。村庄少壮纷纷外出，目的地多是沿海一带，所干之活有进厂、有伐木。人心浮动的年月，没有人愿意再固守山野。夫妻二人一商量，要想多挣钱，早日脱贫致富，唯有外出。1990年春天，王永浩洒泪别过妻小，做了这股打工浪潮中的排头兵，满怀希望地选择了北上京城，去为这个家寻获致富的希望。

几经辗转，王永浩在北京密云一家砖厂找了份制砖的工作。从大山深处而来，且背负着一家老少的希望，干活儿自然格外卖力。一年以后，勤劳肯干的王永浩工资渐涨到了每月三百。除去必要的开支，王永浩把剩下的钱全部寄给李术英存上。存折上一天一天上涨的数字和一月一封的信，维系着两人之间相濡以沫的感情。通信里，除了提及家事外，两人还会写上一些思念的诗句，以此表达那份鼓励和支持。

每年春节回家，王永浩都会给妻子带上一些外面的新奇玩意儿。因为感念着妻子当初的坚定相随，王永浩对妻子一直心存着更多疼爱，这也让两人的感情在这山野里显出了几分浪漫。

1992年春节，王永浩给李术英带回了一台录音机。虽然依旧是破败的老屋，但山野里传出的美妙旋律依然吸引了周边的邻居前来围观。大家围坐在一起，听王永浩讲外面的精彩生活，也感受这个曾经的贫弱之家逐渐生出的变化。

那些日子，难得团聚的一家三口终于享受到了属于他们的天伦之乐。晌晴的天气，三人便一起爬上红板云村后面的高山上四望。

站在那里，整个村庄尽收眼底，鸡鸣狗吠，虫鸣松声，都可以听到。极目处，是莽莽苍苍的齐岳山，高大绵延，似乎一直伸到天的尽头。另一面，是幽深狭长的建南大峡谷，隐于群山中，看不真切。王永浩想起幼年时的梦想就是翻过这座大山看看外面的世界。这片大山实在是太穷了，日子单调乏味，看不到半点儿希望，祖祖辈辈都在和贫困作斗争。那些苦如影子一般追随着他们，摆不脱甩不掉。那时，他不知道自己的未来会是什么样子，也不知道有没有一条路可以引着他找到那希望。

黛青的山顺势往下，到了最底部，自成一条深沟。一条大河在沟底流动，这便是建南河。在山梁上，可以看到它流动的轨迹，一直伸向视野的尽头。有河的地方便是繁华的世界，便不似深山里这般永守苦涩的寂寞。所以王永浩的记忆里，曾经无比向往那与繁华世界连接的沟底，仿佛去那里就是成长的动力。那高远的天空，潜藏着心头亘古的寂寞和荒凉。

他已经很久很久没有仔细听过村庄的蛙鸣和虫唱了。披星戴月往来奔波的日子，他也没有闲心安静下来想想过去和未来。他曾无数次想放下手中的活儿，回到那片熟悉的土地，侍弄庄稼，可是他放不下，这一条路，是时代逼着他走上去的。他一个人的抗争，显得无力而又可笑。

现在，村子在一天一天变化，周围的荒山差不多都被村人种上了黄连。虽然村庄少壮多半都在外打工，但这个村子丝毫没有荒寂的样子，各家的日子都在慢慢变好。娶了李术英，王永浩知足。这个女人，比他想象的还要能吃苦，这几年一个人在家又种庄稼又带娃，还养了几头肥猪。虽然他承诺给她的幸福生活还没有兑现，但现在，他们正合力同心地走在这条路上。

“要不，我们把家里的房子翻修一下吧？修个平房，不漏水的那种，你们住着我也放心一些。”有一天，在从地里回来的路上，王永浩试探性地说出了心里的想法。

“修房子？”说真的，在李术英心里，还从来没有想过。

虽然他们的存折上已经有了一笔之前从未敢想过的数字，但这个数字，要拿来修几间大房子，还差着一大截呢。自嫁给王永浩以来，他们这个小家一直的目标，都仅是把肚子填饱，不要再挨饿。

“是啊，修个房子。钱，我来挣；力，你来出。”

那天晚上，两人找了几张纸，把房子的草图绘了出来。三进三间，两楼半，水泥、钢筋、火砖分别要多少？大概要多少工时？钱大约需要多少？他们都一一做了估算。对美好生活的憧憬化作了他们抗拒疲劳的动力，每一句对话，每一个想法，都让他们的心激动而快意。

1993年的春天很快来到了。经过了一个冬天的酣眠，村子里重新焕发出生机。春风吹过，大地回暖，山冈泛起新绿，墙边地角渐渐生出一些小草，沉睡了一个冬天的生物次第醒来。虫声叽叽，小雨淅沥，这是一个多么美好的季节，这是一片多么迷人的土地。

按照王永浩的安排，他想让李术英把所有活儿都承包出去。他不忍心妻子跟着自己吃了多年苦，还要受这么多累。但李术英的想法不一样，她只想为这个家节约更多的钱。三间屋子的地基土块，她一个人起早贪黑挑了出来，整整两个多月时间里，她没有雇请一个工人。

当年年底返乡，三大间房子已经立在了老院子旁边，与周围住户低矮的土墙屋比起来，多少有些鹤立鸡群的感觉。虽然再次欠下了不少债务，但生活有了奔头。现在，他们有了一个亲手营建起来的温暖的家。以后，只要再挣上两年钱，把债务还清，一切就都好了。

泪水与苦水

转眼之间，王轩已经到了要读初中的年纪。那时的王永浩也已放弃了北京砖厂的工作，辗转到了广东佛山一家养殖场。他想多学一点儿养殖技术，以后回到老家自己办一个养殖场。在外漂泊的日子里，他曾经做过多少次梦。梦里的山村宁静安详，那里的乡亲日出而作，日落而息，他们不知道外面有一个花样世界，他们只是日复一日、年复一年地往来耕作，生息繁衍。这是他的乡土，也是他曾经的生活。在梦里，他努力伸出手去挽留，可是抓到手中的只是一片燥热的空气。他常常在静夜里流下泪来。他不知道他为什么悲凉，也不知道这悲凉来自何方，又将终结于何处。他想早一点儿终结这样的漂泊，回乡守在深爱的妻子和儿子身边。现在，他找准了一条路，只是还处在积攒本钱和技术的时候。

有一次，在与李术英的通信中，他们讨论了儿子王轩上初中的事。妻子希望把孩子送到汪营大舅家寄住，那边的初中教学条件肯定会比建南这边要好。儿子是他们的希望，更何况他还是一个很听话懂事的孩子。

收到信的时候，王永浩突然有了一个新的想法。既然孩子寄放到了舅家，那为何不让妻子也出门打工挣钱呢，既学到了养殖技术挣了钱，又不用两地牵挂，而且自己深爱的妻子再不用一个人那么辛苦地独撑这个家。当他把这个想法告诉李术英的时候，李术英一时竟没有反应过来。家里养了10头母猪，还喂了上百只蛋鸡，地里还有庄稼，山上还有药材，这些又怎么能放得下呢？

但是这次王永浩的拗劲儿却上来了，信一封接一封地寄给妻子，还给亲人们写了信，让他们来做李术英的思想工作。李术英也终于有些动摇了。那年夏天，她处置完家里的事务，把孩子安顿到了舅家。

当年8月，这个从未离开过家乡的女人，生平第一次坐上了南下的长途车。她不知道迎接她的明天会是什么样的，但她知道，等在那里的浩哥是她这辈子最愿意相依相守的人。

分别多日的两人在异地重聚，自然有一种别样的激动。王永浩早就给李术英把工作找好了，就在同一家养鸡场，做饲养和包装工作，这比在家做农活儿要轻松得多。两人在附近租了一间小房子，像模像样地过起了日子。在外多年，王永浩的那颗心终于找到了归宿，不再孤单。

那段时间，是他们夫妻在一起最快乐的一个时期。每月有稳定的工资收入，工作也做得顺心如意。家里的房子修好了，债务也还清了。无论是在王家还是李家，他们的日子都算是过得很好的。心里的自信见于言行，逢到周末，两人骑车郊游，一路哼歌打闹，成了厂子里人人称羡的一对快乐夫妻、神仙眷侣。

如果安详之景这样永远，平静之光一直朗照，王永浩一家亦会同村庄别的人家一道，在经历磨折之后，终走入正轨。可是在遥远家乡的山野里，偏偏死神之眼已经盯上了两人唯一的根脉王轩。

成绩优异的王轩自小一直谦和懂事。每逢周末回到家中，总是主动洒扫，深得舅舅舅妈喜爱。那一年，临近放暑假了，王轩回到家里，感觉有点头疼，便早早睡下了。一家人也没有太在意。临睡前，舅舅还去看了他一次，睡得很沉，毫无异相。可是第二日早晨，惯于早起的王轩却没有动静，待舅妈去看时，发现孩子已两眼青紫，气若游丝。

大惊之下的家人立即唤来镇卫生院医生，医生来时诊断，确定是夜半癫痫病发作，头被自己严严实实地捂进被子里，呼吸不畅，窒息身亡。

消息传到广东，王永浩夫妻二人无法接受这个残酷的现实。当初离开时，还是一条鲜活的生命，何以突然就变成了这个样子。

三个儿子相继离世，这样的打击任何人也无法承受。两人立刻准备买票赶回。但王永浩深思之后，觉得妻子回家见到儿子遗容，心内痛苦定然更盛，便忍下巨大悲痛，劝告妻子不要返回，儿子后事全部交由大舅哥一手操办。心善的舅哥原本心中有愧，知其心意后，便置办下一副棺木，将外甥拉回建南老家安葬。以后夫妻二人回乡，也一直未去寻儿子坟地。这份痛，他们宁愿永远深藏在心底。

李术英心中悲苦无法向人诉说，只得向老板告假，终日躲在房中以泪洗面，生生咽下这中年丧子之悲。思念之心无处不在，有时候走在街上，看到与王轩年龄相仿的孩子，她就不自觉跟了过去，一直跟着走，很多次被人当成了疯子。王永浩知道妻子内心悲苦，便也向厂里请了假，终日陪伴在妻子身边。

产下第三子时，李术英已经做过绝育手术，她知道此生再也无法为王永浩养育一个子女，便主动提出了离婚。但一路风里雨里过来的夫妻恩义，怎能说断就断，王永浩死活不同意。李术英甚至多次想让王永浩再去花钱找人生一个孩子，她情愿当成自己的骨肉养大，但被王永浩干脆地拒绝了。

每日里胡思乱想，心中淤积的痛苦日甚，由此种下了病根。自此以后，李术英的身体每况愈下，再不复之前那般身健体康。

李术英的言行与之前大异，同厂同事私下也有察觉，背后多有私语。偏两人不愿拿自家的痛苦示人。商议之下，两人决定辞职另寻一份工作。

辗转半年，换了几次工作，多不中意，二人便又商议回乡。回程之前，在李术英的坚决要求下，去医院把输卵管重新接上了。虽然再孕的希望渺茫，但李术英愿意去跟命运再赌一次。

建南红板云那个家，他们是不想回了。他们请大舅哥在汪营街上租下了一处民宅。换一个环境，做点儿小生意，或许可以慢慢化解心内的伤痛。

租住汪营街上仅几天，一日晨起，王永浩的门前多了一个竹背篓，里面有一个两三月大小的女婴。也许是周围住户知道这家的遭遇，故意把弃婴放到了门前。善良的夫妻二人一商量，决定接受这个从天而降的孩子，为她取名王琦琪。

为顾忌流言，也不想终日面对别家同情的目光，夫妻商议，决定去汪营插旗林场租一片土地搞养殖。冬天，他们带着养女，在山上搭了一间茅草屋，买了60多只羊、十几头牛，开始了养殖之路。其间，一直不死心的李术英又到县城人民医院检查了两次，但每次医生都告诉她，输卵管重接手术的再孕概率很小，何况，她已年近四十。绝望之下的李术英多次向王永浩表达了再次手术的想法，但都被他拒绝了。血脉固然重要，但他更心疼自己妻子的身体，何况现在他们又有了一个养女。

命运的捉弄总是在你毫无准备的时候到来。就在他们已经放弃再生养孩子的希望时，李术英竟然神奇地怀上了第四胎。足月生产，又是一个男孩儿。对于这个意料之外到来的孩子，疼爱之余，两人更多是对命运的感慨。想这人生，总是处处充满了转折。那些希望，可能就在你看不到的转角处。

重燃生活希望的两人也开始了对家庭生活的再次规划。几番辗转，他们先后到了江苏常州、苏州等地，揽一些建筑活儿。由于带着两个孩子，且年幼的儿子又耐不住热，常常中暑，一路兜兜转转间，两人又决定回到老家。

之后几年，他们先后在汪营梨花岛、插旗林场等地租住养鸡，后又决定回到老家红板云。多年积累下的养殖经验，让他们的事业做得顺风顺水。最高峰的时候，两人养了上千只土鸡，年收入近十万元，已俨然成了村中首富。

夫妻二人每日往来于家和鸡舍之间，手牵养女，怀抱亲儿，不时哼唱几声。村庄人家亦受其感染，开始感叹人世之事，无非轮回。王永浩一家受尽磨难，此时方苦尽甘来。

山野的日升日落间，变换的只是四时的景致，但是那山那时光却是亘古一般的缓慢悠长。

儿子王耿长到4岁的时候，这个波折之家再次被命运之手无情捉弄。不知何故，王耿先是噩梦惊悸，再是言语失常，再后来发展到乱砸屋里的东西。送到乡镇和县城医院，也找不到病根，自然无从下手治疗。

那半年多时间里，夫妻二人无心打理养鸡场，带着儿子去了临近的成都、重庆等地。几番折腾下来，症状没有丝毫缓解。两人商议，为今之计，一边是养女还要照顾，一边是生活还要继续，都需做长远打算。

自2005年起，两人开始了明确分工，王永浩在家带王琦琪，继续种药材、办养鸡场，李术英带着儿子四处治疗。这条艰辛的求医之路，一走就是12年。

那些日子，李术英独自带着王耿赶车投宿住医院。她经常是背上背着大包，装着各种衣物；一手紧抓着孩子，另一只手上挎着装着吃食的包。衣服上还拴了一支笔，一路询问行程站点，再写到手臂上。因为前些年淤积的伤痛太多，她的记性已经很差很差了，她实在无法记住那些陌生的地名。

虽然言行狂躁，异于常人，但王耿的个子却蹿得很快，10岁左右便超过了母亲，出门求医的时候，李术英愈加费力了。有时候，在饭店里吃着饭，王耿会突然把饭菜掀翻在地，然后跑出去，李术英还要一边跟老板和食客道歉，一边把孩子追回来。旅店老板看到王耿的样子，都不敢收他们留宿，母子二人曾经多次在异乡城市的街头露宿。最难的是上厕所，因为不敢放手，王耿一直都是跟着母亲上女厕所，个子大了，难免惹人非议，李术英只得耐心解释。个中艰辛，都化作了路途中暗自洒下的那些清泪。

十几年的治疗下来，脚步遍及全国十五六座城市。家里原有的积蓄花光了，还欠下几十万元外债。幸亏夫妻二人多年积攒下的良好口碑，村庄人家都愿意为此磨折之家伸出援手。但无论怎么努力，王耿的病仍未能治愈，只是在药物的控制下，症状比之前稍有缓解。不管如何，于夫妻二人总也算是一种安慰。

嫁给你，我从不后悔

山野清风传述着这个家庭的种种磨难遭遇。曾经的富裕之家，因恼人的命运，陷入更深的泥淖之中。而夫妻二人乐观积极的心态却又感染着乡邻。在村中，勤劳不怕吃苦的王永浩被称为“铁汉”，成为村子里人人称道、敬重的人。

王永浩的困苦，帮扶干部和乡亲们都看在眼里。2013年，红板云村将王永浩纳入建档立卡贫困户，一系列帮扶政策开始向这个贫弱之家倾斜。干部们经常上门帮着照料王耿，还发动帮扶单位和村民捐款，偶尔能解决燃眉之急。因这些关心和关爱，夫妻二人重塑信心，决心种植药材，发展养殖，奋力脱贫。

然而，历经了种种磨难之后，上苍并没有给这个苦难的家庭予以眷顾，厄运再一次降临到王永浩家中。

2015年正月里，从小体弱多病的李术英，突然感觉身体不适，双脚无力，到医院检查，患上的是胸椎黄韧带增生。儿子的病早已根治无望，家中外债压头，看不到任何转机和希望，如今自己又患上了这莫名顽疾，李术英的心中泛起一阵阵绝望之感。一番思虑之后，她决定隐瞒这个病情，先拖上一拖，因为家里实在拿不出更多钱来治病了。她不希望这根稻草把已经折磨得不成人形的王永浩彻底压垮。

到了6月，李术英的病情进一步恶化，逐渐发展到瘫痪的地步，卧床不起，大小便不能自理。再也瞒不住了，李术英只得把诊断书拿给了王永浩。面对再次从天而降的灾难，夫妻二人咽下苦痛，不论如何，生活还要继续。这一地烂摊子似的生活，还需要两人鼓足勇气，慢慢拾掇。

王永浩决定将自己的土地全部改种中药材，这样才能产出更多的钱给妻子做手术。农忙时，王永浩家里、地里两头兼顾，常常忙得吃饭都没有时间。农闲时，他把家里的事安顿好后，就到附近工地挣钱，工地上别人不愿干的苦活、重活、脏活他都一一接下。

2017年1月18日，王永浩揣着省吃俭用存下的3.8万元和借来的12万元，带着妻子走进武汉同济医院。手术还算成功，但多年累积下的病根，让李术英的恢复期变得很长。两个多月的住院费用达到16.5万元，报销之后，王永浩还要自行承担11万多。手术后的李术英病情好转，能缓慢行走了。更让王永浩高兴的是，李术英在家还可以放下拐杖，做些洗碗、扫地之类的家务活。

这一年，李术英的堂兄弟李端午将自己流转的土地无偿交给王永浩种植中药材，支持他发展产业。尽管距离较远，但他还是一口气种植了十多亩黄连，十多亩贝母。

“黄连要五年才能收获，贝母最多只需两年，这样长短结合，才能满足家庭需要。”王永浩给妻子算账。

之后，他又养殖了11头牛、近2000只土鸡。土鸡共出栏两次，第一栏挣了钱，第二栏因为鸡瘟，反倒赔了一些。后来，王永浩停止了养殖，将全部精力转移到了药材种植。红板云村的很多荒地，都被王永浩利用起来；荒地不够，又以每亩每年200元的价格承包了30多亩地。这个受尽磨难的土家汉子，发誓要用一己之力，再次走上脱贫致富奔小康之路。

2017年5月，利川市委书记沙玉山到建南镇红板云村督导精准扶贫工作，在路边的黄连地里见到了正在拔草的王永浩。一番详细了解之后，沙玉山对眼前这位受尽磨难却积极乐观向上的土家汉子肃然起敬。此后，沙玉山又先后三次到王永浩家看望慰问，帮助制订发展规划。

建南镇及村支“两委”对王永浩及时给予关怀帮助，为其申请了贴息贷款10万元用于发展产业，聘请他为村里的护林员，每年可以领到几千元工资。

有了政策支持和工作队的帮助，王永浩的信心更足，药材种植投入持续不断。到2019年，王永浩种植黄连20亩、黄连苗30余亩、贝母15亩、何首乌4亩、马蹄大黄3亩。让人难以想象的是，逾72亩的中药材，全凭王永浩一己之力完成，搭棚、除草、施肥，从来没有请过帮手。

每天4点半，王永浩准点起床。起床后第一件事就是煮早饭，服侍妻子俩吃完饭，自己再下地干活。为了节约中午往返家里的时间，他每天自带中饭，在地里简单吃点，继续干活。后来，一位亲戚买了个保温桶送给他，王永浩才告别中午吃冷饭冷菜的日子。天黑时候，王永浩才从地里回到家中。他就像一头老黄牛一样，不知疲倦。

因为失于整修，当初李术英以一己之力修建的那三间房子已经破败不堪，渐渐成了危房。2018年，村里又将他们纳入了易地搬迁户。2019年底，坐落于建南镇建竹溪街道背后的易迁安置房竣工。在老屋里过完年，他们一家就要搬进新居了。

那些天，王永浩一边收拾着家里能带出去的东西，一边打理着黄连地。得空的时候，他还要去周边到处走走看看。老屋附近的村村寨寨，他都太熟悉了。这些年，在这片叫罗家院子的地方，他经历了生活带给他的希望，又承受了太多的失望。两个幼子的坟是他自己垒的，如今都化进荒草丛里。还有那个曾经是他们的希望的儿子王轩，虽然直到现在他们夫妻二人都不知道舅哥当初把他葬在了哪片山野，但王永浩能感觉到儿子就在身边。

这生活真是有着太多意料之外的苦痛和希望啊。人生的起起落落间，他们曾经历过最彻底的绝望，又一次次站了起来，触摸到了新的希望，虽然依旧邈远，可是毕竟已经看得见摸得着。儿子的病根治是不可能了，还好养女王琦琪听话又懂事，这个渐渐长成大姑娘的孩子已经知道了自己的身世，但丝毫没有影响到她对这个家的依恋。李术英虽然不能帮着王永浩下地干活，但毕竟能重新站起来走路，也能在家帮衬着做一些家务，这都让王永浩感觉到了生活有新的奔头。

村里的“尖刀班”队员经常都会来到他家，送钱送物，带来更多的是一种温暖。因着这些，王永浩没有任何放弃的理由。生活就是这样，有时候，你最初明明只想做一棵低矮普通的灌木，但偏偏在各种磨砺中，却渐渐长成了一棵能与风刀雪剑相抗衡的大树。

2019年腊月廿九日，是王永浩最难忘却的一个日子。他这辈子要记住的悲痛日子已经太多，可是这一天，是以一种快乐的记忆融入了他以后的生活。

家里来了几位陌生的客人，有些他认识，是镇里的领导和村里的“尖刀班”队员。有些不认识，经人介绍，他才知道是中央电视台的记者。在新年贺词里，国家主席习近平提到了要关心贫困户、易迁户怎么过春节，各级媒体闻令而动。王永浩根本没有料到，自己这个贫弱之家会进入他们的视线，这些记者不仅要跟他一起过春节，还要把他的日常生活都拍下来，以此激励全国九千多万贫困户一起鼓足勇气，阔步迈进新的一年。

大年三十这天，王家和李家的亲戚们都来了，大大小小一起竟有三十多人。多少年了，王永浩和李术英的家庭遭遇曾经牵动着这些亲人们的心，他们也曾以各种方式施以援手，就像当初两夫妻曾经帮助他们一样。

家里的桌子全部清出接在一起摆在堂屋里。菜呢，有的是王永浩自己种的，有的是亲戚们自己带过来的。饮料啊酒水啊，有的是邻居给的，有的是“尖刀班”带的。林林总总，堆在屋角一大堆。李术英行动不便，上灶的活儿，大家都抢着干。这个家已经很多年都没有这样热闹过了。这会儿，王永浩反倒成了一个闲人，这里走走，那里看看，不知道怎么帮忙。

看着眼前的这一切，王永浩脑子里有些恍惚。他想起那些年里，自己和李术英刚刚成婚，一切都是那么有希望，可是后来，他们在命运的各种击打中直不起腰，甚至一度颓废无望。穷过也富过，恼人的命运一再让他一无所有，他们苦苦撑着的这叶家庭之舟甚至一度走到倾覆的边缘。所幸，无论在怎样艰难的境遇里，他们都相互支撑，一直向前走着，直到渐平稳，渐顺利。

年饭上桌，满满一大桌子。端着酒杯，王永浩心里有万千感慨。这一路，他要感谢的人太多，想要说的话太多，一向健谈爱笑的他竟不知从何说起，手有些微微颤抖。

一旁的妻子李术英却抢先开了口：“今天，我要敬我丈夫王永浩一杯，感谢他对我的不离不弃。结婚34年了，我们两个人坎坎坷坷走到今天，他从没抱怨过，在我面前总是乐呵呵的。我亲爱的丈夫，嫁给你，我从不后悔，我爱你！”

李术英泣不成声，一饮而尽。

这番绝没有提前排演的祝酒词，从一个受尽磨难且身体尚未康复的农村老妇口里说出来，令现场每一个人动容。

是啊，云山深处的村寨里，潜藏着太多因自然条件、地理位置，甚或灾难、疾病等各种不可抗因素侵蚀着的酸楚贫穷。在战贫这条路上，这里的人们所走的路远比山外更加漫长艰难。无论是扶贫干部还是贫困户，他们经历的、忍受的都要比想象中的多得多。可是到这一刻，当酒杯端在手中，当希望之春降临大地，所有的所有，全部化作一腔豪情和对新生活的憧憬！

农历正月初一，央视《新闻联播》以《老屋里的最后一顿年夜饭》为题，用近四分钟时长报道了鄂西南大山深处的土家汉子王永浩不向苦难低头，自强不息、奋力脱贫的事迹。《新闻直播间》《新闻三十分》等栏目也相继播放。这位57岁的土家汉子大半生战贫壮举感动了全国亿万观众。

那天晚上，得知消息的王永浩特意把春节前建南镇政府送过来的新电视机安装好，一家人坐一起静静等待《新闻联播》的播出。当电视上出现熟悉的村寨场景，出现一大家人吃团年饭画面的那一刻，待在一旁安静地玩着拼图的王耿突然站了起来，指着电视大喊："那是爸爸，那是妈妈，那是姐姐，那是我们家！"

多少艰辛，万千感慨。灯影里，几个人无声泪下。

第十章　“沙　砾”

一定要让他回村

在咸丰县清坪镇小河村党支部书记李华军的心中，有两个日子是他一生中永远不会忘却的。

第一个是2017年12月5日，不知为何，他竟然鬼使神差地答应了清坪镇党委委员、纪委书记谢睿的邀请，回到家乡小河村当起了这个重点贫困村的党支部书记，从此改写了自己下半生的命运。

小河村不大，地形就是一条V字形的山沟沟，左边叫“冒河山”，右边叫“中岭”，山间流过一条小河，是从邻近的小村乡水杉坪流过来的，到下面的付家院子汇入唐崖河。这条河，李华军是再熟悉不过了，以前自己家的那几间破旧老屋就在小河边上，上小学时就读的那个村小学也在河边上。从家到学校要走三十多分钟，这段路程，他整整走了四年，直到五年级时才到二台坪住读。后来上初中就到了清坪镇，路程越发远了，每个星期还要自己背着粮食走大半天才能到，但无论多远，这个偏僻的小山沟里有他牵挂着的家。

那时候的小河村还很穷，而在孩子王李华军的心中，却是一片乐土。自小在这条狭长的山沟沟里长大，他熟悉这个村子里的一草一木，知道哪片山上长板栗，哪段河沟能摸鱼。山野里流传的那些古老传说，他也能记得清清楚楚。二组山里的一处岩石下面，传说以前这里住了一个善良的老太婆，总是把自己家吃不完的米送给邻近的住户吃。那时，哪家都吃不饱饭，哪里能奢望每顿都能吃到白米饭呢？周围的人们就悄悄去观察，原来老太婆屋后的小山洞里，每天都一颗一颗往外漏米，从早到晚刚好一碗。发现秘密的村人自然不会放过这样的好机会。老太婆下地之后，他们拿了钢钎和锤子去砸那个洞，想要把口子开得更大，弄出更多的米来。谁知锤子一动，里面再无一颗米漏出来。不甘心的村人继续开凿，直到挖成了一个大窝子，也见不到一粒米，大家只好失望而归。回家后的老太婆看到这个场景就明白了怎么回事，第二天便搬离了这个小山沟，不知所终。

自此以后，村子里越发穷了，河边的水田也再种不出一颗米，整个村子的人只能靠种红薯、玉米和土豆糊口。多少年过去，传说越来越久远神秘，村子里的穷也一直未改变。人们回想着这个故事，许是回味许是憧憬，便把这里叫作“米寨窝”。

除了种地，村子里的人几乎家家户户都养猪牛羊，这是贫瘠深山里唯一可以变钱的办法。山大人稀，地里刨食的人们并没有那么多时间去料理它们，所有牲口都是放养。村子里没有通公路，牲口运不出去，只能杀了再背出山外去卖。幼年的李华军，就是在这大山里背着竹背篓一步一步爬上中岭那片山，再上到二台坪。

20世纪80年代，村子里只有少数住户能点上煤油灯，大多数人家都到深山里寻找一种油松，砍回来劈成块，放在房檐下阴干，到了夜间点燃照明。砍油松费时费力，人们便尽量节约着烧。一到夜间，整个大山沉入夜色之中，很难觅到一星两星灯火。

没有产业，没有出路，荒寂的岁月在这山里显得越发漫长。

直到1994年，小河村才拉进来第一根电线。照明是有了，虽然灯光依旧昏黄。村子里慢慢有了几台黑白电视机，屋顶上架上天线，也能接收到一点信号。满屏雪花，村子里的人挤在一起，却看得津津有味，夜色笼罩下的大山里终于有了一点外面世界的声音。再后来，有的人家买了打米机，但低电压根本带不动机器，只能等到夜深人静大多数村民都睡了，才能启动机器。

后来，村子里开始挖土修公路。路是从山顶上的二台坪村接下来的。先是村委分段，把任务平均分配到各小组，每组负责开挖一段路基。小组长领到任务后，再回来分给村民。有的路段是悬崖，有的是荒山，任务分不平均，就抓阄决定，难易全凭运气。

差不多有三年时间，一到冬天，全村家家户户都带上工具上山挖路。劳动的场面称得上壮观，辛苦的程度也是不可想见的艰难。李华军家抽到的是半山大拐弯处的一段。每天早上6点一家人就起床，背上干粮和水，带上锄头和钢钎，辛苦一天，只能挖出很短的一段路基。土路挖通后，山里依然很荒寂，坡太陡，每年开进村里拉肥料和牲口的车不会超过10辆。

大山里依然很穷。为了挣钱，有的人进山挖草药，悬崖绝壁上掉下送了命的就有好几人；有的人上山砍树烧炭，一家人常住山中，终年蓬头垢面。更多人选择了外出打工。几年间，一千多人的村子走得只剩下二三百人，剩下的多是老弱病幼。挣钱的到镇上买了房子，再也不回这个山沟沟。大多数人都挣不到钱，一年到头的辛苦，换来的只是过年回乡时那几天短暂的潇洒。

看不到希望的日子就像山间那条小河，每天都在乏味地流淌。

1999年，就读于恩施财校的李华军报名参军，成了小河村里走出去的第一个军人。那天早上，挥别送行的父亲，李华军在二台坪坐上了开往咸丰县城的车。看着车窗外渐次消失的家乡风景，李华军在心里暗暗发誓：无论以后怎么艰难，都再也不要回到这个小村庄。

2001年，从部队转业回来的李华军留在了县城，跟着一班咸丰籍的战友们开始了艰难的创业。十余年间，从最初的跑客运班车做起，再转行到建筑工地零星包些小工程，能吃苦、不怕累且果敢率真的李华军慢慢成了一名包工头，手底下有了几十名工人；在县城买了房，还买了车，娶了妻生了娃，远在小河村的父母也被他接进了城里。忙碌的一天天里，李华军身上的土气渐渐褪去，活得越来越像一个城里人了。

回小河村的时间越来越少，除了年节回乡祭祖，他这个在部队入党的党员还曾回村参加过几次党员会，但都是行迹匆匆。穷也好，富也罢，那片山水和他李华军再没有太大的关系。他对这方山水有感情，但那顶多只是午夜梦回时留在童年记忆里的乡愁，就跟他时时梦到在部队和战友们一起站岗执勤一样。

可是，让李华军没有想到的是，当他在咸丰县城做着再拼一阵子就能当个小富翁的美梦时，已经有一个人悄悄地“盯”上了他。

2017年9月8日，李华军承包的工地正在进行铁塔排险，忙得一塌糊涂。手机响了，打电话的人是清坪镇纪委书记谢睿。

“李老板啊，我是你老家小河村的包片干部谢睿。你是小河村的能人啊，关于家乡的发展，想听一听你的建议。我想请你吃个午饭。”电话里，这个陌生的谢书记满是真诚。

手上活儿正忙的李华军自然是不想去吃这个午饭的，一来因为忙，的确抽不出时间；二来，他也有点怀疑这个谢书记请这顿饭的真实意图。当官的人，谁知道葫芦里卖的什么药呢？再说，他们之前连面都没见过。

“感谢您的好意，我这里实在走不开啊。后面有空了我请您吧，感谢您为我家乡的付出。”多年的摸爬滚打，李华军也学会了用恰当的方式来婉拒。

“现在没空没关系，我反正已经在县城了，我等你就是。你忙完了给我回电话，我先找个地方等你。”简短的言语，却是不容推却的真诚。

“等就算了，这里正在排险，实在不知道要多久时间，以后我再拜访您吧。”说完这句话，李华军匆匆挂掉了电话。

排险工作整整搞了三个半小时，结束时已是下午3点多。李华军早就忘了谢书记要请吃饭这件事。收拾器材准备回家的时候，谢书记的电话又打了过来。

“李老板，你那里搞完了吧，我还在等你呢。要不，我过来接你？”依然是诚挚的语气，没有一丝一毫的不耐烦。

一丝内疚涌上心头，不管这顿饭的意图是什么，就冲人家这样耐心等待几个小时，李华军也觉得应该要去见见这位谢书记。

李华军来到咸丰观音桥的一家餐馆时，差不多快到4点了。午餐沾不上边，晚餐时间还没到，正是餐馆里安静的时候。李华军一眼就看到了坐在窗户边上的谢书记，乍见之下，竟觉得有几分眼熟。李华军想起来了，应该是以前在清坪镇政府里见过，但没有讲过话，也没有这样近距离面对面。

见到李华军进来，谢书记起身相迎，一脸热情的笑，看不到一点久等的不耐烦。

“真的，当时一看到谢书记，瞬间就有了亲热感。可能是因为内心的歉疚，也可能是年纪相仿，心里的距离一下子就没有了。”李华军后来回忆说。

就着几碟子小菜，两个80后的同龄人像一对老朋友那般闲聊。话题从小河村的村情说起，再聊到这些年李华军的创业过程。谢书记也讲了一些自己之前的经历。李华军慢慢知道了，眼前的这个清坪镇党委委员、纪委书记，也是土生土长的咸丰小村乡人，之前在咸丰县民族中学执教，后来考上公务员到了鹤峰县中营镇，慢慢成长为党政办主任，后来又调到咸丰县清坪镇工作。

“脱贫攻坚工作开始后，我们镇党委班子成员都要包村，少的两三个，多的五六个，任务都重啊。当时我一想，我在党委班子里年龄最小，理所应当挑最重的担子，便用排除法，把最偏远的鱼塘湾、小河、二台坪等几个村主动包过来了。后来镇党委班子觉得我任务太重，又把临近集镇的龙潭司村调给我了。其实啊，包村就跟你们当老板包工程一样，方方面面的工作都要负责，唯一的不同是，你们能赚钱，我们是工作，只能讲奉献。”说起与小河村的缘分，谢书记眼里闪烁着深情的光芒。

这几个村，李华军都是熟悉的，尤其是鱼塘湾村，在小河村的山背后，翻山过去还有几公里山路，的确是最偏远的地方。

“小河那个地方，是真穷啊！你看，村里什么产业都没有，组级路几乎没有。出门打工的人多，留在家里的多是老幼。老书记年纪大了，村子里连个村干部都选不出来。”

“是啊，我在那里生活了十七八年，从小就在那个穷山沟里长大，我们那个村子真是没什么出路。”谢睿的话，拨动了李华军内心那根柔软的神经，他的神色也禁不住有些黯然。

“我很希望你们这些从村里出去的能人们，可以带动一下乡邻，让村子早点儿好起来。这也是我今天来找你的原因。”话题慢慢地扯近会面的主题。

“谢书记觉得我能为家乡做一点儿什么呢？”

“我是想你回小河去当这个村支部书记。你见识广、思路宽、点子多，能干大事，可以把村集体经济搞起来，带着村民们一起致富。”停顿了一会儿，谢睿道出了真实想法。

“村支部书记？”闻听此言，李华军愕然了。

离乡十几年，他一次次想起当初参军离开的那个早上自己默默许下的誓言。这些年，李华军虽然说不上功成名就，但至少也成了小河村走出去的能人，自己一家的生活早已迈入小康。无论是在什么样的场景里，李华军也从来没有想过，自己有一天要重新回到那个山沟沟。

“这个，我怕是要辜负谢书记的美意了。你看我这个工程队，成立也没几年，正是事业上升期。我一走，这个事就没法做了。”

“其实吧，回村做事，如果村民的日子好起来了，那也算是一种创业。你在外做事也不容易。小家是富起来了，村子里的这个大家，还得指望你们这些能人啊。”听出了李华军拒绝的意思，谢睿神色明显有些失落。

“这样吧，你不急着做决定，回家跟家人们商量一下，我等你的回信好不好？毕竟这也是一个大的选择，轻率不得。”

临近黄昏，饭馆里开始有了另一些食客，周围变得喧闹起来。

李华军起身道别。走出很远，一回头，看到谢睿书记还坐在靠窗的那个座位上，眼睛定定地望着窗外。

“那一刻，我忽然觉得心里有个地方被触动了。当时，我的理想是挣钱养家，他们的理想是让村民脱贫致富。不一样的工作和生活，哪有容易二字。”事后回忆起，李华军还清楚记得那天的心理变化过程。

家人自然是不会同意。正是事业的上升期，这一放手，工程队只能解散，自己一家人的收入又从何而来?

第二天，李华军主动给谢睿打了电话，再次婉拒了他的邀请。可是已经建立起来的缘分，哪能就那么轻易中断呢?

自从与李华军见面以后，谢睿的心里也有很多新的想法产生。

包片二台坪、小河和鱼塘湾村这一带以来，除了县里和镇里必要的公务活动，谢睿的时间差不多都是泡在这几个村子里。路远，一来一回差不多要费去近三个小时。因为这，他住在村里的时间很多，小河村的情况他是再熟悉不过了。

在村子里，他不止一次跟老书记和驻村工作队商量对策，总是找不出合适的路子。老书记年纪大了，村子里盘根错节的关系，让他无法下定决心扭转眼前的困局。精准扶贫工作的力度在一天一天加大，镇里的扶持力度也在加大，但一些项目落地，总要有一个阵痛期。比如镇里希望在小河村发展白茶产业，田地就得全部改造，这个事情工作难度很大。村里那几户硬骨头，他自知啃不动，索性就放弃了。还有低保户的核定，说起来每月就那几百块钱，但那毕竟是真金白银，谁又不想自家的账上多一些收入呢。

镇里的扶持力度越大，压到老书记肩上的担子就越重。反正年岁大了，让年轻人去干吧。自知无法解决这些棘手的矛盾，思前想后的老书记索性就递交了辞职报告。

村里失去了主心骨，工作开展起来越发艰难。作为包村干部，谢睿立马召开了支部工作会议，临时委任村委委员罗敏代理书记，自己便立即投入寻找新书记的工作之中。

人选很快锁定了，就是退伍军人李华军。这个从小河村走出去的包工头，性格果敢有魄力，保持着军人的本色，思想开明，有创见有担当。如果能让他回村，这个村子的工作不愁做不起来。

第一次见面之后，性格率真、谈吐不凡的李华军让谢睿越发坚定了自己的判断。谢睿暗下决心，一定要把李华军的工作做下来，让他回村担当大任，带领小河村民脱贫致富。

自那以后，谢睿越发“盯紧”了李华军，只要到咸丰县城出差，总要找到工地见上一面，话题始终是那一个。谢睿不相信，李华军有他自己讲的那么决绝。还有，他认定李华军有一颗为民服务的心。

电话至少是两天打一个，李华军的语气一天一天在变。有时候，电话刚接通就被挂断了。谢睿也能感觉出李华军的厌烦，但无论如何，他没有准备放弃。他不相信，自己的执着融化不了李华军那颗心。

2017年9月19日，谢睿又拉上了清坪镇党委书记杨俊，两人在县政府接待室再次约到了李华军。

这次见面，让李华军心中又多了几分压力。镇党委书记亲自出面，从礼遇上自是给了他最大的面子，但李华军心中依然在犹疑。最近几年从国家到省、州的扶贫力度他是知道的，他那些在村里工作的朋友讲的故事，他也都记得很清楚。只要自己挑上了这副担子，个人的事业只能全部放下，一家老小的生活自然就会有问题。可是书记都亲自出面来请了，要是不答应，万一有一天，需要到清坪镇做一些工程的时候，又怎么来面对他们呢？

那天，双方约定，再考虑几天，是彻底拒绝还是答应回村，下周一上午给个准信儿。

“你看，书记和镇长都出面了，我还是希望你答应下来先顶上去。明年就要换届选举，到那时候，要是你实在觉得自己做不了，我们尊重你的意见，把你换下来。不管怎么说，千斤的担子你先接着。”那个周末，心思细腻的谢睿再次找到了李华军。

句句在情在理，李华军心中那个曾经坚定无比的决定开始慢慢动摇了。

周一早上8点半，杨俊书记的电话准时打了过来。这一次，李华军没有再犹豫，答应暂代一年小河村党支部书记。

2017年10月4日晚，谢睿到小河村召开了党员大会，组织全体党员投票表决。李华军任村党支部书记的提议获全票通过。这个村，实在是太需要一名有魄力的书记带领他们走出贫穷了。

消息传递到李华军那里时，这个37岁的土家汉子内心也是五味杂陈。那一刻，他胸中竟然有一股暖流在涌动：如果小河村的脱贫工作，注定要我李华军担负起这个重担，那就索性放开手干吧。

之后的一个多月，李华军把手上的工程逐个安排了结。既然决定回村了，这边的事就要全部放下。专注做好一件事，这是他这些年事业蒸蒸日上的主要原因。他不能一心牵挂几头。

2017年12月5日，谢睿和清坪镇组织委员李斌一起，专程来到咸丰县城李华军的家里接他。这天，村里要召开村民大会，正式宣布李华军就任党支部书记的决定。

已经进入冬天了，山里的风干冷干冷的。从车窗望出去，昏黄的天底下，远近村庄横陈，竟有些荒寂萧瑟。到二台坪附近的时候，雾气升起，天空淅淅沥沥飘下雨来。熟悉的村庄景致，多年前的决绝离开，如今的坚定回归，过往的一切似一个个电影镜头般重现。李华军心中涌起百般滋味，竟不觉有些喉头酸涩。

“倒贴书记”

从地理位置上说，小河村隔清坪集镇很远，但跟邻近的唐崖镇和活龙乡距离却并不远。河两岸结亲的人家多，往来必须过河，但河上一直没有桥。为了过河，人们在河湾水浅处用石头铺了一条滚水坝。枯水季节，人能过，车也能过。丰水季节，大家都只能望河兴叹。村里有26户人家的28名学生在唐崖镇上小学，因为过河不便，都租住在唐崖镇上。每家要一个劳力看护孩子，每年还要承担几千元的租房费用。

在河上修一座桥，是这邻近几个村子几千人祖祖辈辈的梦想。

正式上任村党支部书记后，李华军找到了谢睿，想跟他商量在唐崖河上修桥的事。这么大一个工程，村集体显然无力承担，甚至清坪镇政府也束手无策，只能通过争取项目资金解决。一拍即合的两人，经常在一起跑项目，写申请交报告，到扶贫办、到交通运输局一路争取。有一段时间，他们一个星期跑了三趟咸丰县城。一路奔行中，项目渐渐有了眉目，两人也结下了深厚的友谊。

李华军喜欢这个没有官架子的谢书记，深深为他身上的亲民气质感染。有时候一起访问贫困户，老百姓家的一次性杯子还要反复使用，这个年轻的谢书记却从不嫌弃。在村民家里，无论环境多差，谢睿都能大方落座，跟他们交流起来也很顺畅。李华军上任之初，村里的几十个贫困户都是两人一起走访的。在谢睿的身上，李华军逐渐学会和村民交流的方法，工作越来越得心应手。

村里的矛盾多，主要原因是前期个别干部在贫困户准入评定、享受帮扶政策上优亲厚友，造成了不良影响。李华军上任之后，谢睿找他一商量，决定把村里的低保户全部重新进行评定。这当然是一块硬骨头，但也只有把这风气扭转，村里的工作才有可能走上正轨。

他们一户一户上门，耐心解释做工作，遇到的矛盾很多，他们受尽了各种委屈甚至是谩骂。军人出身的李华军脾气火爆，有时候遇到村民无理取闹，就有些控制不住情绪，但谢睿耐心得多，总是反复劝慰开导，直到村民心服口服。两人的搭档，渐渐让工作顺风顺水。大家慢慢感觉到，村子的工作明显和以前不一样了。

“我这个低保谁都不能取，谁取我找谁。我这一把年纪了，什么都不怕。”有一次，老党员苟朝轩在村委会找到李华军，口气咄咄逼人。

“符合条件，我们肯定是应保尽保，但条件不合，任何人的都必须坚决取下来。”李华军也来了气。

“没有什么条件不条件，坚决不能取。”

“你家里有儿有女，生活早就不成问题。你看村里的杨云浦，儿子姑娘都是智障。你一年拿这几千块钱只是让生活更好一点儿而已，但给他们这些人，那是要拿来救命的。”

遇到这样无理取闹的老人，李华军心中动了真气，两个便这么杠上了。李华军便找谢睿商量对策。

“他家的条件不符合，取是坚决要取的，尽量先把思想工作做通。”作为纪委书记，谢睿的原则性也是极强的。

那天下午，谢睿和李华军登门，软磨硬泡。

“我们村里，还有一些小组长、党员都领低保。要么一碗水端平，不要都不要。我们党要讲公平，这样我才心服口服。”

“低保不是锦上添花，必须是雪中送炭。不管任何人，条件不符合，坚决取。”谢睿的话掷地有声。

一个多月的工作做下来，两人领头把村里的低保户全部重新评定了一遍。党员和小组长的低保取消了95%以上，其他满足条件的则实现了应保尽保。

这一仗打下来，李华军在村民中的威信树立起来了，工作逐渐开展得顺心起来。两人开始谋划起村里的产业发展。

“我们这个村，交通不便，出产不好，我一直在想着利用这里山水优势发展白茶产业，但是一直不能落实。”有一次，聊起村里的产业时，谢睿谈起了自己的想法。

种茶当然是好，只是习惯了在土里刨食的村民敢不敢把熟田熟土拿出来改造成茶园，的确是一个问题。

“思想工作是一点一点做通的，就像当初请你回来当书记一样。只要我们下定决心了，就一家一户去做工作。不去试，永远都不会知道结果。”谢睿的话坚定有力，给了李华军很大信心。

在接近一个月的时间里，谢睿和李华军一起在7个村民小组开了30多场会。大多数农民积极响应镇里和村委会的号召，答应把土地改造成茶园。对那些不积极响应的村民，两人便挨家挨户做工作。由于大部分家庭的当家人都已出门打工，留在家里的多是老人小孩，做不了主，又丢不下传统农业，谢睿和李华军就给在外的当家人一个个打电话沟通。如此这般，村民会议常常开到半夜，甚至第二天凌晨。

与此同时，谢睿开始到处联系茶苗。其实早在2017年初，咸丰县就在全县主推白茶产业。小河村的海拔在500到800米之间，地形以坡地为主，正是种植茶叶的好地方。谢睿在包村考察之后，发现这里有大量的麻柳树，其中还不乏上百年的古树，他心里就打算，要在村里打造麻柳村和白茶村两张名片，只是一直无法落地。现在有了李华军，两人配合默契，很多计划就可以落地生根了。

2018年农历腊月二十六，谢睿打听到咸丰县农业局和浙江联系运送的一车安吉白茶苗将于当日傍晚运抵咸丰，农业局计划将这批茶苗分发给全县近20个村。谢睿知道，这样的机会一定要抓住，晚了，茶苗很可能会被别的村领完，到那时，一切都是空谈了。

探知到确切消息的谢睿和李华军做了充分准备，联系了6辆农用车，下午3点便开到咸丰高速出口处等候。村里这边也通知好了村民，茶苗领回来，立即造册分发给村民。

冬日寒风凛冽，高远山巅上还有白雪，灰蒙蒙的天空让山野显得越发空寂阴冷。整整三个多小时，谢睿和李华军一直守在高速路口处，等待着茶苗，等待着这个村子脱贫致富的希望。

车里循环播放着一首歌，是李健的《风吹麦浪》，谢睿说这是他最喜欢听的歌。

远处蔚蓝天空下／涌动着金色的麦浪／就在那里曾是你和我／爱过的地方／当微风带着收获的味道／吹向我脸庞／想起你轻柔的话语／曾打湿我眼眶／我们曾在田野里歌唱／在冬季盼望／却没能等到阳光下／这秋天的景象

闲着无事，两人便瞎扯聊天。

这次，李华军听谢睿讲了许多故事，大都是在大学读书和参加工作之后的。一些平凡的生活琐事，从谢睿口中讲出来，却充满了趣味。两人时而开心大笑，时而黯然神伤。

有一会儿，两人都很疲倦，便在驾驶室里打盹。最先醒来的李华军看着身旁熟睡的谢睿，想起这一路走来的种种缘分，突然有一种莫名的感动。这一群干部，在脱贫攻坚这场战役中，他们肩膀上要扛起的责任和担子很重很重。他们原本应该生活在各自不同的圈子里，按照自己的喜好生活，可是因为这一场战役，他们从不同的岗位走来，又紧紧地捆绑在了一起，各自放下了家庭，放下了舒适的生活，为了一群陌生的村民不断地奔忙操劳。

这仅仅只是为了工作吗？似乎并不如此。李华军心中涌起万般感悟，可是他无法梳理清楚，在这场战役中辛勤付出的那些人，他们各自都在扮演着什么样的角色。有一点他很确信，要是没有谢睿的死缠烂打，他李华军现在还是一个奋斗在工地上、做着发财梦的小老板，不会每天为着村里那些原本与己无关的事烦闷。

有一段时间，李华军甚至有点儿恨他。现在，他突然又觉得自己回村的决定是那么正确而有意义。自己是如此喜欢和谢睿一起工作，喜欢看他用土气却智慧的方式和村民一起解决一个又一个难题。贫穷的村子，因为有了这两个雷厉风行的干部，大家的精神都振奋起来了。每一件事，大家都愿意跟着他们一起干。这是一种精气神，是以前这个穷山沟的百姓们从来都没有感受过的。

他有些想替村民们感谢感谢这个谢书记，可是他说不出口，因为看起来，这明明就是两个人共同担负的一项工作，那么艰难，又那么神圣。

事情果然跟他们预想的一样。当那辆满载着安吉茶苗的长挂车从高速路口驶出时，各个乡镇各个村子的人们都蜂拥上来了，场面一度有些混乱。产业就是希望，每个村子的人们都渴望着走出贫穷。他们渴盼的眼神里，满盛着沉甸甸的对美好生活的向往。

一阵忙乱，李华军和谢睿终于弄到了属于他们这个村的那份指标，一大堆鲜嫩的茶苗摆在路边，看起来像是一座鲜绿色的小山。联系的几辆农用车到了，他们又七手八脚往车上搬，寒冷已经顾不上了，泥污也顾不上擦。瑟瑟寒风中，每个人都冻得脸鼻通红，眼睛里却闪着光亮。

回到村里，村民们已经等待很久了。造册、分发，一户一户，宝贝似的茶苗逐一发到村民手里。每一个动作都很轻，上百人围在村委会的院坝里，却没有太多杂声。

一直到凌晨4点，茶苗才发放完成。空寂的山里，万籁俱寂。抬眼看过去，天空像一口锅底倒扣在头顶，黎明就要到来，入眼却是一片深不见底的黑。李华军和谢睿站在空荡荡的坝子里，谁也没有多说一句话。那一刻，他们内心已经被快要到来的光明和希望填满。

这一批茶苗栽种下去之后，谢睿又来了村里几次。每一次来，他都带着一些新鲜的东西，有时候是带着县里请来的农技专家搞种植培训，有时候是带着一些植茶种茶的宣传资料，还有的时候是带着其他门路和发展方案。谁都看得出，这个干部，对村子里的事真正上心。

经过两年多努力，小河村发展白茶1680亩，年产值330万元，人均增收6000元。中蜂年产值60万元，生猪年产值90万元，成了村民稳定增收的支柱产业。8个蓄水池也建好了，家家户户都吃上了干净的自来水。另有5个村民小组坡上的荒地，也被村经济股份合作社流转过来，种上了烤烟和蔬菜。村里的组级路也已全部修通。小河上，两座漫水桥和三座滚水坝也修好了。路好了，门路宽了，一年一年，回村发展产业的人越来越多。谁都知道，小河村的日子是在一天天好起来。

2018年11月，李华军和谢睿约定的一年村支书任期快要到了。村委会要改选，谢睿没有再给李华军做工作，因为他自己不想走了，他想一直做下去，他已经是清坪镇远近闻名的“倒贴书记”。

经过一年多时间的努力争取，小河大桥被列入湖北省“616工程”项目，于2019年12月5日正式动工修建。

开工那天，是冬日里难得的响晴天气。阳光照在河里，泛起粼粼波光。这个梦想，这个山沟里的人已经等待太久太久了。

“报告谢书记，今天是个好日子，我要代表全小河村人民感谢你的付出，圆了我们的大桥梦。”因为经常向谢睿请示各种疑难问题，这句“报告谢书记”几乎已经成为当兵出身的李华军跟谢睿说话时的口头禅。

“大桥顺利开工，今天的确是个好日子。在我心中，这个日子还有着更重要的意义。对你，就更加重要了。”谢睿卖起了关子。

“对我更重要？”李华军有点儿糊涂了。

“是啊，两年前的今天，我们把你从县城请了回来，这是你上任村书记第三年的开始啊。这个日子，我一直都给你记着呢。你看，你这几年间领着村民干了这么多有意义的事，今天你告诉我值得不值得啊。”

“有两年了吗？时间过得有这么快吗？”

到底是值得，还是不值得呢？

那一瞬，李华军心里忽然百感交集，一个人躲到一边，偷偷咽下了喉头涌起的酸涩。

红色的牵挂

从清坪镇往东南方向，一路下行约十公里有一村子，曾为唐崖土司治所，龙潭河横贯全村，村名龙潭司村。1928年，龙潭司燃起了革命火炬。遵照中共施鹤临时特委指示，杨维藩、黄兴武、黄子全在这里举行了施鹤地区龙潭司农民武装起义，大坪村民小组几十人参加革命，起义队伍后来加入了贺龙领导的红四军。1933年，贺龙、关向应带领红三军九师及教导团进驻这里，龙潭司及周边100余人参加红军，组成了一个新兵连。

这是一片风景如画的山中小村，成“几”字形的龙潭河绕流各村组，又在河道弯处生出一道河湾水库。自空中俯瞰，龙潭河似一串项链，河湾水库便恰似缀于项链下的那颗吊坠，风景极是神奇曼妙。

2010年以来，恩施州、咸丰县老区建设促进会在时任会长谢一兵的带领下到龙潭司村实施“思源回报”工程，先后筹资数百万元，为村里修建和硬化了通村通组路，修建起龙潭司起义纪念园，修缮了红军烈士红三军特科二大队队长黄子全及警卫排排长黄子才的陵墓，在大坪村民小组红三军军部驻地竖立起纪念碑，并协调水利部门修通了到大坪寨院的通组水泥路。

大坪是龙潭司村一个较大的村民小组。20世纪八九十年代，这里居住着近百户人家300余人。改革开放以后，这里的青壮年为摆脱贫困，普遍外出打工挣钱，村子逐渐衰落，房屋破败、荒草丛生、畜粪遍地，常住人口不到50人。

这些年，大坪寨院有的人外出打工赚了钱，有的人在外开店赚了钱，有的人在家务农攒了钱。老促会做的几件事唤起了大坪寨院村民对本组光荣历史的记忆，同时也激起了他们热爱家乡、自力更生建设家园的雄心壮志。2015年，一帮青壮年聚集协商，决定集资投劳，用两三年时间，将大坪寨院打造成红色旅游、绿色观光、休闲娱乐的红色文化寨院。

一帮热心人自发成立了由十二人组成的大坪寨院建设及未来发展规划理事会，推举在外打工时间较长、见多识广的周国恩担任会长，推举周权等四人担任副会长，还推选出了监事、会计、出纳等。之后，制作了规划图，计划修建通组水泥路1.5公里、户连路3公里，搬迁4户，修建1200平方米且带舞台的休闲广场和红色、民俗文化墙一处，造“金牛望月”雕塑一座，将山边一处一亩多的水塘改建成荷花池，在当年贺龙住宿办公的地方建一座红军纪念亭，修建停车场，在通组路和户连路安装路灯等。

2018年夏天，谢睿包村到访的时候，大坪寨院的建设正在紧张进行之中，到处一片忙碌之景。与二台坪、鱼塘湾和小河村不同，龙潭司村因为地势相对平旷，产业发展起步较早，水果种植一直是村里的支柱产业。2017年，开源种植专业合作社又在村里建起了800亩的脐橙基地，水电路网也早已经通畅。

由此，村民理事会会长周国恩被咸丰县委、县政府授予“最美咸丰人”称号，龙潭司村则荣获全县“最美乡村”殊荣。

对这个村子，谢睿自有着不一样的感情。他的父亲，担任咸丰县老促会会长的谢一兵，为了这块红色土地的传承教育，先后不下十次来到这里，筹措资金建起纪念碑、传承墙、望红楼，让红色革命传统代代传承……

与村民理事会会长周国恩的第一次见面，是在2018年7月1日的支部主题党日活动上。谢睿以普通党员身份参加村里的建党97周年纪念活动。周国恩作为一名47岁的入党积极分子，也是第一次受邀参加这样的活动。

谢睿的发言里，提到了自己的父亲谢一兵，也表达了自己希望接过父亲手中的接力棒，传承这里的红色文化基因，打造美丽乡村的愿望。那天，一脸大胡子的周国恩引起了谢睿的注意。这个曾经在外打工多年的能人，2014年返乡至今，投入大量精力物力建设发展家乡，于2015年在本组率先成立寨院建设理事会，开创了农村社会治安综合治理自治模式的先河。寨院基础建设、人居环境、红色文化、产业发展、百姓生活等，均发生了翻天覆地的变化。

“谢书记，打造红色文化，发展民宿这个想法行不？”会后，周国恩找到了谢睿，征求他的意见。

“你们之前做的这些工作，我都已经了解过了。你们的想法非常好，要一直坚持下去。我们就是要利用好龙潭司村的美丽山水风光和红色资源，把这里建成集风光旅游、红色旅游、民俗展示、军事体验、农事体验于一体的旅游基地。”这项工作，谢睿已经思考了很久，谈起来自然条理清晰。

“目标是好，可是我们要怎样才能见到成效呢？”

“我也在想这个问题。其实龙潭司村的地理位置很好，距清坪镇也不远，条件是得天独厚的。现在要做的是分三步走：一是把村级干道修好、扩宽，最好是能黑化，村子不再脏乱差，客人才愿意来；二是民居改造工程要尽快启动，大坪寨院的广场已经有雏形了，居民房改造要跟上；三是客人来了要留得住，所有配套的住宿、餐饮、娱乐设施要跟上，不然产生效益就是一句空话。”

果然是发自肺腑的诚挚之言，年纪轻轻的谢书记能有这样的见地，倒是有些令周国恩意外。其实，关于大坪寨院的下一步发展，理事会已经思考了很久。几个会长自返乡以后，各自作了大量投入。度假村建起来了，餐厅、住宿、会议室都有了，广场也建了，可是这几年，大家都是在无偿地投入，上千万的资金都砸进去了，却几乎没什么收益。老实说，大家都撑得很艰难。

“那我们下一步应该要怎么做呢？”

“首先是路吧，这是我的职责。我一定向各方争取，早点儿把环村公路的改扩建工程拉上马。你们要做的是做通群众的思想工作，形成合力，大家都要同意改造自家房屋。你想啊，客人来了，大家的住宅房屋参差不齐，给人的印象也不好嘛。总之就是一句话，我们镇里来负责外围的协调宣传和资源引进，你们负责内部村庄环境的治理和村规民约的制定。我们共同把这个美丽乡村建设工作搞上去。”

睿智、担当、真诚。谈话到这里，周国恩已经有些开始佩服这个年纪轻轻的谢书记了。

谢睿的工作风格就是雷厉风行、说到做到。不久，在谢睿的帮助下，村委会启动了龙潭司村美丽乡村建设规划方案的设计和制订。不到两个月时间，一本厚厚的规划方案送到了村委会办公室。

在谢睿的多方奔走之下，清坪镇和咸丰县老促会联合发力，将这里作为典型给予大力宣传，引起了一些县领导和相关部门的关注。县文化局、水利局、环保局、旅游局等县直单位纷纷前来考察，力所能及给予支持。各预计项目先后开始上马启动。

2018年间，筹资150万元，修建了大坪至洞堡产业路；2019年，筹资85万元，硬化了3组秦家营的组级路；到2020年，筹资106万元，实施青苔坡至村委会的道路改扩建，同时筹资210万元用于漆阳河至软塘河公路硬化。

组级道路逐一硬化，村级干道渐渐扩宽，龙潭司村的美丽乡村建设雏形初具。

周国恩和周权这边也一直在加紧搞配套建设。到2019年底，大坪寨院前期规划项目基本完成后，理事会召开村民大会，商讨制定了“自我建设、自我规划、自我教育、自我管理”的四制村规民约，就垃圾清扫运输、路灯电费收取、村民建房规划、民事纠纷调解、治理黄赌毒等事项定立了制度，同时成立了广场舞队、采莲船队、板凳龙队等文化娱乐队伍。

为鼓励村民发展民宿和乡村旅游业脱贫增收，谢睿在村委会、农家院坝、村民家中开过大小会议无数，甚至还驾着私家车带村民去周边地区参观学习。

一路风里雨里，周国恩已经记不清谢睿到底来了村里多少次。他只记得，只要村里工作有疑难，一个电话过去，谢睿就来了。

村里的产业要成规模，传统的白柚、脐橙和茶苗要一直坚持下去。2020年春天，谢睿向县农业农村局申请了茶树苗，亲自拉到村子里发。老百姓经常说“一月栽竹，二月栽木”。有的村民不愿接受，他就说：“只要我们勤浇水，管理好，没有栽不活的苗子。”

在近50天时间里，谢睿天天来龙潭司发茶树苗。所有村民都认识了这个戴着眼镜，脚上身上沾满了泥巴，不爱说话的年轻人。上午他对着表册一株一株地发苗子，下午他挽起裤脚，去劳动力弱的村民家里帮助挖坑、栽苗。

龙潭河上老电站、下新屋和松柏坪有三座低水位的拱桥，进入汛期之后，一涨洪水就被淹，车辆行人不能过。谢睿每次都开车绕10公里的路程来察看汛情。有一次周国恩看他太辛苦，就说：“谢书记，有我们在，你放心，没事，你不需要来。”

“老周，不是非有事我才来，排险和建院落的事，我必须要过来。”

2020年解除疫情防控以后，在谢睿的推动下，清坪镇筹资950万元启动大坪寨民居改造工程。按照谢睿的想法，希望能在9月底前全部完工，为即将到来的十一黄金周做好充足准备，让村里的民宿可以顺利营业。

9月7日，在清坪镇党委书记杨俊的带领下，村委会成员、村民理事会成员和村民代表一起到建始县的店子坪参观学习，考察那里的民宿建设和经营模式。

那天，谢睿和周国恩一直坐在一起，一路畅聊村子的发展前景。

“老周啊，我们虽说是苦点儿，但村子里的变化真是让人欣喜啊。”平日里，谢睿有些不苟言笑，可是说到村子的变化，他的笑是发自内心的。

“我们红色大坪，经过村庄整治做到现在这个样子是很不容易的。我们这次来学习，是来借鉴别人的先进模式，结合我们的实际，打造我们自己的模式。靠天靠地不如靠自己，最终还得靠你们自己努力！”那天路上，谢睿一直在说话。周国恩事后想起，那仿佛是这个年轻的谢书记对村子的最后叮嘱和不舍。

风吹麦浪

2020年9月15日，天气闷热阴沉。在政府食堂吃过午饭后，谢睿找到了镇党委书记杨俊。

“杨书记，咸丰县青干培训班学员预计是9月22日到龙潭司参观大坪寨的红色教育基地。那里的民居改造最近到了关键时期，我和秦镇长还想再去看一看。”

“你最近在县纪委、联系村之间两头跑，工作也很累。大坪寨的民居改造我也去督促过，现在看起来，国庆期间开门营业应该是没有问题的，你也不要太担心了。”这些年，杨俊书记也是一直在牵挂着这个村的工作，方方面面的情况都很清楚。

“是啊，只要开门营业了，我们也就松一口气了。这段时间，我还是要多跑跑才能放心。”谢睿一边说，一边拉开车门。

“开车注意安全，有什么情况回来我们一起商议。”

“好嘞！”车子发动，从车窗内传来谢睿响亮的声音。

十几分钟车程，很快就到了。到龙潭司村后，谢睿给村支书黄艳敏打了个电话。

“黄书记，我和秦镇长已经到村里了，我去看看周永祥家的民居改造进展得怎样了。”他说的周永祥是龙潭司村五组村民，家里的老房子不符合红色旅游规划，需要拆除重建。这个人开始有点抵触，是谢睿反反复复十余次登门做工作，他才同意新建风格一致的民居。

村民自治理事会副会长周权是民宿经营负责人，一直在负责大坪寨民居改造工作，也跟着谢睿一起来到了周永祥家。

周永祥家门口还堆积着木头、杂物，穿着短袖的谢睿跟在周权后面，走进屋内。

“老周这一户，位置很好，朝向也好，这一番改造下来，敞亮多了。”边走，谢睿边跟周权说。

“是啊，还有十几天，工期再赶一赶，应该能搞完。”一边说，两人一边上到了二楼。

二楼天井周边的栏杆还没完全修好，周权去了另一个房间查看修建进度。

事故就发生在那一刻，一切都让人猝不及防。

周权至今不知道谢睿书记是怎么掉下去的，留在他脑海里的只有一声让人伤痛无比的闷响。等他出来看时，谢睿已经仰面朝天摔到了一楼的四合天井里，地上一片殷红血迹。

“那一刻，我的脑子一片空白，马上拨打了120，又给随他一起来的秦发松副镇长和周国恩、黄艳敏他们打了电话。几分钟后，大家都赶来了。”事后回忆，留在周权记忆里的依然是一片伤痛。

周国恩到了，看到眼前的场景，脑子也是一片空白。谢睿躺在血泊中，后脑已经摔碎了，喉咙里发出一阵阵急促的喘息声，却再也说不出一句话来。不懂得如何施救的周国恩，只好将谢睿的手紧紧握起，流着泪一个劲地喊：“谢书记，要坚强！谢书记，要坚强！”这个时候，学过医的副镇长秦华松赶来了，他立刻对谢睿进行心脏复苏。

十几分钟后，清坪镇卫生院的急救车赶到，咸丰县人民医院的救护车也从县城出发赶过来。

此时的谢睿，已经只剩下最后一丝气息。虽经全力抢救，16时50分，谢睿还是走了。他39岁的生命，被定格在脱贫攻坚路上。

消息传到小河村党支部书记李华军耳中的时候，他只觉得头像炸裂般难受。

“我不记得自己是怎么冲出办公室的，我只记得我一个人开着车急忙赶到镇卫生院，然后又追往县城，一路上默念着：我一定要见到他，我一定要帮点忙，一定不能有事啊！可最终，我只看到谢书记静静地躺在殡仪馆，苍白的脸上没有了笑容，再也无法回应我们的呼喊……”

“我一个人躲在角落里……哭了起来，兄弟啊，你还这么年轻，怎么说走就走了呢……”

2020年9月15日，成为李华军人生中最难忘且无比悲痛的日子。

谢睿办公室的电脑屏幕依然亮着，《清坪镇扶贫领域监督执纪工作》等十几份文件依次排列在电脑桌面的左边。办公桌上，是一份正在办理中的《急需改善生活质量的五保户、单人户、特困人员统计表》。办公室墙边，摆放着两双满是泥土的运动鞋。铁皮柜里，20多本工作笔记一字排开，记录着一名基层干部的成长、忙碌与艰辛。

窗外，皂角树在风雨中轻轻摇曳。“沙砾”，是谢睿的网名。但从此，“沙砾”在朋友圈里的头像再也不会闪烁。

谢睿去世后的第三天，他七岁的儿子一个人坐在沙发上画了一张人像画，左上角写着“我的爸爸”。

9月18日，中共咸丰县委追授谢睿同志“全县优秀共产党员”称号。9月21日，中共咸丰县纪委、咸丰县监委追授谢睿同志“全县优秀纪检监察干部”称号。9月27日，恩施州总工会追授谢睿同志“恩施州五一劳动奖章”。新华社、人民日报客户端、中纪委网站、《湖北日报》、“文明湖北”公众号等相继报道谢睿事迹。10月18日，CCTV-1综合频道《今日关注》报道谢睿事迹。11月，湖北省委追授他“全省优秀共产党员”称号。2021年2月25日，全国脱贫攻坚表彰大会追授谢睿为“全国脱贫攻坚先进个人”。

恩施这片热土一直是英雄辈出之地。2019年，老英雄张富清获授“共和国勋章”，成为全国学习的“时代楷模”。传承张富清“富足于精神，清廉于物质”宝贵品质的“80后”青年谢睿，又代表了千千万万个不获全胜绝不收兵的扶贫英雄。

恩施州是湖北省唯一的全域贫困地区，也是全省脱贫攻坚的主战场。为决战决胜脱贫攻坚，实现如期脱贫摘帽，恩施州举全州之力，组建了2438个“尖刀班”。“尖刀班”战士们用钢铁般的意志，铸就了始于初心、忠于人民、敢于攻坚、乐于奉献、勇于牺牲的“尖刀班”精神，取得了脱贫攻坚历史大考的优异成绩。

11月25日，谢睿先进事迹报告会在恩施举行，恩施州党员干部600余人现场倾听了谢睿的感人事迹，百万群众通过电视、网络直播收看收听，“沙砾精神”再一次感动武陵大地。

恩施州委书记柯俊表示：谢睿是千千万万扎根在基层、为脱贫攻坚事业无私奉献的干部代表。他的事迹感人，精神崇高。要把“沙砾精神”提炼好宣讲好，激励更多党员干部在恩施的各项事业中敢于担当、不懈奋斗。

2020年农历腊月二十这天，总投资300万元，总跨度130余米，惠及周边4个行政村5000余群众的清坪镇小河村小河大桥正式建成通车。

暖阳朗照的冬日，空气里已然感受不到太深的寒意。仔细看去，河边麻柳树上已有芽苞悄然生出。

附近村寨的人们都来了，寂静的山村变得热闹非凡。几辆戴着红花的车开过去以后，庆祝的人们排队依次从桥面走过。祖辈梦想，今朝梦圆，这是一个多么美好的日子，这是一个多么美好的时代。

躲开人群，小河村党支部书记李华军一个人来到河边的那棵老树下，打开手机通讯录，习惯性地拨出那个熟悉的号码。

“报告谢书记，小河大桥今天建成通车了！”

电话再也接不通。明明晃晃的阳光下，李华军忽然醒悟过来，那个曾经跟他一起操心劳累、四方奔走的谢书记已经不在了。

静水流深，征雁遥天。

望着门前波光粼粼的河面，李华军的泪无声落下来。

远处蔚蓝天空下／涌动着金色的麦浪／就在那里曾是你和我／爱过的地方／当微风带着收获的味道／吹向我脸庞／想起你轻柔的话语／曾打湿我眼眶／我们曾在田野里歌唱／在冬季盼望／却没能等到阳光下／这秋天的景象……

恍惚又听到这首歌，他想起来了，那是谢睿书记生前最喜欢的《风吹麦浪》。

第十一章　“吴妈”

期待中远行

对于工行湖北省分行的扶贫干部吴健来说，恩施州来凤县翔凤镇檀木湾村还是太过偏僻了一些。

2016年11月10日，接到省分行党委下达驻村任务的那天，吴健特意上网查了一下来凤县的基本情况。从版图上看，来凤县地处恩施州西南部，在湘鄂渝三省市交界处，西南邻重庆市酉阳县，东南邻湖南省龙山县。武陵山绵延，酉水河纵贯。老虎洞河、新峡河、老峡河、怯道河四条支流由西北流向东南，一起汇入酉水河。在呈栎树叶形的来凤县版图上，五条河犹如一只“佛手”；加上凤凰飞临的传说、1700多年历史的仙佛寺、与湖南龙山县城毗邻的诸多优势，故来凤素有“福祉”“龙凤呈祥”之美誉。

一佛倾众生，一水流双城。自小爱好摄影的吴健脑中满是惬意的遐想。如此原生态的地方，应该会有许多绝美的自然风光吧。

出发之前，吴健去看了父亲一次，特意向他报告将要远行的消息。77岁的吴华品自湖北省人大常委会副主任岗位卸任之后，一直担任湖北省关工委主任职务，负责全省关心下一代工作。得知儿子即将远赴恩施参与脱贫攻坚驻村工作，吴华品的内心是欣慰的。那天下午，久不见面的父子俩坐在一起聊了很多家常，大都是关于老父亲以前在随州、老河口、郧阳以及援藏时候的一些记忆。

1965年吴健出生时，吴华品还在随县电信局任党支部副书记。后来，又历任随州、老河口、郧阳、鄂州、黄石等地书记，1998年2月任湖北省人大常委会党组成员、副主任。吴健从读书到工作，一直跟随父亲，直到在老河口成家，后来又到工行湖北省分行工作。在吴华品的心中，吴健一直都是个老实又憨厚的孩子。

父子俩聊到鄂西南恩施地区的地理位置和生活条件时，吴华品的内心有了一些隐隐的担忧。那里山大潮湿，吴健在1994年出过一次车祸，身上落下了太多的毛病，在深山的村庄里，一定会很苦很苦。想到这里，吴华品起身找出了当初援藏任拉萨市委宣传部副部长时穿过的一件羊毛大衣送给吴健。临别前跟他说："我们一家都是农民出身，组织安排你去村里，就好好干，一定要注意处理好干群关系。当然，也要注意自己的身体。"

从父亲家里出来，手上提着那件父亲穿过多年的羊毛大衣，已经51岁的吴健内心涌起一股别样的暖流。自小以来，父亲一直是这个家的标杆和骄傲。从记事开始，他目睹了父亲在每个岗位上履职尽责，收获了许多来自上级的信任和基层的赞誉。父亲的经历，在吴健心中，早已种下了一心为民的种子。这次的驻村扶贫工作，会不会正是这颗种子撒播下去的土壤？

2016年11月14日，是吴健出发的日子。凌晨5点多钟的江城武汉，初冬的气息已经很浓了。从丁字桥的家中出来，凛冽的寒风中满透着他对家的浓浓惦念。行李箱里，除了随身的生活用品外，还装了一只长焦镜头和一个微型摄像机。他想用镜头拍摄下更多的影像，以见证这即将到来的为期一年的深山扶贫。

说不清楚为什么，想起鄂西南那片陌生的山水，吴健的内心竟然有一些隐隐的急切。是因为自己顶着湖北省摄影家协会会员这顶帽子，有探寻好山好水的期望吗？还是因为童年跟随父亲的经历，让他骨子里有亲近农村、亲近百姓的情结？

他一边走一边在脑子里反复勾画那个自己即将要栖身的村子的样貌。

当日，他和省分行人力资源部副总余小平一起，从武汉站坐动车到了恩施州，下午到达来凤县，接着到扶贫点檀木湾村报到。让吴健没有想到的是，檀木湾村的地理位置竟然并不算偏远，从县城过去，也就半小时车程。到的时候已近黄昏，他没能看清村子的全貌，但他感到，这里多少已经有了一些现代气息的民居，跟他预想中的“古朴”“僻远”搭不上边。从村子里出来，吴健的心里突然涌起一个想法：假如在这个地方多待上一些年头，能亲手让这条路变得干净畅达，能与这里的村民成为朋友，了解他们的生活，甚至改变他们的生活，他也是愿意的。

回到来凤县城的时候，已是晚上8点多钟，天已透黑，县城的灯光次第亮起。这是一座多么美丽的山中小城啊！这就是自己未来一年里，将要长期扎根的新家吗？且把他乡当故乡。那一刻，吴健心头涌起一种无法言说的感慨。

忙碌到夜深时分，终于和分行的上一批驻村队员办理好了工作交接。一身疲惫的吴健并没有一丝睡意，他习惯性地打开笔记本电脑，记录下这一天的全部行程。就在合上电脑的那一刻，他心里突然冒出来一个想法，心里一阵激动。他又重新打开电脑，在刚刚写下的几段话前面加了六个字：驻村工作日志。

那一刻，他已经暗下决心，无论在这片土地上待多久，他要坚持每天把当天的工作情况和行程用文字、图片及影像资料记录下来。他为自己这个想法激动了大半夜。如果驻村扶贫注定辛苦，荒僻村庄注定寂寞，那有了这样的记录，一切都会变得快乐而有意义。

那个时候，他并不知道，他的驻村工作会从2016年一直干到2021年，日志会持续写作一千多天，最终要汇成五大本140余万字。而且这样的记录和完善还将一直延续下去，成为他这一生里最值得珍藏的宝贵财富。

遇见冷漠

11月15日，吴健和几名驻村工作队队员正式进村工作。一夜未能睡好的他又起了一个大早。在同事们还在沉睡的时候，他信步在来凤街头转了一圈。

县城的建设比自己想象的要好，这有些令吴健意外。这些年，自己一直在省分行机关工作，像这样千里之外下到基层来的机会很少。这副担子自己能不能扛得住，农村工作到底做不做得好，吴健心里其实一点儿底都没有。

小城的冬天已经来临，灰蒙蒙的天空像是要下雪的样子。

他又想起20世纪80年代随父亲住在老河口时的情景。父亲任市委书记，带着全体机关干部修建北京路。那个时候，我们这个国家还很穷，改革开放的春风刚吹进山里。可是，大家的干劲都很足，因为生活充满了希望。美好的明天谁不向往呢?

1998年，吴健已经结婚成家。父亲的生活他最熟悉不过，他知道父亲每天有多忙，有多操劳。直到现在，在老河口，提到老书记吴华品，大家仍然敬重有加。在吴健心中，父亲就是一座伟岸的大山。从那时起，他心中就一直坚定着一个念头，无论是工作作风还是家风，自己都要把父亲的精神和情怀继承下去。

早上9点多，吴健和另两名队员便进了村。车是来凤支行的同事们提供的，因为初来乍到，他们几乎什么都没来得及准备。

车停在昨天来看过的那间村委会办公室门口，简陋的村办公楼大门紧闭，给村支书打电话，无人接听。询问附近的村民，一听说是工行来的扶贫工作队的同志，倒显得神情冷漠。问起村支书和村主任的去向，一连几家回答都是个“不知道”。

天愈发阴冷了，一阵冷风袭过来，站在村委会院坝里的吴健禁不住打了一个寒战。

这是一个什么样的村子？这是一群什么样的村民？为何整个村子摆出的都是一副如这天气一般冰冷的态度来面对这群陌生的远客？带着一身的疑问，工作队员们返回了来凤县城。

回到来凤支行，多方打听之下，吴健终于对檀木湾村的基本情况有了一个大致的了解。

檀木湾村位于来凤县翔凤镇西边，与马家园、沿山坝、小河、车大坪等村毗邻。总面积2.8平方公里。6个村民小组327户1482人，建档立卡贫困户72户233人。贫困，干群关系紧张，村民不信任村委会，村委会不愿意接纳扶贫工作队。

“工作远比想象中的要难，这样艰难的开局要怎么破？”

那天晚上，略显沮丧的吴健在床上辗转反侧，几乎一夜未眠。

第三天，队员们再次进村。这次他们没有再去村委会，而是直接去了村民家中。他想先听听百姓们怎么说，再把问题找准理清。后面三天的时间里，队员们都是早晚吃住在城里，车里备着干粮当午餐，直接到村民家里走访。他们要把各种各样、杂七杂八的村民意见收集汇总，逐渐还原出最真实的村情民意。只有这样，吴健心里才有数。

精准扶贫的政策是国家制定的，州县也有相关配套的措施和办法。来之前，工行领导也给他交了底，只要是真心实意、实实在在的帮扶，需要什么，工行都会全力保障。有单位和领导做坚强后盾，吴健要做的事，就是把上面的政策恰到好处地落实到村集体和村民个人头上，给他们带来看得见、摸得着的美好生活。

道理很简单，只是过程有点儿难。

一个星期以后，吴健做了一个决定。他要返回家里，把他那辆鄂AOS979开过来，这样，他们进出村和走访群众才更方便。自此以后，这辆白色的斯巴鲁越野车便和吴健一起留在了村里，成为整个工作队的公务用车。后来，它还有了很多别的功能和用途，是吴健也不曾想到的。

20多天过去了，工行工作队队员和村支书、村委会主任还是没能见上面。一打电话，要么说在忙，要么说没在，总之就是避而不见。那段时间，沮丧和愤怒是笼罩在队员们头顶的一朵阴云，挥之不去。

情绪最低落的时候，吴健总是反复咀嚼父亲吴华品的那几句话："做基层工作和群众工作，一要心细，二要耐得住性子，三要放得下架子。"每次想起，吴健都要给自己再打一次气，告诉自己，作为一名共产党员，无论面对任何困境，绝对没有放弃的道理。

12月7日，觉得实在不能再等的吴健找到了来凤支行的行长，与翔凤镇党委书记联系，请求镇党委出面解决工作队与村委会见面的问题。12月8日，翔凤镇党委书记覃玉斌到檀木湾村召开协调会，要求村委会配合工行驻村工作队开展精准扶贫工作。那是吴健到檀木湾村后第一次与村党支部书记见面说话。

"那个时候，我们心里有沮丧，但更多的是反思，反思我们过去的工作，反思自己的工作方法。后面看来，当初遇到的挫折给我们的只是警醒，让我们在以后的帮扶工作中走得更谨慎、更稳妥。"回忆起那段经历，吴健的心中没有丝毫抱怨。

阵地中开局

正式进村之后的第一件事，吴健选择了阵地建设。

事实上，檀木湾村新建的村委会办公楼在2016年10月份便已竣工，只是一直无人管理，更没有投入使用。崭新的两层小楼，里面空空荡荡的，没有任何办公设备。坝子里的建筑垃圾随处堆放，在冬天的风里，一片寂寥景象。

“老百姓为什么不信任村委会？那是因为村委会没有实心实意为民办事。原本村委会应该为村民服务的，反倒成了村民求你办事，如果这种角色不转换过来，群众就没法儿亲近你。”在与村委会班子讨论工作的时候，吴健开门见山。的确，那时候的村委会，上班随意，公章随身携带，村民要办个事盖个章，还要到处找人。村里很久也没发展新党员，组织生活散漫随意。

“我承认你说的都对，可是每个村不都是这个样子嘛。上面给了我们多少工资？让我们像机关干部一样天天坐在这里上班，一家老小还活不活？”老支书说的也是实话。

“我们自己没做好，别处也存在这种情况。只有我们自己愿意改变，群众才会真正信赖我们。”

之后那几天，吴健四处电话询问，自己上网查询，找到了一个村级便民服务中心的样板村——咸丰县忠堡镇板桥村。周末，吴健自己开车一百余公里去现场访问参观。心里有底之后，他开始给老支书做工作。一番软磨硬泡，老支书答应一起去现场看看吴同志说的那个“真正方便群众办事的便民服务中心”。

进入板桥村口，一块木质指示牌格外显眼，牌子上写着：全国民主法治示范村，全国文明村镇，湖北省绿色示范乡村……让人还未入村先知其名。村委组织村支“两委”成员、驻村律师、村医村教、驻村干部、网格管理员，成立了集普法教育、信访维稳、矛盾调处、治安防控、公共安全、平安创建、特殊人群和网格化管理等于一体的社会治理工作站，统筹社会管理综合治理工作。全村1618人以小组为基本单位划分为8个网格，以群众基层治理为主体，运用网格化服务管理综合信息平台统筹人口、房屋等各类基础信息。法治、德治、自治“三治合一”，全村形成了“治安联防、纠纷联调、平安联创、困难联帮、服务联心、发展联手”的“六联”模式。村委会成员轮流值班，周末和节假日概不例外，村民办事盖章完全不用东奔西跑。

参观效果非常好，老支书明显被感染，回来之后，立马同意按照这个样式设计檀木湾村的便民服务中心。

接下来的一个多月时间里，吴健做了三件事：向省工行申请，为村委会添置办公设备；自己亲自动手设计制作宣传栏、服务标识牌；按照工行的低柜服务理念设计打造便民服务窗口。

连续熬夜，周末加班，亲自动手。一个多月以后，檀木湾村村委会办公楼一改过去空空荡荡的模样。一楼的党员群众服务中心按银行的低柜设计，建成便民窗口，墙壁上一行醒目的标语：“说贴心话、办贴心事、做贴心人”。座椅干净整洁，茶水放在村民随手可取的地方，体现“村民之家”功能。二楼会议室添置设备，方便全村党员学习开会。村委会门前的公路醒目处竖立党务、村务、财务、政策宣传几个版块宣传栏，内容随时更新。

村委会的变化，村民都看在眼里。渐渐地，不断有村民上门来问。

“以后办事都不用再给书记打电话了吗？”

“这里能直接盖章办事吗？”

“以后都是这个样子了吗？不是临时应付个什么检查才弄的？”

一系列让人啼笑皆非的问题，问得吴健心里酸酸的。

“村委会就是为村民办事的，村便民服务中心就是为你们服务的。以后你们有任何事都可以反映给村委会和工作队，我们帮你们解决。你们的事就是我们大家的事。”“我们不是应付什么检查，以后一直都会是这个样子。”

每有村民上门，吴健都会很耐心地给他们一遍又一遍解释。

“我们搞阵地建设，就是要让老百姓找到村民之家的感觉，这样我们这个村才有凝聚力，党的基层治理才不是一句空话。”

阵地的变化带来的是心气和态度的变化。吴健慢慢发现，村里老百姓说话的声音开始变得温和了。在村委会，他们要来办事也不再是过去那般低眉顺眼的样子，腰板也开始挺直了。

2017年，来凤县全县开展整顿软弱涣散党组织。4月6日，檀木湾村起用年轻的计生专干李霖娟为村支书。村委会过去的颓风自此一扫而空。李霖娟上任后，与上级驻村工作队建立紧密联系，加强村支“两委”班子建设。直到这个时候，工作队才真正住进了村里，吴健等工作队员最终结束了住无定所、吃饭打游击的日子。

2017年5月，檀木湾村被评为“来凤县阵地建设先进单位”。

2018年3月，恩施州委组织部组织全州八县市委组织部部长到檀木湾村开“围绕展板看变化”基层党建观摩会，与会人员对村里工作大加赞赏。

檀木湾出名了，村风民情也悄然变了。

吴健并没有就此满足，他一直还在思考着一个问题，如果这些展板和宣传栏一直不更新，那村民也会厌倦。自此以后，除了每天的工作日志，老吴又多了一项工作内容：查资料，找新闻，将国家大事和扶贫政策用最快的速度呈现在展板上，让村民第一时间感受到国事、天下事与家事息息相关。

“武疯子”尤志明

新书记上任后，老吴和她一起把村委会、工作队各自的工作职责基本理清了，正准备好好谋划村里发展大计的时候，一场突然到来的民事纠纷彻底打乱了吴健的步调。

尤志明，家住檀木湾村四组，在当地是出了名的贫困户，儿子尤炳林患有小儿麻痹症。家徒四壁、毫无希望的生活让妻子心生绝望，选择了服毒自尽。自此以后，尤志明父子俩生活更加孤苦无助，相依为命住在危房里。家中唯一的电器是一台黑白电视机。许多村民都害怕尤志明，背地里叫他“武疯子”。

那天上午，趁着邻居五保户鲁道群不在家，尤志明翻墙进去，把他家的棉被、高压锅等物品全部搬到了自己家里。老鲁回来之后，找到尤家想要索回自己的东西，尤志明满口疯言疯语：“这是王母娘娘昨天给我的二十万，让我去买的东西，全部都是我的，凭什么要给你。”

从争吵到扭打，两人都负了伤，满头满脸都是血。

听到消息的吴健立即和村干部一起赶到尤志明家。两人还在相互抓扯，旁边的村民都围在边上看热闹，根本不敢上前。

“你说不怕吧，怎么可能？两个人的力气都很大，而且当时已经打红了眼睛。可是那时候，我们不站出来，谁又能阻止这件事？”当时的场景，老吴记得清清楚楚。

在老吴的带动下，众人合力把两人分开，又分别送到村卫生室包扎了伤口。从此，吴健开始了漫长的思想工作之路。

尤志明病根的心结缘于多年前老婆自杀，这是他一直走不出去的阴影。找准症结的吴健决定每天上门和他聊天，先从朋友做起。只有化解了心病，他才能找到生活的希望。老吴联系了来凤县人民医院，用自己的车把尤志明送到了院里，接着是一系列跑手续、找证明、筹资金。从那时起，吴健开始暗下决心：一定要把工作做在前面，不能等到出了问题再来补救。否则，老百姓心中的创伤很难抚平，干部在老百姓心中的威信自然就降低了。

自此以后，省工行工作队逐步建立起了“七天七夜驻村”“二八帮扶全覆盖""村民大重病住院看望""强对流天气夜巡""群众应急响应"等制度。一场全方位多角度的走访帮扶工作在村里全面展开。

走村串户的时候，老吴随身的背包里常备着强光电筒、血压计、创可贴、消毒酒精、晕车药等医用器械和药品，以应对突发情况。他那辆私家车，也变成了公务车、救护车、巡防车，甚至还有了另一个身份——垃圾清运车。过路问个好，顺便捎带一程，只要是行驶在村里，老吴的车窗从来没有关过。

一盘点，老吴的账本上多了一串数字：全村共有3个精神病人，残疾人8个，70岁以上老人18人，90岁以上老人2人，五保户12人，无亲人在身边照应的孤寡老人11人。

面对这些数字，老吴的心一阵一阵揪紧。"老吾老以及人之老"，组织把驻村这副担子交到了自己肩上，那他们就是自己的亲人，这个村子就是自己的家。

尤志明出院后，老吴每天都要到尤志明家中看看。有时候是跟尤志明聊聊天，问问生活情况；有时候是上门测测血压，顺便带去一点生活用品；有时候是去看看他儿子尤炳林；有时候是没有任何事任何理由，反正就是要去转转，像邻居又像朋友。

渐渐地，村里人都知道了驻村工作队的吴同志，知道了他是一个愿意把百姓的小事当大事的人。尤志明也终于开始接纳他，从最初的冷淡到后来的主动打招呼，这个有精神分裂症的人，多数的时候，已经有些像个正常人了。

有一天，老吴又来到了尤志明家里，试探性地跟他说："老尤啊，如果我们把你送到医院进行彻底治疗，有可能会把你的病给治好呢。"

"我没病，住什么院？再说，去了怎么治？"这个问题，尤志明似乎从来没有想过。

"那说不定呢，你没去过，怎么就知道不行？钱的事你又不用操心，有我们工作队呢。”

“额……”

“如果你同意了的话，明天我就开车送你去。恩施有个优抚医院，是专门治你这种病的，你要有信心。”

“可是我走了，尤炳林怎么办呢？没有人照顾他，他连门都走不出去……”

“这个你放心，一切有我们呢，一日三餐我们都给他送到。我们还打算给他买一把轮椅，以后他就可以自己坐在轮椅上出门转转了。”

第二天一早，老吴开着他那辆斯巴鲁，把尤志明送到了恩施州优抚医院。办理住院手续，交押金，跟医生交涉，向民政局和人社局申请医疗救助……所有的事情，在老吴安排下，驻村队员全部办妥。

星期天，老吴在网上订的一把轮椅也送到了村里，工作队把它安装好，拉到尤炳林家里，搀扶着他坐了上去。最开始尤炳林很紧张，转了几圈之后便掌握了使用方法，一会儿工夫就可以出院坝上到公路上了。

老吴用手机拍了一段视频，预备下次去恩施探望的时候放给尤志明看，好让他完全了却后顾之忧。

那段时间，老吴经常两头跑，忙完了村里的工作，便开三个多小时的车赶到恩施看尤志明。去的次数多了，医院也把他当成了老尤的亲人。后来，听说老吴只是村里的驻村干部时，优抚医院的医生惊愕了。他们不相信有这样的驻村队员，更不相信一身农民打扮、面容憔悴、身体消瘦的老吴一直牵挂照料的，仅仅是村里的一户普通贫困户。

病情略有好转之后，尤志明要求出院回家治疗。村委会和工作队商量了很多套方案后，同意了尤志明的请求，并跟他“约法三章”：按时吃药，听工作队的话，不能乱发脾气。老尤一一答应。老吴又开着自己的那辆斯巴鲁把他接回了家。驻村队员黄博涵是个心地善良的小伙子，很关心尤志明的病情，他妈妈也很同情尤志明的境况，资助了一万元。工作队一商量，决定马上用这笔钱给尤志明家里购买电热水壶、电饭煲、暖手宝、血压计、体温计等物品。

那天早上，在城市出生的小伙子黄博涵第一次用扁担给他们挑了一担水。吴健打电话联系镇党委副书记张明，请他帮忙将尤志明新建的分散安置房钥匙送过来，又联系了水管站工作人员解决了他们生活用水的问题。中午，黄博涵到农庄订制了美味可口的饭菜，直接送到尤志明家。下午，黄博涵在微信朋友圈转发了妈妈到扶贫点后写的图文，很多朋友响应，当时收到捐款1.2万元。这些资金全部用到了改善尤志明家的生活条件上。

那以后，老吴又跑了几次优抚医院，因为精神病类药物只能到医院购买。为这些非亲非故的贫困户，50多岁的老吴不断跑前跑后，感动了恩施州优抚医院的张逆流医生。在征得院领导同意后，医院直接将尤志明的治疗药物通过快递寄到老吴手中，由吴健监督他们按时按剂量服用。这对优抚医院来说，也算是开了先例。可是他们有理由：“他吴队长一个外乡人，都能够全心全意为一个普通老百姓这样服务，我们又为什么不能？”

朴实话语的背后，其实是一场情感和爱心的接力。

病情逐渐好转的尤志明成了老吴的铁杆支持者，谁要是在村里说一句老吴的坏话，曾经的“武疯子”尤志明决不会答应。只要是老吴说的话，尤志明无不听从。他嘴边经常挂的一句话就是：吴同志说的……

后来，周围的邻居见到尤志明了，打招呼都不再是“你吃了吗？”这样传统的话，都会问他：“吴队长今天又跟你说什么吗？”弄得尤志明也有些不好意思了，他不再喊“吴同志”，开始跟着大家一起叫“吴队长”。

“吴妈”

另外一个绰号又不知不觉在村里兴起，也不知道是谁第一个叫出的，但是几乎所有人背后都叫过吴健“吴妈”。

吴健的确太像一个老妈子了，走到哪一家，都要拉上半天的家常。到91岁的老党员喻大才家里一样，到72岁的孤寡老人景炳兰家也是一样。他自己定下的规矩，到贫困户家里走访，每户的说话时间不能少于半个小时。是啊，半小时多快啊，聊一下子女，说一下收成，测一测血压，很快就过去了。每次走访完，老人们都不愿意放他走。村中寂寞，有个吴同志，就有了主心骨。老人只要看到他，心里总有一种温暖。

“老吴跟我们在一起呢！”

这个吴同志，还定了个强对流天气夜巡的制度。只要遇到刮大风、下暴雨的天气，工作队的车就会准时出现在村道上。重点对象，时刻紧盯。哪里最容易出现险情，哪家的房子最经不起风吹雨淋，哪家的老人自理能力最差，都跟明镜似的装在老吴心里。

有天半夜，下起了瓢泼大雨，老吴披上雨衣叫上队员就出发了。在六组老龙沟的张言松家，两个老人面对着四处漏雨的木屋正在一筹莫展，老吴此时竟然打着手电出现在了家门口。

“那条路那么陡那么滑，他是手脚并用从山下爬上来的啊，就是亲儿子也没有他好啊。”老人回忆起那天场景，不禁老泪纵横。

老吴的夜巡不仅是巡查安全，更是发现问题。那天过后，老吴多方奔走，利用政策资金帮张言松和张言林两兄弟更换了屋瓦，老旧电线也换了，再也没有漏雨之忧。张言松和妻子都有严重的风湿病，走路很不方便；弟弟张言林，妻子常年在外打工，自己患有脑梗死，走不得小路，已经有一年多没有下过山。可他们两家偏偏又住在半山上，只有一条崎岖山道上下。老吴心想，一定要帮他们把路弄好，便找到经常承包村里基建工程的老板蔡青山商量。

“吴队啊，这个工程不划算啊，一百多步梯子，边上还要装上铁栏杆，就为了三个六七十岁的老人。”老蔡是生意人，一核算成本，感觉太不划算。

“三个人也是人，两家人也是院。我们不给他们把路修好，他们就会一直这样下不了山。钱是钱的事，良心是良心的事……”

话都说到这份儿上了，蔡青山只能当场答应。后来回忆的时候，老蔡说：“吴队那天的话，让我想起了自己的父母。真的，有时候我们做生意的人脑子里只在乎钱，可是吴队让我看到了自己的浅薄。”

为那段村路，老吴上下跑了很多趟才把资金凑齐。工程由蔡青山来做。

不知不觉间，老吴的驻村时间已经快要满一年了。

这一年里，因为经常送村民到县医院就诊，医生们都差不多认识这辆车和这个人了；因为经常为村里的事情到镇上、县城各局跑项目要资金，工作人员们几乎都认识老吴了。还有很多人，从来没有见过他，但都听说了檀木湾村有个省工行的驻村队员叫吴健，是个做贴心事、说贴心话的好人。

在檀木湾村，老吴成了大家的亲人；在来凤，老吴成了帮扶干部们口口传颂的名人。

2017年11月，老吴的驻村时间满了一年。按省工行内部关于驻村工作的管理办法，老吴应该要回去，轮换新的队员过来。可是乡亲们不愿意了，村委会不愿意了，后来连来凤县委也知道了。

2017年12月，来凤县委专门向中国工商银行湖北省分行发函，恳求吴健同志继续在来凤县驻村开展精准扶贫。同月，中国工商银行湖北省分行复函：按照来凤县要求，吴健同志再辛苦一段时间。

就这样，吴健被留下来了。

这一年里，老吴理顺了驻村工作队和村委会的关系，和全村村民建立了深厚的感情，在村里发展了三百多亩的硒葵基地。檀木湾村也于2017年整村脱贫出列。

这一切的背后，是老吴日复一日的辛苦奔波。那年重阳节前后，老吴没空回家，只能给父亲打个电话送上节日祝福。夜间，想起远在武汉的老父老母，吴健心里的愧疚一浪一浪袭上心头。

两天以后，正当老吴在村委会埋头整理资料的时候，老父亲突然出现在了面前。

“你没空回来看我，那趁我身体还好，就过来看看你。好好干，发展产业才是出路，一定要找科技、找市场。看到你在诚心为民办事，我就放心了。吴家有后，可慰晚年。”临别时，老父亲跟他说了这么一句。

“儿行千里父母忧啊！那一刻，我的眼泪止不住地流。有父亲的这句话，我所有的辛苦都值了。”

檀木湾花海

村里的产业发展，一直是老吴的一块心病。

药材、藤茶、柑橘、柚子、核桃、硒葵……只要是能为村民增收的产业，老吴几乎都想过、实践过。

2017年开始，老吴就一直与县委办的驻村干部们谋划着硒葵种植。按他的构想，通过流转土地，发展几百亩硒葵园，既可赏花，又可卖钱。如果发展得好，再加上自己的摄影技术作推广，檀木湾村还可能成为网红打卡地。可是农民穷怕了，他们只相信土地上能种庄稼，这好看的硒葵花怎能变成真金白银呢？

在老吴苦口婆心的劝说下，新上任的村支书李霖娟首先站了出来，答应在自己的土地上改种硒葵。可是一家的几亩地怎么够呢，老吴根本不会满足。

又是一番软磨硬泡，李霖娟从身边的亲人下手，拉上自己的两个兄弟李光利和李光华，将村委会前面的那片山包全部流转过来，种上了三百亩硒葵。

垦荒过程自然是无比艰难。老吴和工作队员们早已经没有在机关工作时那般讲究，他们已经是这片土地上的普通农民。除了亲自动手开挖荒地，老吴还专门买了两只拉杆音箱，一边劳动一边听音乐。荒凉的山坡上竟然有了大集体生产时那般激情澎湃的场景。

种子种下去，希望生起来。

工作队一边给三户承包户打气，一边给村民们做工作，让他们提早做准备，准备好场地和餐具，为即将到来的赏花季做足准备。村民穷怕了，他们不敢相信，就这片硒葵花地能够吸引那么多外乡人来。无论老吴怎么苦口婆心，大家仍然是持着一种观望态度，桌椅和餐具不敢置备，空调和冰箱不敢买，甚至连房子的整理和洒扫都懒得做。

他们不知道，在硒葵还在抽茎长叶的时候，老吴的宣传都已经悄悄在做了。从开荒的第一天，老吴每天都到硒葵园拍摄劳动场景和植株长势，已经累积了大量素材。

“不慕红尘闹市喧，唯怜花草赏悠闲。”7月的第一天，进入向日葵花海，绿油油的叶子，金灿灿的葵花，无比绚烂。檀木湾每一缕风，都掺杂着阳光的气息，甚至可以听见向日葵在窃窃私语。黄绿色的纱幔随着阳光飘动，有着别样的静谧、安然。此时是向日葵生命力最旺盛的时候，在镜头下，多个品种的向日葵有着不一样的光影和形态。蜜蜂、蝴蝶，绿色、黄色，生命仿佛多了新的情趣。拿起相机或手机，人们拍摄着檀木湾硒葵之美。

美妙的广告词配上老吴多角度拍摄的美景大图，檀木湾已经成为许多人向往的赏花之地。只是这一切，檀木村的村民们还身在庐山，蒙在鼓里。

进入7月以后，三百亩硒葵花全部绽放，迎着朝阳，宛若进入一片童话世界。

檀木湾村一天比一天热闹，附近的村民来了，来凤县城的俊男靓女们来了，甚至临近的湖南龙山县的人也来了。来的人一多，朋友圈美图一发，更多赏花人蜂拥而至。

村民们彻底蒙了。此刻，他们才真正相信，这个貌不出众的“吴妈”是有魔力的。他的每一句话语，原来都能变成现实。

狭窄的村道上，每天要开进七八十辆车，村委会前的院坝里停不下了，村民的阶檐下也停满了。平均每天近三百人的游客，需要吃饭和住宿。可是村民家里准备太不充分了，有些游客等急了，转身就走，临走前撂下一句：“硒葵花海倒是好看，可惜檀木湾配套服务太差了，以后再也不来了。”

看着到手的钱就这样从指缝间溜走，村民们才想起老吴之前跟他们说要多买桌椅、碗筷、空调、冰箱的事。“悔不当初啊！”“都是我们胆小啊。”然而后悔有什么用，硒葵花期短，总共就十几天，一切都来不及了。

那些天，跑前跑后的老吴累得浑身是汗。檀木湾的花海出名了，他高兴；檀木湾的配套和服务跟不上，他又汗颜。“总之是我这个工作队长没搞好就是了。你们别怪村民啊，他们真是穷怕了，不敢瞎添置啊。明年我们还要扩大规模，你们一定还来啊！”老吴一边解释一边道歉。

从那时起，老吴暗下决心：到来年，花海要搞，产业要搞，旅游要搞，农家乐要搞，基建要搞，路要修，文化要搞……

这要搞那要搞，时间呢？资金呢？项目呢？人心呢？

虽然结果并没有老吴想的那么完美，但经过这一波操作，老吴在村民们心中的威望是彻底树立起来了。

“吴队的话信得！”“吴队的点子多，有道理！”“以后吴队说的我们都得听，听了他的话，钱就能自己来了……”

听起来的确很暖心，但现实又是那么残酷。在老吴这里，他遇到的是另一个更大的难题。当年的硒葵算是丰收了，上万斤的葵花籽堆在那里，怎么卖？几个当初流转土地的农户犯了难。

没关系，找老吴，他总是有办法的。

老吴的确有办法，在他心里早就想好了两条路。一条是自己买机器加工炒制，价格至少能翻一倍；第二条是通过工行的扶贫消费平台“融e购”电商出售。有困难找娘家嘛，来之前，省工行领导不是答应兜底么，这些都不是问题。

问题是，三家农户自己闹起来了。不同意买机器，认为成本太高，谁也不知道来年收成好不好。有的要买，有的不买。怎么办？分家，各自领走属于自己的那份，是卖是送全凭自己做主。至于来年还搞不搞，既然有矛盾了，还搞什么搞，该打工打工，该出门出门。至于那三百亩土地，不是吴队让搞的嘛，让村集体去处理，找个老板进来种不就什么事都解决了？

他们几户扯这些皮的时候，老吴还一直沉浸在来年美好的梦幻里，当他知道时，一切已经为时已晚。斗上气的三个人已经分完了所有葵花籽，脾气最大的那个，已经收拾行李去了广东。

老吴的沮丧正似这檀木湾酷热的天气般，一浪盖过一浪。

“我们要体谅他们，毕竟谁都没有做生意的经验。等到村里的产业真的搞起来了，他们就知道怎么办了。”老吴一边给自己加油，一边给工作队和村委会打气。

2018年，三百亩土地整体打包出租给广东毕兹卡农业有限公司。土地流转了，怎么经营当然由公司自己来定，老吴也不好再横加干涉。可是公司自有他们的规划，那一年，他们忙于别的产业投入，竟把这儿荒废了。除了种植一些品种的花卉，把山包打理得更好看以外，在硒葵种植品种选择上竟然出现了失误。那一年，昔日的硒葵园盛景不再，让再次前来的摄影爱好者和游客很失望。

“他们有他们的想法，我们要相信他们。”老吴边给村民解释，边给公司联系。

“土地给我们了，我们会有自己的规划的，你等到2019年再看。”公司那边答复。

好吧，相信老板，相信公司，相信未来。

光阴如梭，到了2019年，公司主动放弃了硒葵项目转投别的产业去了。老吴心急如焚，怎么也不能让已经成型的硒葵项目昙花一现啊！必须要寻找新的出路，另请市场主体进村发展。来凤县金豆农业公司原本在村里发展瓜蒌产业，老吴上门反复做工作，恳请他们临危接盘，并答应尽最大努力帮助公司推广和销售。在翔凤镇党委的协调和支持下，金豆公司欣然应承。种子种下去了，游步道建起来了，村子里再次呈现一片欣欣向荣的景象。

那些天，老吴背着他的双肩包走在硒葵园里，满脸幸福得意之色。他仿佛看到了两年前檀木湾村那美好热闹的景象。

到了6月，天气一天热过一天。原本该是硒葵使劲拔节生长的时候了，不知为什么，情况好像越来越不对劲。

一打听，原来金豆公司买了一种920药水在喷洒。老吴上网一查，这个东西对植株生长没什么意义，反倒会缩短花期。

老吴彻底蒙了，精心准备的那些“檀木湾村硒葵园”宣传文案再也不敢发出去，担心美好的幻想瞬间化为了泡影。老吴迅速与公司商量补救的办法，立即纠正错误的培育方式。硒葵基地算是挽救过来了，游客络绎不绝，只是花期没有2017年长。但不管怎么样，这一年，檀木湾村还是成了恩施州乡村旅游的网红打卡地。

到了2020年，解除防控后，老吴心急火燎地从武汉跑过来，立即找到公司。

“今年我们再不能大意了，硒葵种子要精心选择，药水也不能用，所有事都要一起商量着办。”

“那当然，那当然，都听吴队的。”去年吃过亏的金豆公司满口应承。

可是，人算不如天算，天知道这2020年是个什么年。进入5月，连续五十几天的雨，一直下到7月下旬。不仅是硒葵，老吴辛辛苦苦发展起来的其他产业全部都烂在了雨水里。

脑子不可谓不灵光，人不可谓不努力，可就缺了一点儿运气。

不过这时候的老吴，已经不是四年前刚来时的老吴了。信任、信赖都建立起来了，村民们没有一个人再抱怨，他们反倒纷纷上门安慰。

“吴队，我们都听你的。”“吴队，你说干什么，怎么干吧，我们全部都依。”

沮丧了几天的老吴听不得这些老实巴交的村民发自内心的安慰话，在床上躺了两天后，他爬起来，找到村支书李霖娟。

“敢不敢再赌一次？就种油菜，不光在原来的硒葵园里种，还要发动村民把多数土地都种上油菜。”

“有什么不敢，跟你吴队一起的这些年，啥子事没有干过。我就不信这个邪了。”刚满40岁的李霖娟这几年在村里摸爬滚打，也已经混成了一粒煮不烂锤不扁的“铜豌豆”。

就这样，檀木湾村2021年的产业布局迅速调整，春季就全部定为打造油菜花海。

这中间空档的几个月，又来干什么呢？每天开着车在村子里转，老吴的脑子一刻也没闲着，碰上村民都要停下来闲聊一番。

终于，他想到了。先修产业路，再建停车场，还可以联系几个花卉公司提供种子，保证檀木湾一年四季都有花看。村子文化建设也要搞上去，到明年的油菜花开得漫山遍野的时候，檀木湾村一定要给所有游客另一种样子。

产业路其实一直都在修，只是资金跟不上，所以一年只能修一段。老吴喜欢听挖掘机在村子的荒山上挖掘的声音，那声音让他心里无比踏实。等到明年，整条路有望完工，村里每个组都会被圈进这条路里了。如果再装上路灯，以花为海，建设七大景点、四大基地，整个村就成了来凤县城的后花园。老吴的心里从来没有停止过遐想。

从7月底开始，老吴便开始着力搞停车场和村级文化广场建设。来凤县委书记邢祖训也很重视，先后4次来这个小村子调研，几个现场会一开，资金很快到位。停车场很快完工了，文化广场也建起来了，虽然村级主干道扩建工程还在进行中，路上有些脏和乱，但这并不影响，工程总有完工的时候，到那时……

老吴喜欢说“到那时”，可是每一个到那时，都是从现在做起的。

有一天，老吴走在宽大气派的停车场里，突然发现这里有些空荡荡的。“如果，我是说如果，能在这里画上一些画，如五谷丰登、六畜兴旺，还有土家族文化都画上，岂不是更漂亮更有特色？”

“那当然好啦，谁来干呢，李霖娟吗？”

“我可干不了，我原来就一计生专干，这不是赶鸭子上架嘛。”

“要不，驻村队员陈文林和万克荣，你们上。”

“我们也干不了，我们的特长是坐在工行的柜台后面数钱。”

几个玩笑开下来，老吴心里已经有了打算。

消失几天以后，老吴回村时，背后跟了一群湖北民大美术学院的大学生。

“他们不是要放暑假了嘛，给他们找个打暑假工和写生的地方。我们檀木湾多美，有了他们的画，一定就更美。”

老吴当总设计师，学生拿具体方案。

“颜料买来了，工具都齐了，接下来，就看你们的水平了。”

大学生们哪听得这样的话，一个个兴高采烈、摩拳擦掌。

一个月不到，停车场四边的墙壁画满了各式各样的画，有土家人推合渣的、烤火塘火的，有农民割稻谷的，有游客赏硒葵的。还有一幅更带劲，村支书李霖娟站在一片金灿灿的稻田边，正在指挥农民抢收稻谷呢。

“我有这么美吗？老吴，他们把我也画上去，羞死了。”

“你有这么美，一个带着农民致富的村支书，你说美不美？”几年下来，当初那个一本正经的省工行吴经理，也学得有些油腔滑调了。

老吴交办的任务完成了，大学生们竟然意犹未尽。

“吴队，你再给我们指几个地方，要不，我们再画点儿？”

“行，看上哪儿画哪儿，画笔在你手，跟着老吴走。”

一个星期以后，公路边的农家屋墙壁上也画满了，村文化广场背后那面大墙壁也画满了。

“等到明年，檀木湾村的油菜花开得漫山遍野的时候，你们一定还要回来欣赏你们的作品啊，记得多带些同学过来。”

临别时，老吴没有忘记给明年的油菜花节提前打广告。

“那一定。吴队，我们希望有一天，你不再驻这个村的时候，可以把你的画像画到大墙上，让你天天看着他们呢。”

就这一句话，被搔到痒处和痛处的老吴差点儿当场泪下。

老吴自己都有点惊讶

不知不觉间，老吴的驻村生涯就满了四年，又到了该换队员的时候了。这一次，来凤县委没有再给省工行发函，因为老吴自己不走了。脱贫攻坚的任务是完成了，可乡村振兴呢，才刚刚起步，他的壮志和伟业还没有完全实现呢。

这几年里，因为老吴的辛苦付出，上级给了他很多荣誉：湖北省“2019年全国脱贫攻坚奖（贡献奖）”候选人，中国工商银行“五一劳动奖章”，全国金融系统“五一劳动奖章”，中国工商银行第五届“感动工行”人物、工银卓越奖章。荣誉是一把双刃剑啊，压在老吴的心头沉甸甸的。工作是村支“两委”、来凤县委办公室和省工行驻村工作队一起做出来的，荣誉全叫他一个人拿了。叫老吴心怀忐忑的其实是这个。

同事万克荣可不这么看。“来之前吧，可没想过要这么拼命，跟着吴队进了村，我们都被他感染到了。你想啊，他今年都55了，还这么为村里的事情不知疲倦，而且已经坚持四年多了。我们有什么理由不努力呢？”

“平时大家都坐在机关里，谁也不知道谁的灵魂底色是什么。这一进了村，我就发现了，其实那些书上、新闻上、电视上说的优秀共产党员就在自己身边，这时，自己也会不知不觉就跟上去了。今年我来了后，有一天村里的鲁武祥用电磁炉时发生爆炸，他全身烧伤，胸口上的皮一层一层都卷起来了，当时我就没想那么多，一把将他抱上车，送进了医院。”

老万说的这个鲁武祥是村里的一个五保户，住在集中安置房里。事情发生时，工作队正在帮村民颜家旺抢收稻谷。他们听到消息后，一边叫救护车一边赶过去，硬生生把老鲁从鬼门关拉了回来。

这样的事情，老吴和工作队每年都会遇到好几次。只是近两年，贫困户中去世的人似乎比往年多一些。

2019年腊月，老吴去龙山探望72岁的景炳兰时，住在女儿家的她身体已经很差了。大约也是知道自己的身体状况，她看到工作队员们就哭。她对吴队的感情太深了。这几年，她的所有药品都是老吴从恩施买回来再照料着吃下去的。临走，景炳兰一直拉着老吴的手不放……2020年疫情期间，老人去世了，因为武汉关闭了离汉通道，老吴实在出不来，没能见到她最后一面。

回村之后，老吴和队员黄博涵专门去了她的坟前。新垒的土看起来刺眼又扎心，早春发芽的小草已经在坟头悄悄生长了。

“要是工作队在，老人就不会走，我们能把她照料得好。”说起她，老吴止不住地泪流。

可是让老吴扎心的事，又岂止这一件呢。

喻胜华，42岁，家里有三个孩子都在读书，家庭负担很重，病魔也偏偏缠上了他。6月，老吴给他安排村里的公益性岗位，以增加家里的收入，还想办法把他的三个孩子都弄进了县公立学校读书，以此减小家庭开支。可是肝癌晚期的他还是没有撑到9月。

“你放心，孩子读书的事，我都安排好了，后面我还要一直管下去。你家里没有收完的稻谷，工作队一定全部给你收回来。工作队老万把他的奖金都拿出来捐给你了。你放心，家里我们会照应着呢。老喻你说，国家这么好的政策，我怎么就救不了你的命呢？”

在喻胜华的灵堂里，老吴呆呆地坐了两个小时。

后来，老吴组织工作队帮助喻胜华家抢收稻谷的时候，邻居们差不多都来了。平时都在跑货运做生意的一组村民谭井运，也特地把车开到田边帮着拉稻谷。

“吴队让我们看到了什么是乡情，什么是温暖。一天不做生意，那又算得了什么呢！”老谭这样说。

贫困户向关胜，刚满46岁，多年前在广东打工时因工伤瘫痪，已经卧床14年。因为要照料他，妻子一直不能出门打工，家庭条件很差。

有一天，老吴带着队员们夜巡，发现向关胜面部浮肿，一测血压，高得吓人。担心向关胜变成尿毒症，老吴连夜联系了来凤县医院，送到医院时已是凌晨2点。输液之后，症状没有任何缓解。老吴想，这样不行，坚决不能拖。便立即联系恩施州中心医院，当晚转院。这真是一场及时的接力赛，因为时间把控得好，向关胜的病情得到了有效控制。

住院的一个多月里，老吴去探望了四次，向关胜的病情和心情都渐渐有了一些好转，但毕竟是已经积了十几年的病，老向的肾一天天衰竭下去，治好的希望越来越微弱。

一天，老吴又开车去恩施，坐在病床前跟向关胜闲聊。老向感慨说："吴队啊，能遇到你们是我这辈子的福气啊。你不知道啊，我之前躺了14年的木板床，从来没想到过，我还能住上这样好的病床。"

"你不要灰心，只要你努力把身体养好，这样的床我给你买一张。"那一刻，老吴的心里有着翻江倒海般的难过。

三天之后，老吴托朋友从武汉买的病床送到了向关胜的家中。当妻子把安装病床的视频放给向关胜看时，这个被病痛折磨得死去活来都没有流过一滴眼泪的汉子，在病房里号啕大哭。

在州中心医院住了一个多月以后，向关胜自知治愈无望，便向吴队申请转回来凤县医院。县医院没有充足的床位，老吴找到县委书记邢祖训，邢书记亲自出面协调，让向关胜顺利住了进去。两个月后，向关胜要求放弃治疗，老吴组织了老向的家人和村委会一起商讨，不得已同意了向关胜的申请。

11月9日那天，向关胜主动给老吴打了一个电话，请他到家里来坐坐。当老吴赶到时，向关胜的心情竟然非常轻松，他指给老吴看那张病床。

“吴队，能认识你，是我向关胜这辈子的福气，我这辈子值了。你们花钱给我买的病床，我一次也没有用过。我一个快死的人，用脏了可惜。你们把它拉回去吧，放到村卫生室，让别的乡亲生病时用。”

老吴心里那个痛啊，真是压抑不住啊，转过身一把又一把地抹泪。

“吴队你不要难过，我已经想好了。如果不是你们来来回回地帮助我，我早就不在了，能活到现在，我知足了。以前我老是想死，你们治好了我的心病，但是你们治不好我的身体，我不能再这样拖累你们和家人了……”

“我让家人买了几副干净碗筷，我想请你们工作队和村委会吃个饭，感谢你们，就当是我临别前的一点心意……”

“现在，那张病床就放在村卫生室里，每次看到，我都想起向关胜，要是当时我再狠心一点儿，逼着他早些吃降压药，他就不会死。”说起这个事，老吴还是止不住一阵又一阵地难过。

向关胜去世以后，老吴的驻村工作日志里记录下了这么一段话：

那天，在向关胜家中，我看到他面部浮肿、无血色，死亡正在向他走来，而他已经做好了充分的准备，一点也不惧怕。我向邢书记报告了目前向关胜放弃治疗的原因，邢书记表示理解，但还是要求我们想办法劝说向关胜到医院治疗。邢书记今天又拿出2000元现金送给向关胜的妻子唐秀英，唐秀英含着泪水接过现金，连声感谢邢书记。向关胜今天也说出了自己内心的决定：“医生能稳定我的病，但不能救我的命。”他已经彻底绝望了，因为心理与生理上的痛苦无人能知。我看到过一个医生对这种病人的看法：“在病房工作，对于实在是没有治疗意义的病人，家属选择放弃，我们医生一般会尊重他的意见。”我认为，这也是对生命的尊重。人最后的旅程不应该全身插满各种管子，而是应该陪伴在家人身边。我现在明白，向关胜一直请我们去吃饭的原因，一是请求我们理解他的想法，二是支持他这么做。

在老吴的驻村日志里，写满了很多很多这样探望、走访、帮助贫困户的故事。时间是一天一天过的，不知不觉间，日志慢慢有了100多万字。2020年10月24日，新华网发表了《百万字驻村工作日志记录的苦与乐》，用4000多字的篇幅对省工行工作队的感人事迹做了报道，并纳入新华网、湖北省委网信办主办的《决战时刻的湖北担当——聚焦决战决胜脱贫攻坚战》专栏中“脱贫先锋”篇章。11月6日，新华网再发通讯《战“贫”路上，他们书写传奇——恩施州脱贫攻坚“尖刀班”观察》，文中再次肯定了省工行驻村工作队的感人事迹。

看到新闻那天，老吴自己都有点惊讶：这几年，我们做了这么多事吗？然后把老万他们找来一盘点，出来了一组数据：四年里，他每年驻村时间都在300天以上，私车扶贫里程近10万公里，撰写驻村工作日志140余万字，拍摄纪实照片4万多张，29次往返武汉、恩施、来凤之间看望慰问大病住院群众，83次为困难党员、贫困户、优抚对象捐钱捐物，17次往返恩施优抚医院，75次为残疾贫困户寻医问诊、落实政策、参加公益活动，参与调解各类家庭矛盾和邻里纠纷86起，应急处理群众困难214起。

看着这组数字，老吴半天没吭声，谁也不知道他心里在想啥。

陈文林在旁边想调节一下气氛，便说：“吴队，等到明年，你应该就可以回去武汉了，一晃都五年了呢。”

“可不敢跟乡亲们提这个啊，他们是要当真的。现在每次入户，他们都要问我这句话呢，就怕老吴哪天说要走……”

“那你这辈子不回武汉，就在这村里了啊？你看你住那个房间，才6平方米，每晚睡眠又那么少，自己还在吃药……”一旁的老万神色有些黯然。

“谁知道呢，那句诗怎么念来着，孩儿立志出乡关那个。喔，不对，是‘日暮乡关何处是……’”

“乡关何处？何处乡关？乡关何处？何处乡关？”

三个人一起默念了几遍，对望一眼，昏黄的灯光下，每个人的眼角都有泪痕隐现。

第十二章 西大门

山中七年

接到赴中国国新控股有限公司定点扶贫湖北省利川市挂职任副市长、专职负责脱贫攻坚事业的通知时，国新公司所属中文发集团干部李学森刚刚在医院里陪伴妻子做完癌症手术。

那一天，是2013年11月6日。

从一场大病中刚刚缓过来的妻子，身体还很虚弱。围绕这份通知带来的一系列问题——工作、家庭、生活等等，夫妻俩聊了很久，想了许多主意。事情总是这样，没到来之前，总是会有各种忧虑，一旦来了，却也有各种办法可以应对。

这就跟妻子的病一样。大家一度都心生绝望，而现在总归看到了康复的希望。妻子给了他一颗定心丸：“组织上安排的工作，你就安心去做吧，家里的事，不要再担心。”

平静的话语从身子还无比虚弱的妻子嘴里讲出来，让人另有一份感慨。李学森一边暗自消解内心的这份愧疚，一边为接下来的工作做了一些准备。

回到办公室，他上网查了一下，才知道这个国家级贫困县地处鄂西南边陲，东接恩施，南邻潇湘，西与重庆四县两区交界，北依三峡。接着查行程，可以坐飞机到重庆或万州，也可以到恩施，无论选择哪种交通工具，都要差不多一整天才能到。

接着，李学森又开始详细了解扶贫这项工作。作为一名央企的干部，虽然对国家的大政方针很熟悉，但是毕竟从事的是经济方面的管理工作，对于扶贫，他还从未接触过。对贫困县的认识，也就是戴个贫困县帽子就可以享受很多政策这样一个概念。这一补习，他很快知道此行的担子有多重了。

2013年11月12日抵达利川的当天，跟利川市委书记郑开国和市长会面之后，李学森便直接去了扶贫办，他太想知道即将面临的一切到底是什么样。一番细致地了解之后，李学森对利川的脱贫攻坚工作有了一个初步的认识。这个国家级贫困县是湖北的“西大门”，是恩施州面积最大、人口最多的县级市，辖8镇4乡2个街道、585个村（社区），总人口95万。2013年，全市建档立卡贫困人口215801人，贫困村141个，贫困发生率为27.4%，是全省贫困人口最多的县级市。

相较于其他县市，这个市减贫成本更高、脱贫难度更大，依靠常规举措难以摆脱贫困状况。从发展环境看，该市县级财力薄弱，基础设施瓶颈制约依然明显，基本公共服务供给能力不足；产业发展活力不强，结构单一，环境约束趋紧，粗放式资源开发模式难以为继；贫困人口就业渠道狭窄，转移就业和增收难度大。实现到2020年打赢脱贫攻坚战的目标，时间特别紧迫，任务特别艰巨。

从扶贫办出来，李学森的心情更加沉重。他脑子里盘算着，怎样可以把国新公司的资源与利川市实现有效对接。换句话说，他要把着力点找准，才知道怎么发力去做事。出发之前，公司党委对他交代，只要是对扶贫工作推动有效，又符合利川市需求的项目，公司定会鼎力支持。他要做的是，把公司的政策严丝合缝地扣到这些项目，甚至是贫困户的头上。

第二天，李学森便开始下乡。他计划近期之内把全市的乡镇都跑一遍。既然做了“新利川人”，那就得先熟悉这个新家。

第一天去的是毛坝镇。顺着毛坝河一直往下行，山路蜿蜒，但路面还好。暖阳高挂，山野里一片明媚之景。从五二村到山青村，再到竹园村，一路上，茶园翠绿，村道干净，往来农人脸上皆含笑意，李学森的心情很是愉悦。

“这里虽然是山区，但是没有想象的这么穷啊！”一路上，李学森暗自揣想。

第二天去的是文斗乡。车过凉雾乡马前街之后开始爬山。上了凉风垭，几弯几折间又开始盘山而下。同行的政府办工作人员一直在跟他介绍沿线地名和当地风物，李学森却开始有点儿头晕起来。之前也经常出差，但这样的山间来得还是非常少的。到文斗镇的时候，差不多是三个小时以后了。从车上下来，看着横卧在大山之间的村村寨寨，李学森的心情开始沉重起来。比起昨天去的毛坝镇，这里山大人稀，交通不便，要穷得多。

遍访全市乡镇差不多花去了半个月时间，李学森对全市的基本情况有了个大致的印象。对于国新公司究竟要怎么开展帮扶，他脑子里还没有清晰的思路，仅有一些项目在开始慢慢酝酿。他一直记得在南坪乡双水村时的情形。当他走进村小学时，看到孩子们坐在四处透风的教室里上课，校园、校舍已经相当陈旧老化，操场没有硬化，坑坑洼洼。他当时就暗自决定，帮扶的第一个落地项目，便是要在这里援建一所新的小学。

一连几天，李学森把自己关在办公室里，写了一份上万字的调研报告，详细分析了利川市情，同时提出，把引进帮扶资金和项目、支持产业发展、壮大集体经济作为帮扶工作的方向。报告结尾，他饱含感情地写道：“扶贫是一项系统工程，需要调动当地资源禀赋，在打基础、立长远上下功夫，帮助利川提升‘造血’功能，实现有质量、有成效的可持续发展。”

写完报告，他回了一趟北京，向公司党委作了口头和书面汇报。汇报结束，李学森提出了想尽快援建一所小学的想法，并提交了援建申请。

拿着这份沉甸甸的报告，公司领导的心情既欣慰又沉重。欣慰的是，他们选择的这个人是对的，有这份用心，他们很放心。沉重的是，报告里提到的情况，让他们感受到身上的担子很重，责任也很大。

援建小学的申请，公司党委很快做了批复。李学森拿着批复，迅速跑完了各个程序。很快，援建资金到账。他随即返回利川，安排相关工作。

2013年12月底，南坪乡双水村国新小学工程项目顺利启动。国新公司先后投入近80万元，修建教学楼、电教室以及其他配套设施，使3000余名孩子得以进入新的校舍学习文化知识。2019年，李学森又用国新公司投入的104万元扶贫资金改善利川市中小学校教学条件，更新、维护教学设施；建设先进的互动录播课堂，引入优质教育资源为学生添置校服、捐赠图书，同时动员全系统员工捐款，设立扶贫援助资金，资助奖励优秀贫困学生。

此后的七年间，李学森频繁奔波于两地，牵头实施了多个帮扶项目，并把重头戏放在帮助发展地方经济上。在他的推动下，国新公司先后投入7000万元，与中广核集团合作成立了利川风力发电公司，以风电项目收益反哺其他扶贫项目，带动更多的人创业、增收。

在确定项目和推进项目的过程中，李学森每一次回京，都是行迹匆匆。有时候，坐在飞机或者动车上，他不自觉地有一种恍惚之感，自己究竟算是国新人还是利川人？在这片曾经陌生的土地上，随着各个项目的落地实施，他觉得自己与这里的关系越来越密切。如果说国新公司是自己的娘家，那他似乎就是一个远嫁他乡的人了，而且，他还在尽可能多地把娘家的资源往新家搬运。

风电项目落实了，他又开始思考其他领域的工作。几年下来，利川的特色产业，他已经很熟悉了。茶叶、莼菜、黄连，还有很多其他农产品，这些原生态的物产，他自己是喜欢的。每次返京，他都会购买一些带回去，分给亲人和朋友。他一直在思考着，怎么把这些山中的农特产品弄出大山，把村集体经济壮大起来。

他跑了很多个村，每到一处，都会详细了解村子的情况和村民所需。作为挂职副市长，自然要有整体布局。他不想把公司安排的帮扶资金像撒芝麻一样地散出去，大水漫灌的模式已经过时了，他希望有一些实实在在的长远项目，可以为农民增收，可以为这个市提供持续的“造血”功能。

几年间，他争取国新公司的支持，投入510万元支持利川特色产业和村集体经济发展，400万元入股利川市国有企业龙船调旅游发展有限公司，将入股分红作为村集体经济收入，解决了40个村的贫困户就业和产业发展等问题。在他支持下，毛坝集镇安置点启动了后续产业扶持项目建设，撬动镇内企业投资，解决了安置点381户1351名贫困人口可持续脱贫问题。后来，他又联系国新公司，捐赠650万元建设利川市生物医药产业园，发展地方产业。慢慢地，利川市初步完成了产业升级，发展势头良好。

利川市扶贫办把国新公司的定点帮扶村安排在汪营镇团合村，还另外安排了几个联系村。毛坝镇竹园村就是其中一个。无可厚非，李学森在这几个村里倾注的精力要更多一些，去的时间也更多一些。经他支持，竹园村入股茶叶专业合作社，发展了村集体经济；经他支持，国新公司出资85万元在团合村援建厂房，建设“扶贫车间”项目，带动了数十名村民就业。

多年在扶贫工作中摸爬滚打，他渐渐融入了这个大集体。参加政府办的工作会议时，他的角色也开始悄悄转变，逐渐由一个旁听者变成了一个积极建言献策者。除了争取自己所在公司的支持，他还积极引进其他资金和企业来利川，一同帮扶利川脱贫。在他的联系下，上海证券交易所投入资金57万余元，帮助利川开展教师培训交流，改善中小学的教育硬件设施，资助贫困学生；国药集团所属中联药业有限公司在利川设立分公司，计划投资1000万元建设中药材标准化种植基地、中药材初深加工生产基地，以及共享中药智能配送中心，在利川建设中药全产业链业态。

新冠疫情暴发初期，国新公司党委在大年初二紧急召开党委会，决定向利川捐款50万元用于抗击疫情，之后又组织全系统员工捐款96万元，为利川市抗击疫情作出了巨大贡献。在新冠肺炎疫情严重的情况下，他毅然回到利川，继续开展扶贫工作，及时向公司领导汇报利川的防疫形势。6月，北京疫情反复，他又不顾安危回到北京，到单位处理紧急任务，成为

“最美逆行者”。

整整七年,李学森扎根利川,满头花白的头发见证了他的初心和坚守。

七年时间很短，短到对来时路历历在目，一切都恍如昨日。

七年间，李学森走遍了利川的山山水水。利川的脱贫之路，因为他的奔走在不断缩短……

三个人的接力赛

2015年7月间的一天，国新公司中央企业专职外部董事工作部高级经理孙海超，接到了远赴利川驻村扶贫的工作任务，开始了国新公司新一轮的驻村帮扶工作。

孙海超是在利川火车站见到挂职副市长李学森的。之前，公司上下对这项帮扶工作都有所了解，但毕竟任务没落到自己身上，责任感自然没那么强。在公司的内部信息平台上，孙海超也经常看见一些关于帮扶利川的信息。但那时，他看这些信息就只是简单浏览，没有太去在意。现在，驻村工作任务落到了他的肩上，心里的感受就有些不一样了，有些新鲜，毕竟已经很多年没有到过农村，更不要说吃住在村了，与乡土疏远已经有些年头了，心头竟有种隐隐的期待。

安排好家事，跟李学森副市长联系后，孙海超便买票赶往利川。让他没有料到的是，他下车的时候，来接他的车已经等在那里了。因为工作部门不同，对这个挂职副市长，之前接触得也并不多，只是在公司大会上，听他分享过一些帮扶工作情况。这次见面，李学森的头上竟是满头花发，孙海超心中的敬意便油然而生了。也是那一刻，他也在心里暗下决心，一定要像李副市长一样，把心安下来，把帮扶工作做好。

第二天上午，李学森带着他一起去了汪营镇。孙海超以后要驻的团合村，便在这个镇的高山之上。那片山叫齐岳山，自重庆石柱进入利川境内，由西南向东北绵延，莽莽苍苍，长达125公里，平均海拔1500米以上，主峰1911米。孙海超要扎根下来的这个村，便在齐岳山巅一条狭长的凹槽里。

在汪营镇政府，他们见到时任汪营镇党委书记何文建和镇长吴兴灿。欢迎的态度表达得很热烈，这让孙海超感受到了来自异乡的温暖。何书记告诉他，镇党委已经开会研究过了，他除了在团合村任第一书记，还要在鱼龙工作站挂职任副站长。

对于工作站这个机构，孙海超并不是很清楚。在他看来，乡镇已经是最基层的行政机构了。他后来才知道，这里山大人稀，为了便于管理，乡镇之下还另设有一个叫工作站的管理机构，工作职责是管理邻近的几个村。

下午时分，他们到了团合村村委会。映入眼帘的是一栋破旧的木结构老楼，是由原来的村小学改造而来的。村支书唐兴娅，是一名“三支一扶”的大学生村干部。许是年龄相近，交流起来顺畅，很快这种生疏感便没有了。四处走走转转，他对村子的情况也大致有了印象。

村子位于利川市西部，与重庆接壤。基础设施一般：用水设施没解决好，常有季节性供水中断问题出现；道路建设欠账较多，仅有一条通村公路，各组通组路基本没有硬化。

老村支书聂书记说，之前这个村一直出产稻米，也有过一段富庶的时期，但是后来突然稻谷就减产了。大家百思不得其解，找了个风水先生过来一看，竟然说这个村里有处岩石形似公鸡，公鸡嘴正对着村子里的一大片稻田，稻谷成熟，公鸡就出来吃了，所以田里只剩下空壳，粮食减产原因正在于此。

对这个说法，大家都不禁哑然失笑。一番细看，那石头的确酷似一只公鸡。迷信的话固然当不得真，但稻谷减产却是事实。无奈之下，有人就爬上那岩石，拿铁锤敲下了公鸡嘴。据传石头掉落那刻，天地变色，岩石中还有似鲜血样的汁液流出，吓得众人狼狈逃窜。

石头是敲掉了，但稻谷产量仍然没有起来。到后来大家渐渐才知道，真正的原因是齐岳山的山体里开挖了铁路和高速公路隧道，导致当地地下水水位下降，田里水源不足，减产也在情理之中了。后来有的人家开始把水田改为旱地，地里种上药材或蔬菜，情况逐渐有了好转。但这样的产业调整，也会带来一些的新问题，就是每家每户吃的粮食只能购买了，过去自给自足的自然经济被打破，许多人选择了外出打工，村里剩下的多是老弱病幼，村子的荒寂也就在所难免了。

从繁华的大都市突然置身于这荒僻的村落，孙海超的心里除了有一些不适应，倒也生出另一种自信，觉得这工作也并不是很难做。村里的现状就摆在那里，当务之急，就是做好几件事：把村委会修好，设置便民服务大厅，再解决住房、道路和饮水问题。产业上，继续紧盯高山蔬菜，把这个产业做得更大，带动更多贫困户增收。有了产业，外出的劳动力就会慢慢回来，村子的生机就会慢慢重现。

因为村委会没有住处也没有食堂，在汪营镇政府的安排之下，孙海超暂时把吃住都安置在了鱼龙工作站。两处距离并不算远，也就三公里的样子。但要徒步来回，也非易事。到了工作站之后，他很快便跟工作人员熟络起来。有个叫段胜状的主动把自己的摩托车借给他，跑了一个多月，孙海超终是有些不好意思，转念一想，根据公司规定，驻村队员两年一轮换，还有这么久的时间，倒不如自己买一辆二手车在这边用，进村入户也更方便，以后回京前再卖掉就是。

这想法得到了家人的支持。他花了三万多元买了一辆长安牌面包车。自此以后，这辆车一直放在村委会，差不多成了驻村工作队的公共交通工具，到2017年转手卖掉时，跑了近四万公里行程。

2015年底，孙海超结合公司要求和团合村的实际情况，反复与村委和镇政府沟通交流，确定了团合村卫生室和三组通组路小桥两项工程，报请公司批准，作为2016年度捐建项目。由于准备工作充分，项目批准及施工等进展非常顺利。

2016年5月初，通组路小桥完工投入使用，正好赶上头茬蔬菜采收季节，并经受住了汛期洪水的考验，工程质量非常过硬，得到了村民的高度认可。卫生室项目涉及事项较多。还在春节期间，孙海超就赶回村里，赶在村民外出打工之前协商征地事宜，比较顺利地完成了征地工作。后期又相继与卫生局、财政局、镇卫生院等部门沟通协调，落实了预支款项，通过了设计方案审核，平整了场地，浇筑了院坝。2016年7月正式进入主体工程建设，2017年元旦前，也如期完成了项目竣工验收。

2016年底，卫生室投入使用。门前的院坝成了村里的文化活动中心，每天晚上都有村民在坝子上跳广场舞。孙海超又在市人民医院和镇政府之间当红娘，人民医院同意为卫生室配套部分医疗设备和必要的办公用品，卫生室的功能和作用一下子提升了好几个档次。镇政府按照一事一议方式，批准在卫生室西侧再加盖一座戏台和一间老年活动中心，让村民文化广场也提档升级，建成了以卫生室为中心的村民文化广场。

卫生室建好了，二楼的空房间被临时用作了村委会办公室。

更加令村民高兴的是，便民服务中心的建设也同时启动了。

工程在逐个推进，上级帮扶政策力度逐渐加大，资金投入不断增加，连组级路也相继开挖，每天都有施工队进出，村子渐呈欣欣向荣之态。下一步做什么呢？孙海超把注意力放在了村民的饮水问题上。

2016年底，在李学森支持下，孙海超初步把建水厂和河渠整治两个项目作为2017年度重点项目，并开展前期考察。实地考察和走访后，确定把水厂作为主要项目。接下来便开始寻找水源，这一找就是三个多月。

村民提出的水源线索有六处，逐一考察后，由于水量、高差、输水距离等因素均一一排除。孙海超和村党支部聂书记、村委会杨主任爬山上坡，钻沟探洞，到了很多当地老百姓都没去过的地方，摔了不少的跟头，衣服鞋子也破了不少。镇里和市里水利部门的同志也来了两三次，反复实地考察，最后还是返回到因高差原因被排除的一个水源地：二组蓄水池后面的干沟湾。

项目涉及国家专项配套资金，需要利川市水利局组织项目申报等程序性工作。算下来，项目计划最早也要2017年7月才能报批。而那个时候，孙海超的任期也到期了。

岗位可以调整，工作却一直放心不下。第二任驻村第一书记储文主进村的时候，孙海超跟他做了近一个星期的工作交接，可谓事无巨细、面面俱到。两人一起把每个村民小组都走了一遍，每个小组的情况、特征，都做了详细记录，特别是还未完工的饮水厂建设事宜，孙海超更是反复交代。那情形，甚至让储文主隐隐生出一丝不快。“你就那么不信任我吗？”然而，这丝不快很快就消除了。当孙海超返京，自己开始独立工作后，他立刻知道孙海超烦琐交代的意义何在了。

村里工作真正是纷繁复杂，看起来没什么太大的事，但和群众打交道，需要费的心思太多太多了。不能走进老百姓的心里，做的决策不能站在他们的角度，工作推进起来就会很难。群众看到、想到的大都是眼前利益，而这，往往是他们配合驻村工作队的最大障碍。

储文主接手后开始了新水厂工程的建设工作。一年后，由国新公司捐资45万元修建的村自来水厂竣工，2018年11月初完成工程验收。一管清水进农家，1200余人的饮水难题得到彻底解决。2018年8月初，公司又捐资130万元，新建党群活动中心及华星扶贫车间综合楼，安装路灯108盏，修建人行桥2座，疏通部分拥堵河段，还建起了一处人造景观。

硬件扶贫到位了，软件扶贫更加艰巨。必须引导贫困户转变思想观念，让他们从精神面貌上展现全面小康的农民风采。怎么引导？让典型说话，让典型引路。在他的精心打造下，“文明诚信之星”陈昌福、“清洁家园之星”周学兰分获镇政府通报表彰。比学有榜样，前行有标杆，团合村良好的社会风气开始形成，村民自力更生奔脱贫的主动性和积极性被极大调动起来。以村民黄恩泽为例，按照孙海超的指点，他盯住道地中药材种植产业，仅名贵药材种植规模就达3亩，基地规模30余亩，每年净收入预计可达20余万元，一举获得利川市“十佳脱贫之星”光荣称号，为团合村发展“一长两短”特色产业发挥了示范带领作用。

2018年10月17日全国扶贫日这天，储文主又提出组建一支 “团合村志愿者服务队”的设想，获得了“尖刀班”和村民的积极响应支持。当日，志愿服务队就组织开展了环境大整治活动，向心力、凝聚力立马显现，队伍迅速发展至28人。随后，志愿人数爆发性增长，在志愿者网站注册的人数达75人。

村民的积极性调动起来了，“尖刀班”的工作也做得更加顺畅。

2018年11月12日至13日，国新公司党委书记、董事长周渝波，党委委员、副总经理孔繁新一行赴定点扶贫县湖北省利川市考察调研。

初冬的利川小雨淅沥，12日下午，周渝波一行刚下飞机即赶赴利川市汪营镇团合村，在利川市副市长彭必武的陪同下，现场考察了党支部活动室、团合村卫生室和扶贫车间的建设及使用情况，详细了解了党支部建设，村民脱贫情况、收入来源等，与团合村脱贫攻坚“尖刀班”的同志围坐交谈，共同探讨如何进一步开展扶贫工作，实现精准对接、有效帮扶。随后又考察水厂，了解水厂运行、安全保障、服务村民等情况。国新公司领导的到来，为团合村的工作又注入了一剂强心针，村里的各项工作推进力度更大了。

2018年11月25日，团合村第一届趣味运动会成功举办。其中一个项目吸引了众多群众参加，他们把劳动者原型与加强消防安全意识演化为趣味体育运动项目，规则简单，充满趣味，非常贴近广大农民的生活和生产实际，具有浓郁的乡村特色，到场群众无不称赞这个节目。

许多村民从未参加过这样的运动会，觉得新鲜又好玩儿。活动结束后，好多村民留在村委会广场，久久不愿离开。这件事给了储文主很大的启发，他进一步意识到，帮扶工作除了完成“两不愁三保障”目标，村民的精神文化，也是一项至关重要的内容。

2019年7月20日，储文主担任总策划，邀请到比邻的鱼泉口村、白羊塘村民间表演团队百余人，举办了以“楚风民俗，美丽山村”为主题的团合村第二届趣味运动会、三村联欢晚会以及长桌宴篝火晚会。参演节目多以体现少数民族文化为主题。会场上还评选团合村“清洁之星”“孝慈之星”“文明之星”等先进典型。

不久，储文主还带着“尖刀班”开展了共产党员美丽庭院创建活动，定期开展评比，对“十佳”农户进行表扬和激励，并督促落后农户整改，张贴红黑榜通告。接着开展“三边”整治，先后组织300余人次，对河道、沟渠进行集中治理。同时重新修订村规民约，落实责任人。

不知不觉间，国新公司的帮扶工作在村里已经进行了六个年头，两任第一书记在村民中也留下了良好口碑。三村联欢会期间，不断有村民到村委会询问以后国新公司还会不会继续帮扶。对储文主书记，村民们也表达了留恋之意。这一切都让这个年轻的第一书记颇为感怀。

两年多驻村时光，看着这方山水由贫瘠逐渐富庶，储文主的内心是快乐的。他为这片土地倾注了很多，收获的，却是一生的回味。

2019年8月12日，储文主迎来了他的接替者郭萌萌。这位年轻的小伙子，入职国新公司仅半年，便在公司的倡议下主动报名进村。

两人的第一次见面也是在火车站。这几年似乎都已经形成了惯例，前任离开，李学森副市长送；继任来，他也要带着原第一书记去车站接。这样的仪式，表达的不仅是工作任务的交接，更像是一种精神的传承。

初到团合村的郭萌萌并没有感受到太多的压力。他自己出生在太行山区的山西晋城，对农村生活比较熟悉。太行、武陵都是大山区，自小见惯了穷困生活，让他有信心更快融入这个环境。真正让他有些难舍的是刚满周岁的儿子，好在妻子对他的工作是支持的，没了后顾之忧，自然心里就会更安定。

从储书记手中接手一件件工作，也差不多持续了一个星期。两人道别那天，郭萌萌感觉心里很复杂。之前的两任书记工作都做得很出色，群众口碑也很好，而自己接手的这一年，村里的各项扶贫政策都已经落地、生根、发芽，自己要面对的，是把这些成果整理出来，迎接即将到来的省检、国检。他心头有沉甸甸的压力感。那一天，他跟即将踏上火车返京的储书记打了包票，一定会让这个村的所有工作顺利通过脱贫攻坚验收。

接手工作后，郭萌萌很快遇到了新的挑战。语言是主要障碍，他的普通话，村民完全可以听懂，但是村民们的话，他听起来却总是云里雾里。交流不顺畅，很多难题解决起来就更麻烦。这个问题一度困扰了他很长时间。每次入户，他都得叫上一名“尖刀班”的同事一起。

后来他想到了一个办法。他下载了许多四川方言剧，空闲时就看、听，一边跟着说。用了一个多月时间，他终于把这里的大部分方言词汇掌握了，有时候还能跟同事们来上几句。入户的时候，再也不用同事们跟着了。此时，他觉得自己算是一个真正的团合村新村民了。

其次是车的问题，他借鉴了第一任书记孙海超的方法，花几万元买了一辆二手车，方便自己也方便同事。同样，他的这辆车，也成为“尖刀班”的公共用车。

郭萌萌到来时，国新公司在团合村援建的自来水厂已经完全竣工并投入使用，保障了全村80%人口的饮水安全。为了保障群众的日常用水，他主动当起了水管工。每天除了入户走访，还要经常巡查自来水管道，及时堵漏疏通。

不久就有村民反映，有两个组的水压达不到标准。一番考察之后，郭萌萌产生了争取资金再修建两个蓄水池的想法。修建蓄水池需要解决引水源、占用村民用地等一系列问题。征地期间，他每天往村民家里跑，做工作，调动村民一起出主意。最终与村民达成了用地协议，由用水户给予土地出让户一定数额的补偿，水池建成后共用共管。经过20多天施工，蓄水池顺利建成，蓄水量达到120余立方米，自来水压力不够问题得到解决。

2020年，郭萌萌又向公司申请30万元扶贫资金，帮助重度残疾人修缮房屋。17户重度残疾人家庭房子漏雨、线路老化、窗户破损、地基不稳等问题解决了，村民居住条件得到了有效改善。

2020年1月，团合村精准扶贫工作顺利通过省级三方交叉考核。2020年4月，湖北省政府批准利川市退出贫困县序列，6月顺利通过国家抽查。这是国新公司派驻的三位第一书记在团合村接续努力取得的巨大成果。

6月24日那天，得到消息后按捺不住内心激动的团合村党支部书记唐兴娅在“尖刀班”微信工作群里发了一条信息：“各位亲爱的同事、战友们，经历历次大考，团合村的工作次次考核为优秀。今年，团合村和利川全市一道顺利脱贫，为你们的辛苦付出喝彩，向你们致敬致谢！”

久已不在群内发言的孙海超第一个跟帖：“我有所念人，隔在远远乡。我有所感事，结在深深肠。乡远去不得，无日不瞻望。肠深解不得，无夕不思量。为我们共同深爱的团合村和团合村人民祝福！”

许是内心潜藏很久的情感被点燃，储文主也迅速跟帖：“最难忘山中大雪，最想念炉边夜话。有一种人生叫无悔。严寒酷暑携手行，壮怀激烈男儿襟。而今当存豪情志，脱贫共饮庆功酒。”

回到北京的两任第一书记很少在群里说话，但他们一直没有退群，一直在默默关注着团合村，关注着利川的脱贫攻坚进程。

群里立刻热闹起来。曾经的战友们纷纷跟帖说话。此刻，郭萌萌内心更是感慨万千，他跟帖道：“因为站在你们的肩膀上，我们才能得以收割这样的成果，团合村也才能顺利通过湖北省脱贫验收。我们会在接下来的一年中继续查漏补缺，巩固提升，争取在各项考核评估中均取得了优异成绩。”

2020年8月25日至26日，国新公司党委书记、董事长周渝波，党委副书记、总经理莫德旺一行再次来到利川，调研定点扶贫工作开展情况。他们先后来到生物医药产业园区、利川五中、佛宝山药材基地、汪营镇十户场村蔓皇蓝莓基地及国新公司对口帮扶村汪营镇团合村，了解产业发展、教育扶贫及帮扶项目、资金落地见效等情况。调研中，周渝波给大家鼓劲打气：国新公司将坚决扛起央企社会责任，充分发挥自身优势，凝聚各方智慧和力量，为利川项目建设、教育发展等“鼓与呼”，同时积极寻求新的合作，实现互惠互利，助推利川经济社会高质量发展！

2020年11月，团合村成功举办第三届三村文艺联欢暨趣味运动会。运动会有篮球、乒乓球、拔河、跳绳、踢毽子、掰手腕等六个项目，白羊塘、鱼泉口和团合三个村共90余人报名参赛。运动会结束后，各村拿出村民自发排练的节目开始文艺晚会。浓浓的乡土味中，15个节目轮番上演，精彩纷呈，引来围观群众阵阵喝彩，寒冷的天气丝毫挡不住村民们似火的热情。

临近春节，郭萌萌决定留在村里过节，把村里的孤寡老人和五保户聚在一起吃团年饭。大年三十上午，郭萌萌早早就准备好包饺子所需的材料，将采购的新鲜食材做成饺子馅。他挽起袖子将手洗干净，为老人们做了一顿丰盛的饺子大餐。“多吃点饺子，祝大家身体健康。”一场别样的团年饭在团合村热闹开席，团合村驻村扶贫工作队和7位五保户、孤寡老人齐聚一堂，喜迎新年。

一个个美味的饺子，一张张幸福喜悦的笑脸，浓浓的年味儿充满了整个房间。

“还有人想着我们的团年饭啊，好久没有这样热闹过了。”75岁的陈中友老人说。

很少发朋友圈的郭萌萌这天发了几句感言：“虽然回不了家，但是我在团合村感受到了浓浓的家的温暖。祝福的话语在桌上传递，年味，在这一刻更加浓郁。年，也因为有你们的陪伴不再孤单。祝团合村的乡亲们日子越过越红火！”

“飞强”飞翔

2013年，李学森初到利川的时候，飞强茶业公司研发的“星斗山·利川红·天赐冷后浑”刚刚获得中国茶叶学会第十届中茶杯红茶组评比特等奖。

刚到利川的李学森立刻被这个强势崛起的茶叶品牌吸引了。事实上，作为一名土生土长的北方人，李学森自小接触的都是花茶，对这种口味纯正的工夫红茶认识并不多。盛名之下，定有其因由。多次品饮之后，李学森渐渐爱上了这种茶，此后的日子里，他在利川红的品牌成长方面给予了更多关注。尤其是在他定点联系的毛坝镇竹园村，他亲眼见到了茶农们怎样精心植茶、采茶、制茶。在他的助推下，竹园村的茶叶种植也得到大面积的发展。眼见着利川越来越多的人吃上“茶叶饭”，李学森更加坚定了助推利川茶产业发展的信心和决心。

2018年4月28日，东湖之滨水光潋滟，垂柳依依，中印两大文明古国的领导人在此会晤。会晤在茶叙中进行，八马茶业首席茶艺师廖雪花和姜雨桐左右手联动，同时泡出“一红一绿”——“东湖之光利川红”“东湖之光恩施玉露”两款茶。几案上两罐茶叶，一绿一红，绿者名“恩施玉露”，红者名“利川红”。

晚上7点，中央电视台《新闻联播》播出了中印两国领导人东湖茶叙的画面，新华社客户端同时刊发报道《人间至味“冷后浑”》。随后，经中央、省、州主流媒体广泛传播，恩施玉露和利川红迅速红遍大江南北，知名度和美誉度迅速飙升，成为恩施乃至湖北和全国茶叶界的一张亮丽新名片。

在跟利川市委书记沙玉山汇报工作的时候，李学森多次提到了助推利川红公共品牌的思路。从眼前的情况来看，利川红已经在恩施州城、省城武汉建店，金利茶业公司甚至把加工厂开到了摩洛哥。品牌影响力上，经过东湖茶叙、第七届世界军人运动会和第三届中国国际茶叶博览会三次“国事用茶”赋能，利川红已经成为中国品牌红茶的一面旗帜，也承担起了产业扶贫的重任。但是让李学森深感遗憾的是，虽然早在2012年利川红广告已经亮相北京地铁，但这些年，利川红的店面却一直只在湖北省内发展，没有进军北方的规划。

为此，李学森跟主推利川红的飞强茶业公司董事长卓万凯有过多次交流。其实在卓万凯那里，也有一些难言之隐。这些年，公司的市场拓展一直都是他的一块心病。按照公司既定方略，是先占据华中市场，再向华南进军，最后向华北发展。在武汉水果湖建立旗舰店后，公司曾一度去过广州、深圳等地考察市场，但因为公司人力、财力有限，两处店面都没有建起来。这让他的信心受挫，更不敢贸然向华北市场进军了。

知道卓万凯的真实想法之后，李学森心里也开始了琢磨。他想，一定要借助定点扶贫这个机遇，把利川红引入北京市场，实现品牌实力的进一步壮大。在返京述职的时候，他多次把这个想法跟国新公司党委汇报，还形成了一份书面调研报告，详细论述利川红在北京建店的可行性，欲将此作为定点帮扶的一项重要内容。

2020年抗击新冠疫情期间，隔离在家的李学森一边关注着利川这边的信息，一边思考着如何助力利川农特产品销售实现疫后重振。解除防控后，他第一时间赶到利川。此时，利川企业已全面启动复工复产。然而受疫情影响，湖北茶叶成为茶友们望而却步的产品，茶产品滞销严重，无人问津。“湖北茶能不能喝”成为全国消费者心中一个大大的问号。

茶企急，茶农急，政府也急。必须支持利川红走出低谷，必须防止茶农因茶叶滞销而返贫！利川市陆续出台重大举措：拨付1500万元专项奖金，用于春茶贷款担保和贴息，化解燃眉之急；出台消费扶贫政策，鼓励工会福利购买本地茶叶；放大奖补政策，推动茶叶外销；发动各地利川商会运用各种平台牵线搭桥，促进产销对接。抓住这些机遇，飞强茶业公司开始了新一轮的网上销售探索。

中国是一片大海，茶是一片绿海，风暴过后，海一定在！

全国、全省倾情助力湖北茶产业销售，各家媒体和网络达人纷纷施以援手。4月15日。《湖北农民报》携手全国39家农民报共推湖北农产品，以《“鄂”了就搭把手》为题，共推包括利川红在内的多种农产品。人民日报海外网以《春满土家，茶香天下》为题对利川红进行专题推荐。“苦尽甘来，浓情蜜意。为鄂拼单，助力湖北”，4月21日下午，湖北电视台联合快手推出湖北名特产品直播活动。4月22日，“金牌带货官助力湖北，为鄂拼单”活动之利川红专场举行，以张继科、潘晓婷、陈一冰等为代表的中国体育天团同时在线直播，连麦知名主持人和利川市副市长钱鹏，协同带货利川红，为“利”拼单，150万人同时观看，成交1500余单。

此间，全市在“832扶贫平台”累计注册供应商186家，上架商品数量900款，产品销售总额1.56亿元，带动贫困人口就业57748人，居全省前列，在全国产生一定影响。在东西部协作框架支持下，利川积极对接天津市、杭州萧山区等对口支援城市，力推“硒品入津”“硒品入杭”。2020年，杭州市各类平台采购、线下销售利川农特产品累计金额1.74亿元。

看到利川的疫后经济渐呈复苏之态，李学森心中既欣慰又激动，立马又向公司党委做了几次专题汇报，希望再出帮扶措施，持续助推利川红品牌发展。

6月，位于北京市西城区车公庄大街的“新华1949”文化金融创新产业园区门口，之前承包给一家餐馆经营的国新公司所属的一家170平方米的店面，目前属于空置状态。得到消息的李学森迅速向公司党委提交申请，同时把思路向利川市委、市政府汇报，得到了双方的大力支持。2020年7月，国新公司党委致函利川市委、市政府，同意将此店面免费提供给利川。利川市委、市政府专题研究，决定把这个店面交给飞强茶业公司运营，建成利川农特产品在北京的展示交易中心。

得到消息的飞强茶业公司迅速召开董事会安排落实。7月上旬，公司副总经理赵龙江启程前往北京，开始前期筹备和店面装修等工作。

“新华1949”文化金融创新产业园区前身为北京新华印刷厂，这里曾源源不断地输出重要思想和新知，打造出与共和国同龄的“新华印刷”优良品牌。如今，这里被改造为“新华1949”文化金融创新产业园，是西城区高品质的文化创新空间。

10月15日，筹划三月之久、投资上百万元的“星斗山·利川红”北京形象店暨湖北利川特色产品展示中心在“新华1949”文化金融创新产业园正式开业。店内，层层叠叠的深栗色木格栅，隐喻着山与云；吊顶、墙面展示、货架玻璃隔板，显示出设计手法的简洁；灰色系暗含着退避与谦逊的寓意，文化韵味倾情流淌，恰似茶之本性。

国新公司把“星斗山·利川红”北京形象店暨利湖北利川特色产品展示中心建设列为2020年帮扶利川的拳头项目。

感恩、铭记、再出发。2020年10月14日至15日，在北京市“新华1949”文化金融创新产业园，利川市和国新公司联合举办“凉城风物敬亲人·山水利川再出发”精准扶贫成果交流推介活动，向首都人民展示利川精准扶贫成果，推介展示利川城市形象、民族文化和特色产品。

活动现场，播放了《茶中至味利川红》宣传片；国新公司派驻利川团合村第一书记郭萌萌代表驻村工作队汇报帮扶成果，分享了帮扶故事；利川市委书记沙玉山现场致辞，感谢国新公司七年多来对利川的倾情帮扶。推介会后，利川市委、市政府特意打造的一台感恩文艺表演在产业园区内的A33剧场上演，国新公司近300名员工现场观看了汇报演出。

“荆南重镇，鄂西雄关；土苗边城，尊名利川。清江扬波，夭桃吐艳。谁家茶园，响起悠悠歌声；何处村寨，升起袅袅炊烟。临水临街，儿女情长；对门对户，山歌缠绵。民族之魂，万世不易；伐纣之舞，千载永传。以掌击身，如龙如虎；或退或进，似云似烟。利川土家绝技，热情奔放；国家非遗项目，姿态翩翩。”伴随着悠扬的旋律，利川灯歌、肉连响、土家酒歌、龙船调、女儿会等富于土苗文化气息的节目逐一上演。现场观众沉醉其间，无不为利川人民的感恩之心深深感动。

《我爱你中国》的旋律响起时，在利川市委常委、统战部部长刘勇同志的带领下，利川市委宣传部、利川市文旅局、利川市农业农村局、利川市融媒体中心等单位领导，飞强茶业公司董事长卓万凯以及全体演职人员出现在舞台上，身穿印着“凉城利川”的文化衫，手牵手站成一排，集体向台下的国新公司职工鞠躬致谢，现场响起雷鸣般的掌声。

“我们国新公司在全国帮扶了五个县市，只有你们用这样的方式表达感恩。此举让我深受感动！向所有演职人员致敬，向利川人民致谢！”坐在观众席上的国新公司董事长周渝波突然站起来说。

演出结束，沙玉山和周渝波上台慰问演职人员，大家聚成一团，心里有说不完的话。

“得君之所助，青云如闲步。感此莫大德，必报涌泉处。”是啊，这是一场艰苦的战役，每一个深历之人必深知其中甘苦。多少个不眠不休的长夜，多少次加班加点的苦战，个中多少曲折艰难，到此刻，所有的记忆都化成了一腔幸福而美满的回味。

“青山一道同云雨，明月何曾是两乡。”在脱贫攻坚战场上，6家中直单位鏖战在恩施大山深处。农业部定点帮扶咸丰县、来凤县，中国铁塔股份有限公司定点帮扶鹤峰县、宣恩县，国家电网公司定点帮扶巴东县，华中农业大学定点帮扶建始县，武汉大学定点帮扶恩施市，中国国新控股有限责任公司定点帮扶利川市。26家省直单位、11家省内国有大中型企业对全州八个贫困县开展“联县驻村”帮扶。他们在这片土地上倾情付出，凝聚各方帮扶力量和潜力，一举将恩施州脱贫攻坚推向了胜利。他们的足迹和声音必将为这方山水深深铭记。

2021年，李学森同志荣获“全国脱贫攻坚先进个人”称号，利川星斗山红茶有限责任公司（原飞强茶业有限责任公司）被表彰为“全国脱贫攻坚先进集体”。一个全国脱贫攻坚先进个人带出一个全国脱贫攻坚先进集体，这在全国亦不多见。

第十三章 牵手

切入点

2017年10月下旬的杭州市，天宇朗然，空翠如滴，秋桂随风洒落。山是层次有致的水墨，湖是幽幽可人的画图。从杭州市政府大楼走出来，呼吸一口清新的空气，市农业局局长赵国钦心头顿觉爽气袭来，刚才会场上绷得紧紧的神经也似略有放松。

近两个多月的时间里，杭州市委、市政府密集召开东西部扶贫协作专题会议。市委书记赵一德在会上提出的口号是八个字：杭州所能，恩施所需。帮扶中，各区委和市直部门可以有自己的思路和方法，报市东西部协作办公室审核之后就可实施。

回单位的路上，赵国钦一直在思考，农口系统可以从哪些方面着手开展帮扶呢？工作任务下来了，各项帮扶措施必须迅速跟上去，他感觉肩上的担子沉甸甸的。

一个多星期的时间里，赵国钦连着组织开了几次班子会，研究帮扶恩施州的工作措施。对比恩施与杭州，他们把切入点对准了茶叶。茶叶是杭州市的传统优势产业和出口创汇产品，是杭州十大农业主导产业之一，也是六大特色农业之一。栽茶、制茶、经营茶叶的历史悠久，茶叶生产技术、加工技术科技力量雄厚，产出和加工水平比较高。而恩施州共有150万亩茶园，却养在深闺人未识，产出水平不高。协作帮扶，当然应从最能体现经济价值的产业入手。

很快，农业局组织了七家在杭州市颇有实力的茶叶企业，安排了一个星期的考察时间，希望借助这次考察，拟定协作思路，将帮扶项目落实落地。

11月11日，浙江新洲国际贸易有限公司副总经理柴荣建接到市里通知，要他随队去恩施考察茶叶产业发展情况，拟定公司帮扶方案。他马上上网查阅资料，发现恩施州的茶产业潜力居然可观得很。这里是中国茶树起源地之一，也是著名的万里茶道源头之一，是全国绿茶优势区和“宜红茶”核心产区，生产栽培历史悠久。新中国成立以来，特别是改革开放以来，恩施州茶叶生产得到快速发展，已然成为州农村经济的支柱产业和茶区农民增加收入的重要来源。

11月13日，赵国钦带领的考察团飞赴恩施。一周时间，他们先后考察了五个基地——龙凤镇龙马村茶叶基地、屯堡乡花枝山村茶叶基地、宣恩县湖北维民硒产品开发有限公司在建茶叶产业园、伍台昌臣茶业有限公司茶叶基地、鹤峰县走马镇木耳山茶叶基地。初冬时节，各处茶园采摘加工工作都停了。望远岫碧翠生烟，眸天际云卷云舒。云蒸霞蔚之间，茶园与山尖时隐时现，仿佛是一幅泼墨的山水画卷。单纯从这几处的茶园培植上，柴荣建觉得，甚至比杭州建得都要好。他感到，自己与这片土地和这片土地上的茶叶有了某种联系。他甚至有些爱上了这方风景奇绝的山水。

11月17日晚上，考察结束。在恩施华龙城大酒店，赵国钦组织了一次预备会，为第二天的座谈会做准备。七家企业负责人，多数是第一次来恩施，对这片土地不熟悉。会议结束时，赵国钦告诫大家：也不急着表态，再思考一下，毕竟相隔这么远，过来投资需要克服的问题很多。

躺在异乡的酒店，一会儿是茶园，一会儿是发展规划，一会儿是公司领导临行前的嘱托，一会儿是杭州市领导期许殷殷的讲话，脑子里不断浮现各种画面，柴荣建失眠了。

第二天，恩杭两地农口系统座谈会如期举行。经过一夜琢磨，柴荣建已经有了自己的思考，话说起来思路就格外明晰：“恩施州生态环境很好，茶叶天然富硒，发展前景好。但是精深加工方面比较欠缺。我想能不能在这边投资做抹茶，丰富茶品种，填补这项空白。这个项目见效快，也能为老百姓增加收入。”

其他企业也纷纷表明了各自的帮扶方向和切入点。

11月20日，回到公司总部的柴荣建立刻将此次恩施之行的所见所闻所想向董事会作了汇报。公司决定，由柴荣建和凌勃两位副总牵头，在恩施筹建一所抹茶加工厂。选址和公司注册等前期工作，由柴荣建全权负责。

一个星期后，柴荣建再次飞往恩施，选址建厂。临行前，柴荣建专程去到杭州市农业局向局长赵国钦汇报，希望农业局做好对接，提供相关人力物力支持。

“你们是杭州第一家去恩施州落地的东西部扶贫协作农业企业，能够迅速融入这场举国参与的脱贫攻坚战，是个人幸运，也是企业担当。市农业局要政策给政策，要人力给人力。你们需要的我们尽全力支持！”

步出农业局大门，柴荣建心中豪情顿生。波澜壮阔的时代，见证并参与做一件有价值有意义的事，是何等幸运啊！

紧接着，柴荣建和农业局邓红宁处长飞到恩施，与恩施州农业局一起下乡选址。柴荣建一边看一边想：要见效快，采取与茶厂合作的方式最好，可以利用他们的厂房和基地，缩减产出时间。很快，恩施市龙凤镇龙马村被确定为候选地址。村里的金果茶业股份有限公司茶叶基地粗具规模，厂房也已建好，只要购置设备，安装生产线，成果可以立马见效。而且这里是李克强总理最早关注的移民建镇试点，环境相当不错。

特事特办，所有审批流程从简，公司董事会迅速通过了柴荣建的选址地点建议。

柴荣建屈指一算，从11月13日第一次踏上恩施到项目确定，前后仅用了半个月时间。

就得有个联姻的样子

12月7日，柴荣建怀揣浙江新洲国际贸易有限公司在恩施龙凤镇建立抹茶加工生产线的方案，再次飞到恩施，落实跟金果茶业股份有限公司联合成立公司的事情，并敲定合作细节。副州长夏锡璠指示州农业局牵头，立即成立洽谈合作工作领导小组。

预备合作的金果公司成立于1998年3月。2007年1月，公司总部由金果坪乡迁至巴东县城。2011年，加盟“恩施玉露”茶叶品牌，现代化星级总装精制加工车间迁至恩施。2013年至2015年，公司研发的金果苦荞茶、黑茶等先后上市。这是一家省级农业产业化重点龙头企业，先后获得“全国三农科技服务金桥奖”等30多项荣誉。其“金果”商标为湖北省著名商标。

与这样一家在当地有名望、有实力的公司合作，双方都充满了期待，但类似的企业合作经营方式在州内尚属首次，并无可以参照的样本。股权怎么分配？具体怎么合作？厂房怎么布局？设备怎么加装？各个细节都需详细商榷。为此，柴荣建和金果公司老总苏方俊多次会面磋商，有时候一谈就到了深夜。

抹茶是一种新产业，恩施还是空白。新洲国际贸易有限公司是浙江省农业龙头企业，从事茶叶生产加工已经有30年的历史，生产经营抹茶也有10年的时间。技术上，必须全部依靠他们。

股权分配呢，以新洲公司为主，金果公司少占一点，主要是提供厂房和基地等支持。三七开合适。

经营方式呢，采用“公司+村集体经营公司+基地+贫困户”模式。公司负责技术指导、定价收购，村集体经营公司负责出资建设基地、组织采收，贫困群众负责田间管理，所获收益由村集体经营公司与贫困群众实行二八分成的带贫模式进行分配。

新成立公司的名称呢，把两边的名字都加进去，既然是东西部协作联姻，那就得有个联姻的样子。新洲、金果，各取一个字，就叫恩施州龙马新果实业有限公司！

相关细节一一敲定。

2018年1月4日，恩施州龙马新果实业有限公司正式成立。浙江新洲国际贸易有限公司、湖北金果茶业股份有限公司共同注资5000万元，主要从事茶叶精深加工、茶旅融合产业建设、抹茶小镇市场建设等。项目总投资1.1亿元，规划打造成“公司+农户+基地+生产+深加工”为一体的全产业链，建设国际一流的一二三产业融合的抹茶小镇，辐射引导周边茶园面积10000亩，年产值实现过亿元。

进入深冬的龙马小镇已不似夏秋那般热闹。几场雪一下，远山顶上一溜白，半山腰处的茶园也覆上了一层薄薄的雪。

柴荣建在厂区金果连心园的边上租下了一间小房子，直接住到了小镇上。新建几条抹茶生产线，并不是说说那般容易。各种事情千头万绪，和杭州又相隔太远，过去用熟悉了的人也不能带过来，很多事都需他亲力亲为。

最令他着急的是建示范基地的事。抹茶对芽叶的要求不同于其他茶产品，要让当地农户尽快接受大棚覆膜培植这种新的方式，得有个过程。恰巧，这期间柴荣建了解到，龙马村村委会委员黄先荣之前流转了150余亩土地种植茶叶。如果能把这片土地转包过来，集中打造一个示范茶园，对周边的茶农肯定会起到带动作用。这比从相对分散的农户手中流转土地建园见效要快得多。但别人经营得好好的茶园，要转租，他会同意吗？

柴荣建开始上下奔波。找恩施市政府，找龙凤镇政府，找龙马村村委会。最终，150亩茶园集中流转过来了，公司的第一个抹茶基地建成了。

土壤取样随即快递到青岛一家土壤检测机构。茶叶可不能粗放经营，怎么施肥、施什么肥，须根据检测分析结果来确定。另一边，大棚钢架、遮阳网订制与安装，也迅即启动了。和茶叶产业打了大半辈子交道，各项工作都能驾轻就熟的柴荣建，在离乡远、无团队支持的情况下，工作起来还是感觉到有些力不从心。

必须加快施工进度！2018年春节刚过，柴荣建便赶到龙马，他要倒排工期。总部那边，同事已经飞往日本采购机械、寻找销路；恩施这边，启动基地建设、搭棚覆膜，各项准备有序进行。两地政府和公司总部都希望在今年春茶开园之后，建成投产两条生产线。

2018年5月24日，金果连心园，恩施州龙马新果实业有限公司抹茶生产线竣工投产。128天，第一条抹茶生产线就竣工投产；96天，500亩标准化抹茶示范基地建成；60天，1073亩抹茶订单基地建成。这就是东西部扶贫协作的“杭恩速度”。

新果公司成立不到三年，建成抹茶种植基地1573亩，其中标准示范茶园基地500亩；标准厂房2栋；全自动碾茶生产流水线6条、精制生产线1条、抹茶碾磨机组1套、抹茶小包装机1台；茶叶智能冷库2座，4000立方米，可满足年产400吨碾茶或抹茶的生产和储存需要。此项目，直接受益农户4936户，其中贫困户318户1123人，带动茶农增收3000余万元。

“企业+村集体经营公司+基地+农户”抹茶产业园脱贫攻坚帮扶模式，显现出强劲的扶贫效果。2019年12月，胡春华副总理考察新果公司；2020年4月，湖北省委书记应勇调研新果公司，都给予了高度评价，指示湖北省有关部门对新果公司的这一模式进行总结，结合实际在湖北省内加以推广。2020年8月，国务院扶贫办副主任陈志刚调研新果公司时竟说：“这一经验值得在全国推广！”

成绩背后，是柴荣建、凌勃两位负责人的辛苦付出。2020年7月，柴荣建父亲病逝时，他还在茶园里指导茶农修剪，未能见到老父亲最后一面。2021年2月26日，刚从杭州飞到恩施工作的柴荣建接到电话，母亲突然发病住院。连夜安排好工作之后，老柴第二日即启程飞回杭州，又驾车三个多小时赶回乡下老家。28日凌晨，苦熬两日，见到从千里之外赶回的儿子后，一生辛劳的老母亲溘然长逝。临终前，已说不出话来的她用干枯的手紧攥着儿子的手，那份不舍和担忧，尽化于眼角浸润出的清泪之中。

一个大胆的构想

2018年4月1日，杭州市滨江区浦沿街道办事处党工委副书记、办事处主任汪栾刚参加完滨江区政府的一个会议，接到了一个通知，要他到湖北恩施州建始县挂职，牵头负责区里与建始县的东西部扶贫协作工作。

“恩施是个山大人稀的地方，好山好水看不尽，土苗风情惹人醉，汪主任如果去挂职三年，说不定会乐不思蜀呢。”早在二三月份，区委组织部开始酝酿挂职人员名单时，就有同事跟他开起了玩笑。

“脱贫攻坚是造福一方、造福群众的大事、好事，非常有幸能够参与到这项伟大的攻坚战当中。山大人稀，其实就是老少边穷嘛，哪里有你们说的那么自在，工作难度肯定大喔。组织有安排，工作有需要，全力以赴就是了。”

其实汪栾心里一直颇为忐忑。杭州市与恩施州结对开展东西部扶贫协作是2016年便开始的工作。前两年，杭州市更多的是在一些政策和项目上的帮扶，人员派驻这一块，并没有今年这样大规模安排。2018年开始，杭州市与恩施州八个县市结对帮扶的区县开始频繁互派工作人员，标配是一名挂职副县长和扶贫办副主任，其他各行各业的专技人员则根据需要陆续增派。

和汪栾一同前往建始的是现任滨江区商务局副县级调研员包苞。年龄上，包苞长汪栾6岁。虽说都在一个区工作，平时却没有什么交集。挂职文件下来后，两人联系上了，做了一些沟通和准备。除了区里，市里到恩施州挂职的是市物价局副局长、巡视员吴槐庆。

2018年4月6日，杭州市东西部扶贫协作领导小组召开了一次赴恩施州挂职人员座谈会。会场上，大家彼此才对上号。杭州市委、市政府的相关领导在会上承诺，全力做好后方保障工作，全力支持恩施州脱贫攻坚工作。市委主要领导鼓励大家，要与恩施州同舟共济，同气连枝，携手战贫。

4月18日是集中启程的日子。市委组织部常务副部长徐小林带队，19名挂职人员悉数到齐，其中包括之前已经到恩施州东西部扶贫协作领导小组办公室工作的人员。大家多为第一次到恩施，忐忑中还夹杂着几分兴奋。

过了宜昌，距离恩施很近了。他们都情不自禁地从舷窗看出去。连绵起伏的巍峨群山，绿满山原，春色正好。

“真是一片风景瑰丽之地啊！”机舱里热闹起来，大家都在窃窃私语。原始生态、风景秀丽之地往往也是贫困、落后、贫瘠之地，要在此工作生活数年，每个人心中都很激动，也为即将到来的压力和挑战暗自憋足了一股劲。

飞机落地恩施许家坪机场前几分钟，他们把恩施州城的样貌差不多都看清楚了。这座被列为湖北省九大古城之一的新兴城市，建设得比想象的要好。清江穿城而过，碧波荡漾。五峰山、凤凰山绵延逶迤。山水之城，一块风水宝地。

稍事休整，4月19日，“杭州市·恩施州东西部扶贫协作工作”座谈会召开。座谈会上，恩施州委副书记、州委政法委书记，州高新技术产业园区党工委书记柯东海介绍了全州的基本情况和扶贫工作现状。距离脱贫攻坚收官不到两年时间，全州还有40多万人口未脱贫。任务重压力大，恩施州领导脸上满挂着担忧与焦急。

此时正是4月，全州上下的神经都绷得紧紧的，“尖刀班”1月份已经成立了，两万多名战士开春后就住进了村里，州、县督战队也正在全州、全县市密集开展督战，到处是一片大决战的忙碌景象。

扑面而来的紧张气氛迅速透进了每个杭州扶贫工作队队员的心里。没有过多时间休整，到来之前各种浪漫休闲的憧憬被这股子紧张和压力迅即冲散。

欢迎座谈会后，各县市前来迎接的车已经停在酒店外，挂职人员分成八组，立即分赴各个县市。

汪栾和包苞跟着建始县前来对接的领导一起上了车。一路上，他们一个劲地打听建始县的基本情况，恨不得一口气把所有与脱贫攻坚相关的信息都装进脑子里。到了建始县，与县委、县政府领导见过面之后，两人立即到了县扶贫办，向何平主任详细了解全县的情况，接着便进村入户实地查看。全县92个贫困村，他们计划用两个月时间集中走访一遍，再根据走访情况拟订工作方案，制订出详细的帮扶对策。

其实自2017年初开始，滨江区的各项帮扶资金和项目在建始已有落地，而此次派驻挂职干部，工作方向和目标明显改变了。他们要转换角色，把自己变成这片土地上的一员。要思考怎样引进一些好的项目，既实现贫困户脱贫增收，又能开发成产业，使农民不仅能脱贫，还能稳定致富。

从扶贫力度上看，建始县的工作做得很扎实。36名县级领导联系包保10个乡镇，各驻点1个贫困村和1个边远薄弱村。405个驻村“尖刀班”，2407名干部下沉到村，实行岗位在村、工作在村、吃住在村；103个县直单位“一把手”实行“3+2”驻村模式，7200余名干部职工进村入户结对帮扶。

走访期间，建始县委、县政府和滨江区委、区政府领导有了更为频繁密集的互访。6月26日，建始县召开了一次东西部扶贫协作专题工作会。会上，已任职建始县委常委、副县长的汪栾，汇报了自己这几个月到贫困村调研走访的情况，提出了组建一个滨建（滨江区对口帮扶建始）公司的想法。

“经过几个月的调研，我们有了一个大胆的构想，组建一个专门负责东西部扶贫协作的国资公司，就取名滨建公司，集中所有扶贫协作项目资金，引进几个大企业，办几件大事，改变过去那种撒胡椒粉式的帮扶方式。”

“这几个月以来，滨江与建始共同组建调查组，逐村走访调查，疑点多多，难点重重。由于大多数村地处偏远，受地理、信息等多种因素制约，撒钱式、一哄而上式发展，往往收效甚微。‘村村点火，户户冒烟’式发展不可行。整个扶持资金看似‘一大锅粥’，其实分到近百个重点贫困村就只是‘一小碗’。”

“一捆散竹子投放到江中定会折沉江底，扎竹成排一定能搏击汹涌江涛，壮大整个重点贫困村经济。可以尝试走一条‘集体经营公司+市场化运营’之路，着力打造村集体经济联合体，探索产业协作扶贫新模式。”

汪栾出语惊人。

会场沉寂下来，人人都在思考这个提议的可行性。按照之前的帮扶惯例，一般是项目立项之后，政策资金就向那里倾斜，起到助力产业发展的作用。汪栾提出组建国资公司运营的方式，能不能成功，大家心里没底。

“国资公司成立后，由县扶贫办负责管理，统筹安排资金。我们搭架子、建场子，以诚意招商，给愿意落户的企业以最大的帮助和最大的诚意，让他们愿意来投资。我们先收租金，这样可以保证我们的资产属性一直是国有。后期，可以探索市场自主发展模式。这样的好处是，可以集中力量发展大产业，让贫困户有长期稳定的收益。”汪栾继续阐述自己的想法。

“汪县长的意思是，让村集体入股，搞股份制公司？”县委书记向红林问道。

“是的。公司成立起来后，建始县92个贫困村，全部都占股份，14万贫困人口全部都是股民。公司资金主要从东西部协作的项目资金里面来，后期根据需要，县财政补贴一部分。公司的收入，全部分到村集体，以此保障村集体的收益。”

“这想法大胆又新奇，而且覆盖面很广，我支持。”一番深思之后，县委副书记蔡亮率先发表了意见。

“我还有一个疑问，滨建公司负责找项目、拉企业，这对入驻企业肯定有较高的要求，但后期招商引资如果达不到预期的效果，是不是要改为公司自己来经营呢？”

“我们的设想是公司不参与经营，只负责搭建平台，一切以所招企业自主经营。这样的话，即使企业经营状况不理想，我们的国有资本是保住了的，村集体和贫困户也无须承担相应风险。”挂职扶贫办副主任包苞也在一旁补充。

“我们之前的招商过于强调资源禀赋和投资，往往忽略了引进先进技术、管理和市场。要打造可持续的村集体经济联合体，必须走市场化运作模式，实行轻重资产分离！筑‘鸡窝’，引‘母鸡’下蛋，分红利。”建始县扶贫办主任何平也在一旁补充。

“滨建农业发展公司成立后，与92个重点贫困村结成利益共同体，推进产业化经营，全面消除‘空壳村’，变各贫困村单打独斗为抱团发展，实现贫困村村集体经济与大市场的无缝对接，让贫困村更多分享滨江对口支援建始的产业发展‘蛋糕’，我赞成。”建始县县长张渊平发言了。

“我看这个想法行，大胆又有创见，应该是全州都没有过的新协作模式。县委常委会开会讨论一下之后就形成决议，由蔡亮副书记牵头，汪县长和县扶贫办主任何平具体拟定相关操作规程，迅速组建公司。招商引资这一块也同步启动，在组建公司的同时，联系几家有意向的合作企业。”县委书记向红林总结道。

一个星期后，建始县委常委会关于组建湖北建始滨建农业发展有限公司的决议正式下发。各方准备工作迅速启动。

2018年9月25日，以建始县92个贫困村和县扶贫开发协会为股东，以解决贫困村集体经济收入为目的滨建公司正式成立。公司主要业务为发展特色经济、开展多种经营，注册资本5000万元，实行股份制经营，92个贫困村每村占股1%，县扶贫开发协会占股8%。公司设立董事会和监事会，董事会设立6个股东（县扶贫开发协会+5个贫困村村委会），由县扶贫开发协会为87个贫困村代持股份，总持股占比95%，另外5个贫困村村委会各持1%。将滨江区援建建始县的产业类固定资产划拨为滨建公司所有（正在运营的有三个产业园、五个扶贫车间、两个设施农业基地、三个冷链冻库和一栋民宿）。公司聘请专业人员统一经营管理。按照《公司法》等法律规章制度管理分红，用于村集体经济发展和所属贫困户脱贫增收。

聘请谁来担任公司的运维人员？几番讨论，几番筛选，一个叫樊远安的人进入了大家的视线。此人有多年企业管理经营经验，又正当年富力强，口碑和能力都不错。

几个月后，建始县贫困村发展集体经济培训会暨滨建农业发展有限公司股东大会在茨泉宾馆五楼会议室召开。全县10个乡镇党委组织委员，县人民政府扶贫开发办公室、县财政局、县市场监督管理局、县税务局、县农业农村局、县自然资源和规划局、县经管局、县扶贫开发协会等单位的负责同志及92个建档立卡贫困村的党支部书记、主任等150余人参加会议。大会审议通过了《建始滨建农业发展有限公司章程》；审议通过了87个贫困村委托扶贫开发协会持股决议；表决同意施金菊为公司监事；表决通过聘任樊远安为公司执行董事、总经理、法人代表。

公司组建完成，万事俱备。引入什么样的企业入驻，成为摆在公司管理层面前的一个大难题。汪栾和包苞决定把重心放在养殖业上。建始县过去靠经验养殖，散养等传统生产方式已经严重滞后，尤其是高山地区，受地理条件、气候环境的影响，产业单一，发展乏力。所以，引进一家专门从事生态农业产业的公司到建始投资兴业，当是目前最好的选择。

几经斟酌，他们看准了一家叫明康汇的公司。

明康汇生态农业集团有限公司是杭州市海亮集团旗下一家专门从事生态农业种养产业的公司。2013年以来，他们在湖北、云南等贫困地区采用全产业链扶贫模式，累计投资5亿余元建成了多个种植养殖基地，与当地合作社种植大户施行订单农业，并派遣专家团队对种植大户们进行技术指导和培训，推广先进种养殖技术和现代农业生产经营理念。各产业基地累计聘用农户务工人员超18万人次，带动近万名贫困户脱贫增收。种种条件，都符合滨建公司的招商要求。

目标盯准之后，汪栾两地往返，先后对接30余次，终于把项目敲定。明康汇公司答应到建始实地了解，投资成立明康汇（建始）生态农业有限公司。

10亿元产业集群

接到老朋友李长江的电话时，杭州市明康汇生态农业集团有限公司的业务经理赵而祝正在位于甘肃兰州的一家生态农业种植基地上忙碌。

“公司预备落地一个项目，在湖北恩施州建始县，公司希望你去那边做前期选址和筹建工作。这是东西部扶贫协作的一个重点项目，公司也是多次考量之后才定下你的，你把手头的工作交接一下，尽快赶回总部，然后预备去恩施。”因为是多年相交的老朋友，李长江说话开门见山，干脆利落。

放下电话，赵而祝立即在手机上百度了一下恩施州建始县，这些年东奔西跑，走南闯北，他的足迹还未曾触及那片土地。

“老赵啊，李长江的电话你接到了吧，最近预备去恩施喔，公司已经决定好了。而且我还要告诉你一个消息，你去恩施是我推荐的。我的战友包苞上半年就去那边挂职任扶贫办副主任了，你去了就具体和他对接工作。”不一会儿，另一位公司同事冯建鲁的电话也打过来了。

12月5日，赵而祝从兰州回到杭州，又随即乘车赶到恩施，同行的还有两位把他“拉下水”的同事李长江和冯建鲁。

等他们赶到时，明康汇公司和滨建公司的合作协议已经在蔡亮副书记和汪栾副县长的协调下签署完成。按照公司要求，他们要在建始建设一个大型的蛋鸡养殖基地。

随后一个多星期的时间里，在汪栾和包苞的带领下，一行五人跑遍了建始县城附近30多个点，最后决定把厂址选在业州镇风吹坝村。这个村地处山坳之中，地形恰似一只倒立的宝葫芦，上面宽，进口窄，中间还有一处石山，刚好把葫芦截成两半，上面为养殖区，下面为生产区。近旁不远处，还有高峰水库和小沟水库，用水也不成问题，而且距离建始县城仅十余公里，交通条件也好。

2018年12月15日，县里和业州镇启动征地工作。仅三天时间，征地工作全部完成。消息传来，明康汇公司一行三人不禁对建始县招商工作的执行力和诚意肃然起敬。

12月30日，明康汇（建始）生态农业有限公司正式注册成立。赵而祝为养殖基地总经理，全面负责厂房设计和配合滨建公司修建等前期工作。

2019年1月4日，赵而祝、李长江、冯建鲁三人回到杭州总部，汇报选址和公司注册情况。1月6日，赵而祝便带着设计团队再赴建始，启动厂房设计和设备采购工作。

建始这边在县扶贫办主任何平和业州镇镇长冉云峰的协调指挥下，十余台挖掘机开进工地，场地平整工作全面启动。

两个月时间，场平和设计工作全面完成。3月2日，第一期厂房建设开工。

消息传回杭州明康汇公司总部，公司高层深为建始县的“业州速度”感动，更加坚定了在此发展的决心。

修建厂房的同时，赵而祝同时启动了鸡苗供应商和饲料供应商考察工作。在充分考虑交通和质量条件的前提下，他跑遍了方圆五百公里内的十余家意向性厂商，最终确定了湖北浠水县一家代养厂为鸡苗供应商，宜昌正大和新希望两家公司为饲料供应商。

当年8月，占地35亩、投资总额2200万元的一期厂房建设工程完成。上方是三栋现代化的养殖厂房，下方是生产包装车间和办公区。一个鸡舍智能化温控、饲养机械化完成、鸡蛋自动化分拣、粪污无害化处理的现代集约化畜禽养殖场宣告竣工。

8月18日，第一批5万只鸡苗自浠水县运抵风吹坝厂区，滨建公司引进的第一家大型企业明康汇（建始）生态农业有限公司正式建成投产。

两个月后，第二、第三批鸡苗陆续运抵，总数已达15余万只，日产鸡蛋8万至13万枚。

就在公司运营正处于上升阶段时，新冠肺炎疫情突然而至。当时正值年关，赵而祝已返回山东青岛过年。心急如焚的他想尽各种办法欲返回建始，均无法如愿。疫情阻断了交通运输，15万只鸡的饲料运不进来，每天产出的上十万枚鸡蛋运不出去，巨大的难题摆在新建之初的公司面前。

怎么办？赵而祝立即向总公司汇报了目前的困境，同时迅速和滨建公司联系，寻求帮助。县扶贫办主任何平和滨建公司董事长樊远安闻讯，迅速启动应急预案，一边通过汪栾副县长、蔡亮副书记和吴槐庆副州长寻求解决办法，一边赶往养殖基地现场查看。

疫情期间，很多工人无法上班。何平和樊远安顾不上许多，自己动手装箱，持续一个多星期。樊远安偏患上了感冒，他白天在工厂劳动，晚上抽空去医院打针。有工作人员把视频和照片发到工作群里，远在山东的赵而祝不禁感动得热泪盈眶。危急时刻，副州长吴槐庆紧急协调，州疫情防控指挥部为明康汇公司专门办理了一张运输通行证，解决了鸡饲料从宜昌运往建始的难题。

两项问题都解决了，鸡蛋销售问题依然棘手。之前，公司的产品多数是运往杭州市，通过海亮公司的销售平台销到各大农产品市场和国外。如今交通阻断，无法运出，仓库里积压了大量产品。时间紧迫，吴槐庆迅速向恩施州脱贫攻坚指挥部汇报，获得有力支持。指挥部发动全州各机关事业单位，以工会集中采购助力农产品销售的形式，将积压的360万枚鸡蛋抢购一空。

明康汇公司得知这一消息，全公司为恩施州委、州政府的营商环境和仁义之举而深深感动，更加坚定了于此加大投资力度的决心。疫情防控解除之后，返回工作岗位的赵而祝迅速向公司提交申请，希望进一步扩大投资规模，启动第二、第三期工程建设。

经过两个星期的论证考察，明康汇公司决定，以第二期与滨建公司合作投资、第三期明康汇全投的形式，启动后续产业拓展工程。

2020年3月26日，投资1亿元的二、三期蛋鸡养殖场开工建设。建成后，可养殖蛋鸡100万羽，年产值约7亿元。公司规划，靠明康汇集团成熟的技术、科学的管理模式以及强大的市场份额，高位谋划、高效统筹、分步推进，打造以蛋鸡养殖为核心，集蛋鸡养殖场、育雏场、粮食及饲料加工厂、纸箱（蛋托）厂、有机肥厂、屠宰厂、老母鸡食品加工厂、物流产业于一体的金凤一体化全产业链，使年产值达到12亿元，增加就业岗位1000余个。

一个年产值过10亿元的“金凤”蛋鸡产业集群正在建始形成。

如今，在滨建公司落户的企业不仅有世界500强企业海亮集团旗下的明康汇生态农业集团有限公司，还有一大串名单：恩施硒蘑生态农业有限公司、湖北福恩鞋业有限公司、湖北浠水双凤禽业公司、湖北骏熙堂药业公司、恩施州真艺堂茶业有限公司、建始县慧民农业科技有限公司、建始县可见酒店管理有限公司等。他们承租滨建公司旗下的资产，发展蛋鸡养殖、高山蔬菜种植、药材种植加工、鞋类加工、乡村旅游。海亮集团还在与建始县洽谈民办教育、康养和铜加工投资项目，正大集团在洽谈集100万头生猪养殖、饲料加工、屠宰及食品加工于一体的生猪全产业链项目。

壮大产业不仅极大发展了村级经济，更带动了贫困户增收脱贫。在红岩寺镇扶贫产业园，承租主体"福恩鞋业"为贫困户提供"订单培训、定向就业"渠道，带动就业110人；在业州镇柳树淌，世界500强迪士尼玩偶的加工厂开办民艺扶贫车间，带动52名贫困户实现就近就业。滨建公司管理的全部资产，已累计带动近200名贫困人口踏上"一人就业、全家脱贫"的路子。

2019年，滨建公司分红收益全部用于全县92个贫困村的贫困户的产业补助和村公益性岗位支出，惠及贫困人口8400余人。2020年，每个贫困村分红3.2万元，贫困村集体经济收入整体实现了零的突破，惠及贫困人口22832人。

滨江区与建始县探索实施的东西部扶贫协作新模式得到了国务院、湖北省、恩施州扶贫办认可，学习强国、《湖北日报》《杭州日报》《恩施日报》等媒体以大量篇幅做了典型报道。在全国脱贫攻坚总结表彰大会上，海亮集团荣获"全国脱贫攻坚先进集体"。

杭情施意

“杭恩携手”的东西部扶贫协作之路时间跨度不长，收获成果却卓著。

2016年10月27日，中共中央办公厅、国务院办公厅下发《关于进一步加强东西部扶贫协作工作的指导意见》，恩施州首次被纳入国家东西部扶贫协作范畴并由杭州市结对帮扶。

2017年2月15日至17日，恩施州委书记李建明带领恩施州党政考察团赴杭州市考察对接东西部扶贫协作工作，杭恩两地签署《杭州市人民政府 恩施州人民政府东西部扶贫协作和对口帮扶合作框架协议（2016—2020年）》，双方正式明确了在产业合作、劳务协作、人才交流、资金支持等方面的合作意向，全面开展“携手奔小康”行动，杭州市八个区与恩施州八个县（市）建立了结对帮扶关系。

2017年7月底，杭州市选派的5名干部到位，杭州市对口帮扶恩施州联络处组建。8月，恩施州选派的首批5名干部赴杭州市开展为期半年的挂职工作；杭州市37个帮扶项目、3000万帮扶资金落地恩施州；50个街道（镇）和50个行政村（社区）与恩施州50个乡镇、50个行政村结对；当月，恩施州组团参加首届中国国际茶业博览会，拉开了杭恩两地茶产业合作序幕。

2018年4月20日，参加完“杭州市·恩施州东西部扶贫协作工作”座谈会的第二天，挂职任恩施州副州长，同时担任东西部扶贫协作工作队队长的吴槐庆便开始了他的“遍访贫困村”计划。短短三个月，他带领工作队以“历经千辛万苦、说尽千言万语、走遍千山万水、想尽千方百计”的“四千精神”走遍全州88个乡镇、400多个贫困村，撰写调研报告18篇，“摸穷根”“诊穷脉”。据此，他为工作队规划了三年工作线路图：2018

年“全面拓展”，2019年“创新奋进”，2020年“巩固提升”。

被称作全国东西部扶贫协作“金名片”的“名誉村长”结对帮扶，吴槐庆倾注了不少的心血。“名誉村长”项目从2018年底就开始策划，最终形成制度化，134位企业和社会组织的负责人担任了166个贫困村的名誉村长，开展走亲连心“1+5”行动（结对企业家担任贫困村名誉村长，开展带强一个村级新型合作组织、壮大一个村级主导产业、帮助结对村办一件以上民生实事、开展一项助老助残助弱公益活动、带动一批消费等五项行动），实现深度贫困村结对全覆盖。

恩施州脱贫攻坚的战场上，到处是杭州人民的深情厚谊。

在产业扶贫领域，现代抹茶产业园、三产融合产业园、高科技农业产业园等17个产业园区，102个“扶贫协作就业车间”，123个规模化种植养殖基地星罗棋布；93家浙商企业在恩施州落地投资达30多亿元，带动全州形成茶叶、中药材、生态种植养殖、高山果蔬四大特色产业，撑起了恩施州产业扶贫“半边天”。

宣恩县苦草坪村是吴槐庆结对帮扶的村，他几乎每个月都要来一趟。2018年6月，吴槐庆在苦草坪村调研后发现，该村没有主导性产业。他立即召集“尖刀班”开会，确定把花椒作为村里的支柱产业。由他引荐，“花椒姐”卢云落户苦草坪，建立花椒基地，栽种面积达1000余亩，栽培管理技术及终市场销售产业链被全部打通，带动了近400户村民脱贫。

地处长江三峡腹地的恩施州唯一深度贫困县巴东，物流不畅、信息闭塞，让抱着天然富硒农特产品这个“金娃娃”的巴东人，长期被贫困帽子压得喘不过气来。巴东天然富硒农特产品走不出巴东，一直是50万巴东人民最揪心的痛。这样的局面强烈刺激着23岁的退伍回乡军人张周清，他决意发展电商来销售农产品。2016年9月，在外培训归来的张周清开始通过微信销售农产品。努力的人总是幸运的。2018年，恩施州人民政府和杭州市人民政府联合举办了恩施州“硒品入杭”暨工业招商推介活动，由杭州下派到巴东县挂职的副县长韦锋瞅准时机，帮助张周清的巴山公社电子商务有限公司与全国大型社交电商平台——杭州云集集团实现签约。加入云集四个月，巴山公社就销售了4万斤富硒小土豆，打造了东西部协作消费扶贫的“巴东样板”。

在来凤县，杭州市拱墅区援建湖北省养殖规模最大的中华蜜蜂生产基地，形成了每年15万斤土蜂蜜的产能。

2018年年初，建始县龙坪乡的谭贤静参加了在义乌市举办的电商培训班，很快掌握了拍照、制作视频、写文案、营销等一整套网店运营流程，接着参加了杭州“百县千红新农人”计划，结识了一批电商大V合作伙伴。她的“黄四姐”特产品牌店，通过“扶贫832平台”销售马坡茶价值180余万元，销售六月雪梨、硒土豆、黄桃等特色农产品250吨，为当地群众增收1200万元。

就这样，杭州市累计投入财政帮扶资金10.9亿元，实施帮扶项目872个，为近600个村留下了集体资产，也孕育出一大批带贫致富能人。

在教育医疗领域，吴槐庆力主推动的“春风助学”“重塑人生脊梁”“走出大山看大海”等行动，促使一大批针对贫困学生、残疾人等特殊群体的公益项目落地，大大改变了恩施最困难学生和群众的现实困难。

巴东县东瀼口阳光小学创办于2010年，是一所民营留守儿童学校。尽管条件简陋，但这所学校对于巴东县的教育扶贫意义非凡。作为恩施州唯一集小学教育和学前教育于一体的全日制、公益性农村民办教育机构，东瀼口阳光小学服务范围遍及巴东江北官渡、东瀼、溪丘、沿渡4个乡镇的26个村，其中绝大部分都是贫困村。了解这一情况后，杭州市下城区拨付300万元，为阳光小学留守儿童建设宿舍。接到宿舍建设项目文件后，巴东县东瀼口阳光小学校长王联荣兴奋地写下一副对联：东西协作铺教育均衡发展路，杭巴传情圆留守儿童公寓梦！这幢高7层、建筑面积1637.68平方米的宿舍楼，可容纳200名学生入住，每6个学生就可以分到一个房间，并全部配有衣柜、桌椅等。好消息接连传来：杭州侨商协会、杭州慈善总会捐赠15万元，为阳光小学添置户外体育设施；杭州云集为阳光小学捐赠价值8万元的5000余册图书；杭州龙禧投资咨询有限公司董事长沈庆女士向阳光小学捐赠353个书包……

2020年秋，巴东县水布垭镇的谭玉清以617分的成绩考入浙江大学，高兴之余的她即为学费、生活费发了愁。村妇联上门告知，谭玉清符合“加油，木兰”项目要求，可以一次性获得5000元补贴。“加油，木兰”也是杭州市专为恩施贫困女性设立的公益项目。项目的核心内容，是为恩施贫困女性免费投保阿里“加油，木兰”公益保险——女学生考上高中每学期可获得500元补助，考上大学一次性获得5000元；女性生育后可获得2000元补助，大病可获得2万元补助。从出生、学习到生育，“加油，木兰”形成精准帮扶闭环。至今，项目已兑付资金1528.4万元。

王文友是鹤峰县走马镇人，多年前在外务工时，不幸遭遇意外事故，身体多处骨折，相关责任人相互推诿，举目无亲的王文友陷入困境。吴槐庆获悉后，迅速协调相关部门，落实责任人，为王文友补偿了医疗护理费，支付了前期拖欠的劳务费。据此，他进一步推动恩施籍在杭务工人员权益的保障事宜，在杭州设立了“1+8”劳务协作工作站，并出台了一系列服务保障措施。

“感谢您始终记挂着那些漂泊异乡的恩施人，让我们感受到了亲人般的温暖！”2019年，满怀谢意的王文友给吴槐庆寄了一封信。

“缺水大镇”巴东县茶店子镇缺水的历史一去不复返，这也是杭州人民在恩施州脱贫攻坚战役中立下的一座丰碑。受地形地貌、水源条件、资金等因素制约，巴东县部分地方饮水问题长期得不到解决。饮水难，成为山区群众心头之痛。是杭州市的扶贫项目资金，使茶店子镇完成了史诗级的集镇供水工程，解决了集镇饮水难题，并辐射周边14个行政村，惠及近

2000户贫困户6690贫困人口，覆盖易地扶贫搬迁安置点9个。这个一管飞架“绝壁天渠”的民生工程，已成为东西部协作脱贫项目建设的“新地标”。

面对突然来袭的新冠疫情，杭州市紧急动员、慷慨援助，向恩施州捐赠抗疫抗灾特殊帮扶资金1亿元，社会各界踊跃捐款820.27万元，捐助防护服、口罩、测温仪等物资折合877.47万元，为恩施人民雪中送炭。在恩施外出务工人员最需要的时候，杭州与湖北率先实现健康码互认。“三接三送”礼遇恩施，为返岗复工的困难群众打通了“从家门到厂门”的复工之路，通过包机、包车等形式帮助贫困人口克服疫情影响返岗就业达15847人。

四年协作，杭州市在恩施建设了14个职工疗休养基地，累计组织4万名浙江职工到恩施疗养，输送游客135万余人次到恩施旅游，恩施州成了杭州重要的旅游目的地；

四年协作，“电商之都”助推“世界硒都”，形成了线上线下一体化营销渠道，田间地头到百姓餐桌“一条龙服务”，让恩施州成为杭州重要的农副产品供应基地；

四年协作，两地携手打造劳务协作“直通车”，实现了技能提升、岗位对接、维权保障“一站式服务”，杭州成为恩施州重要的劳务输出基地；

四年协作，恩施州成功获评“2020浙商最佳投资城市”，恩施州成了承接浙江产业梯度转移的首选地；

四年协作，杭州市累计为恩施州投入财政援助资金12亿元，社会捐赠2.5亿元，精准投建951个帮扶项目，覆盖了全州88个乡镇和111个深度贫困村，带动了23.36万贫困人口脱贫；

四年协作，2018年和2019年，杭州市和恩施州连续两年在国家东西部扶贫协作成效考核中荣获“综合评价好”等次，共同进入全国第一方阵；

四年协作，杭州市帮扶恩施州工作队先后获得“湖北省民族团结进步先进集体”“浙江省东西部扶贫协作先进集体”“杭州市模范集体”“恩施州脱贫攻坚榜样”等崇高荣誉称号。

…………

西湖引擎，激荡清江潮涌；杭恩协作，引领沧桑巨变。在杭州倾情倾力帮扶下，恩施州经历着历史性变革，发生了根本性变化。一条条路、一座座桥，让贫困户走出大山通往致富路；一座座水厂、一张张管网，让最边远的贫困村喝上甘泉；一所所学校、一座座医院，改善了山区上学和就医的条件；一批批公益项目实现了学有所教、病有所医、老有所养、弱有所扶，不断增强人民群众获得感和幸福感。

杭州人民的深厚情谊，恩施人民永怀在心。为了表达这一情谊，恩施州委、州政府为杭州市帮扶恩施州工作队记集体二等功！

2020年9月26日，在习近平主席出席纪念联合国成立75周年系列高级别会议期间，中国与联合国经社部、联合国开发计划署共同举办减贫与南南合作高级别视频会议，外交部部长王毅在主持会议时，向全世界发布了《消除绝对贫困中国的实践》，“杭恩携手扶贫新模式”成为其中东西部扶贫协作领域唯一入选案例，受到与会国家外长等部长级官员的高度赞赏。

莽莽武陵，万水千山。

2020年6月4日，杭州市与恩施州东西部扶贫协作联席会议在杭州召开，恩施州委书记柯俊在会议上再次强调，两地要继续携手同行，深化扶贫协作，一道夺取脱贫攻坚全面胜利，共同谱写乡村振兴新的篇章！9月22日，浙江省委书记袁家军率省代表团到恩施州考察扶贫协作工作。湖北省委书记应勇专程赶赴恩施陪同考察。考察期间，杭州市再次向恩施州捐赠1亿元特殊帮扶资金，用于恩施州抗疫抗灾。应勇书记称之为浙江省、杭州市对恩施人民的“倾情之扶”“大爱之援”“暖心之捐”！

2020年11月10日，湖北省委书记应勇与全体挂职干部集体谈话。杭州市帮扶恩施州工作队领队吴槐庆按照湖北省委组织部要求，作为挂职干部代表，在会上交流了挂职心得体会。

“此生有幸来恩施，此生无悔为恩施，此生永远念恩施。”

三年挂职期进入尾声之际，吴槐庆用充满真情的感言，总结了自己的收获。并用“三问”与在场干部共思共情：一问三年挂职我们留下了什么，二问援恩前后有何变化，三问杭州帮扶恩施州工作队的精神内涵是什么。

在谈到三年挂职中每个工作队的收获时，他用“五个一次”总结道：个人才干得到了一次历练、人生格局得到了一次拓展、家国情怀得到了一次检阅、思想境界得到了一次升华、民族团结得到了一次巩固。

一席讲话，不仅引起了与会挂职干部的共鸣，也赢得了与会者热烈的掌声。

而此时，谁又能体会到杭州工作队员们个中的辛苦。吴槐庆的妻子在杭州动手术，他无暇顾及；挂职任来凤县扶贫办副主任的张俊，新婚第二天就奔赴工作一线；挂职任巴东县扶贫办副主任的吴斌，奶奶过世没能及时回杭吊唁；挂职恩施州委组织部的胡建亮，女儿脚骨骨裂，每每听到电话那头的哭声，禁不住默默擦拭眼泪……

2020年12月10日，杭恩扶贫协作汇报片《山海情深 圆梦小康》首发，恩施本土词曲作家谈焱焱和杨军共同创作的歌曲《筑梦万水千山》也于当日正式发布——

西湖的美景／牵手清江的风情／跨越万里长空／携手并肩追梦同行／一串串脚印／走进千家万户／一滴滴汗水洒遍／洒遍崇山峻岭／啊／带来阳光雨露／灿烂古老山村／心更齐呀人更亲／《龙船调》唱给西湖听

杭州的爱心／牵手恩施的梦境／攻克贫穷落后／奋力打拼风雨兼程／一幅幅蓝图／闪耀土家苗寨／一张张笑脸陶醉／陶醉日月星辰／啊／筑梦万水千山／朝着小康迈进／水更绿呀山更青／摆手舞跳得更开心

第十四章 红旗插满山头

历史性时刻

立秋之后，恩施大地的暑热渐渐消退，州城的天气一天凉过一天。几场细雨，秋意渐来。

恩施州城地处清江岸边，由于历史悠久，自然文化景观特别丰富。城区四围青山环护如郭，东有五峰山，西有客星山，南有天楼山，北有石乳山。城内亦有回龙山、象牙山、鳌脊山、凤凰山等诸山起伏，更兼清江与其支流龙洞河、药水溪、麒麟溪（高桥河）、巴公溪众水交汇，回澜叠翠，蔚为大观。古人即称“江清似镜，山累如珠”。巴王庙、古井、古城门、古城墙、连珠塔、问月亭，加之抗战文化历史遗存，恩施州城故为湖北省首批九大历史文化名城之一。

秋天的恩施大地，山间原野，秋色悠扬而深沉，一景一物，透着浓郁的秋意与丰收。秋语静静，犹如一朵白云、一丝爽风。经历了春天和夏天，更需要这个季节的收获与美丽。这样静谧的秋景里，鏖战正酣的脱贫攻坚战已不似上半年那般火星四溅，因为日趋扎实的工作，日渐丰硕的成果，人人心中多出了一份坦然和淡定。

2018年9月16日至19日，湖北省委巡视组赴巴东、建始调研；9月29日，全省东西部扶贫协作现场推进会及全省精准扶贫精准脱贫专题研讨班分别在恩施州武陵都宾馆及朗宁酒店召开；10月11日，湖北省省长王晓东到恩施州调研脱贫攻坚工作，并召开湖北武陵山片区脱贫攻坚推进会；10月13日，省扶贫办对恩施州宣恩、来凤、鹤峰三县开展脱贫攻坚督察暨贫困县退出试评估工作；10月底，中央第二巡视组将要到湖北恩施州四县市下沉调研的消息传来。

中央、省巡视组和相关领导频繁到恩施，似乎在传递一个信号：经过近六年的努力，恩施州的脱贫攻坚成果到了该收尾的时候了。

10月26日，中央第二巡视组第一调研组抵达恩施，立即分赴各县市，紧张密集的巡视工作随即展开。为了准备规范完善的迎检资料，全面如实地反映全州脱贫攻坚工作，确保汇报材料、典型经验材料、佐证资料逻辑严密、数据一致，州扶贫办扶贫科几位同志坚守岗位，不眠不休。州扶贫办机关各科室积极配合，挑灯夜战。夏锡璠、肖谏诚、向金洲、周明富等更是亲力亲为，从迎检资料的封面、目录、隔页，到格式规范、数据统一、资料齐全等方面事无巨细地亲自安排、亲自把关、亲自督办。在基层和一线贫困村，当此非常时刻，全州各级干部职工均提振精神，严阵以待。

同期，州委宣传部组织的脱贫攻坚巡回宣讲团分两组赴八县市下沉基层，为一线官兵加油打气。

连续七天巡视，中央巡视组最后给出了结论：恩施州脱贫攻坚工作氛围浓，各级干部认真负责，工作队员履职尽责，发现很多感人的事例，老百姓高度认可，脱贫攻坚工作效果明显。

恩施的脱贫攻坚工作，顺利通过了第一轮国家级巡视大考。

捷报传来，全州上下人心振奋，人人摩拳擦掌，大有一鼓作气，攻克最后壁垒的决心和斗志。

但接下来面临的将是国家级和省级正式考核。

12月14日，州脱贫攻坚指挥部召开当年最后一次调度会。州委副书记、副指挥长柯东海在会上强调："指挥部从现在开始，从我做起，必须保持紧张的战时状态。办公室要灯火通明，电话铃声不断，每个人都要跑步前进。"这句话传达出的紧张氛围和坚决态度，后来也被各级干部多次提及。

刀刃向内，在迎接省检、国检之前，先对自身工作进行一次地毯式的摸底排查。对下考核，程序很重要，从制订方案、抽调人员、组织培训，到实地考核、结果汇总、提请研究等，必须环环相扣、严密谨慎，既要保证考核指标重点突出、科学合理，又要考虑考核程序的公平公正，更要让考核结果与县市工作实际保持一致；既要符合习近平总书记强调的“实行最严格的考核评估”，又要落实中央“基层减负”要求。考评方案经过一轮又一轮地修改，从起草到修改完善再到定稿，总共经历了十几个版本。

当月，州脱贫攻坚指挥部在全州抽调120名同志，对宣恩、来凤、鹤峰三个贫困县退出开展州级初审，分别在三县抽取15个村792户、15个村747户、15个村730户，均未发现错退、漏评户。

正在这场大规模的自查行动如火如荼展开之时，一个令人沉痛不已的消息传来。

12月18日9时50分左右，咸丰县委副书记邹炜、县委办工作人员李勇在前往咸丰县忠堡镇调研扶贫的途中发生交通事故，因公牺牲。雨冷雾蒙，群山呜咽。39岁的邹炜和32岁的李勇，他们的生命永远定格在了扶贫路上。

一个星期以前，已进入提名拟任鹤峰县县长候选人公示期的邹炜像以往一样，不打招呼，直插一线……短短一个星期，他和李勇跑完了唐崖、清坪、曲江、坪坝营4个乡镇的5个点。白天调研，晚上还得准备第二天的工作，常常熬到深夜。就在牺牲的前一天晚上，邹炜还在主持召开关于巡视整改落实情况的督办会议。会前，县扶贫办主任罗明午问邹炜：“什么时候到鹤峰上任啊？这几天不需要这么忙吧！”

“上任要等组织通知。马上就要走了，更要把工作办好，离开咸丰前我要把所有的项目现场再督一遍。”邹炜说。

12月18日一大早，手头工作安排就绪后，邹炜、李勇两名同志立即前往忠堡镇马倌屯村查看咸丰余杭现代农业产业园建设和羊肚菌产业发展情况。事故却毫无征兆地发生了。

事发前晚的会议上，邹炜接到母亲的电话，一句“妈，我在开会”，竟成了母子诀别的话语。

邹炜是易地交流到咸丰工作的领导干部。在咸丰工作的两年里，他蹲点调研232天，遍访全县11个乡镇，走访贫困村168个、贫困户700余户。他几乎没休过周末，没请过公休假，过了饭点就是一碗泡面果腹。

年仅32岁的李勇，老家在利川沙溪乡，在咸丰一中当过老师，后来在咸丰县经信局和咸丰县委办工作。女儿才2岁，母亲患有癌症。2017年1月，李勇加入中国共产党。入党前，他曾说：“未进党的门，先做党的人。”

李勇的工作笔记上记着一句话：“今晚再晚都叫早；明早再早都叫晚。”在邹炜的带动和影响下，李勇养成“今日事今日毕”的工作习惯。

“大部分时间奔忙在田间地头，问其行踪，不是在贫困村，就是在去贫困村的路上。经常一挨沙发就响起鼾声。”同事们回忆。

“铁肩道义甘作为，噩耗传来人未归。忠堡乡亲哭声在，巴山闻讯泪纷飞。”

“暗云低天乱沙丘，闻君魂断三十九。壮志未酬竟西去，双泪已湿青衫袖。”

“何忍去，好儿郎！战贫犹未完。一杯浊酒敬巴山，继君登铁鞍。”

在恩施朋友圈，无数认识或不认识他们的人，自发以诗歌等形式表达怀念，寄托哀思。

“我们这个团队，一定化悲痛为力量，将你们未尽的扶贫事业，坚定不移地干下去。明年决战获全胜，捷报飞来当纸钱。到那时，将以决胜的佳绩告慰你们的英灵。”遗体告别仪式上，咸丰县委书记郑东来许下铮铮誓言。

消息传到恩施州脱贫攻坚指挥部，正在研究三县扶贫成果自查的柯俊和刘芳震，强忍内心悲痛，一边指示州委组织部、宣传部发出向两位优秀共产党员学习的倡议，一边立即召开视频会议，再次叮嘱全体扶贫干部一定要注意安全，保重身体。

12月24日至25日，带着对一线扶贫干部的深深牵挂，柯俊深入来凤县旧司镇马家沟村、大河镇栏马山村和双凼槽村、三胡乡安子村、革勒车镇豹子沟村和鼓架山村，以及宣恩县沙道沟镇两河口村、龙潭村和酉水苑安置小区，了解各村基础设施建设、特色产业发展、易地扶贫搬迁安置等工作，看望慰问一线扶贫干部。他对大家说："在广大干部群众共同努力下，各村水电路网房等基础设施发生了巨大变化，特色产业发展、易地扶贫搬迁成效明显。但我们千万不能松劲、歇气，既要树牢'家'的意识，摸清'家底'，做到'六个精准'，又要特别重视对扶贫干部的人身关怀，提供全方位的安全保障。"

经过拉网式自查验收，州委、州政府领导和即将迎接省检的三县已然胸有成竹。

2019年2月，湖北省聘请第三方对宣恩县、来凤县、鹤峰县实地开展了贫困县退出评估，分别在三县实地调查25个村2023户、25个村2039户、27个村2220户。评估检查结果显示，来凤、鹤峰两县均未发现错退、漏评户；宣恩县发现错退1户2人，错退率为0.06%，未发现漏评户。宣恩、来凤、鹤峰三县综合贫困发生率分别为0.16%、0.41%、0.23%，群众认可度分别达到98.43%、98.57%、97.35%。

新年的钟声就要敲响了，一路陪同省检工作组的战友们不断从前方传回捷报：

宣恩县顺利完成贫困县退出州级初审；

来凤县顺利完成贫困县退出州级初审；

鹤峰县顺利完成贫困县退出州级初审。

三县大捷！这给恩施州委和州政府、其他尚未脱贫的五个县市、全州各族人民以巨大鼓舞和信心！

2019年的工作重点如何确定？按照州领导意见，结合恩施实际，州扶贫办多次召开党组扩大会议，反复讨论磋商，决定以“六个清零”“六个全覆盖”为重点，起草2019年脱贫攻坚“1号令”，提交州委常委会讨论。

1月2日，在州委常委会上，向金洲汇报了起草过程、思路、重点。

讨论中，有人提议，清零和全覆盖的提法不容易做到，还是继续以“八个到村到户”为重点好些。有人说：在州委、州政府层面，如果提出了又做不到、不能落实，建议最好还是不这样提。

激烈讨论，众说不一，意见不能统一，没有达成共识。

“党中央提出‘精准脱贫，不落一人’。如何实现这个目标任务？只有通过完成安全饮水问题、危房改造任务、涉贫信访问题、补短板项目建设、集体经济空壳村、各类问题整改‘六个清零’和产业就业、惠民政策、走访贫困、人居环境整治、乡风文明引领、基层党建提升‘六个全覆盖’的具体目标才能实现。清零和全覆盖不是口号，而是具体目标。硬账要硬结，非常时期必有非常之策。请州脱贫攻坚指挥部办公室结合本次会议讨论意见和相关州领导提出的建议，认真研究修改后再议。”柯俊在总结时说道。

州脱贫攻坚指挥部迅速组织人员完成了文稿修改，依然确定了“六个清零”“六个全覆盖”的工作重点和目标。这就是《恩施州2019年脱贫攻坚作战方案》“1号令”。

1月4日，2019年脱贫攻坚“1号令”正式下发。

根据“1号令”，州县乡三级指挥部调度制度不变；村“尖刀班”的工作制度、学习制度、“结账”制度不变；乡镇前线指挥部对实施脱贫项目的决定权、处置权、建议权不变；所有结对帮扶干部工作要求不变；州、县直单位一把手对驻村帮扶工作负总责、严格执行“3+2”工作模式（一周在村工作3天，在单位工作2天，或者每月在村工作不少于12天）要求不变！唯一有变化的是：州直单位驻宣恩、来凤、鹤峰三个县的工作队，在脱贫摘帽省级验收通过后，按每村不低于3人的标准继续驻村开展巩固提升工作，其余力量统一调剂到利川市、巴东县，由利川市、巴东县负责统筹安排到村。

2月2日，农历腊月二十八，夏锡璠召集恩施州脱贫攻坚指挥部办公室全体人员座谈。在回顾了这一年的紧张、艰辛之后，他深有感触地说："人生必须是有价值的。有价值的人生是奋斗出来的，有价值的人生离不开素养、离不开境界、更离不开实干。脱贫攻坚是实现人生价值一个难得的平台，并不是每个人都有机遇进入这个平台的。"

一语惊醒梦中人！是啊，多少个加班加点的长夜，多少次奔忙劳碌的日子，那些难忘的过往和经历在心中绷得太紧，竟似成了怕轻轻一抚就砉然断裂的弦丝。这一年就快过去，回首来路，几多甘苦都化作了万丈豪情。

2月17日至18日，省委副书记、省长王晓东赴恩施州调研督办中央脱贫攻坚专项巡视反馈意见整改工作，要求恩施州高质量做好巡视"后半篇文章"，全力跑出恩施发展"加速度"，交出一份经得起历史和实践检验的脱贫攻坚成绩单。

4月29日，湖北省政府发布《关于批准阳新县等17个县（市、区）退出贫困县的通知》、根据《通知》，恩施州宣恩县、来凤县、鹤峰县等10个国家级贫困县及另外7个省级贫困县达到贫困县退出的标准和条件，批准退出。

恩施州8个县市，3个退出了贫困县行列，还有5个没有退出。依然任重如山！

别无他法，只有将"六个清零""六个全覆盖"加速推进快车道。于是，州委、州政府组织开展了以"十看村、十看户"为主要内容的脱贫攻坚"回头看"。"看村"指看路、看电、看网、看卫生室、看学校、看群众服务活动场所、看产业发展、看村集体经济收入、看易地搬迁安置点、看群众工作。“看户”指看安全饮水、看安全住房、看产业就业、看教育扶贫、看健康扶贫、看助残政策、看兜底保障、看其他政策、看人居环境、看群众情绪。

指挥部设计了一张村表、一张户表，由“尖刀班”干部对照“双十看”内容，逐村逐户排查。已经完成的内容打钩，没有完成的内容打叉。以此为基础，汇总形成村、户补短板清单，将工作任务明确到人，完成时限明确到天。

关山初度尘未洗，策马扬鞭再奋蹄。2019年11月1日，全州贫困县退出初审及脱贫验收工作会召开。2日至12日，州级验收组抽调244名同志对恩施、利川、建始、巴东、咸丰5个贫困县开展州级退出初审，完成了117个村、5152户农户的入户调查，均未发现错退、漏评户。

2020年1月，湖北省聘请第三方对恩施州5个贫困县（市）摘帽退出工作开展了专项评估，分别在5个县（市）实地调查22个村1977户、27个村1756户、27个村1897户、28个村1798户、27个村1894户，均未发现错退、漏评户。

4月13日，湖北省扶贫攻坚领导小组办公室发布2019年贫困县退出公示：2019年拟退出的恩施市、利川市、建始县、巴东县、咸丰县等16个国定贫困县（市、区）和省定贫困县通城县，经县级自评申请、市级初审、省级审核和第三方机构专项评估检查，并报省扶贫攻坚领导小组同意，17个县（市、区）均符合贫困县退出的程序和标准，拟退出贫困县序列。21日，省政府批准恩施五县退出贫困县行列。自此，恩施州8个贫困县全部摘掉了贫困的帽子。

6月，恩施市、利川市代表湖北省和恩施州顺利通过国家委托的第三方抽查评估。

9月14日，湖北省人民政府新闻办公室召开发布会：脱贫攻坚决战决胜全面收官之年，竹溪县、保康县、英山县、巴东县和五峰土家族自治县

5个全省深度贫困县全部脱贫摘帽，贫困发生率均降至0.4%以下，冲刺全面脱贫销号。

消息发布那天，州县脱贫攻坚指挥部微信工作群沸腾了。

在指挥部工作群里一向只发文件和通知的州扶贫办主任向金洲按捺不住内心的激动，在群里发信息说："各位奋斗在脱贫攻坚战场上的同志们，恩施在州委、州政府的坚强领导下，经历数次大考，多次考核为优秀。你们用恩施人的生动实践和战贫精神，实现了恩施土苗山乡的高质量脱贫。这是习总书记精准扶贫思想在恩施这片土地上的生动体现。为全州奋斗在一线的所有同志们喝彩，向你们致敬！"

群内立刻热闹起来，大家纷纷跟帖留言，见证恩施州脱贫攻坚史上最重要的时刻。

从医院康复出来，已经调州人大任教科文卫委员会副主任的梁公章也见到了这些消息。作为一名亲历者，在这场脱贫攻坚战中，他曾经一肩扛起了那么多压力和责任，如今胜利在握，激动和感慨一浪一浪袭上心头。躲在办公桌的电脑后面，老梁忍不住抹了几把热泪。

山河依旧，换了人间。自2015年以来，恩施州委、州政府举全州之力，累计投入扶贫资金767.65亿元，使8个贫困县全部退出、729个贫困村全部出列、109.9万贫困人口如期脱贫，全面消除了绝对贫困。农村居民人均可支配收入由2015年的7969元增长到2019年的11620元，年均增长10%。

覆盖2.4万平方公里广大区域的恩施州脱贫攻坚战取得全面胜利，"五年之内，红旗将漫卷土苗山乡"的梦想终于实现了！

无情考验

恩施州八县市顺利通过国检的消息遍传之后，各村“尖刀班”私下开始传播一条消息：精准扶贫工作要结束了，驻村工作也要结束了，很快就要收到通知，回归单位上班了。

对于这些消息，各县市和州脱贫攻坚指挥部自然也是知道的。几年来，这些奋战在一线的“尖刀班”战士们实在太辛苦了，不仅是战贫，在阻击新冠肺炎疫情期间，他们同样冲在最前面 。

2020年大年初一中午12：00，接到指令的全州近万名机关干部下沉驻村，组织群众开展新冠肺炎疫情防控工作，当起了“疫情排查员”“防控宣讲员”“矛盾调解员”“科学调度员”。

州委、州政府领导一边全力组织抗疫，一边深度谋划脱贫攻坚后续工作。是的，全州的脱贫攻坚工作取得了决定性胜利，战士们稍作休养的要求也在情理之中。但是习近平总书记多次在讲话中强调，贫困帽子摘了，攻坚精神不能松。不仅要脱贫，而且要致富，继续在致富路上奔跑，走向更加富裕的美好生活。更何况2020年这个特殊的年份，受疫情影响，各地农产品滞销，脱贫户返贫现象时有发生。如果于此时泄下这股子劲，对后段的乡村振兴工作肯定也有影响。

3月9日，州脱贫攻坚指挥部印发了《恩施州2020年脱贫攻坚作战方案》。“作战方案”四个字，再次显示了州委、州政府的决心和意志。按照中央“摘帽不摘责任、摘帽不摘政策、摘帽不摘帮扶、摘帽不摘监管”的要求，《方案》明确提出一个坚持——坚持州县乡村四级书记抓扶贫，持续开展遍访贫困活动；一个坚决——坚决防止摘帽后松劲懈怠；三个不减——做到重视程度不减、投入力度不减、工作强度不减；两个继续——继续落实州领导包县、县领导包乡、乡领导和行业扶贫部门牵头等各项工作责任制，继续加大驻村帮扶力度，各单位所驻村不变，工作队不得撤离，帮扶工作不能削弱；三个不变——州、县直单位一把手对驻村帮扶工作负总责及“2+3”（一周在村工作2天，在单位工作3天）工作模式不变，各个驻村工作队人员保持5人且每月在村工作不少于20天不变，结对帮扶干部每年走访帮扶对象次数不变；最后是一个保证——保证脱贫质量和成色！

4月8日，国务院办公厅发布通知，在全国范围内开展国家脱贫攻坚普查，普查对象为普查范围内的全部行政村（包括有建档立卡户的居委会、社区）和全部建档立卡户。湖北省委、省政府迅速发文，要求孝感市、黄石市、恩施州等7个市（州）及大悟、孝昌等全省28个国家级贫困县（市、区）人民政府，立即设立脱贫攻坚普查领导小组及办公室，做好本地区普查工作。恩施州脱贫攻坚指挥部办公室、州脱贫攻坚普查领导小组办公室迅速启动相关工作，组建了一支8282人的普查队伍，其中普查领导人员25人、普查员3281人、普查指导员225人、审核验收员52人、预备人员85人、普查引导员4614人；制订脱贫攻坚普查方案和培训工作方案，一面扎实清查摸底，一面组织了两期培训，为全州普查工作高质量完成筑牢理论和业务基础。

7月上旬，普查现场登记工作正式启动。然而，就在此时，一场五十年一遇的特大暴雨突袭恩施地区，全州人民的生命财产安全和脱贫攻坚成果受到严重威胁！

利川市忠路镇地处武陵山与大巴山余脉交会处，东与凉雾乡交界，西与汪营镇、石柱县黄水乡毗邻，南邻沙溪乡、文斗乡，北接汪营镇、福宝山药材场。境内山岭纵横、峡谷密布。最高点月亮池山海拔1873米，最低点郁江河海拔610米。因南宋属龙渠县，一直有“龙渠古镇”之称。

自汪营后坝方向行去，过了龙塘街，再往下约五公里便进入回龙村地界。这个村共有7个村民小组287户912人，农作物主要是玉米，有的农户还兼种贝母、腊米子等药材。村子四面环山，一条河沿山势回环，正好把村子围了一个圈，故名“回龙河”。河道绕到七组，有一巨大消水坑，水流自此落入深坑，伏流数十公里，注入忠路集镇下的郁江河。

因为没有河源，枯水季节，回龙河完全是一条干沟。遇大雨天气，周围山水倾泻，河谷里才会有水，所以又叫干溪。又因地势较邻近的小河、龙塘一带稍低，遇暴雨或山洪天气，周围方圆数十公里的水都会漫流至此段低凹河道里。

7月15日，一场持续数小时的特大暴雨袭击了这个村庄。回龙村一、二组背靠牛头山，两边各有一座山包，形成V字形窝地，聚居于此的村民多为王姓，当地一直称其为“王家窝荡”。因地势低洼，两边山水倾泻，平地积水，此时的山湾已成一片泽国。

驻村“尖刀班”紧急动员，分头行动。一家一家敲门，一户一户喊人到。

晚7点，一、二组所有住户全部撤出屋外，人们大都站在坡坎上或地势稍高的农户家避水观望。雨势这么大，哪里才安全？

“乡亲们，听我说，人往两边撤，哪家地势高没淹到，就先去哪家避雨。”“尖刀班”干部吴银贵暴雨声中不断大喊，她都有些声嘶力竭了。

“先别管财产，人命事大。求你们了，都听我的！”

凌晨4点多，河水漫出河道。

凌晨5点，村里的三座桥全部被淹没，回龙村被分隔成三座孤岛。

6点11分，王家窝荡被全淹……

担任村支书16年的王廷华心急如焚，开着他那辆越野车，冲进雨帘之中。疾雨中，老王开门下车，想要查看塌方情况。猛一抬头，看到对面的牛头山顶隐隐露出一片黄土，在铺天的暴雨中渐有扩大之势。

他立即打电话给吴银贵：“银贵，快，快，王家窝荡待不得了……牛头山山体滑坡了……快把村民全部撤往灵光庙安置点，立刻，马上……”

挂了电话，他想起来，自家三叔也在窝荡里。赶紧打过去。

“三叔，快，快，帮一下吴银贵，把村民全部撤到灵光庙。窝荡待不得了，牛头山要下来了，一家一家全部清出来，快，快，快……”

“好好好，我们马上，马上……”那边传来三叔急促的声音。

把电话揣进裤兜，王廷华发现，不知什么时候，自己的眼里已经全是泪水。略冷静下来，老王又拨通了忠路镇党委书记覃征操的电话。

“覃书记，紧急求助，回龙村可能有重大险情，山体滑坡，山体滑坡了……”

就在一、二组全体村民撤出王家窝荡后不久，牛头山中响起巨大的泥石滚落的声音。一声巨响过后，整个山体右侧向王家窝荡急速滑下，整个窝荡全被瞬间升腾起的泥雾笼罩得严严实实。

灵光庙安置点，吴银贵刚把村民人数清点完，一回头就看见泥浆和着洪流冲泻进整个山洼里，禁不住哇的一声哭了出来。

下午2点半，负责督导西南片区扶贫和防汛工作的利川市人大常委会副主任汤明田和代工委主任杨昌维、人大办副主任许智亮正冒雨行进在去汪营镇的路上，汤明田接到防汛指挥部和脱贫攻坚指挥部打来的电话：“汤主任，忠路镇回龙村出现重大险情，山体滑坡，大量村民要立即转移安置，接上级指令，请你立即前往现场指挥。”

“回龙村……”听到这三个字，汤明田拿电话的手明显一抖。这个地方正是生他养他的家乡啊。

下午4点，汤明田和杨昌维赶到回龙村村委会，与忠路镇政府前来紧急支援的李永艾等人会合。

十几分钟后，利川市防汛指挥部紧急征调援助回龙村的政协副主席周志刚、市信访局何启波、市智慧城市中心余胜艳等各自带领的团队也全部赶到。

在村委会后面的一户民房里，20余人站成一圈，紧急商议对策。

他们作了简单分工。保障组由何启波负责，负责物资调集，联系镇政府，送帐篷、行军床等所需物品，联系忠路供电所送发电机，联系消防车运送饮用水；采购组由余胜艳负责，立即到就近的龙塘街上购买雨伞、雨靴、电筒、应急照明灯等，做好夜间撤离的准备；后勤组由李永艾负责，筹集生活物资，所有保障物资必须在9点前全部到位；其余人员全部到灵光庙，组织群众有序二次转移……

一场现场紧急办公会，不到十分钟，全部安排妥当。大家正要出发，王廷华的车开了过来。一边跑一边喊；“汤主任，水位下降了，桥面可以过人了……”

有人提醒他：“王书记，你的车牌被水冲得要掉了。”

老王一回头，果见牌照已经掉下来，只剩一颗螺丝悬着。他一把扯下来扔到了副驾上。

晚上6点左右，二次避险转移开始。

现场清点人数，一、二组共有34户83人，其中还包括3名瘫痪不能行动的耄耋老人、12个10岁以下的孩子。

“尖刀班”成员一路在前面引路，疏通道路；一路负责清点人数，逐个放行；一路回到王家窝荡一带，逐一排查，防止有老人孩子被遗留在屋内。

杨昌维和王廷华负责人数清点，他们手中的伞记不得什么时候给了群众，全身上下被淋得透湿，裤管上满是泥浆。

逐一清点，一户一户排队放行。

吴银贵带着几个“尖刀班”成员负责清查王家窝荡的人员撤离情况。从山上冲下来的泥浆已经铺满了路道，一脚下去，泥浆没至小腿。王家窝荡里26户人家，13家房屋已经冲垮，另13家房子还在。淤泥太深，能到门前的，他们就到门前喊，过不去的尽量靠近喊，以确保无一遗漏。

直到所有村民都已经有序离开，回到灵光庙，吴银贵才猛然想起自己5

岁大的女儿已经好久没有在身边了。那一瞬间，她的脑子变得一片空白。

7点，大队伍撤离到回龙桥边。桥面逼仄，平时只能供小型车通行，被冲掉石头栏杆的桥面仿佛是晃荡在浑水中的一段枯木。见此情形，汤明田和周志刚立即叫停队伍。仅仅几分钟，行进在队伍中的各单位工作人员约20余人自发集结，站在桥两边，中间留下一条通道。这是一条保障群众生命安全的通道。

7：20分，撤离队伍遭遇第二次重大危险。因塌方，必须经行的一段路被泥石冲毁，巨大的冲击力量在路面左侧形成壁立90度，高六七米的一段高坎，下面便是湍急的回龙河。十米左右的路段，只有不到一米的通行宽度。老人、孩子，还有三名瘫痪老人要背过去，其危险程度可想而知。

巨大的危险面前，生死就在一瞬间，考验的是党员干部们的决心、勇气和党性。

回想当时场景，王怀硕老人一边擦泪一边说道："我活了70多岁，以前从没遭遇过这么大的灾难，也没有和这些干部们这么近地接触过，对他们不了解。这一次，我算是知道了，这些干部们对我们太好了。那个年轻人，他们叫他许主任，一直弓着腰，站在高坎边上，那背后就是大洪水啊，上面落块石头或者脚下一滑，就肯定是要掉下去的，哪里还能捡个人。我们从他面前过去，他一直用手推着我们，保护着我们，让我们尽量往里面靠，一直坚持了几十分钟，直到我们全部过完。他们是在用命保护我们啊……"

8点，雨雾中的回龙村已全部暗下来。采购组从龙塘街上买回来的应急照明灯亮起，"尖刀班"成员逐一清点人数，回龙村一、二组所有受灾群众83人，连同20余名工作人员全部安全撤离至村委会。

村委会共两栋建筑，中间是块小小的院坝，原来是回龙村教学点。2019年9月，教学点拆并至附近的龙塘小学后，四间教室便腾出来作为"尖刀班"的工作场所。

雨没有停的意思，小院坝里突然来了100多号人，两边阶檐顿时被挤得难寻立足之地。

83架行军床半小时到位。

四间教室都清空消毒，男女各用两间。

面油调集到位，脸盆、毛巾、牙膏、牙刷全部配备齐全。

100余桶泡面已全部就位，厨房的水已烧好，随时可用。

供电所的发电机拉来了。

消防车正在装载生活用水。

党员干部晚上全部参与值守……

晚10点，所有群众全部安排进四间教室。各房间的泡面发放完毕。所有群众的体温测量完毕。院坝里的灯亮了。插板接进各间教室，群众手机能充电了。电话信号恢复，各房间里传出的都是给外面亲人报平安的通话声音……

17日上午11点，州委书记柯俊、市委书记沙玉山要来回龙村查看灾情，慰问受灾群众。雨依然下得很大。各间教室里响起一阵阵热烈的掌声。

下午，牛头山出现了二次滑坡，部分房屋二次受损，淤泥最深处至少达到4米以上。

18日至20日，34户受灾群众分别安置到受灾相对轻微的亲戚家中。

20日上午，大雨停歇，但一、二组被泥石流冲击的院落还掩埋在深深的淤泥里。

中午时分，一辆印着CCTV字样的直播车顺着山道摇摇晃晃地开到牛头山脚，一直开进了王家窝荡，对回龙村的救灾情况进行现场报道。央视新闻频道《新闻直播间》、财经频道《正点财经》，央视新闻新媒体、央广之声等栏目相继连线直播，直播画面总时长约32分钟。

回龙村多名乡亲都出现在了央视画面之中。面对镜头，他们有着山居乡民淳朴的腼腆，但是说到灾后重建，他们又满怀十足的信心。

21日，受灾严重的26户群众全部分散安置完毕，灾后重建工作紧锣密鼓推进。有受损较轻的村民重归田野，开始了田园劳作。路遇农人，皆点头微笑，几天前的灾难似已消弭于无形。

黄昏时分，笔者在村委会院坝里见到了吴银贵。7月16日撤离那天，她留在最后逐户清查是否有人遗漏，竟把自己5岁大的女儿忘记在人丛中，幸亏山野间生长的丫头野性十足，自己跟在人流中走到了村委会。晚8点，母女俩在村委会院坝里重逢，禁不住抱头大哭。

听她口音是恩施人，想起同时受灾的恩施市马者村，随口一问，她的娘家竟正是马者村。一边是婆家，一边是娘家，竟然相继遭遇如此重大灾难！

岂止是回龙，岂止是马者！

面对突然而至的特大洪灾，恩施人民英勇抗击，以顽强作风和坚定意志保卫恩施，保卫脱贫攻坚胜利成果。2020年7月21日，央视《新闻联播》《焦点访谈》播出的《再聚焦恩施抗洪，这名基层干部把群众扛在肩上》，从另一个侧面诠释了党员干部在人民群众生命安全受到威胁时的态度和作为。报道写道：

> 7月16日至17日，恩施州大部遭遇暴雨。
>
> 17日，清江河水漫过河道，导致恩施市城区大面积被淹，部分路段积水深达数米。灾情发生后，刘本云带着本单位一些身强体壮的同事帮助转移被困群众。胜利街一带，水面已经快涨到沿街商铺的二楼，不少人被困在楼上。为了让被困群众安心，刘本云把群众扛在肩上。在十几个小时的救援中，刘本云和同事驾驶皮划艇，来回搜救50多次，搜救被困群众近200人。多少人是踩着他的肩膀下来的，他已经记不清了。
>
> 作为一名基层干部，今年46岁的刘本云曾当过21年兵，有26年党

龄，责任和担当已经深入骨子里。救援被困群众的时候，刘本云他们也曾多次身处险境。在初期的救援过程中，经验还不是很丰富，他们曾差点栽到水里面。

群众都安全转移了，刘本云却闲不下来。18日凌晨，恩施的强降雨暂停，清江水位有所下降，主城区的积水逐渐消退。洪水造成恩施市城区内污泥淤积，道路严重阻塞。为了早日恢复家园，刘本云又和救援人员及当地群众一起，忙着清淤清障。7月19日晚，恩施市城管部门对城区5个受灾严重的重点路段进行全面清障作业。大型作业车无法进入的狭窄街道里，刘本云和他的同事们又忙活开了。

防汛救灾既是战场也是考场。无数的党员干部，交出了合格的答卷。当突发险情出现，需要有人挺身而出的时候，“刘本云”们二话不说，担起了重任，成了大伙儿心里的主心骨。他们的担当让群众心里有了底……

“尖刀班”精神

一边是史无前例的战洪，一边是一丝不苟的普查，恩施人民在全面击退洪灾的同时，也取得了普查工作的全面胜利。

8月11日，为期22天的全州脱贫攻坚普查工作顺利结束。全面普查再次证明，恩施州脱贫攻坚整体质量高，普查达成了工作目标。全州脱贫收官前最后一次大规模集中作战取得预期战果。

回首征途，全州人民的心里最不能忘记的一支队伍就是“尖刀班”！这把刺向贫困的新时代“尖刀”，为恩施州脱贫攻坚作出的不朽贡献，无论怎么评价都不会过分。

9月16日，全州“尖刀班”培训交流座谈会在恩施州城召开。

9月17日，全州“尖刀班”视频会召开。恩施市芭蕉侗族乡南河村、利川市建南镇大屋基村、巴东县茶店子镇天保山村、鹤峰县铁炉白族乡渔山村、恩施市舞阳坝街道办事处官坡社区、利川市都亭街道办事处桃花社区“尖刀班”代表作交流发言。会上，中共恩施州委、州人民政府全面、细致、温情地总结了“尖刀班”的成绩和贡献。

2018年初，在脱贫攻坚“滚石上山”的关键时期，我们统筹整合脱贫攻坚一线力量，组建2438支扶贫“尖刀班”，开启了“尖刀班”工作模式的初步探索。今年年初，在新冠肺炎疫情防控争分夺秒的紧要关头，我们立即将扶贫“尖刀班”就地转化成疫情防控“尖刀班”，紧急组建85支“尖刀班”常态化进驻城市社区，实现了农村、社区“尖刀班”全覆盖。今年入汛以来，在抗洪抢险千钧一发的危急时刻，近5万名农村、社区“尖刀班”成员第一时间奔赴一线抗灾救灾，“尖刀班”工作模式日臻完善。两年多的实践，我们的“尖刀班”经历了发端于战贫、定型于战“疫”、成熟于战洪三个阶段，已成为我州有影响力的基层治理“品牌”，取得了重大成果。

是“尖刀班”升华了党群干群关系。“尖刀班”的同志们忙碌在战贫一线、战“疫”火线、战洪前线，扑下身子、挽起袖子，进百家门、听百家音、知百家事，从关心群众吃什么、穿什么、用什么，到倾听群众想什么、急什么、盼什么，把“沾泥土”的情况、“接地气”的问题都找出来了，做到了把群众当亲人，把群众的事当家事。

是“尖刀班”改写了贫穷落后面貌。“尖刀班”的同志们坚持岗位在村、工作在村、吃住在村，按照“五个一批”“六个精准”要求，紧盯“两不愁三保障”目标，严格落实“八个到村到户”“六个清零”“六个全覆盖”“六大提升工程”，把产业政策落实到了田间，把公共服务送到了屋边，把创业就业具体到了个人，群众吃上了产业饭、喝上了干净水、点起了明亮灯、走上了畅通路、用上了4G网、住进了幸福家。

是"尖刀班"担当了急难险重任务。今年年初，面对突如其来的新冠肺炎疫情，全州1.97万名扶贫"尖刀班"成员在正月初一中午前下沉驻点村，就地开展疫情防控工作，1.5万名机关干部职工主动请缨、下沉社区，2.5万名干部职工就近参与防控。你们中间有的白天敲门、晚上数灯入户排查，有的顶风冒雪、不分昼夜把关值守，有的不畏风险、义无反顾护送"四类人员"，有的心怀群众、真情实意解决群众生产生活困难，取得了疫情防控决定性成果。今年入汛以来，我州遭受特大洪灾，"尖刀班"闻"汛"而动、逆行出征，迎暴雨、战洪峰，一头扎进抗洪抢险一线，紧急转移受灾群众12.59万人，在很短时间内恢复了生产生活秩序，得到了人民群众的普遍赞誉。

是"尖刀班"锻炼了各级党员干部。艰难困苦，玉汝于成。从战贫、战"疫"到战洪，"尖刀班"干部经历了大战考验，在一场场战斗中不断成长。有的"尖刀班"干部"肤色渐黑终不悔"，有的"乡音无改鬓毛衰"，谈起村里情况如数家珍，解决群众困难各有高招，化解矛盾纠纷轻车熟路。基层是最好的教材，群众是最好的老师。"尖刀班"同志们在一线大舞台上，砥砺了品质、增长了才干、积累了经验，成为推动恩施高质量发展的中坚力量。

这些成绩是"尖刀班"干出来的、拼出来的、累出来的。实践证明："尖刀班"是一支特别听号令的队伍，"特别听号令"，是这支队伍的本色；"尖刀班"是一支特别能战斗的队伍，"特别能战斗"，是这支队伍的特色；"尖刀班"是一支特别能吃苦的队伍，"特别能吃苦"，是这支队伍的底色；"尖刀班"是一支特别能奉献的队伍，"特别能奉献"，是这支队伍的亮色……正是你们无私奉献、不求回报、默默耕耘，才向全州人民交出了一份完美答卷。你们都是无怨无悔、倾情奉献的无名英雄，在平凡的岗位上书写了不平凡的人生！

…………

这篇洋洋洒洒长达六千余言的总结，通过视频会议传达到了全州两万多名“尖刀班”战士和5万余名结对帮扶干部耳中，一时引发各方热议。

脱贫攻坚既是奋斗史，也是精神史。脱贫攻坚工程不仅让中国告别绝对贫困，而且也在文化维度上塑造着当代中国的精神特质。大同之理想、小康之愿景，民胞物与、守望相助的文化精神，愚公移山、铁杵成针的民族气质，熔铸于脱贫实践，人们看到了民族精神的根深叶茂，文化自信的活水源头。这样一场壮举，点亮了万家灯火，也涵养出大国气象。

在中国共产党的领导下，脱贫被定格在举国事业的高度，成为一个大党的庄严承诺。一种如身使臂、如臂使指的力量，从中央贯彻到基层，中国共产党员与人民群众拧成了一股合力。这期间，有过世界经济周期的震荡，有过新冠肺炎疫情的冲击，但中国共产党的领导，让脱贫攻坚战始终保持如山定力，一往无前稳步推进。

恩施州创造性成立的脱贫攻坚“尖刀班”，是一项意义非凡的决策。三年多来，全州二万余名“尖刀班”战士以非凡业绩、卓越成效展现了无往不胜的恩施力量，以真抓实干、埋头苦干凝聚了全州各族干部群众建功新时代的强大合力，铸就了“甘于奉献、攻坚克难”的“尖刀班”精神。知之愈明，则行之愈笃。“尖刀班”是恩施州在战贫、战“疫”、战洪实践中攻坚拔寨、决战决胜的创新之举、取胜之道，经验弥足珍贵。

“尖刀班”视频会议结束后，柯俊、刘芳震、夏锡璠留到了最后才离开。人去屋空的会场有些空荡荡的。

窗外，州委大院里树树皆秋色，时有秋蝉吟唱之声传来。远处，五峰山矗立在清江岸边，巍峨高大。柯俊在窗边静立许久未说一句话。

“这些年，从上到下大家都不容易啊，承受了这么多，尤其是那些‘尖刀班’战士，吃了多少苦，受了多少累……好在，结果还好，从中央到省里，对恩施的精准扶贫成效都很赞赏。”刘芳震走过去轻声说道。

“这场脱贫攻坚战中，每个经历和参与的人都付出了很多。我们的‘尖刀班’从战贫、战‘疫’，到战洪，承担了太多太多，有的甚至付出了生命的代价。邹炜、李勇、谢睿……在前线倒下了好几个，他们都是我们最亲爱的战士啊……”

柯俊缓缓转过身来，眼角隐隐有泪水浸出。

山无陵

2020年10月开始，柯俊、刘芳震、夏锡璠等州领导又先后下到各县市贫困村，实地了解已脱贫群众的生产生活情况，看望慰问“尖刀班”战士，同时对即将开始的乡村振兴工作进行调研。

10月23日，州委召开州委常委会会议，传达学习习近平总书记对脱贫攻坚工作的重要指示及在中央党校中青年干部培训班开班式、中央政治局第23次和24次集体学习时的重要讲话精神，要求向夺取全州脱贫攻坚胜利发起最后总攻。国务院扶贫开发领导小组2020年脱贫攻坚成效省际交叉考核工作组将于年底到湖北。作为湖北唯一的连片特困地区，恩施被抽检的可能性很大。不管抽中恩施州内哪个县市，检查结果代表的可是整个湖北省和东西部协作帮扶单位杭州市。干系重大，怎敢掉以轻心。

收官之年的最后一次大考即将来临，全州扶贫领域的空气再次紧张起来。

从省里传来了确凿消息：利川、宜都、十堰将代表湖北省迎接国务院扶贫办考核工作组组织的脱贫攻坚成效省际交叉考核，同时，作为恩施州唯一抽检县市，利川市还将承担东西部扶贫协作成效考核工作。这场国检大考中，利川连中两元。

利川市脱贫攻坚指挥部会议室灯火通明。单位全体人员加班，市委书记沙玉山坐镇指挥。工作一件一件交账，事项一个一个落实。晚上8点多，市长易善翔接到电话，州长刘芳震特意前来督导迎检，已经到了扶贫办楼下。

晚12点，几位领导挨个慰问办公室工作人员，激励大家团结一心，以最周全的准备、最积极的心态迎接此次国检大考。

这个夜晚，利川各乡镇指挥部办公室、各村“尖刀班”驻点都是灯火通明，对这场即将到来的“国考”，全市干部职工都在紧张备考、严阵以待。

12月7日19：20，国家考核组一行37人在组长鲍广途，副组长田家福、吴隆杰、郑子敬的带领下，乘坐动车抵达利川。

晚上11点，在开元酒店三楼龙船调会议厅，扶贫办工作人员还在紧张准备着各项迎检资料。为方便工作，办公室的打印机也搬了过来。除了两名值班人员外，几乎整个扶贫办都搬到了开元酒店。

听汇报、查资料、入户核查……接下来的时间里，各项考核工作有条不紊地进行着。

11日，脱贫攻坚考核组一行乘动车离利，东西部扶贫协作成效考核组继续留利开展考核工作。

19日，东西部扶贫协作成效考核组组长吴隆杰一行顺利完成考核工作返回山东。第二日下午，考核组成员启程进京，向国务院汇报考核结果。

至此，由恩施州利川市代表湖北省迎接的2020年脱贫攻坚成效省际交叉考核工作顺利结束。

一系列的检查考核证明：自2013年以来，恩施州认真落实党中央、国务院脱贫攻坚决策部署和湖北省委、省政府工作要求，始终把脱贫攻坚作为重大政治任务和第一民生工程，深入推进“八个到村到户”，实现了“六个清零” 和“六个全覆盖”，脱贫攻坚取得了决定性成效。到2020年底，8个县市全部退出贫困县序列、729个贫困村全部出列、109.9万贫困人口如期脱贫，全面消除了绝对贫困，农村居民人均可支配收入由2015年的7969元增长到2019年的11620元，年均增长10%。全州群众生产生活状况得到极大改善。

——“两不愁三保障”问题全面解决。全州义务教育阶段学校入学率100%、初中三年巩固率100%；贫困人口医疗保险、大病保险、补充保险、医疗救助全覆盖，大病、慢性病、常见病得到有效救治；完成24.28万人易地扶贫搬迁，10.09万户危房改造；解决147.4万人饮水安全问题。

——基础设施全面改善。新建农村沥青（水泥）路2.14万公里，实现村村通硬化公路；新建改造10千伏线路9601公里、配变台区10723个、增容117.1万千伏安，解决了农村低电压和生产用电卡口问题；建成4G 基站1.7万个，实现村村通有线宽带和4G网络；建改农村户厕37.3万户、各类公厕3266座，乡镇垃圾、生活污水处理设施全覆盖。

——产业就业全面提升。全州特色产业基地面积达到698万亩，比2015年增加198万亩；发展农业龙头企业、农民专业合作社、家庭农场等新型经营主体1.61万个；累计发放扶贫小额信贷45.46亿元，帮助8.11万余户贫困户发展脱贫产业，累计发放“新型经营主体+贫困户”贷款25.5亿元，带动8.33万户贫困户增收；大力组织贫困劳动力创业就业培训，累计培训21.21万人次；落实创业就业优惠政策，开发“扶贫车间”和公益岗位，3.36万贫困人口实现就地就近就业。

——干群关系全面改善。州共组建2438个村“尖刀班”，实行岗位在村、工作在村、吃住在村。群众获得感、幸福感、安全感显著增强，对脱贫攻坚认可度大幅提升，党群干群关系空前融洽。

…………

奋发图强的意志，也向广袤大地渗透。千百年来，这方贫瘠的土地曾迷惘于由农耕文明向现代文明的艰难过渡，但脱贫攻坚所带来的观念再造，已经给无数人的上下求索提供了现实路径。这样一场壮举，在全州405万土家族、苗族儿女心中刻下了新的精神坐标。

2021年2月25日，全国脱贫攻坚总结表彰大会在北京人民大会堂隆重举行。中共中央总书记、国家主席、中央军委主席习近平在会上庄严宣告：经过全党全国各族人民共同努力，在迎来中国共产党成立一百周年的重要时刻，我国脱贫攻坚战取得了全面胜利，现行标准下9899万农村贫困人口全部脱贫，832个贫困县全部摘帽，12.8万个贫困村全部出列，区域性整体贫困得到解决，完成了消除绝对贫困的艰巨任务，创造了又一个彪炳史册的人间奇迹！这是中国人民的伟大光荣，是中国共产党的伟大光荣，是中华民族的伟大光荣！

会上，恩施州共有10名同志被表彰为全国脱贫攻坚先进个人、9个单位为先进集体。让我们记住他们的名字！

全国脱贫攻坚先进个人——

恩施土家族苗族自治州发展和改革委员会地区经济科科长张代明；

恩施土家族苗族自治州医疗保障局办公室主任向辉；

恩施市芭蕉侗族乡党委书记龙慧；

利川市人民政府扶贫开发办公室党组成员、副主任游亮；

建始县脱贫攻坚指挥部副指挥长，建始县政协党组成员、副主席张华；

巴东县脱贫攻坚指挥部副指挥长，巴东县人民政府党组成员、副县长雷玉龙；

宣恩县椒园镇黄坪村党支部书记、村委会主任姚元翔；

生前为咸丰县清坪镇党委委员、纪委书记的谢睿；

来凤县农园果蔬专业合作社理事长向辉；

鹤峰县邬阳乡三园村驻村工作队队长兼第一书记、鹤峰县委组织部四级主任科员刘迪航。

全国脱贫攻坚先进集体——

恩施土家族苗族自治州人民政府扶贫开发办公室；

中共恩施市委员会；

利川星斗山红茶有限责任公司；

建始县交通运输局；

国网湖北省电力有限公司巴东县供电公司；

宣恩县农业农村局；

咸丰县水利局；

中国工商银行湖北省分行、来凤县委办公室驻来凤县翔凤镇檀木湾村帮扶工作队；

中共鹤峰县走马镇委员会。

获得先进个人表彰的，还有巴东县扶贫办副主任（挂职）、浙江省杭州市下城区教育局正科级干部吴斌，利川市副市长（挂职）、中国国新控股有限责任公司北京新华印刷厂、彩印厂、器材厂党委书记、厂长李学森。他们不是恩施人，却代表了千千万万参与恩施州脱贫攻坚战的各方力量。

脱贫攻坚，这场在中国960万平方公里土地上推进的伟业，呈现了与大国国情相适配的全面、系统、精准。历经持续奋斗，中国共产党团结带领全国人民如期完成新时代脱贫攻坚目标任务，困扰中华民族几千年的绝对贫困问题得到彻底解决，实现了中华民族亘古未有的伟大跨越。

凡是过往，皆为序章。

五千年中华文明史，翻过了绝对贫困的一页，也必将开启一个新的时代。在这条时间线里，脱贫攻坚在文化层面留下的意蕴与财富，将深远地影响中国。

“乡亲们脱贫只是迈向幸福生活的第一步，是新生活、新奋斗的起点。”2021年2月21日，当年的“中央一号文件”发布。党中央决定，脱贫攻坚目标任务完成后，对摆脱贫困的县，从脱贫之日起设立5年过渡期，实现巩固拓展脱贫攻坚成果同乡村振兴有效衔接。

一幅举全党全社会之力加快农业农村现代化，让广大农民过上更加美好生活的宏伟蓝图正渐次铺开。

新时代的春天早已到来。大地明亮而温暖，春意如潮水般鼓动着每一个满怀期待的生命。

上邪，我欲与君相知，长命无绝衰。山无陵……

行笔至此，忽觉两千多年前的乐府之声，恍惚从天边传来。这声音愈来愈大，愈来愈洪亮，响彻寰宇。

很显然，对于这首古老的民歌，今日之中国已有了全新的注解。

“上”“君”，乃人民也。而“山无陵”，则是铮铮誓言，是艰苦卓绝的持续奋斗，更是新时代之盛景！

其实，“山”还是过去的山，只是已经没有“陵”了；“陵”还是过去的陵，只是这“陵”已变得葱茏和富庶，是希望和幸福的生长地了！

然则，在英雄的中国人民向美好生活前进的征途中，还有什么“山”、什么“陵”，能阻挡他们自信而又坚定的步履呢？

后　记

人生中，总会有一些际遇，来时静静悄悄，去时了无痕迹，却总叫人在某一个梦回时分不禁想起。

未曾料想，有这样一日，以报告文学的形式书写这场发生于恩施大地战贫史的重任会落于我们身上。自受命以来，从庚子深秋至辛丑之春，数月之间，我们于鄂西崇山之中行走。一路行来，觉天宽地阔，胸襟渐开。烟波顺流，乾坤如昼。江山信美，皆似吾乡。扶贫之甘露，果已于这武陵之地遍洒。进村二三百，访谈人众逾千。所访之人，有村叟耆老，有旧友故人，更多的却是村村寨寨间从未谋面的“尖刀班”战士。

从领命之初的忐忑，到途中辗转的负累，再到最后油然而生的敬意，在一次次的走访里，我们的心灵之窗被深深叩击。数月中所见所历的诸多场景，自此以后，便成为此生里永难忘却的记忆，且将在以后漫长的年月里被不断翻检重忆。

某日行于宣鹤高速，正是薄暮时分，四野静寂，几无车迹。远山横亘，似有残雪。心中念及白日所听扶贫故事，几多磨折辛劳，几多欲语还休，令我们静默无语，感怀不已。我们更加坚定了书写的决心和信心，我们要记下这些注定会被历史记住的故事。

在咸丰县清坪镇，我们一路追寻谢睿的足迹，走访他生前联系的几个贫困村，与至今对他深深感念的同事、村干部、联系户座谈。时隔数月，每每提及2020年9月间那叫人悲痛的日子，那些深深牵念他的人们仍禁不住哽咽失声。傍晚时分，与村支书李华军站在小河大桥上。风清野静，凛冽的寒气扑面而来，高空迟归的鹰隼，翅膀上明灭着夕阳。谁家的唱机放着忧伤的曲调，山坳中隐隐似有回响。逸响敲残千嶂雪，余音摇落半山烟。风中流淌着动人的传说，这只劳碌征雁，已随峰巅白云远渡遥天。

在朝东岩绝壁顶端的龙头石上，以命相搏绝壁取水的“尖刀班”战士杨文清一边指给我们看他们数百次冒死上下的天宝洞口，一边本能地把我们护在万丈绝崖内侧。山野秋深，天地一色。岚气出岫，虬松挂崖。怕我们恐高，他那双粗粝的大手一直紧抓着我们。探身看去，那只隐现的洞口如一团巨大的迷雾，诱惑着我们深究内里的好奇之心。究竟是一种什么样的力量，让他们为了与自己非亲非故的农人，可以舍生忘死，在绝壁上往返？简单的问题，却引我们深思。

在洞下槽村，我们与老支书宋银章站在西坡的凌云阁上。茶园青青，阡陌交纵。近处的龙赶溪静静而流，水声潺潺，如鸣素琴。仰望丽日蓝天，爽气西来，心旷神怡。沉稳朴厚、古意萧远的老先生抬腕指给我们看龙赶湖四围风景，白云苍狗，隐然似有灵气。过去的冷清与贫瘠，如今的热烈和富庶，尽在不言中。梦里家山，心中故园，在这春潮涌动的时节，早已换了旧颜。

一个星月初升的晚上，在酉水源头的白水河村，夙夜长谈之后，年逾花甲的驻村干部陆祥忠引着我们到村民家中借宿。沿河岸一路行来，冷月高悬，夜风如洗，寒星数点，散落一河星辉。空山静寂，唯闻犬吠声声。夜不能寐，推窗静听，泉流淙淙，水石相激，真个是“林深不知处，山中岁月长”。晨起时，见严霜铺地，新植千亩桃林沿河岸排开，这正是“尖刀班”费时三年倾力打造的“酉水桃源”啊。早起的老陆引我们入山，原来我们屋后不远处的麻柳树下，正是一年多前月夜猝死于工作岗位上的老支书的坟茔。一转身，“尖刀班”一老三少立于溪边，身影伟岸而沉静。想到此后的年年月月，他们仍将于此村中坚守，为脱贫攻坚、为乡村振兴而接续努力，眼眶顿时一热。

在鹤峰大山深处的一个村子里，我们与一位驻村五年，历任第一书记、“尖刀班”班长，后又被选举为村支书的扶贫干部访谈。自日落时始，至夜深结束。多少故事，难以尽述。饥肠辘辘，相约去临近镇上小酌。溇水静静，河风徐徐，就几碟小菜，战贫故事继续娓娓道来。许是心有所感，许是夜深情浓，这个坚强的战士数次泪垂。五年扶贫，辛苦何惧？因修路征地，自己多年攒下的十余万私房钱，陆陆续续全部贴到了村里诸多难缠事务中。这且不算，因心生怨怒，还有人曾在村委会院坝里与他举刀相向。

“这些事，你们可不要写到书里喔，写了怕也是没人信。再说，我不是都扛过来了嘛。不是每个人都有幸赶上这个时代。逢此盛世，难道不是我们的幸运？”

星月夜半的话语，让人平生万丈豪情。

一次，自酉水西岸回来凤县城，乡党委书记执意相送。

“最紧张的那段时间，我有三个月没有回过家，家里丢下的是一个出生才六个月的娃娃。自上到下，这扶贫工作，又有谁是容易的？”说起数年扶贫经历，不惑之年的女书记言语颇为感怀。

在巴东，某日下午，同行的一乡镇公务员告诉我们，因为常年不回，娃娃从一岁长到四岁了，过年回家，根本不亲。“爸爸”这个称呼，似乎仅是视频通话时妈妈强逼着他喊出的一个名词。

凡此种种，怎能一一尽述。

采访州县党政领导的时候，他们反复跟我们说：“多写基层的干部和尖刀班战士，是他们不辞辛劳，才有如今这武陵大地的百业兴旺……”

采访驻村帮扶干部时，他们又说：“多写写领导，都是党的政策好，我们只是把这些好政策严丝合缝地扣到了每个贫困户身上。”

采访贫困群众时，他们说出的又是另一番道理：“我们是脱贫攻坚战中最大的受益者，我们没有故事，受苦受累的都是他们……”

其实，投身恩施大地脱贫攻坚战的，又何止那2万多名“尖刀班”战士，5万多名结对帮扶干部！从1986年大规模开发式扶贫，到后来的“八七”扶贫攻坚，到2001至2010年的扶贫开发，再到自2011年始的精准扶贫，从来不乏接续攻坚的扶贫战士。而上溯到1921年，自中国共产党成立之日起，又有多少志士仁人，为了这个国家的人民幸福和民族复兴挥洒热血、前赴后继！

在此，我们致谢各级脱贫攻坚指挥部、扶贫办，致谢战贫新闻稿件的撰写作者，没有你们的帮助，我们无法完成此书。致歉那些我们未曾到访过的村庄、未曾访问过的人。浩繁若烟海，撷浪成点墨。书中不曾留迹，山中自有传说。诸多深情，拙笔难赋。致歉读者，因为全面展示全州脱贫攻坚成效，行文处多有某些堆砌，阅读难免生涩，更有许多重要的人和事，被拙笔遗漏。凡此种种，皆为心中之憾。

犹记在恩施龙马采访的情形。返回途中，行至山巅，暮色四合，山风渐起。向晚的天空水晶般纯净，几颗早到的夜星频眨亮眼。举目是万家灯火，近旁有音乐隐隐传来，竟是熟悉的旋律——

深深地凝望你的眼／不需要更多的语言／紧紧地握住你的手／这温暖依旧未改变……

谨以此书致敬伟大的时代，伟大的人民，伟大的战役！

2021年6月于恩施